U0601330

龚鹏程◎著

有知识的文学课

中华书局
ZHONGHUA BOOK COMPANY

图书在版编目(CIP)数据

有知识的文学课/龚鹏程著. —北京:中华书局,2016.5
ISBN 978-7-101-09660-6

Ⅰ.文⋯　Ⅱ.龚⋯　Ⅲ.中国文学-古典文学研究　Ⅳ.I206.2

中国版本图书馆 CIP 数据核字(2014)第 133730 号

书　　名	有知识的文学课(精装本)
著　　者	龚鹏程
责任编辑	孙永娟　吴稼南
出版发行	中华书局
	(北京市丰台区太平桥西里 38 号　100073)
	http://www.zhbc.com.cn
	E-mail:zhbc@zhbc.com.cn
印　　刷	北京市白帆印务有限公司
版　　次	2016 年 5 月北京第 1 版
	2016 年 5 月北京第 1 次印刷
规　　格	开本/880×1230 毫米　1/32
	印张 10⅞　插页 2　字数 250 千字
印　　数	1-8000 册
国际书号	ISBN 978-7-101-09660-6
定　　价	39.00 元

目　录

序

　　文学作品，我们自小读得够多了，文学课也没少上过。打幼儿园开始，就背诵了许多诗词；小学到中学，每学期又熟读了十来篇古今佳作名文；至大学，少说也有上百篇诗文是烂熟于胸的。文学典故、作家履历、字词解释、篇章大意、文法语态，什么都考不倒我们。

　　可是，考上了名校的大学生，你让他写篇诗文函札试试，除了考试用的作文套话，什么也不会。你找篇文章让他谈谈，也会发现他根本没有审美能力，超出字词解释之外的文学文化问题大抵皆一窍不通。

　　我在大学教书，于今快四十年了，年年碰到的学生均是如此，两岸都一样。为什么？因为我们的语文教育一塌糊涂，老是把诗文割裂为字词解释、文意译读、文法语态、作家生平资料等等，然后令学生背诵之，反复考习之。最终便使得学生都不知文学为何物。

　　而且，入了大学，一般人就再也不会接触文学了，因门既已敲开，

1

敲门砖谁也不会再拎在手上。少数进了文学科系的学生，虽号称以文学为专业，然而习得的本领，其实与初高中并无大异，只是割裂更甚。要用西方哲学、当代思潮、政经社科知识、工科论文术语及格式去"剖析"中国文学。

我久不满于这种文学教育形态，认为把文学仅囿限于作家与作品，内缩式地讲作家人格如何高、心境如何好，作品又如何结构巧、修辞精，讲来讲去，豆剖瓜分，越缩越小。仅在版本、字句、语法、词意上打转，实在玩物丧志，越讲越没劲。

当然，这些方法不能说完全没用，但显然还可以再开发一些视域，让人对文学能有更入乎其内的理解。

"文学与文化"是把文学活动放在整体中国文化视域中去看，不认为文学作品是独立的，通过文学，可以了解中国社会、中国文化。中国文化也即整体体现为中国文学。

孔子说，读诗有诸多好处，"可以兴，可以观，可以群，可以怨"。可以用其中的道理来侍奉父母，也可以来服侍君上，还可以"多识于鸟兽草木之名"。孔子的说法道尽了文学与人的密不可分。上至"天文"、下至"地理"，无不有文学；衣、食、住、行世俗之事中亦见文学；鸟兽草木虫鱼中更有文学。文学一直在这些寻常可见的文化知识中，只是我们习焉不察。

我们只看《诗经》的开篇中的"关关雎鸠，在河之洲"，接上了"窈窕淑女，君子好逑"，偶尔相遇，若有理若无理，若有意若无意，而这一切兴发生成于此间，本非臆造，然义不尽处于意外，兴成可观，则又未必纯属被决定、被限制。这就是文学中的鸟兽虫鱼、江河湖海，他们在情理（知识）之中，也在意料之外。这等魅力也许只能来自神思。

相对于那种内缩而割裂的文学阐释形态，我如此恢拓无端，有点"其大无外"。但你不觉得唯其如此，才足以开豁耳目、高大其心志，非局促之学吗？

这样理解文学，才可以破除过去文学教育常给人一些迷思与错误。这些错误太多了，我每一讲都须花点口舌去拨乱反正。不是我比较聪明，故能识前人之误，只是大脉络理顺了，自然就会明白过去那些文学知识为何是胡说八道。希望大家看看，也能养成大识见，成为有文化的人。

龚鹏程

二〇一四年七月

第一讲　文学与天文

天文是古人日用所知

宋王应麟有《六经天文编》二卷，除星象外，凡阴阳五行、风雨及卦义悉汇录之。我现在不能谈得那么杂，兹仅就与文学有关者略说一二。

据《周礼》考之，当时大司徒辨其山林、川泽、丘陵、坟衍、原隰之名物；山师掌山林之名，辨其物与其利害；庖人掌共六畜、六兽、六禽，辨其名物。则当时学在王官，各种名物，均有官吏主掌。其中辨天之日月、星辰、风雨、暝晦等，职在天官，如《史记·天官书》所云云，即其职与其学也。《尔雅》另有《释天》一篇，汉末刘熙编《释名》，更以"释天"冠首。盖名物之大者，莫过于天，故辨析名物、释训释诂，不敢轻忽。

然学在王官，释天既为天官专职，其余的人便不能知天吗？不然，

1

《尚书·尧典》已云尧时命官"敬授民时",可知古天文时令之学早已普及,民之耕稼兴作,俱赖于是,岂能不遍使通晓?清顾炎武《日知录》云:"三代以上,人人皆知天文:'七月流火',农夫之辞也;'三星在户',妇人之语也;'月离于毕',戍卒之作也;'龙尾伏辰',儿童之谣也。"即以此故。

这是因为大司徒要辨山林、川泽、丘陵、原隰之名物,一般农民、牧民也同样需要知道这些东西。近代博物学者,即类似大司徒、山师等官,对物类可以有系统性的知识;一般民众虽不是学者,对这些却拥有具体的实践性知识。某些时候,博物学者还得向农民、牧民请教呢!孔子答樊迟问圃问稼时说"吾不如老农"、"吾不如老圃",就是这个缘故。

而且古人与天地自然的关系,远比我们现在密切。风雨晴晦、斗转星移,决定着他们的作息与生计,一举一动,都是与自然要相配合的。因此,讲起天文历象,实是再亲切熟悉不过的事了。《诗经》中比兴,动观天文,即以此故。

如《诗经·邶风·日月》(后文中"诗经"均略去):"日居月诸,照临下土。乃如之人兮,逝不古处。胡能有定?宁不我顾?"用日月出没有恒时来批评那个没良心的人,一走就不见了人影,什么时候才能有个定性?为何还不来看我?

《唐风·绸缪》也以天象起兴:"绸缪束薪,三星在天。今夕何夕,见此良人?子兮子兮,见此良人何?"三星指心星("三星"有多种说法,《毛传》认为指参宿三星,《郑笺》则认为指心宿三星)。见到心星,暗指心有所依。是看见喜欢的人时心中喜悦难名之状。

此两诗,一喜一怨,而均以天象起兴。另有一些则是直赋天象,接着就叙事言情的。如《鄘风·定之方中》:"定之方中,作于楚宫。揆之以日,作于楚室。树之榛栗,椅桐梓漆,爰伐琴瑟。"宋朱熹《诗集传》解释说："定，北方之宿，营室星也。此星昏而正中，夏正十月也。于是时可以营制宫室，故谓之营室。楚宫，楚丘之宫也。揆，度也。树八尺之臬，而度其日出入之景，以定东西；又参日中之景，以正南北也。"这整段是讲人们依星象、参日景以营造宫室的经过。

又《小雅·十月之交》："十月之交，朔月辛卯，日有食之，亦孔之丑。彼月而微，此日而微。今此下民，亦孔之哀。"朱熹《诗集传》："交，日月交会，谓晦朔之间也。历法，周天三百六十五度四分度之一。左旋于地，一昼一夜，则其行一周而又过一度。日月皆右行于天，一昼一夜，则日行一度，月行十三度十九分度之七。故日一岁而一周天，月二十九日有奇而一周天，又逐及于日而与之会。一岁凡十二会。方会，则月光都尽而为晦。已会，则月光复苏而为朔。朔后晦前各十五日。日月相对，则月光正满而为望。晦朔而日月之合，东西同度，南北同道，则月掩日而日为之食。望而日月之对，同度同道，则月亢日而月为之食。是皆有常度矣。然王者修德行政，用贤去奸，能使阳盛足以胜阴，阴衰不能侵阳，则日月之行，虽或当食，而月常避日……"云云，解释了一大通历法。其实诗的大意只是说：十月就是纯阴之月，竟又逢日食，更是阴盛之象了。在政治上这代表小人当道、政治昏暗，所以说现在的百姓可怜哪！

另就是《豳风·七月》："七月流火，九月授衣。一之日觱发，二之日栗烈。无衣无褐，何以卒岁？"朱熹《诗集传》："七月，斗建申之月，夏之七月也……一之日，谓斗建子，一阳之月；二之日，谓斗建丑，二阳之月也……觱发，风寒也。栗烈，气寒也。"简单解释就是：七月大火星往西沉了，天气开始凉了，九月则该换上寒衣了。若到十月、十一月，寒气就更加厉害，老百姓无衣无褐，可怎么度岁？

2005 年 7 月，中国人民大学校长、后来兼任国学院院长的纪宝成先生,因在接待台湾新党主席郁慕明时错解了《诗经》"七月流火"一词,舆情大哗。被聘为人大国学院副院长的范曾居然写了一篇《"七月流火"我见——为人大校长辩》说:

> 顷读报端有关中国人民大学纪宝成校长错解《诗经》"七月流火"一语,窃以为笔者逞私智而错用心,欲显博以反见陋。盖孔颖达《十三经注疏》中已有确解,"七月流火"者极言溽暑炎蒸也。流者,下注也;火者,状其炽燃者也。又据郭沫若先生考之,七月指周正七月,实为农历五月,天气转热,何谓乎变凉哉?纪宝成校长娴于诗旨,不唯无舛,用之甚佳。或有某注家强作解人,必以"火"为星辰之名,谓"流火"为节候转凉,此胶柱而鼓瑟之谈,则恐非硕学之宜。且也,"豳风"出自奴隶之口唱,必使奴隶而蔬天象,不亦谬乎?要之,诗无达诂,人各有会,其间理解之龃龉,唯不离本文之主旨,正不必刻舟求剑,定向而解。

自汉郑玄《毛诗传笺》、唐孔颖达《毛诗正义》以来,解此诗自来无异词。孔颖达疏明言"火"谓大火星,"流"是向西落下。何尝说过"流者,下注也;火者,状其炽燃者也"这样的话?"七月流火"的火,是心宿二,古称"大火",即天蝎座 α 星。我国在四千多年前颛顼时期,就设立了火正之官,专门负责观测这颗星。豳,是现在的陕西彬县,位于西安西北。"七月流火"之后接着讲"九月授衣",表示天气转凉,需要添置衣服了。文义如此明白,竟乱扯说"七月流火"也可以解释为天气炎热,根本就不顾上下文。说此诗乃奴隶所作,奴隶不可能懂天文,更是荒谬。

古人生活中的天文知识

不过，古之天文，今人搞不清楚，也不全是无知的问题，亦有因古今变迁而令后人不易明了之处。犹如古代话语，人人都会说，可是至今就只有懂古音学的人才弄得明白。古天文学，虽是当时百姓日用常识，然时移世异，学者对之，往往亦聚讼纷纭，与争论古音韵究竟如何是一个样。

（一）三正

造成难解现象的原因之一是历法之变。古有六历：黄帝历、颛顼历、夏历、殷历、周历、鲁历。汉改用太初历、三统历，嗣后历法历制改来改去，以致大家对古代历数情况越来越不了解。如上文谈到的《定之方中》，讲夏正十月；《小雅·十月之交》也讲夏正十月；《豳风·七月》依然是夏正。周朝理应用周历，可是这些诗却用的是夏历。这固然是风俗使然，犹如现今虽用阳历，民间仍通行阴历；另一方面也因儒家孔子本来就主张在历法问题上"行夏之时"。

而夏历与周历之不同，主要在岁首。周以建子一月为岁首，称为正月。殷历以建丑二月为正月；夏历则是以建寅三月为正月。所以《豳风·七月》的七月，乃是现在我们的九月。它讲的九月、十月、十一月，分别是周历十一、十二、一月，故冷得不得了，觱发栗烈难当。

古书中，《春秋》《孟子》多用周历，《楚辞》《吕氏春秋》用夏历，《诗经》就不一定了。如《小雅·四月》用夏历，《七月》看起来也是夏历，但此诗讲"一之日"等处，却是用周历。这种混用历法的情况，在《左传》等书中也都有，所以容易导致误解。

秦始皇以建亥为岁首，这是夏历的十月、殷历的十一月、周历的十二月。汉初仍沿用此制。汉武帝改用太初历以后，才以建寅为岁首，与夏历相同。以后除王莽和魏明帝时一度用殷正,唐武则天、肃宗时一度用周正以外,大部分都仍用夏正,与现今民间阴历的月份时令相近。

这是"三正"的问题,指夏商周三种历法的正月之分。另一个天文上的问题是太岁。

(二)太岁

三正,是把一年十二个月配上子丑寅卯等十二地支,故以一月为正月。所谓建子、建丑、建寅之建,是指"斗建"。北斗七星的斗柄指向十二个不同的方位,即代表十二个月。太岁则是以周天分成十二等分,由东向西,配以子丑寅卯等十二支,叫作十二辰。

但因子丑等十二辰由东向西,而实际的十二次其实恰好相反,乃是由西向东的。因此,另又假想有个岁星,叫太岁,又称岁阴,让它与真岁星背道而驰,这样它就和十二辰的顺序一致了。以此纪年,就称太岁纪年法。举例言之,某年岁星在星纪,太岁就在析木,称为太岁在寅。次年,岁星在运行到玄枵,太岁就在大火,在卯。其余可以类推。

所以太岁并非真星,指的其实是子丑寅卯等十二辰,而这十二辰又还有个别名系统。

十二地支之外,十天干也与岁星相配,也有一套别名系统。这套别名,《史记·历书》、《尔雅·释天》、《淮南子·天文篇》略有不同。若今年是壬辰年,就称为玄黓执徐,明年癸巳年则称为昭阳大荒落。古人作诗题字,纪年往往用此,在古代是基本常识,于今则需费这么多唇舌来介绍了。而太岁与星象之间,也容易弄混,令人糊涂。典型的例子,是战国屈原的生日问题。

屈原的出生日期,《离骚》中自述:"帝高阳之苗裔兮,朕皇考曰伯庸。摄提贞于孟陬兮,唯庚寅吾以降。"看来十分明确了,可是研究屈原的人对此却有不同解释。

大致可分两说：一是汉王逸说："太岁在寅曰摄提格。孟，始也。贞，正也。于，於也。正月为陬。"（《楚辞章句》卷一）他认为"摄提"是"摄提格"的省称，屈原生于"太岁在寅，正月始春，庚寅之日"，即寅年寅月寅日；二是朱熹说："摄提，星名，随斗柄以指十二辰者也。"（《楚辞集注》卷一）他认为"摄提"是天上星座名，并不说明什么年份，两句只是说屈原生于寅月寅日，但年份不明。

二说的主要分歧在于"摄提"与"摄提格"的异同。摄提，属二十八宿中的亢宿，共六星，位于大角星的两侧。《史记·天官书》："大角者，天王帝廷，其两旁各有三星，鼎足句之，曰摄提。"又说："岁星一曰摄提，曰重华，曰应星，曰纪星。"

摄提格是岁名，或者说是地支"寅"的代名词。如《尔雅》曰："太岁在寅曰摄提格。"可见"摄提格"与"摄提"的词义明显不同。

"摄提"与"摄提格"既是不同的两个概念，屈原应该不会将"摄提格"省写为"摄提"。所以"摄提贞于孟陬"的意思是：斗转星移，又到了新年的正月。正月是岁首，他采用的乃是夏历。至于这年具体的年份，作者并没有说明。"唯庚寅吾以降"的意思只是说：我出生于庚寅日。故朱熹认为屈原出生的月份是寅月，恐有悖于原作的意思。在战国时期，正月未必是寅月。屈原应该是出生于夏历正月庚寅日。

可是到底是哪一年呢？庚寅又是哪一天呢？各家考证，各说各话。清代陈玚用周历推算则定为公元前343年正月二十二日；邹汉勋、刘师培用殷历和夏历推算，定屈原的出生日期为公元前343年正月二十一日；浦江清《屈原生年月日的推算问题》认为他生于楚威王元年，公元前339年正月十四日；郭沫若《屈原研究》认为是公元前340年正月初七；胡念贻《屈原生年新考》又推算为公元前353年正月二十三日。

总之，这是一笔糊涂账。但由屈原生日的考证，我们可以知道此中还涉及二十八宿、七曜诸问题，所以也要稍作解释。

（三）七曜、二十八宿

七曜指日月与金木水火土五星。金星又称明星，又名太白。《诗经》中，《郑风·女曰鸡鸣》讲"子兴视夜，明星有烂"中的"明星"非泛指，所指即金星，《陈风·东门之杨》中"昏以为期，明星煌煌"也指它。它黎明时见于东方，称为启明；黄昏见于西方，称为长庚。《小雅·大东》云"东有启明，西有长庚"，讲的都是这一颗金星。此星在文学上大大有名，小说中甚至将它幻化成一位神祇——太白金星。

木星，又名岁星，十二年绕天一周，每年行经一个特定区域。一年的区域称为"次"，十二年就有十二次，上文讲岁星在玄枵、在大火，讲的就是这个意思。

水星，又名辰星。古书中谈到的水，其实并不是这一颗，乃是恒星中的定星。大火，心宿。"七月流火"之火是也。《史记·天官书》里讲的"火"才是火星，又称荧惑星。

苍龙星座图（汉画像石）

心宿、营室宿的宿，指二十八宿。宿是指太阳停留之处。古人已知地球绕着太阳公转，从地球轨道不同位置看太阳，太阳在天球上投影的位置也不同，这种位置的移动，一年的轨迹合起来就称为黄道，代表太阳周年之轨道。而黄道附近二十八个星宿，就是用来作为这个轨道之坐标的。

星星本来分散于夜空中，靠人们运用想象力把它们进行分组：东方苍龙七宿（角、亢、氐、房、心、尾、箕），北方玄武七宿（斗、牛、女、

虚、危、室、壁），西方白虎七宿（奎、娄、胃、
昴、毕、觜、参），南方朱雀七宿（井、鬼、柳、
星、苍龙星座、朱雀、白虎、张、翼、轸）。
苍龙七宿就是把角宿到箕宿七颗星想象成一
条龙，角是龙角，氐、房是龙身，尾宿就是
龙尾，其余可以类推。

《小雅·大东》："维南有箕，不可以簸
扬。维北有斗，不可以挹酒浆。"就是根据
这种想象的再想象，说簸宿、箕宿不能真拿
来作簸箕，北斗也不能挹酒浆呢！唐杜甫《赠
卫八处士》说："人生不相见，动如参与商。"
也依星宿想象。参指参宿，商指心宿。参在西，
心宿在东，出没两不相见，故取喻如此。

朱雀、白虎图（汉画像石）

另外，宋苏轼《前赤壁赋》中有一名句曰："月出于东山之上，徘
徊于斗牛之间。"斗牛，有教科书说：斗指北斗星，牛是牛郎星。这种
说法存在错误，斗牛，是指星宿中的斗宿与牛宿。

目前国际上一般将星空分为八十八个星座。北斗属大熊座，牛郎
属天鹰座。斗宿是南斗六星所在之处，属人马座，而牛宿属摩羯座。
所以北斗星与斗宿不是一回事，牛郎星与牛宿也不是一回事。

不过，问题还不这么简单。清人张尔岐认为苏轼不懂天文，以为
这句话写错了："'少焉，月出于东山之上，徘徊于斗牛之间。'七月，
日在鹑尾，望时，日月相对，月当在娵訾，斗牛二宿在星纪，相去甚远，
何缘徘徊其间？坡公于象纬未尝留心，临文乘快，不复深考耳。"（《蒿
庵闲话》卷二）

苏轼之误，可能的原因是：古人常以"斗牛"来概括代替整个星宿，

9

古诗文中提到星宿，往往就只说斗牛，如：

> 叠岭碍河汉，连峰横斗牛。（李白《过汪氏别业二首》）
>
> 班姬此夕愁无限，河汉三更看斗牛。（崔颢《七夕》）
>
> 蹋雪携琴相就宿，夜深开户斗牛斜。（贾岛《逢博陵故人彭兵曹》）
>
> 万里无归信，伤心看斗牛。（常建《江行》）
>
> 纱窗宿斗牛，更疑天路近。（孙逖《宿云门寺阁》）

史上还有个"斗牛之间"的著名故事：三国末年，晋朝有人主张伐吴，也有人反对。当时尚书张华，即是力主伐吴的。两方争论期间，夜晚斗牛之间有紫气。斗牛之间所对应人间的位置，是在长江流域口附近，正巧就是东吴所在地；而紫气又是祥瑞的象征。因此当时反对伐吴者，就以此为由，主张讲和。张华却仍力荐晋武帝伐吴。武帝后来果然举兵攻吴，但初期并不顺利，当时朝中大臣还上疏建议腰斩张华以谢天下。然而后来终究灭了吴，张华也因此官拜司空。

东吴灭亡后，斗牛之间的紫气非但没消失，反而更盛。

> 华闻豫章人雷焕妙达纬象，乃要焕宿，屏人曰："可共寻天文，知将来吉凶。"因登楼仰观，焕曰："仆察之久矣，唯斗牛之间颇有异气。"华曰："是何祥也？"焕曰："宝剑之精，上彻于天耳。"华曰："君言得之。吾少时有相者言，吾年出六十，位登三事，当得宝剑佩之。斯言岂效与！"因问曰："在何郡？"焕曰："在豫章丰城。"华曰："欲屈君为宰，密共寻之，可乎？"焕许之。华大喜，即补焕为丰城令。焕到县，掘狱屋基，入地四丈余，得一石函，光气非常，中有双剑，并刻题，一曰龙泉，一曰太阿。其夕，斗牛间气不复见焉。焕以南昌西山北岩下

10

土以拭剑，光芒艳发。大盆盛水，置剑其上，视之者精芒炫目。遣使送一剑并土与华，留一自佩。或谓焕曰："得两送一，张公岂可欺乎？"焕曰："本朝将乱，张公当受其祸。此剑当系徐君墓树耳。灵异之物，终当化去，不永为人服也。"华得剑，宝爱之，常置坐侧。华以南昌土不如华阴赤土，报焕书曰："详观剑文，乃干将也，莫邪何复不至？虽然，天生神物，终当合耳。"因以华阴土一斤致焕。焕更以拭剑，倍益精明。华诛，失剑所在。焕卒，子华为州从事，持剑行经延平津，剑忽于腰间跃出堕水，使人没水取之，不见剑，但见两龙各长数丈，蟠萦有文章，没者惧而反。须臾光彩照水，波浪惊沸，于是失剑。华叹曰："先君化去之言，张公终合之论，此其验乎！"（《晋书》卷三十六）

由这段故事，后来遂衍生出一些成语，如，气冲斗牛、丰城剑气、剑沉丰狱、延津剑合。所以苏轼说"徘徊于斗牛之间"时，也可能非写实而是用典。

这是有关星宿的一些文学问题。此外，如各位关心小说、戏曲、民俗、文学，不能不晓得道教认为每个星座都有一个神将，共有二十八位神将，也称作二十八宿。按东南西北，将二十八宿分为青龙、朱雀、白虎、玄武四组。二十八宿的具体职能，据《北斗牾法武威经》《无上黄箓大斋立成仪》卷五十五、《道门定制》卷三等经记载："凡二十八宿各有司，尽关璇玑之分，若风雨雷雹人间万汇，并随武威占剋，无不具载，明者察之。"东方七宿星君中角宿星君主人间雨泽，亢宿星君主人间大风，氐宿星君主人间狂风，房宿星君主惊风骇雨，心宿星君主人间雨泽，尾宿星君主祥云瑞气，箕宿星君主斜风细雨。北方七宿星君中斗宿星君、牛宿星君主云气，女宿星君主阴阳，虚宿星君主人间大风，危宿星君主旋风走石，室宿星君主人间阴翳，壁宿星君主阴寒雨泽。西方七宿星君中奎宿星君主人间风雨，娄宿星君主人间大风，胃宿星君主人间风，昂宿星君主人间晴，毕宿星君主天地开奉，觜宿、参宿星君主人间风雨。南方七宿星君中井宿星君主天色黄昏，星宿星君主天气晴朗，张宿星君主时气不和大热，翼宿星君主晴朗，轸宿星君主晴。鉴于上述职能，道士在斋醮作法时，常召请二十八宿神君下凡降妖伏魔。星宿与文学大有关系的，还有牛郎织女的故事，大家耳熟能详，就不说了。

(四) 十二次

太阳周年的黄道坐标，除了二十八宿之外，还可等分成十二部分，以说明太阳运行与月份所谓关系，这十二部分，称为十二次。次与宿一样，皆指太阳投影停留之处，把十二次跟二十八宿配合起来，则如下表，足堪对照。与西方讲的黄道十二宫也很类似。

太岁年名	十二辰	十二次	二十八宿	黄道十二宫
赤奋若	丑	星纪	斗、牛、女	摩羯宫
困敦	子	玄枵	女、虚、危	水瓶宫
大渊献	亥	娵訾	危、室、壁、奎	双鱼宫
掩茂	戌	降娄	奎、娄、胃	白羊宫
作噩	酉	大梁	胃、昂、毕	金牛宫
滩	申	实沈	毕、觜、参、井	双子宫
协洽	未	鹑首	井、鬼、柳	巨蟹宫
敦牂	午	鹑火	柳、星、张	狮子宫
大荒落	巳	鹑尾	张、翼、轸	处女宫
执徐	辰	寿星	轸、角、亢、氐	天秤宫
单阏	卯	大火	氐、房、心、尾	天蝎宫
摄提格	寅	析木	尾、箕、斗	人马宫

至于岁阳与十天干的配合则如下表：

天干	甲	乙	丙	丁	戊	己	庚	辛	壬	癸
岁阳	阏逢	旃蒙	柔兆	强圉	著雍	屠维	上章	重光	玄黓	昭阳

太岁（岁阴）、岁阳，乃至十二次、二十八宿的名称都怪里怪气的。由《史记·历书》所载岁阳名称来看，显然这些多是记音词，如上章可写作尚章、阏逢可写作焉逢、旃蒙可写作端蒙、柔兆可写作游兆之类。因此许多人认为其起源可能不在中土，而在巴比伦或印度。但也有人认为湖北出土曾乙侯墓中衣箱上已有青龙白虎二十八宿图，可证明它并不起源于印度，至迟在中国战国时，二十八宿业已定型了。

实则此事何必需要考古？"月离于毕"见于《小雅·渐渐之石》；"龙尾伏辰"见于《左传·僖公五年》，二十八宿之被人熟知，且被运用到文学中的历史已久了，何必用战国时期的考古材料来证明什么呢？那怪里怪气的岁阳与太岁名，则可能是神名。如庄子说水神名冯夷，北方水神名禺强，太山神名肩吾，又有洛诵、瞻明、聂许、需役、于讴、玄冥、参寥、疑始、门无鬼、赤张满稽、北海若、伯昏无人、昆阍滑稽、张若諵朋、伯昏瞀人等神人及古修道者，命名方式即是如此。后世道教神名也延续了这种命名方式。

郭沫若《甲骨文字研究·释干支》一文，曾试图证明在殷商时期黄道十二宫天文体系从两河流域传入并且变为中国的十二辰。他推测"摄提格"等十二个岁名为外来词，其发音源于巴比伦文明的苏美尔语或阿卡德语星座的发音。

然而吴宇虹《巴比伦天文学的黄道十二宫和中华天文学的十二辰之各自起源》已指出：从公元前1800年起，苏美尔语即已死亡，所有的苏美尔词符都被读成阿卡德语（如日文中的汉字被读成日语而不是汉语）。因此，郭沫若用苏美尔星名对应中国的摄提格等十二个岁名的方法很不可靠。其对照读音亦十分勉强或相差甚远。而且，根据目前的证据，我们知道两河流域将周天分成十二区并对应一年十二个月，不会早于公元前1200年，而中国使用干支记日的甲骨文写于公元前

1500—1100 年期间。且中华十二辰和西方十二宫的旋转方向不同；巴比伦白道十七星宿和对应十二理想月的黄道十二星宿，和中国的黄道二十八星宿的不同；巴比伦天文学没有用木星十二年周期记年，而中国天文学将木星运行当作五星之核心和太阳年之校正标志；十二星宫在西方只对应月不记日和使用 29—30 数记日法，而中国干支系统不记月只记日；中国天文学利用北斗星的转动来校正太阳年，而目前尚没发现两河流域有这方面的记载等等，都说明两大文明的天文学都是不同的。所以中国古代天文学绝不可能是由西方传入。

（五）北斗

太阳运行以星为坐标，着实也显示了整个中国天文思想乃是以星为主的，五星、十二次、二十八宿，讲的都是星。可是这些星散居天际各角落，怎么把它统一起来成为一个大系统呢？北斗这才是中国古代天文学最特别之处：古人把天也想象成一个国家，星星是在各地执掌业务的官吏；在其上，还有一位帝王统揽全局、统摄星官。那就是北斗星与北辰的作用了。

《尚书·舜典》说得好："在璇玑玉衡，以齐七政。"璇玑指北辰，玉衡指北斗，整个日月五星均以北辰、北斗为枢纽，由北辰、北斗整齐之，一句话就道尽了整个天学重点。古代天学，确实是个以北辰为中心的天官体系。

北辰不动、北斗动，两者是一体的。不动，象征其位，帝居其所而众星拱之。动，象征其作用，斗柄所指，节气变换，天体运转。详细情况及其在儒家哲学上的意义，可看我《儒学新思》所收的《儒家的星象政治学》一文。

这里要补充的是：北斗、北辰之枢纽地位，非但是儒家之主张，也为道家所承认。《庄子·大宗师》有一段非常有趣，竟将北斗拟人化说：

14

"夫道，有情有信，无为无形；可传而不可受，可得而不可见；自本自根，未有天地，自古以固存；神鬼神帝，生天生地……狶韦氏得之，以挈天地；伏羲氏得之，以袭气母；维斗得之，终古不忒；日月得之，终古不息；堪坏得之，以袭昆仑；冯夷得之，以游大川；肩吾得之，以处大山；黄帝得之，以登云天；颛顼得之，以处玄宫。"从狶韦氏数下来，包括西王母、彭祖等都是神人或古帝王，只有日月及北斗是自然物象，但说它们都是因得到了道，所以才能如何如何。

这北斗，唐成玄英疏说："北斗为众星纲维，故曰维斗。得至道，故维持天地，历终始，无差忒。"成玄英是道教徒，此注也代表了道教界对北斗与道之关系的认识。事实上，道教自正一天师道以来就以拜斗闻名，以北斗系人性命寿夭，所谓南斗注生、北斗注死。遂衍生出后来小说中的生死簿、南极仙翁、老寿星之类事例。金庸小说《射雕英雄传》中描写全真七子结北斗七星阵御敌的情况，想必也令各位印象深刻。

北斗、北辰信仰在文学上极复杂，应用亦极多，请看如下各诗：

夔府孤城落日斜，每依北斗望京华。听猿实下三声泪，奉使虚随八月槎。画省香炉违伏枕，山楼粉堞隐悲笳。请看石上藤萝月，已映洲前芦荻花。（杜甫《秋兴其二》）

花近高楼伤客心，万方多难此登临。锦江春色来天地，玉垒浮云变古今。北极朝廷终不改，西山寇盗莫相侵。可怜后主还祠庙，日暮聊为梁甫吟。（杜甫《登楼》）

紫陌红尘拂面来，无人不道看花回。玄都观里桃千树，尽是刘郎去后栽。（刘禹锡《元和十年自郎州召至京师戏赠》）

丝纶阁下文书静，钟鼓楼中刻漏长；独坐黄昏谁是伴？紫薇花对紫微郎。（白居易《紫薇花》）

15

"每依北斗望京华"、"北极朝廷终不改"、"紫陌"、"紫微"，乃至"紫禁"，这些词都跟北斗有关。有的批注搞不清楚，竟说紫陌是形容路边花草繁茂，甚为可笑。

古人将星空划分成三垣二十八宿。三垣即紫微垣、太微垣、天市垣。在黄河流域见北天上空，以北极星为标准，集合周围其他各星，合为一区，叫紫微垣。古人认为紫微垣是天帝之座。杜甫《秋日送石首薛明府》的"紫微临大角，皇极正乘舆"即指此言。天人对应，是以人间皇帝的居所也称紫禁城。

整个紫微垣"东蕃八星，西蕃七星，在北斗北，左右环列，翊卫之象也"（《宋史》卷四十九）。其天区大致相当于现今国际通用的小熊、大熊、天龙、猎犬、牧夫、武仙、仙王、仙后、英仙、鹿豹等星座。

诗人吟咏，如唐令狐楚《发潭州日寄李宁常侍》："君今侍紫垣，我已堕青天。"宋杨亿《梁舍人奉使巴中》："紫垣遣使非常例，应有星文动九霄。"均指此。

在紫微垣外，星张翼轸以北的星区是太微垣十星。"十星，东西各五，在翼、轸北"（《乾象新书》）。《宋史》记载，太微垣常星十九座，积数七十八。

五帝内座，为中国古代星名，是归属于紫微垣的星官之一。《宋中兴天文志》曰："太微垣有五帝座，五帝内座又列乎紫宫，何也？曰：五帝常居在太微而入觐乎紫宫。故有内座也。"（《文献通考》卷二百七十八）此星在西方天文学则分别属于仙王座与仙后座。

古代认为紫微垣："一曰大帝之坐，天子常居也，主命、主度也。"（《宋史》卷四十九）若要预测帝王家事便观察此天区。流星现则内宫有丧，星象异则内宫不宁。

紫微星乃南北斗中天之帝王星，汉马融说："上帝、太一神，在紫

16

微宫，天之最尊者。"（《尚书注疏》卷二考证）因此紫微星为官禄主，有解厄、延寿、制化之功。

唐代，因中书省设在皇宫内，是国家最高的政务中枢，故开元元年，中书省曰紫微省、中书令曰紫微令。虽时间不长，却成为历史掌故，以至后来凡任职中书省的，皆喜以"紫微"称之。例如唐代诗人杜牧当过中书舍人，人称"杜紫微"。

由于紫薇花名与紫微音同，字形近同，于是紫微省名立后，紫薇花遂被移植省中。过了几年，紫微名被废弃，而紫薇花却早已在宫中扎下了根。诗人就常常将其与官职扯到一起，誉称为官样花。宋陆游《紫薇》诗就讲："钟鼓楼前官样花，谁令流落到天涯。少年妄想今除尽，但爱清樽浸晚霞。"

宋吕本中亦当过中书舍人，他的诗话著作就题为《紫薇诗话》。唐白居易紫薇诗讲的紫薇郎，也由这个典故来。

紫垣、紫薇、紫禁、紫陌、北极、北斗等等，在文学中运用如此之多，是因文人多半做官，与其朝廷之思有关的。

（六）太一

太一其实就是北斗、北辰，但它含义更丰富，故另讲。请看《楚辞》里另一个让人糊涂的词语"东皇太一"，各家注解都不同：

【补注】五臣云：每篇之目皆楚之神名。所以列于篇后者，亦犹《毛诗》题章之趣。太一，星名，天之尊神。祠在楚东，以配东帝，故云东皇。

［补］曰：《汉书·郊祀志》云：天神，贵者太一。太一佐曰五帝。古者天子以春秋祭太一东南郊。《天文志》曰：中宫天极星，其一明者，太一常居也。《淮南子》曰：太微者，太一之庭。紫官者，太一之居。

说者曰：太一，天之尊神，曜魄宝也。《天文大象赋》注云：天皇大帝

17

一星在紫微宫内，勾陈口中。其神曰曜魄宝，主御群灵，秉万机神图也。其星隐而不见。其占以见则为灾也。又曰：太一一星，次天一南，天帝之臣也。主使十六龙，知风雨、水旱、兵革、饥馑、疾疫。占不明反移为灾。

【集注】太一，神名，天之尊神，祠在楚东，以配东帝，故云东皇。《汉书》云："天神贵者太一，太一佐曰五帝。中官天极星，其一明者，太一常居也。"《淮南子》曰："太微者，太一之庭。紫宫者，太一之居。"此篇言其竭诚尽礼以事神，而愿神之欣悦安宁，以寄人臣尽忠竭力，爱君无已之意，所谓全篇之比也。

【通释】旧说中宫太极星，其一明者太一。则郑康成礼注所谓耀魄宝也。然太一在紫微中宫，而此言东皇，恐其说非是。按《九歌》皆楚俗所祠，不合于祀典，未可以礼证之。太一最贵，故但言陈设之盛，以傲神降，而无婉恋颂美之言。且如此篇，王逸宁得以冤结之意附会之邪，则推之他篇，当无异旨，明矣。

【戴注】古未有祀太一者，以太一为神名，殆起于周末，汉武帝因方士之言，立其祀长安东南郊。唐宋祀之犹重。盖自战国时奉为祈福神，其祀最隆，故屈原就当时祀典赋之，非祠神所歌也。《天官书》："中宫天极星，其一明者，太一常居也。"吕向曰："祠在楚东，故云东皇。"未闻其审。

连清代大学者戴震都说"未闻其审"，弄不明白，可见它之复杂。确实，"太一"就够复杂了，再加上一个"东皇"的问题，当然更让人头疼。我在一九七五年读大学时曾写过一篇《太一考》，深知此一问题之难，现在简单说说。

请先看一首唐王维的《终南山》诗："太乙近天都，连山到海隅。

白云回望合，青霭入看无。分野中峰变，阴晴众壑殊。欲投人处宿，隔水问樵夫。"终南山又名中南山或南山，即秦岭，西起甘肃天水，东至河南陕县。太乙，终南山的主峰，亦为终南山别名。分野，我国古代天文学家把天上的星宿和地上的区域联系起来，地上的某一区域都划定在星空的某一范围之内，称为分野。中峰，指主峰太乙。这句指以太乙为标志，东西两边就分属不同星宿的分野了。

太乙即是"泰一"、"太一"。在这诗里是指山，可见太一包含多个意思，可以指：

1. 太一，上帝，也作"泰一"。《史记·封禅书》："天神贵者太一，太一佐曰五帝，古者天子以春秋祭太一东南郊。""太一、泽山君、地长用牛。"《索隐》："宋均云：天一、太一，北极神之别名。"又《天官书》："中宫天极星，其一明者，太一常居也。"《正义》："泰一，天帝之别名也。刘伯庄云：泰一，天神之最尊贵者也。"《淮南子·天文训》："太微者，太一之庭，紫微宫者，太一之居。"《周礼》注："昊天上帝，又名太一。"《易纬乾凿度》郑玄注："太一者，北辰之神名也。居其所，曰太一。"《五经通义》："天皇大帝亦曰太一。"

2. 形成天地的元气。《礼记·礼运》："必本于太一，分而为天地，转而为阴阳，变而为四时。"其注："太，音泰。"疏："太一者，谓天地未分混沌之元气也。"《淮南子·诠言》："洞同天地混沌为朴，未造而成物，谓之太一。"

3. "道"的别称。《庄子·天下》："建之以常无有，主之以太一。"成玄英注："太者，广大之名。一以不二为称，言大道旷荡，无不制围，囊括万有，通而为一，故谓之太一。"《吕氏春秋·大乐》："道也者，至精也，不可为形，不可为名，强为之名，谓之太一。"又："万物所出，造于太一。"注："太一，道也。"

19

4. 星名，属紫微垣。《史记·天官书》："中宫天极星，其一明者，太一常居也。"《步天歌》："左右四星是四辅，天一太一当门路。"《星经》："太一星在天一南半度，天帝神，主使十六神。"

5. 山名，也作太乙，即今天的终南山。汉张衡《西京赋》："天前则终南太一。"裴骃《史记》集解引《地理志》说："太一山，古文以为终南。"这是因古人以中原地区的终南山为天下山的中心，犹如北辰为天的中心，故王维诗云"太乙近天都"，东西由此分野。

细心者当会发现：以上这五六种解释，看起来复杂，而其实都是相关的。犹如一个字，有其本义、也有引申义。"太一"指北斗、北辰，这就是它的本义。他是整个天庭的主宰，所以太一又是上帝，它也是世界的主宰。可是中国人讲的上帝其实又并不是西方那种人格神，只是指一种德、位、作用，因此说太一其实就是道或元气，化生万物。

类书、蒙学书中文学性的天文知识

三正、十二辰、十二次、岁阳、太岁、黄道十二宫、北辰、七星等等，可说是古人的生活知识，所以即使一位乡下老太太也可能对今年是否犯太岁十分清楚，也会劝你勿在太岁头上动土。文学中涉及这些，只是生活之反映罢了。

但知识还有另一种，非生活性知识而是文学性知识，是属于文学人应该有的知识。这些知识，由类书中看最明显了。

类书本来就是供文人作诗、写文章时采撷辞藻典故用的，所以类书中天文一类便是文人应有或可以的知识范围。这些范围或大或小，依类书的规模而定。最大的是《古今图书集成》，其次如《渊鉴类函》《太平御览》等也都大得不得了。规模适中的，大约可以《艺文类聚》为代表。

最简单的则是《诗韵合璧》所收的《诗腋》。

此书乃是作诗人查用的韵书中附的内容，"天文部"包含：天地、天、日月、日、春日、夏日、秋日、冬日、夕阳、月、中秋月、新月、残月、星、景星、寿星（辰斗参看）、云、春云、夏云、秋云、冬云、风雨、风、春风、夏风、秋风、冬风、雨、黄梅雨、春雨、夏雨、秋雨、冬雨、夜雨、喜雨、雷、电、露、霜、雪、霞、雾、天河、虹、晴、阴、烟、游丝。

相较于前述生活性知识，这类文学性知识显然不只重视天体天行本身，更重视不同时间的表现。故同样是月，就要详分新月、残月、中秋月；同样是日，就要再分春日、夏日、秋日、冬日。而且除了七曜之外，更重视风、云、雨、露、霜、雪、雷、电。

反对辞藻文采的人，曾讥讽作家作文是"满纸不出风云月露之形"。是的，文学没有风云月露点染怎么行？可是写风云月露也不能呆写，风有各种风，雨有各种雨，而风雨雪露又有无数相关辞藻典故可以代用，所以文章才能写得好看。

例如夜雨，《诗腋》提示写作者可以参考："秋碎三更里，凉生万点中。渐促寒灯炧，频催旅梦醒。浙水新交接，巴山旧话劳。湿云堆径黑，余火泼灯青。小楼听一夜，别馆话三更。屋角凄无月，帘腰劲有风。入梦泉翻枕，催诗客吮毫。花事连朝卖，溪痕几尺添。"这每一句都是夜雨之景，作诗者若诗思枯竭，读此自然足以浚发，也可以由此中偷意、偷句、偷势。所谓文学性知识，与一般生活性知识、理论性知识不同，由此便可以看得出来。

《诗韵合璧》还收有《词林典腋》，收的就是词汇与典故。如夜雨，它提示如下："滴阶、鼓窗、洒竹、茅舍、响竹、润础、长溪、小楼、孤馆、钟沉、天难晓、残灯、漏断、梦亦惊、凉生枕玉、冷逼窗纱。"作用与《诗腋》相同。

还有一类材料也可参考，即各式启蒙书。如《千字文》即是以天文开端的："天地玄黄，宇宙洪荒。日月盈昃，辰宿列张。寒来暑往，秋收冬藏。闰余成岁，律吕调阳。云腾致雨，露结为霜。"《千字文》乃四字韵语，儿童启蒙时是跟诗词一同唱诵着学的，故亦可视为文学性知识之一类。

其他蒙书如《龙文鞭影》本是教小朋友作对仗的；《幼学琼林》名为"琼林"，也有文采斐然之意。其为初级入门文学性知识读物，殆无疑义。《幼学琼林》的天文部分这样写道：

> 混沌初开，乾坤始奠。气之轻清上浮者为天，气之重浊下凝者为地。日月五星，谓之七政；天地与人，谓之三才。日为众阳之宗，月乃太阴之象。虹名螮蝀，乃天地之淫气；月里蟾蜍，乃嫦魄之精华。风欲起而石燕飞，天将雨而商羊舞。旋风名为羊角，闪电号曰雷鞭。青女乃霜之神，素娥即月之号。雷部至捷之鬼曰律令，雷部推车之女曰阿香。云师系是丰隆，雪神乃是滕六。欻火、谢仙，俱掌雷火；飞廉、箕伯，悉是风神。列缺乃电之神，望舒是月之御。甘霖、甘澍，俱指时雨；玄穹、彼苍，悉称上天。
>
> 雪飞六出，预兆年丰；日上已三竿，乃云时晏。蜀犬吠日，比人识见甚稀；吴牛喘月，笑人畏怯过甚。望切者若云霓，恩深莫如雨露；参商二星，每出没不相见；牛女两宿，唯七夕一相逢。羿妻奔于月窟，号为嫦娥；傅说死后精神，托于箕尾。戴月披星，谓奔驰于早夜；栉风沐雨，谓劳苦于风尘。事非有意，譬如云出无心；恩可遍施，乃谓阳春有脚。馈物致敬，敢效献曝之忱；托人转移，全赖回天之力。感救援之恩曰再造，颂再生之德曰二天；势易尽者若冰山，事相悬者如天壤。晨星谓贤人寥落，雷同谓言语相符。

心多过虑，何异杞人忧天；事不量力，不殊夸父追日。赵盾如
夏日之可畏，赵衰如冬日之可爱。齐妇含冤，三年不雨；邹衍
下狱，六月飞霜。父仇不共戴天，子道须当爱日。盛世黎民，嬉
游于光天化日之下；太平天子，致召夫景星庆云之祥。夏时大禹
在位，上天雨金；春秋孝经既成，赤虹化玉。箕风毕雨，比庶民
之愿欲不同；风虎云龙，拟诸臣之会合不偶。雨旸时若，系是休
征；天地交泰，斯称盛世。

你看这些，大概也就可以晓得古人对于一个小孩子应该具备什么
样基本人文知识的看法了。如今的大学生研究生，哎呀，恐怕比不上
古代刚启蒙的小孩子吧！

《天问》分化出的文学形态及影响

不过类书或童蒙书所显示的，乃是一般性的文学知识，属于一个
社会中人之基本人文素养，是普遍的。另有一种文学知识却是个人化的，
只属于某一特殊之个人。典型例证即是屈原之《天问》。

《天问》全篇，也可以说是以屈原个人在质问普遍的、一般性的天
文知识。例如前文不是说天有十二次吗？屈原就问："天何所沓，十二
焉分？"清王夫之认为，屈原是在问："沓，合也。十二，周天之次。
分天之度三十度有奇为一次，自玄枵至星纪，为日月交合之会，岁星
岁易之次舍，而下合于分野。天高远，而分野有涯，何以合也？"（王
夫之《楚辞通释》）其实屈原未必是问天上星星与地上分野合不合的事，
可能只是问天为何要分成十二次？因此下文接着又问："日月安属，列
星安陈？出自汤谷，次于蒙汜。自明及晦，所行几里？"太阳、月亮、

23

星星的运行都依什么规则呢？太阳起于汤谷，入于蒙汜，一天要走多少里路？如此如此，一路问下去，由天体之运行问到天理，好人为何没好报、国家为何老是动荡不安等等：

> 日遂古之初，谁传道之？上下未形，何由考之？冥昭瞢闇，谁能极之？冯翼惟像，何以识之？明明闇闇，惟时何为？阴阳三合，何本何化？圜则九重，孰营度之？惟兹何功，孰初作之？斡维焉系，天极焉加？八柱何当，东南何亏？九天之际，安放安属？隅隈多有，谁知其数？天何所沓？十二焉分？日月安属？列星安陈？出自汤谷，次于蒙汜。自明及晦，所行几里？夜光何德，死则又育？厥利维何，而顾菟在腹？女歧无合，夫焉取九子？伯强何处？惠气安在？何阖而晦？何开而明？角宿未旦，曜灵安藏……

此类天问，在文学上新开一体，纯是哲思议论，影响不只在辞赋上，散文体如唐韩愈、唐柳宗元、唐刘禹锡的《天论》，诗歌如唐元稹《表夏》之类，直启宋诗的论议之风。而辞赋中就更多了。

六朝期间，张绰一类玄言诗也近于此，江淹杂体诗中有拟张一首《孙廷尉绰杂述》："太素既已分，吹万著形兆。寂动苟有源，因谓殇子夭。道丧涉千载，津梁谁能了？思乘扶摇翰，卓然凌风矫。静观尺棰义，理足未尝少。冏冏秋月明，凭轩咏尧老。浪迹无蚩妍，然后君子道……"云云，虽杂入老庄，然从太素已分讲起，也不妨看成是《天问》嗣响。

稍早的晋束晳《补亡诗》也是这类风格，如《由庚》说："荡荡夷庚，物则由之……纤阿案晷，星变基躔，五是不逸，六气无易。"《崇丘》说："恢恢大圆，茫茫九壤，资生仰化，于何不养？""纤阿"是月御，日移晷则月随升，经躔二十八宿。"五是"指雨、旸、燠、风、

24

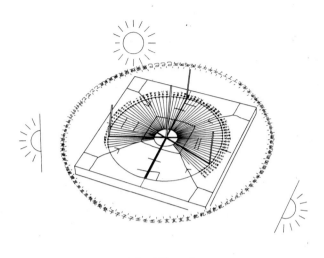

汉代的日晷使用示意图

时。"六气"指阴、阳、风、雨、晦、明。这些诗都是由天象天行来讲人生宇宙之理。

有些诗不那么纯粹，却也维持着由天象起兴的写法，如张华《励志》云："大仪斡运，天回地游。四气鳞次，寒暑环周。星火既夕，忽焉素秋。凉风振落，熠耀宵流。吉士思秋，实感物化……"《杂诗》："暑度随天运，四时互相承。东壁正昏中，涸阴寒节升。繁霜降当夕，悲风中夜兴……"晋卢谌《时兴》："亹亹圆象运，悠悠芳仪廓。忽忽岁云暮，游原采萧藿。"魏阮籍《咏怀》："开秋兆凉气，蟋蟀鸣床帏。感物怀殷忧，悄悄令人悲……"晋郭璞《游仙》："晦朔如循环，月盈已见魄。蓐收清西陆，朱羲将由白。寒露拂陵苕，女萝辞松柏……"等等，都是由天象讲起，天象改变了，四季气候就产生了变化，于是人心情思与之感应而又产生若干感与想。

这个套路乃是由《诗经》而来，试看阮籍那首不是跟《唐风·蟋蟀》中"蟋蟀在堂，岁聿其莫。今我不乐，日月其除"云云，十分类似吗？

25

只不过《诗经》依天象起兴后，径直叙事抒情；六朝这种“时兴”体则后半部多半受《天问》影响，老要发议论、显牢骚。

近人皆云此乃受老庄玄言影响使然，实则未必，像束皙《补亡诗》，本来是补所谓的“逸诗”的，可是议论还多于《诗经》原作呢！若由诗歌传统本身来找渊源，我们即不能不注意《天问》。

何况张衡所作《思玄赋》远在魏晋玄风未起之前，而其赋曰：“流目眺夫衡阿兮，睹有黎之圮坟。痛火正之无怀兮，托山阪以孤魂。愁郁郁以慕远兮，越昂州而游遨。跻日中于昆吾兮，憩炎火之所陶。扬芒熛而绛天兮，水泫沄而涌涛……顾金天而叹息兮，吾欲往乎西嬉。前祝融使举麾兮，缅朱鸟以承旗。躔建木于广都兮，摭若华而踌躇。”游乎天界，笔兼《远游》与《天问》，至为明显，何必旁求老庄、下捃魏晋呢?

也就是说，《天问》可能在后世文学史中分化出几种形态：

一种是论天的，重在哲理议论。

一种是讯天而游天，以探索人生之答案，找归宿的。

还有一种则取其“呵壁而问”之意。呵壁，是因心中烦惑，故呵壁问天。问的是天，实际上想问的人却是帝王，想问问他处世为何如此糊涂。既取此意，天就成为陪衬，重点是宫廷秘事。近人金天羽《呵壁》即是此种：“呵壁诗成学问天，伤心难过鼠儿年。十关到处传烽火，九庙经时阙豆笾。泥马无情来渡主，金人有泪不成仙。可怜六甲虚缠命，空手难征度厄钱。”这《呵壁》四首均咏光绪末年事。

还有一种与此不同，纯就天象记异旌奇，唐卢仝《月蚀歌》、宋梅尧臣《日蚀》皆属此类。近世丘逢甲《日蚀诗》、黄人《元旦日蚀诗》记光绪二十四年戊戌元旦日蚀。丘逢甲《岭云海日楼诗钞》中的《日蚀诗》有小序云：“戊戌元旦日蚀，申初初亏，酉初复圆，京师蚀八分三十四秒，广东蚀四分一十五秒，闻印度全蚀不见日也。"纯说天象，与其《呵壁》显然两途。黄人诗更是形天状日，铺排天文事典，以逞其神思。诗都太长，就不录了。但其为《天问》之一种继声，是很显然的。

至于哲理议论以说天的，近人许承尧《言天》也很值得注意。其诗以论星球有老有少开端，谈到宇宙间物体之成毁、相持相待、与人的关系、光与灵魂之问题等，纵彼玄思，亦犹张绰之玄言也！

天文问题，浩博无涯，先讲到这里吧，风、云、月、露等等，以后有机会再谈。

第二讲　文学与岁时

什么是岁时

文学岁时，实亦文学天文之一部分，但因岁时在文学上应用太广，一般都把它单独列出来谈。

岁时是指一年日月经行而成岁，以及岁中各个不同的时间单位区分。所以要从历法说起。

太阳出没、日夜交替一次叫一日。月亮盈亏一次叫月。年呢？简单说是地球绕太阳一周叫一年。但因中国古代非阴历、非阳历，乃是阴阳合历，所以较复杂。除了看太阳之外还需看月亮。《尚书·尧典》说："期三百有六旬有六日。"期就是年，一年有三百六十五又四分之一日，简称三百六十五日或三百六十六日，是由太阳说的。但又接着说："以闰月定四时成岁。"就是因月相的缘故。

28

月亮的变化周期为 29.53 日，十二个月合起来才三百五十四日，比太阳年少，两者合不拢，怎么办呢？古人于是要置闰。一年差十一又四分之一日，三年就差了约一个月，所以三年置一闰。置了闰，仍不尽能相合，所以五年还要再闰，即五年闰两次。

置闰的方法，历代又不尽相同。周朝是放在年尾，称为十三月。汉代放在九月以后，称为后九月。上古于年中置闰，故有闰三、闰六月，与现在相似。《左传·文公六年》说："闰以正时，时以作事，事以厚生。生民之道，于是乎在矣。"置闰是确定岁时的基本工作，故云"闰以正时"，古人是十分重视的。

岁时的基本单位是岁，也就是年。年之上有更大的单位，如十九年为一章、四章为一蔀、二十蔀为一纪、三纪为一元，但这只在天文学家那里使用，一般人只说年。诗中说到的纪，也不是一千五百三十年，而是十二年。唐李商隐《马嵬·其二》说唐明皇"如何四纪为天子，不及卢家有莫愁"即是。人生苦短，四五十年就挺长的了，谁管得着千岁百年的事？

一年之中，再分出段落来，就是四季。不过古代只分春秋两季，后才分为四时。犹如古人之说话，只有平仄，后才分为四声。古代史书称为春秋，以春秋代表一年，即其遗迹。庄子《逍遥游》批评"蟪蛄不知春秋"，亦以春秋表年。

一年之内，再分十二月。每月第一天称为朔，最后一天叫晦。大月初二、小月初三为朏。大月十六、小月十五叫望。朔望很容易懂。朏日则需略作解释。王国维《观堂集林》第一卷第一篇叫作《生霸死霸考》，俞樾也有《生霸死霸考》，考的都是这个。"霸"是古文《尚书》的写法，今文写成"魄"。马融注："魄，朏也，谓月三日始生兆朏名。"始生魄，所以也叫哉生霸。

一年之中再划分成二十四个单位，称为节气。即季节更替，气候变化之单位:立春、雨水、惊蛰、春分、清明、谷雨、立夏、小满、芒种、夏至、小暑、大暑、立秋、处暑、白露、秋分、寒露、霜降、立冬、小雪、大雪、冬至、小寒、大寒。

一年十二月、二十四节气，故一月约分得两节气。但因配合太阳移动，有的节气占十四天多，如冬至前后;有的占十六天多，如夏至前后。由此也可知一般人均以为节气是和阴历配合的，其实不然。节气是与太阳配合的，与朔望无关，所以它和阴历月份的搭配每年并不完全一样。

二十四节气，又分两类:一称节气，一称中气。一个节，一个中。如立春是正月的节，雨水是正月的中;惊蛰是二月的节，春分是二月的中，以此类推。因一个节加一个中，合起来约三十天半，大于一个朔望月。故每个月的节气和中气会比上个月迟一两天。推迟到某个月只有节气而无中气，就以这个月份来置闰。这称为"无中置闰法"。

节气之下更小的单位是旬，十日一旬。《幼学琼林·岁时》云"月有三浣:初旬十日为上浣，中旬十日为中浣，下旬十日为下浣"，即指此。古人不常洗澡，一月以三浣为度。

钦定授时通考之二十四气七十二候之图（清刻本）

比旬更小的单位是星期，不过古人不常用，直接就是日了。纪日用干支，十天干、十二地支，合为六十甲子。可能上古纪日先只用天干，后来才加上了地支。因此甲骨文中仍有仅用天干纪日的情况。文学作品中也有，如《楚辞·哀郢》："出国门而轸怀兮，甲之晁吾以行。"甲就是指甲日，仅纪天干，未用地支，这种情形到后来渐少。

一天有十二个时辰，这倒都是用地支纪的。每个时辰为现在的两小时，由夜半十一点起算，十一点至凌晨一点是子时，一点至三点是丑时，三点至五点是寅时，依次类推。

文学关注下的时间

以上这些年、月、节、日、时辰乃至朝夕各时段，都可能在文学中被关注、被运用。如《郑风·女曰鸡鸣》就说："女曰鸡鸣，士曰昧旦。"昧旦又名昧爽，是天快亮的时候。

当然西洋诗人对时间也很敏感，但他们似乎不像我国诗人这样普遍地对时间耿耿于怀。且中国诗如《郑风·女曰鸡鸣》这般，常比西洋诗更明确地指明季节和早晚的时间，哀悼春去秋来或忧老之将至的诗篇更不可胜数。春天的落花、秋天的枯叶、夕阳的余晖、岁暮的积雪……无一不使敏感的诗人察识到时间流逝、岁月不再。

是以在中国诗中的时间、季节通常有写实和象喻两种可能，如《豳风·七月》当然属写实的纪事；至如汉繁钦《定情诗》从日中直写到日暮，则非写实之笔，而是一种无尽的期许、一种时间的象喻。因为时序的推移，原本就可以在诗中造成一种绵长久远而循环不已的感觉。屈原《离骚》往往用"春"与"秋"、"朝"与"暮"的对举，暗示时间性的永恒周遍之感。民歌俗曲也常常透过四季十二月的更迭排比，来写无尽的爱恋相思，例如清华广生编《白雪遗音》所载《佳期约定》曲"佳期约定桃花放，二月春光。哄奴等到菊花见黄，又到重阳。相思病，害得不像人模样"，就具备了这些基本特质。晋陆机有《百年歌》十首，从人少年"体如飘风行如飞"一直写到耳昏目病，形体支离的百岁寿终，说明人在时间之流中不能抗拒的自然法则。汉武帝的《秋风辞》则表达了面对季节时间而兴起的感慨和哀伤。这些情感类型虽或表现的方式不同，但我们应能看出：诗中的时间感是最动人的。其动人的力量，在于时间暗示着流动，因为时间是藏在人生事物的背后的。

所以从昧旦开始，天亮了，人也起来活动了，一整天都在时间之流里。文学写任何活动，都离不开时间。故除写时间中人、物、情、事之外，对年、月、节、日、辰光本身也常有直接描写。《艺文类聚·岁时上》就引了许多例证：

《楚辞》曰：献岁发春兮，汩吾南征，菉蘋齐叶兮白芷生，湛湛江水兮上有枫，目极千里兮伤春心。又曰：王孙游兮不归，春草生兮萋萋。又曰：青春受谢白日昭，春气奋发万物遽。

【诗】晋陆机诗曰："节运同可悲，莫若春气甚，和风未及燠，遗凉清且凛。"晋张协杂诗曰："大昊启东节，春郊礼青祗，鹰化日夜分，雷动寒暑离，飞泽洗冬条，浮飙解春澌，采虹缨高云，文虹鸣阴池，冲气扇九垠，苍生衍四垂，时至万实成，化周天地移。"晋郭璞诗曰："青阳畅和气，谷风穆以温，英茞晔林荟，昆虫咸启门，高台临迅流，四坐列王孙，羽盖停云阴，翠郁映玉樽。"晋顾恺之神情诗曰："春水满四泽，夏云多奇峰，秋月扬明辉，冬岭秀寒松。"……

【赋】晋傅玄阳春赋曰："虚心定乎昏中，龙星正乎春辰，嘉勾芒之统时，宣太皞之威神，素冰解而泰液洽，玄獭祭而雁北征，幽蛰蠢动，

32

万物乐生，依依杨柳，翩翩浮萍，桃之夭夭，灼灼其荣，繁华烨而曜野，炜芬葩而扬英，鹊营巢于高树，燕衔泥于广庭，睹戴胜之止桑，聆布谷之晨鸣，习习谷风，洋洋绿泉，丹霞横景，文虹竟天。"周庾信春赋曰："宜春苑中春已归，披香殿里作春衣，新年鸟声千种啭，二月杨花满路飞，河阳一县并是花，金谷从来满园树，一丛香草足碍人，数尺游丝即横路，苔始绿而藏鱼，麦才青而覆雉，吹箫弄玉之台，鸣佩陵波之水，移戚里之家富，入新丰而酒美，石榴聊泛，蒲桃酸醅，芙蓉玉碗，莲子金杯，新芽竹笋，细核杨梅，绿珠捧琴至，文君送酒来，玉管初调，鸣弦暂抚，阳春绿水之曲，对凤回鸾之舞，更炙笙簧，还移筝柱，月入歌扇，花承节鼓，协律都尉，射雉中郎，停车小苑，连骑长杨，金鞍始被，柘月新张，拂尘看马埒，分朋入射堂，马是天池之龙种，带乃荆山之玉梁，艳锦安天鹿，新绫织凤皇，三日曲水向河津，日晚河边多解神，树下流杯客，沙头度水人，镂薄窄衫袖，穿珠帖领巾，百丈山头日欲斜，三晡未醉莫还家，池中水影悬胜镜，屋里衣香不如花。"

另以《千家诗》来看，这本在古代与《三字经》《百家姓》《千字文》几乎同样流行的诗选，全名为《分门纂类唐宋时贤千家诗选》，据说是刘克庄编的，前面六卷就是岁时，占全书四分之一以上，分别是：时令门、节候门、气候门、昼夜门。时令门讲春夏秋冬四季，节候门讲二十四节气，昼夜门就讲一天早晚的事。

如昼夜门中的"晓"，收了唐张泌、宋魏仲先、宋欧阳修、宋晁冲之、宋刘屏山、宋孔毅甫、宋张敬夫、宋戴复古、宋黄瀛父、宋刘随如等人十四首诗。下面是"昼"、"夜"，也各选了一些。这些诗中，许多并不是人物在那时有了什么行动或情事引得诗人去抒写，而是如咏物般，直咏时光。如，魏仲先云："露侵短褐晓寒轻，星斗阑干野外明。寂寞小桥和梦过，豆花深处草虫鸣。"

如"晚"，宋崔鹠云："落日不可昼，丹林紫谷间，冥冥远色里，历历暝鸦还。"这类诗，甚至不像许多咏物诗那般引向自身，带出咏怀来，只是白描刻画辰光而已。戴复古自己作的《江村晚眺二首》也是如此："数点归鸦过别村，隔溪渔笛远相闻。孤蒲断岸潮痕湿，日落空山生白云。"又"江头落日照平沙，潮退渔舟阁岸斜。白鸟一双临水立，见人惊起入芦花。"苏轼《春夜》亦然，曰："春宵一刻值千金，花有清香月有阴。歌管楼台声细细，秋千院落夜沉沉。"

此等作法，乃文学岁时中常见之体，并不说岁时与人的关系，直写岁时，常具客观性。有时因就天年岁行说，甚至还能显示出一种宇宙意识。王国维《人间词话》评宋辛弃疾（号稼轩）词曰："稼轩中秋饮酒达旦，用《天问》体作《木兰花慢》以送月，曰：'可怜今夕月，向何处，去悠悠？是别有人间，那边才见，光景东头。'词人想象，直悟月轮绕地之理，与科学家密合，可谓神悟。"云云，说的即是此一问题。

只不过王国维就辛词说话，未及说明此等写法其实乃诗家通套，因此讲得好像此乃辛弃疾横绝独造之奇，实则非也；比附科学，尤为无谓。试看唐张若虚的《春江花月夜》：

> 春江潮水连海平，海上明月共潮生。滟滟随波千万里，何处春江无月明。江流宛转绕芳甸，月照花林皆似霰。空里流霜不觉飞，汀上白沙看不见。江天一色无纤尘，皎皎空中孤月轮。江畔何人初见月，江月何年初照人。人生代代无穷已，江月年年望相似。不知江月待何人，但见长江送流水。白云一片去悠悠，青枫浦上不胜愁。谁家今夜扁舟子，何处相思明月楼。可怜楼上月徘徊，应照离人妆镜台。玉户帘中卷不去，捣衣砧上拂还来。此时相望不相闻，愿逐月华流照君。鸿雁长飞光不度，

鱼龙潜跃水成文。昨夜闲潭梦落花，可怜春半不还家。江水流春去欲尽，江潭落月复西斜。斜月沉沉藏海雾，碣石潇湘无限路。不知乘月几人归，落月摇情满江树。

这不也是这种客观性写法吗？纵其思致，直造太古洪荒初有月、初有人之际，若附会科学，不也可说此乃神悟乎？

另外，咏日、咏月，有时是作物体来描写，作审美式的观照，如唐李峤写《日》："旦出扶桑路，遥升若木枝。云间五色满，霞际九光披。"李商隐写《霜月》："初闻征雁已无蝉，百尺高楼水接天。青女素娥俱耐冷，月中霜里斗婵娟。"均属此类。这也是客观性的写法，与对景兴感式的表达主观感情不同，但仍与写时光的作品不一样。

所谓写时光，是如北周孟康《咏日应赵王教诗》："洛浦全开镜，衔山半隐规。相欢承爱景，共惜寸阴移。"或唐李建枢之《咏月》："昨夜圆非今夜圆，却疑圆处减婵娟。一年十二度圆缺，能得几多时少年？"虽写日、月，但主题是时间。故此乃写岁时之日月，非物体之日月，与前述那种观物审美之法迥然异趣矣！

中国人重节气、节日

岁、月，中西一样，都是一年十二个月（另有彝族十月太阳历等纪年法，因非主流，姑不具论。彝族太阳历是将一年分为十个月。每月以鼠日为一个月起头，十二属相循环三次，在猪日终结为月末，每月三十六天。一年三百六十天，剩下五或六天为过年日，不计算在十个月之内。大年在每年夏至日，过三天。第一天为接祖日，第二天为祭祖日，第三天是送祖日。小年在冬至日，只过两天，一天接祖、一

35

天送祖，闰年加祭祖日过三天。所以一年中要过两年），节气却是中国特色。

节气亦不单独说，通常与月份配合，称为节令。基本观念是宇宙阴阳二气迭相推移，消息进退，遂有月、节气之变化。而人之行为活动，即须与此天地自然之气运相结合。上文曾引《左传·文公六年》说："闰以正时，时以作事，事以厚生，生民之道，于是乎在矣。"即指此。

古人把这套天时和人事相配合的学问称为"时则"或"月令"。意谓人做事须以时月为准则和号令。《逸周书·时训篇》、《吕氏春秋·十二纪》、《礼记·月令》、《大戴礼·夏小正》诸篇所记，就是古人在这方面的讲究。

不过，这些书籍所载皆偏于政事，主要告诫对象是帝王，教帝王行事如何严格依据时令来，故论月令，犹如王制。王者施政，必居明堂，因此这套规矩又称"明堂月令"或"王居明堂礼"。属于邦国典礼。一般民氓，既不在其位，不谋其政，哪用得着如此礼制？不然，《左传》讲的就不仅限于君王，范围广及一切"生民"。可见上述诸书之所以偏重王政，只是文献性质使然。这套学问或礼制，早已弥漫到一般民众的日常生活里去了。东汉崔寔作《四民月令》，就是补充了这方面的文献缺陷，让人知道月令之学乃是四民均须赖以"作事"、"厚生"的。

近年出土了许多种《日书》，更可以帮助我们晓得古人不仅说月令，还细致到每天该做什么、不能做什么都有讲究。

所谓《日书》，是古代日者选择时日、占断吉凶的实用手册，类似现今仍在港台地区流行的通书或黄历。近年考古发现的战国秦汉简帛中，即有大量的《日书》：①湖北江陵九店楚简《日书》；②上海博物馆藏战国楚简《日书》残片；③湖北云梦睡虎地秦简《日书》甲乙种；④甘肃天水放马滩秦简《日书》甲乙种；⑤湖北沙市周家台关沮秦简《日书》；⑥湖北江陵岳山秦牍《日书》；⑦江陵王家台汉简《日书》；⑧湖北随州孔家坡汉简《日书》。其中所说的"四时宜忌"、"择日吉凶"有许多至今仍流行于民间，可见源渊之久远了。而且①③④的内容基本一致。可见在秦统一全国之前，社会民风民俗已经渐趋一致了。

月令之学当然极为繁琐，有些也不为一般人所注意，但大节日无论如何不能不照着风俗节气过，此即文化。其中尤其重要的，是元旦、人日（正月初七。据说正月一日是鸡日，二日为狗，三日为猪，四日是羊，五日牛，六日马，七日人。文人常以人日为题作诗文）、上元（即一般说的元宵节）、社日（立春后第五个戊日，一般在春分前后，为春社；立秋后第五个戊日为秋社，在秋分前后。农家祭社的日子，古代极重要）、寒食（清明前一两日，禁火）、清明、花朝（节期因地而异，农历二月二举行，也有在二月十二、二月十五，又称"百花生日"）、上巳（三月上旬的巳日，曹魏以后固定为三月三）、端午（五月五）、伏日（夏至后第三个庚日，为初伏；第四个庚日，为中伏；立秋后第一个庚日，为终伏。古代伏日亦为大祭祀，初伏尤重要）、七夕（七月七）、中元（七月十五，后受佛道教影响作盂兰盆会）、中秋（八月十五）、重阳（九月九）、冬至（为一年节气的起点）、腊日（汉以冬至后第三个戌日为腊日，南北朝以十二月初八。古以此日祭百神，民间则流行喝腊八粥）、除夕（十二月最后一天，一岁已除，故曰除夕）。《幼学琼林·岁时》综和说之曰：

爆竹一声除旧，桃符万户更新。履端，是初一元旦；人日，是初七灵辰。元日献君以椒花颂，为祝遐龄；元日饮人以屠苏酒，可除疬疫。新岁曰王春，去年曰客岁。火树银花合，谓元宵灯火之辉煌；星桥铁锁开，谓元夕金吾之不禁。二月朔为中和节，三月三为上巳辰；冬至百六是清明，立春五戊为春社。寒食节是清明前一日，初伏日是夏至第三庚。

37

四月乃是麦秋，端午却为蒲节。六月六日，节名天贶；五月五日，序号天中。端阳竞渡，吊屈原之溺水；重九登高，效桓景之避灾。五戊鸡豚宴社，处处饮治聋之酒；七夕牛女渡河，家家穿乞巧之针。中秋月朗，明皇亲游于月殿；九日风高，孟嘉帽落于龙山。秦人岁终祭神曰腊，故至今以十二月为腊。

这些，算是中国人的基本节日。其间有几个重点，一是节气始于冬至，而非元旦。

为什么？因为讲节气，所以规律不依太阳年来，而是依着气的运行变化来。气有阴阳，阳气刚开始很微弱，逐渐盛大，故始于冬至。冬至以后，日子即一天一天长了。由十一月、十二月到一月，阳气就完全盖过了阴气，因此春一月又称"三阳开泰"。《史记·律书》云："气始于冬至，周而复生。""日冬至则一阴下藏，一阳上舒。"即指此言。所以人们把冬至当成节日来庆祝，北方吃饺子、南方吃汤圆，不是庆祝冬天来了，而是庆祝阳气已生，春天已不远了。

另一个重点是节日皆是奇数日，分为两个系统。一是十五日，如一月十五上元节，七月十五中元节，十月十五下元节，另外八月十五为中秋节。二是重数日，例如三月三、五月五、七月七、九月九。十五以迎祥为主，重数以避厄为主。

如上元十五斗花灯，点灯为戏；八月十五合家团聚；连受佛道教影响而成的盂兰盆会鬼节（七月十五），也并无辟厉去厄之意，主要在于接福、纳祥、欢聚喜庆，包括孤魂野鬼都可受到施舍，亡祖魂魄也可回到阳间团聚，受子孙供养。

重数的节日就相反，一切喜庆仪式均是为了辟邪去厄而设。如元旦，乃是绝大凶日，故要以一切吉祥语、事、活动来厌胜它。

三月三亦凶，故要临水去湔袚不祥，称为修禊日。晋王羲之《兰亭序》讲的就是修禊日的活动。一般士女，虽无文人之才笔与风雅，也仍要临水洗去一身秽气的。杜甫《丽人行》说："三月三日天气新，长安水边多丽人。"即指此。现今傣族及东南亚尚盛行之泼水节，即其遗风。

清　陈枚《月曼清游图》之重阳赏菊

五月五亦大凶，乃春夏交会，阴阳两气交冲之时，故曰午。午者，牾逆之牾也。人在这时最容易生病，所以要喝雄黄酒，挂菖蒲艾草、煮水洗浴、佩香囊等以辟厉气。包粽子、划龙舟以祭屈原，是后来附会到这个节日里来的，起于《荆楚岁时记》以后。

七月七，《荆楚岁时记》也把它讲成是向牛郎织女乞巧的事，原先亦是辟邪除厄的。所以《荆楚岁时记》一书颇为重要。

九月九重阳，更是要登高、插茱萸、饮菊花酒以辟恶气（详见《风土记》、《续齐谐记》）。

还有一个重点是祭祀。上述各节日都是要祭祀的，或祭祖或祭神，节日之神圣性，即与此类仪式有关。其中最特别之祭祀是把岁时本身当作祭祀的对象，伏与腊即属此种。汉杨恽《报孙会宗书》说："田家作苦，岁时伏腊，烹羊炮羔，斗酒自劳。"便是以伏腊来代表整个一年的。这两祭，如此隆重、如此被民间看重，即显示出古人对待整个岁时的庄严态度。

而节日又是诗文中运用最多的，元旦、元宵、上巳、端午、七夕、中秋、重阳、除夕，不知道有多少好诗文缘彼而发。因为在这些节日中，皆伴随着无数仪式、饮食、风俗、游戏及情感在其中，所以既能牵动人之创作欲，写来也易于动人。且不说中秋、重阳等大节日，就是立春、人日、花朝这些日子，好诗文也多得不得了。

如立春，宋朱淑真的《绝句》云："自折梅花插鬓端，韭黄兰苗簇春盘。泼醅酒软浑无力，作恶东风特地寒。"宋白玉蟾的《立春》："东风吹散梅梢云，一夜挽回天下春。从此阳春应有脚，百花富贵草精神。"

社日，周代本用甲日，汉至唐各代不同，但皆要饮酒欢聚。陆游的《社日》云："坎坎迎神鼓，儿童喜欲颠。放翁无社酒，闭户课残编。"宋方岳《社日》诗："燕子今年揩社来，翠瓶犹有去年梅。丁宁莫管杏花俗，付与春风一道开。"此种社日饮酒欢聚之风，可能是古代乡饮酒礼之遗存，兼祀土地。据《毛诗序》，《周颂·载芟》就是春天"藉田而祈社"的乐歌；《周颂·良耜》是秋报社稷的乐歌。所以到了后世农村里逢社日，仍要"坎坎迎神鼓"，舞歌娱祭一番。宋元以来，各村寨因祭社而发展出来的社火，还颇有延续至今的，许多且列入非物质文化遗产，如陕西洋县悬台社火、南郑县协税社火高跷、西安大白杨社火芯子等都是。

社日又要停用针线、喝治聋酒。唐张籍《吴楚歌》："今朝社日停针线，起向朱樱树下行。"宋王安石《歌元丰》："百钱可得酒斗许，虽非社日长闻鼓。"明谢肇淛《五杂俎·天部二》："唐、宋以前，皆以社日停针线，而不知其所从起。余按《吕公忌》云：'社日男女辍业一日，否则令人

40

不聪。'始知俗传社日饮酒治耳聋者为此，而停针线者亦以此也。"

文人笔下的节日、岁时

有些作家便是以擅长写节日、岁时著名的。如近代郑孝胥以作"重九"诗著，人称"郑重九"，每年重九均有作，别人也以此与他唱和，蔚为佳话。郑还喜欢作《夜起》诗，习惯夜中即起，后把住处称为夜起庵，自称夜起翁。我于一九七六年作《近代诗家与诗派》，有两段评论，或可录给各位参考：

> 海藏楼与夜起庵，遥遥相对；抱器怀质，遁藏上海，是为海藏；
> 蟠然一叟，匍匐东北，又非夜起而何？集中以夜起之义为题者甚多，
> 以迹言，则海藏每中宵不寐，夜起吟哦或看月坐雨；以心言，则"心
> 火方自燃"，遂不免晚任伪职矣。其早岁即有"盛年不偶欲何如？"(《贫
> 女》)、"养精勤闭目，留待老来看"(《自题三八岁小像》)之想。后则
> 屡以夜起自诩，曰："七十老翁夜独醒。"(《己巳正月十五夜》)又云："胸
> 中已是无波井，却为鸡声起怒涛。"虽垂老挣扎，未始无休退之思(《壬
> 戌九日》："晚途莫问功名意，往事唯余梦寐亲。"《谢七十赠诗诸君》：
> "俯仰漏将近，踽踽犹夜行。"《壬申杂诗》："夜起庵中人老矣，不须辛
> 苦损天真。"《残夜》："数盆颇惜梅花瘦，莫解残年抑郁心。"皆有衰年
> 不必强为之意)，然负气孤行，终以功名自苦，亦性格之所不得不然。
> 彼挽弢庵，讥弢庵为"功名士"，实则为功名所误者，固海藏而非弢庵
> 也。其诗曰："端看不朽功名外"(《弢庵过访》)、"因材谁可共功名"(《甲
> 午师次横州》)，可谓自为脚注。夜起二十年，世论多所讥弹，乃不自
> 退省，徒为负气之说，以为"独行孤身道偶通，知音千载最难逢。世

人尽在酣眠里，忘却人间夜起翁"（《使日杂诗》）；"举国欲何依？无主自致乱。老夫略识途，诗张莫为幻"（《夜起》），谬哉！

诗家每有特殊之题材而为他人所不经道者，如渊明之菊、太白之酒，皆陶李家中物，他人不得染指。若海藏之禁脔，则重九与听雨是也。夫海藏重九诗，特显于丁酉以后。岁岁为之，炼肃旷慜之气，出之以平淡纡折语，得天地秋气，世推为郑重九（见集末附名流诗话及苍虬《丁巳九日烟霞洞登高之四》自注）。古今无此等也。然其重九诗，实多与夜起意识有关，如"霜菊名贤独堪倚，未妨同恋夕阳江"（壬子）；"等闲难遣黄昏后，起望残阳奈暮阴"（甲寅）；"怅望斜阳更不回"（己未）；"一丘一水饶萧瑟，尽恋斜阳晚未回"（丙寅）；"四十年来老宾客，荒祠犹怆夕阳明"（乙丑）；"夕照当楼朔气高"（己巳。以下仕伪满后作）；"晚向空桐惜鬓霜"（壬申）；"雪后重阳夕照明"（癸酉），老骥长途，徒嗟日暮，几于每诗皆然，古今重九诗，亦无此说也。然衰迟一翁，恋此斜阳，终恐不免"半生重九人空许"、"枉被人称郑重九，更无豪语厌悲辛"（壬戌）。

郑孝胥或许是个特殊的例子，但诗人岁时之感辄与其心境相发，读者若能由此切入，剖析其人格及心理状态（如上文这样透过重九与夜起去看郑之心境），以此方法，实可分析许多诗人。我早年论李商隐，特别着重其伤春意识，亦是用此方法（见《文学中的人生抉择问题：李商隐与佛教》）。论郑孝胥时亦有一段说及此：

《海藏集》尽削少作，而以《春归》为开卷第一首。古之伤春，自以义山为著；然海藏伤春，未必即与义山同。且其伤春每云惘惘，如"春归诗社晚，惘惘三月后"（《辛亥四月二日曾刚父招集崇效寺》）、"噢

42

遍江梅更惘然"(《辛卯正月廿一日城西步归》)、"怅惘梅边想战尘，又看江南二月春"(《移居绵侠营》)、"物华易换我难春，只作花前怅望人"(《过眼》)、"士有伤春泪不收"(《梁星海约游琴台》)、"惘惘春风梦里归"、"花前人与春俱老，惘惘沾巾岂酒痕"(《廿二年四月八日乞假至大连星浦》)、"惘惘重经黄埔滩……伤春小杜罢追欢，修书粗说江湖意，已觉春阴到指寒"(《上海旅次寄京中友人》)等皆是。而此类篇什，又皆集中于前七卷，卷八以后仅两见，故此当为海藏壮岁时一特殊心境，所谓："三十不官宁有道，一生负气恐全非"(《春归》)也。惧年华遽去，功名不就，虽有宦于龙州、武汉，而"少年心未尽，怅惘若有失"、"沈思旋自哂，世味孰可悦？冰天雪窖中，何事忘余热！"名心萦怀，积为内热，乃有此伤春意识耳。凡"人生三十为一世，失却少年安可悔。朱颜销尽四十来，昔日风情竟何在"(《己亥三月十二日作》)、"牵怀何竟意犹疑，楚水销魂似别离。往事梦空春去后，高楼天远恨来时。袖间缩手人将老，地下埋忧计已迟。莫道一生无际遇，灵修瘦损记风仪"(《汉口春尽日北望有怀》)、"匆匆年少愁中过，惘惘春风梦里归。邑管投荒寄边锁，京华怀旧检尘衣"(《甲辰七月初一作》)云云，皆是此意，古今伤春诗之别调也。

大部分诗人未必如义山、海藏这般伤春，但惜春几乎是共同的，对岁时年节不能无所感也是共同的。因时感会，多有佳什。杜牧之清明"牧童遥指杏花村"，王维之重阳"遍插茱萸少一人"，苏轼之中秋"但愿人长久，千里共婵娟"，都是脍炙人口的诗句。

不过古人多是偶得，后来就常刻意为之。近人刘太希的《明日是花朝》足堪例证。把《明日是花朝》一句嵌在五首五律的各联中："明日是花朝，春愁托玉箫。云岚笼树湿，滇渤入天遥。瘴海人将老，江湖与未消。平生飞动意，如对伍胥潮。""天涯春草绿，明日是花朝。两望涵三楚，东浮见六朝。得珠期象阙，垂翼待扶摇。沧海非云渺，神山信可招。""独立窥元化，荒茫象纬遥。芳春多令节，明日是花朝。世乱入流水，龙吟咽暮潮。潮陵松柏路，应有五云飘。"我也见过一些诗社以花朝为社课，而清李汝珍《镜花缘》更就"百花生日"敷衍出一段故事。这些例证，举不胜数。

另要补论四事：

一、宋张炎《词源·节序》曾说："昔人咏节序，不唯不多，付之歌喉者，类是率俗，不过为应时纳祥之声耳。所谓清明'拆桐花烂漫'、端午'梅霖初歇'、七夕'炎光谢'，若律以词家调度，则皆未然，岂如周美成《解语花·赋元夕》……史邦卿《东风第一枝·赋立春》、黄钟《喜迁莺·赋元夕》……以俚词歌于坐花醉月之际，似乎击缶韶外，良可叹也。"

张炎是主张雅词的，所以其说可以观流变。早期俗曲歌咏岁时确实较少，敦煌曲所见大量《五更转》、《十二时》、《百岁篇》，可能原初也出于对岁时的感兴赋咏，但在民间多与佛道劝世歌相混，代表世俗人对岁时的态度：年光易尽，悟人生之虚空；或把握佳节，迎福辟凶。故张炎批评它们俚俗，不过为应时纳祥之声而已。词到北宋中期逐渐诗化以后，文人才大量作这种感岁序之什，且文雅可喜。故此说亦可作为观察词史线索之一。

二、唐李贺诗《江楼曲》："楼前流水江陵道，鲤鱼风起芙蓉老。"清王琦注：《岁时记》：九月风曰鲤鱼风。"这本《岁时记》，并非《荆楚岁时记》之简称，而是宋代陈元靓的《岁时广记》。该书卷三说："《提要录》：鲤鱼风，乃九月风也。李贺诗：'楼前流水江陵道，鲤鱼风起芙蓉老。'又古词：'瑞霞散成绮映舴艋，棹轻鲤鱼狂风起。'"同卷"黄

44

雀雨"条又说："罗鄂州词：'九月江南秋色，黄雀雨、鲤鱼风。'"此条王琦没引，但显然他看过陈氏这本书曾用李贺诗来说明什么叫鲤鱼风，所以他倒过来用这条记录去说明李贺诗里的鲤鱼风即是九月风。而我引这两处形成互文关系的文献做什么呢？是要补充上一条的解释。

年节岁时，固然如上文所说，乃是古时所有民庶都生活于其中的规律，四民月令，起居兴动，莫不与之相关。但中国岁时之文学化实是越来越甚。早期论岁时多以民俗来解释，典型例证便是《荆楚岁时记》，编了许多故事。后来文人采用这些故事，以文学手法点染之，什么端午吊屈原、七夕乞巧，做了无数诗文。于是后来解释岁时就转而要靠文人诗文了。陈元靓《岁时广记》之体例即是如此，论某事，例如黄雀雨、鲤鱼风，均引诗为说。所引这些诗词，后来在辑佚上很有用，像《全宋词》所收宋罗愿三句词，就全出自陈氏《岁时广记》卷三。

但我看重的，还不是这种材料性的功能，而是把它当成一条线索，来观察岁时文学化的问题。上文我曾以为例的刘克庄的《千家诗》，该书的编排方式及选诗，也是岁时文学化之一端，正与张炎说宋代文人较多歌咏节序相关。

三、岁时文学化之例子，不胜枚举，而上文以李贺为说，乃是要提醒大家注意如李贺这样的诗人。李贺的时间意识极强，诗中充满了死亡意象，可钩稽处比比皆是。如《苦昼短》说："飞光，飞光，劝尔一杯酒。"清王琦注引《晋书》来解释。没错，但《晋书》所载，又出于《世说新语》卷三"雅量"门晋武帝见彗星条，说："太元末，长星见，孝武心甚恶之。夜，华林园中饮酒，举杯属云：'长星，劝尔一杯酒，自古亦何时有万岁天子？'"而南朝刘义庆编的另一本书《幽明录》也记录了这个故事。但《幽明录》已佚，鲁迅的《古小说钩沉》是从《开元占经》卷八十八所引辑得。《开元占经》乃是占星术之书，其中记载

45

了这个故事，可见它在唐代流传还颇广，李贺径引为诗句，并非偶然。究其原因，固然有李贺本身对生命的态度，令他对孝武故事颇生契会，但也不能说无历史的与社会的因素，此中便仍有甚大之空间，可供吾人骋思也。

四、唐李益有《书院无历日，以诗代书，问路侍御六月大小》云："野性迷尧历，松窗有道经。故人为柱史，为我数阶蓂。"书院即集贤殿书院，开元十三年设，置集贤殿学士掌图籍。后来流行的书院，或许即是民间对此体制之仿拟，因唐末以前讲学之处仅称精舍，没有叫书院的。但这个机关在政府中乃是个冷衙门，求仕者入乎其中，颇有入居古刹"山深不知年"之感。故李益作诗给朋友开玩笑，问他六月是大是小。大月三十天，小月廿九天。蓂草是蓂荚，于月初生，一日生一荚，生到十五日。十六日以后，一天落一荚，月底而尽。如果是小月，就会有一荚焦而不落，故可以用来计算日子。大自然之奇妙，真不可思议，而李益之牢骚亦甚可观也！试想谁会连六月大小都不晓得呢？如此开玩笑问老友，只是表示自己没被现在的皇帝泽润到罢了。尧曾命羲和造历，故诗云："野历迷尧日。"文学作品中知岁序者多，不知岁序者少，此偻作不知，是以可喜。我常说读书固当注意古人所写的，亦需注意他所没写的，如此等诗，便是不写之写。

四季变化为文人所重

岁序之最大单位是年，年之下就是四季，四季变化，物色遂异，故文人所重，尤在四季，《文心雕龙·物色》讲得最清楚：

> 春秋代序，阴阳惨舒，物色之动，心亦摇焉。盖阳气萌而玄驹步，

阴律凝而丹鸟羞，微虫犹或入感，四时之动物深矣。若夫珪璋挺其惠心，英华秀其清气，物色相召，人谁获安？是以献岁发春，悦豫之情畅；滔滔孟夏，郁陶之心凝；天高气清，阴沉之志远；霰雪无垠，矜肃之虑深。岁有其物，物有其容；情以物迁，辞以情发。一叶且或迎意，虫声有足引心；况清风与明月同夜，白日与春林共朝哉！

春夏秋冬，似乎有着不可思议的魔力，诱出深刻而又普遍的人性反应。《文赋》说："遵四时以叹逝，瞻万物而思纷；悲落叶于劲秋，喜柔条于芳春。"也在说明节令推移之际，自然万象的变化能唤起作者不同的情绪，而成为创作时最重要的力量。

所以我在一九七九年曾写了一本小书《春夏秋冬：中国文学中的四季》，结合《文心雕龙·物色篇》和弗莱（NorthropFrye）的原始类型理论来讨论四季与文学的关系。人皆悔其少作，故此书我现今亦羞于再版。不过因是当时一种思考，我仍愿抄录部分，与诸君分享，晓得谈文学与岁时还可以有这样的进路：

春天，刚从严冬的蛰眠中苏醒，万物生萌初动、草木华生，人们处在此中，自然"愉悦之情畅"。《论语》里记载："暮春者，春服既成，冠者五六人，童子六七人，浴乎沂，风乎舞雩，咏而归。"《老子》也说："众人熙熙，如享太牢，如登春台。"春天暖气才动，大地从冰雪彤云的灰暗阴沉里，散放出诱人的青绿。春冰乍破，草木芽生，寒梅仍在，百花都开，正是赏玩观游大自然美景的时节。横藤碍路，弱柳依人，于是"游春"成为在诗中最基本的表现情感，正如《老子》和《论语》所说那样。《楚辞》亦说："发岁开春兮，白日出之悠悠，吾行荡志而愉乐兮，遵江夏以娱忧！"

影来池里，花落衫中，游春的愉赏之情，是诗歌中春天的基本属性。简文帝《春日看梅》诗："冻解池开绿，云穿半天晴，游心不应动，为此欲逢迎。"不正说明了春天是人们初接大自然之美、赏玩观览的时节吗？这种情致，北朝北周庾信《春赋》描写得最为细腻传神。（因文长不具引）

从览赏中，也许会联想起自我身世（物色尚有春的滋润，而我呢）；或许会感叹时光流逝之速（又是春天了，而我老了、不得还乡了等等）；或是面对美景，怀想亲人、友人或恋人，例如梁元帝《春日》："不见怀春人，徒望春光新，春愁春自结，春结讵能申？欲道春园趣，复忆春时人。春人竟何在？空爽上春期。独念春花落，还似共春时！"诗里所常见的春怀、春怨、春思、伤春、感春等等，大都是这类情感的迸发，我们称为"春的惆怅"。

等到春残将尽，落花纷飞时，"无计留春住"的感慨，又成了普遍的讴吟。惜春、晚春、饯春等等，都奔凑于诗人笔下。春天的秋思，也弥漫着整个世界，落叶片片，每一点香红，都夹杂着多情的泪水，随风飘堕。"泪眼问花花不语，乱红飞过秋千去！"这是"春的感伤"，在某种意义上，它与感秋之肃杀而滋生的伤怨，是很接近的。但绝不和夏天、冬天迸发的情感相似。春的青葱、夏的深绿，在色调上不也有所差别吗？

只是，我们可知道春夏秋冬在诗歌的表现里，虽然都是"感物吟志"的创作发动路线，但因物色的自然差异，构成了愉悦与矜肃等情感上的分歧。是否物色之不同，真足以影响诗人心理与精神的活动？是否春夏秋冬也是种"普遍的象征"，能导引相似的心理反应？

中国的时间意识，常有着"无可奈何而安之若命"的基本态度，因而产生了及时行乐和随顺时间等类型。这种逃避时间的局限或服从流转的时间（特别是季节的周流循环），在西方都被视为是"原始基型"的一种。虽然它们常含有追求永生的意味，和中国的意识形态有着基本上的差异，但原始基型的观念，似乎仍可供我们解开时间之谜。

所谓原始基型，简单地说，就是指在任何文学作品中，那些可以视为同一的抒情原则、特征典型或隐喻意象。换言之，作者的心境，常被象征大自然肃杀萧条的秋，或象征新生、希望的春所影响支配。当暗示诗人内心经验规律变化的季节在诗中具有主题结构性时，透过原始类型的探索，才能寻究出它的原委。

弗莱在《文学的原始类型》一文中曾将人类对一年四季时节代序的信念及解释和人类有机性的活动过程相结合：

（一）黎明、春季、诞生期。例如英雄的诞生、苏醒、复活、创造与击败一切黑暗、严冬、死亡等神话，是一切传奇及大部分狂热欣喜诗歌的原始类型。

（二）正午、夏天、结婚或胜利期。他们是喜剧、田园诗、牧歌等的原型。

（三）日落、秋季、死亡期。如落败、将死之神、暴毙及疏离、孤独等神话，是悲剧、田园诗、牧歌的原始类型。

（四）黑暗、冬天、毁灭期。如恶势力得逞、洪水、混乱、失败等神话，为讽刺诗、挽歌的类型。

这里所谓悲剧、喜剧，主要是用以分别诗人是用喜剧还是用悲剧的角度来观察物色的。以喜剧的眼光看，世界充满秩序、情爱，有生命、有活力；以悲剧的角度看，则竟是孤独、寂寞、阴森与死亡。

弗莱的理论，基本上是为说明神话原始类型而设的，他所区分田园、牧歌、结婚等，并不适用于中国，但和四季有关联的象征意象，常构成一组意象群，直接激起人们的心理反应，则是不争之实。

例如秋，白杨萧萧、秋风飒飒，衰残与忧惧，便成了诗中最具支配性的基调。《文心雕龙》不也说"天高气清，阴沉之志远"吗？《文心雕龙》是利用物色变化所造成自然景观的改易，来说明四季与人心内在的联系；神话基型则可借以说明这些随四季周期循环的象征意义，是分别由人类、动植物等具体物色予以呈现的。理论的内容并无不同，只是《文心雕龙》文采较华美而直接罢了。甚至我们还觉得《文心雕龙》所说"天高气清，阴沉之志远；霰雪无垠，矜肃之虑深"云云，更能贴切中国文学的传统特质。

因为中国诗人身处在无垠的时空之境中，他们思考、感念到的，常是从大自然的奇妙幻化里深入思索他自己的安身立命之道，普遍具有一种内省的精神。所以，即使是在秋风萧飒或冰封雪冻之中，也都有着"我应如何自处"的安排或想象。陆游《冬日》诗：

> 幸是元无了事痴，偷闲聊复学儿嬉。
>
> 千窗弄笔临唐帖，夜几研朱勘楚辞。
>
> 山暖已无梅可折，江清犹有蟹堪持。
>
> 旧交乖隔音尘断，安得歌呼共一卮？

虽然有着感忆旧友的情怀，却充满了愉悦的基调。从无聊的生活里体会出生活的乐趣，看看书、写写字，喝酒固然没伴，却还能陪小孙子玩玩。在冬日的索寞里，反而有着无事能闲的庆幸；在朋辈零落，浊酒自斟之际，还有那对蟹剥鳌的情致。这就是中国诗人内省退求的典型，《文心雕龙》用"志"和"虑"来说明它的"深"和"远"，是极其贴切的。

情感或情绪，常是一触而迸散扩大的，"虑"与"志"才是生命潜沉后的观照。陆机《感时赋》说："悲夫！冬之为气，亦何憯懔以萧索……伊天时之方惨，曷万物之能欢……矧余情之含瘁，恒睹物而增酸。历四时之迭感，悲此岁之已寒；抚伤怀以呜咽，望永路而泛澜。"冬天确实曾用它严窒萧郁的景物，烘托出悲伤的气氛，导引出悲酸伤悴的感情。但正因如此，中国诗人才会刻意强调："今君且安歌，无念老将至！"（鲍照《冬日》）《尔雅》也说："冬为玄英，一日安宁。"这就是诗教，温柔敦厚，哀而不伤。是一种文化背景加思考方式而形成的特色。我们讨论秋冬对诗人心理状况的影响时，且莫忽略了这个极重要的观念。

经由以上的讨论，我们应很容易地指出：何以同是怨，而春怨不同于秋怨；同是悲，而夏也与秋冬各异。《淮南子》说："春女悲，秋士哀，知物化矣。"四季物色之变化时主宰心理反应的基质，《诗经》说："昔我往矣，杨柳依依；今我来思，雨雪霏霏。"春与冬的对比地位，建立在两种物色的景观之上。杨柳依依，自然给人一种煦丽轻扬之感；雨雪霏霏，则显出诗人寒困疲惫，在风雪中蹒跚颠踬地行来那种景况。诗人心情悲喜的转变，对时间流逝的感伤，物改人非的忧惧，都在气氛的营造中完整托出。

春夏秋冬在诗里情感的变化与表现，常需运用物色具体呈现，在《诗经》这个例子里，应很容易体味得到。

通常我们可归纳成下面两种表现方式：

一是"借物抒情"，利用一些足以代表季节的特殊物象，表达作者的感情，例如春天的杨柳、蜂蝶，夏天的蝉，秋天的枫雁菊霜，冬天的雪梅松竹等等；或借物抒情，或叙物言情，或干脆以咏物写景的方式来表达，例如柳宗元的"江雪"诗："千山鸟飞绝，万径人踪灭。孤舟蓑笠翁，独钓寒江雪。"写的正是千山万径，雪封寒澈，一片冰莹世界里，一种孤凉幽寂而又清芳自赏，恬然自适的情感，借着江雪与老翁这类特殊物象来呈现，构成一幅鲜明复绝的冬情与画意，还暗示了个人美感世界独寻冥索的意蕴。秋天的菊、夏天的蝉，在诗人的艺术表达形态中，也常可发现这种特征。

另一类则是直接就春写春，就夏写夏，不但描绘景物，通常也有着诗人在季节里活动与情意的说明，而借用物色的铺陈变化具体呈显。我们称它为"实时示意"，例如简文帝的《春日》："花开几千叶，水覆数重衣，蝶飏萦空舞，燕作同心飞，歌妖弄曲罢，郑女挟琴归。"《楚辞》说："献岁发春兮，汩吾南征，菉齐叶兮白芷生，湛湛江水兮上有枫，目极千里兮伤春心！"也是这类表现手法。

第三讲　文学与地理

《禹贡》与九州地理观

谈地理，分野是避不开的。

十九世纪后期，英国人博克尔所著《英国文明史》代表的地理决定论风靡一时，中国也受其影响。如梁启超有《地理与文明之关系》《近代学风之地理分布》，刘师培有《南北学派不同论》，蒙文通《古史甄微》也是把上古族群分成江汉（炎族）、河洛（黄族）、海岱（泰族）三系。徐中舒《从古书中推测之殷周氏族》分殷周为东、西两族，傅斯年《夷夏东西说》谓夷商在东、夏周在西，徐旭生《中国古史的传说时代》分华夏（西）、东夷（东）、苗蛮（南）三系等亦皆是这类思想之产物，傅斯年还曾翻译博克尔之书前五章，写了《地理史观》一文。

地理史观，是把地理看成解释历史之决定性线索。相较之下，钱穆写《古史地理论丛》《史记地名考》，其弟子严耕望著《唐代交通图考》等，则属于历史地理学。研究历史上的地理问题，取径与地理史观不尽相同，但彼此颇有桴鼓呼应之效。

故地理之学，自清末民国以来，颇为煊赫。至三十年代乃有顾颉刚之《禹贡》半月刊及学会崛起。论者多谓顾氏治史，在《古史辨》时代乃破坏的，在《禹贡》时代则为建设的，评价尚在前者之上。

而"禹贡"也者，取名即本于《尚书·禹贡》。

让我们从《幼学琼林·地舆》头两句"黄帝画野，始分都邑；夏禹治水，初奠山川"开始谈。第一句说分野，指天上星宿跟地理的配合，王维《终南山》中"分野中峰变"即指此。其实分野并不起于黄帝，而是《禹贡》。所以刘禹锡《送华阴尉张苕赴邠府使幕》说："分野穷禹画，人烟过虞巡。不言此行远，所乐相知新。"据《史经·天官书》，具体分法是：

1. 角、亢、氐：兖州。2. 房、心：豫州。3. 尾、箕：幽州。4. 斗：江州、湖州。5. 牛、女：扬州。6. 虚、危：青州。7. 室、壁：并州。8. 奎、娄、胃：徐州。9. 昴、毕：冀州。10. 觜、参：益州。11. 井、鬼：雍州。12. 柳、星、张：三河。13. 翼、轸：荆州。

以上是按照各州来划分，《淮南子·天文训》则按照列国划分，大致如下：

1. 角、亢：郑。2. 氐、房、心：宋。3. 尾、箕：燕。4. 斗、牛：越。5. 女：吴。6. 虚、危：齐。7. 室、壁：卫。8. 奎、娄：鲁。9. 胃、昴、毕：魏。10. 觜、参：赵。11. 井、鬼：秦。12. 柳、七星、张：周。13. 翼、轸：楚。

分野说很复杂，在政治、风水、命理等方面都有运用。在文学上的应用情形，则可以唐王勃《滕王阁序》第一段来做示例：

豫章故郡，洪都新府。星分翼轸，地接衡庐。襟三江而带五湖，控蛮荆而引瓯越。物华天宝，龙光射牛斗之墟；人杰地灵，徐孺下陈蕃之榻。雄州雾列，俊采星驰。台隍枕夷夏之交，宾主尽东南之美。都督阎公之雅望，棨戟遥临；宇文新州之懿范，襜帷暂驻。十旬休假，胜友如云；千里逢迎，高朋满座。腾蛟起凤，孟学士之词宗；紫电青霜，王将军之武库。家君作宰，路出名区，童子何知，躬逢胜饯。

这一段又可分为两部分，第一部分全讲地理，第二部分说"我"为何来到这个地方。稍解释一下：

滕王阁，在今江西南昌。豫章，汉郡名，唐改为洪州，所以称豫章为故郡，洪都为新府。南昌本是豫章郡治所在的县名，到五代南唐时才改为郡名。"星分翼轸，地接衡庐"：古人习惯以天上星宿与地上区域相对应，称为"分野"。据《晋书·天文志上》，豫章属吴地，吴越、扬州当牛、斗二星的分野，与翼、轸二星相邻。衡指衡山，此代指衡州（治所在湖南衡阳）。庐指庐山，此代指江州（治所在江西九江）。"襟三江而带五湖，控蛮荆而引瓯越"：因豫章在三江上游，如衣之襟。三江，指太湖的支流松江、娄江、东江，泛指长江中下游的江河。五湖，一说指太湖的别名，其派有五，故称五湖。又一说指南方之湖："洞庭，一也；青草，二也；鄱阳，三也；彭蠡，四也；太湖，五也。"（杨慎《丹铅总录》）蛮荆，古代称楚地为蛮荆，今湖北、湖南一带。瓯越，古越地，今浙江地区。古东越王都于东瓯（今浙江永嘉），境内有瓯江。

整段都用地理来铺排，紧扣滕王阁。事实上这也是中国文学写亭台楼阁之惯技，写法从汉赋来，欧阳修写醉翁亭、范仲淹写岳阳楼都差不多。诗法常说写景需"庶几移不动"，扣死地理，自然就移不动了，故一般都这样写，王勃此文尤为典范。

九州之名，古已有之。最早提及九州的当属《尚书·禹贡》。古人认为《禹贡》是"禹别九州，随山浚川，任土作贡"而作，最终，"九州攸同。四隩既宅，九州刊旅，九川涤源，九泽既陂，四海会同，六府孔修"。

其实这是上古中国人对天下的认识。把天下看作一个整体，以帝都为中心，向外扩展。五百里之内为"甸服"，即王畿；再向外五百里为"侯服"，即诸侯领地；再次为"绥服"（已绥靖地区，即中国文化所及的边境地区）、"要服"（结盟的外族地区）和"荒服"（未开化地区）。这表明了赋制和政治文化影响随距离帝都的远近而不同。

《禹贡》作为中国最古老、最系统的地理文献，体现出明确的地理观念，所以它对中国后世地理学的发展，产生了深远的影响。宋代毛晃《禹贡指南》、程大昌《禹贡论》、傅寅《禹贡说断》，清代朱鹤龄《禹贡长笺》、胡渭《禹贡锥指》、徐文靖《禹贡会笺》、焦循《禹贡注释》、马俊良《禹贡注》、王纲振《禹贡逆志》、张能恭《禹贡订传》、黄翼登《禹贡注删》、夏之芳《禹贡汇览》、夏允彝《禹贡古今合注》等，都是对它的重要研究。

《禹贡》与《山海经》为中国地理学两大文献，但论实际影响，它比《山海经》大得多，因为中国实际地理区划皆本于它，分中国为九州，形成了中国的基本疆域观及区域划分传统。后世行政区划变来变去、朝代版图屡有增扩，乃至世界观不断扩大，却都仍不能脱离《禹贡》规模，只是在它上头再做一些补充变造而已。

例如，战国时期邹衍提出了一种新世界观，比《禹贡》大了许多倍，当时人称他为"谈天衍"，可见是恢廓无涯的宇宙论。但这种宇宙论仍须依附于《禹贡》的九州说，称为大九州理论，谓天下有九州，中国仅居其一，而九州之外更有九州，李商隐《马嵬·其二》诗云"海外

56

徒闻更九州，他生未卜此生休"就用这个典。显然邹衍新说仍须套着《禹贡》的旧说来讲，后世更没有试图打破它的人了。中国古代那么强，却没有发展出世界殖民行动或思想、没有领土扩张的概念，从来都在战略上采取守势，只说"国防"，而不说"征服"，也是因自《禹贡》以来，即形成了根深蒂固的中国地理观，觉得中国就该以此九州为限。此外皆为海外荒服，属于《山海经》的《大荒经》《海外经》一类地方，不该强行纳归己有。地理观之影响文化思维，可见一斑。

《山海经》、《穆天子传》启发下的文学想象

相对来说，《山海经》提供给国人的就是另一种思想资源。

《山海经》全书现存十八卷，分为《山经》五卷《海外经》四卷《海内经》四卷《大荒经》五卷。所记事物大抵由南开始，然后向西，向北，向东，最后到达中部。《山海经》所记地域之广，是超出《禹贡》九州范围的，东至日本及琉球群岛，南至南越、缅甸、印度，西至新疆以西、北抵内蒙古及东三省之外。

《山海经》的母本可能有图，它（或其中一些主要部分）是一部据图为文的书。古图佚失了，文字却流传了下来，所以后世见到的《山海经》颇有难解之处。例如《海外东经》记载："虹虹在其北，各有两首。一曰在君子国北。"依《山海经》先有图后有书的成书过程推测，《山海经图》可能在君子国的北方画有一个彩虹，表示该地经常见到虹。而后仅有文字时，就只能望文生义将其描述为"各有两首"的虹了。

不只此也，由于古人认为此书所载较为荒怪难稽，所以它在史部一直置于较旁支的地位，连汉司马迁写《史记》时也认为："至《禹本纪》《山海经》所有怪物，余不敢言之也。"它对实际政治行政区域划

分更不起什么作用。因此它起的恰是一种无用之用，提供给我人恢拓无端的想象，寄寓悠远。

诗人的想象力来自读《山海经》《穆天子传》之浚发，而不是读《禹贡》。强调考古证史的史家则会以《禹贡》作他们的招牌，而不会把学报和学会命名为《山海经》。喜欢读、喜欢谈《山海经》，大多是文学人的事，所以《山海经》最终也被从史部夺了出来，放在神话小说的体系中大谈特谈。如夸父追日、精卫填海、羿射九日、鲧禹治水、共工怒触不周山等等，都为人所习用。晋陶渊明《读山海经》："精卫衔微木，将以填沧海。刑天舞干戚，猛志固常在。同物既无虑，化去不复悔。徒设在昔心，良辰讵可待！"即其一例。

如此虽有强攀亲戚之嫌，硬把地理历史材料讲成是幻想、虚构、神话，实是文不对题。但又有什么办法呢？法国汉学大家葛兰言曾说："对于我们，每个故事同时可以算做两个，而两个故事，都可以作为史料看。一个是所记载的事实；但还有一个事实，那就是作者对于这件事的叙述，也就是作者要叙述是对这行为的相信心理。"《山海经》可能在上古原先写定时是地理记录，记载了当时的史事，但如今叙述这本书时，人们却多相信它是上古神话或小说了。

当然也有被弄糊涂的史家，纵其想象以求实证。例如我读过一本扶永发的《神州的发现：〈山海经〉地理考》。作者在扉页上题词"谨以此书献给轩辕"，颇有鲁迅"我以我血荐轩辕"之慨，但他俩讲的轩辕不是同一件事。因为扶氏认为云南是中国古代的发源地，轩辕国、大禹治水、西王母，都在云南，直到商朝以后才大举外迁，走向全国、走向世界，成为肃慎人、朝鲜人、倭人、氐羌人、北狄人、月支人、匈奴人、西胡人、西周人、犬戎人、三苗人、巴人、瓯人、闽人，乃至印度天竺人之祖先。其证据就是"唯一一部记载我国远古时代真相的地理书"《山海经》一书。

经他考证,该书所载即云南西部保山、大理、丽江、中甸一带之地理,也即是古代黄帝、炎帝、舜、颛顼、禹活动或立国之场域,为古昆仑山地区,中华乃至世界民族发源地。

对于这种世界文化一元论,过去我曾写《晕眩的黑老虎》批评过云南另一类彝族文化中心主义者,初不料"晕眩者"固不仅一人,扶君亦一例也。

《山海经》易将人引入歧途,于此亦可见一斑。以之编排神话谱系,固多附会之谈;以之考史证地,大抵也是缘木求鱼。最好的态度,恐怕仍是如陶渊明《读山海经》那样"泛览周王传,流观山海图"。泛览流观,惬意欣赏即可、征引为文学典故即可、浚发想象以启文心即可,凿空征实,两皆不必。

同样的例子是《穆天子传》。《穆天子传》讲的是周穆王游行见西王母的故事。西晋初由汲冢出土,时人郭璞为之作注。明胡应麟《四部正讹》说:"《穆天子传》六卷,其文典则淳古,宛然三代范型,盖周穆史官所记。"然《四库全书》将之归为小说类。清姚际恒《古今伪书考》则说,它"多用《山海经》语,其体制亦似起居注。起居注者,始于明德马皇后,故知为汉后人作。又多与《纪年》相合,亦知为一人之作也"。清王谟《穆天子传·后识》亦谓"战国时人因列子书周穆王有驾八骏宾西王母事,依托为之"。

《山海经存》(明刻本)

此书至近代乃大引学者注意,在中外皆甚热门。刘师培著有《穆天子传补释》，所释古义古字，多精核；王国维也将《穆天子传》等先秦文献资料与金文材料结合进行古代民族史研究；卫聚贤《穆天子传研究》、张公量的论文及著作在当时影响较大。还有丁谦《〈穆天子传〉地理考证》、顾实《〈穆天子传〉西征讲疏》等，多有突破。近代，研究益呈多元化趋势。

杨树达、唐兰、杨宽等认为《穆天子传》有历史根据。但从学术界目前的研究状况看，更多的学者还是强调《穆天子传》在文学上的价值，认为是史地真实记录，且穆王时期到过印度、欧洲的人毕竟愈来愈少了。

对于《山海经》、《穆天子传》这类古史地理书采此态度，并不全因我们的文学立场，更是因这两本书所载地理都与我们生活的具体场域太远了，与后世事物缺乏地理上的相关性，故只能采取这样较空灵的审美式欣赏游观态度。真要倚之考史，相关材料又太少，驰骋比附，远不如默尔守拙。孔子曰："夏礼吾能言之，杞不足征也；殷礼吾能言之，宋不足征也。文献不足故也，是则吾能征之矣。"（《论语·八佾》）我是愿学孔子的。

《诗经》中的具体生活场域

有具体生活场域且又直接与文学相关的是《诗经》。雅、颂之场域在镐京，风则依十五国风所列为邶、鄘、卫、王、郑、齐、魏、唐、秦、陈、桧、曹、豳，另还有周南、召南两国风。

可是旧说周为岐山故地，封为周公、召公之采邑，并由周公治理；又说南是南方诸侯之地，江沱汝汉之间（朱熹《诗集传》）。这是不通的，岐山故地在陕西与江汉，与南方诸侯国一南一北，地不相接，亦不可能由周公、召公去治理。周公旦之封地在鲁，又不在故周岐山。若说此地为周公旦及召公奭之采邑，召公又如何去江汉各地行化？若说江汉各地非周公、召公之采邑，江汉各地只是随风从化，则周公、召公之教化为何不行于别处，仅行于江汉南方诸侯之地？再说，南在周代应该不指江汉一带，荆楚更南，其声歌又本就称为南风，则周公、召公之南，从地理上实在是讲不通的。宋人程大昌认为南与地理无关，应该是就音乐说，可能恰好说对了。若真如此，南、风、雅、颂就是一种音乐形态的区分。这也比把雅、颂看成一类，属音乐形态之归类，而另把风当作地理上风谣的分类来得合理。

换言之，十五国风，若从地理上看，仅得十三国风。周南、召南均不能就地理封国说，且把周南、召南并入，合称为"风"，更可以看出孔子编辑时，"风"的概念正是风化、风教，而非风土歌谣之谓。

把"风"解释为民俗歌谣乃是朱熹的杰作，但他仍旧结合着风化、风教说云："风者，民俗歌谣之诗也。谓之风者，以其被上之化以有言，而其言又足以感人，如物因风之动以有声。"（朱熹《诗集传》）把"风化"看成原因，"足以观民俗"则是结果。而且这些诗也不是民歌之原貌，乃是经过采诗，被天子甄录收藏了以后，再经过周公等人"被之管弦以为房中之乐"。前者可能有文字之润饰，后者更是音乐的改编。如此解诗，距民俗、风土诸涵义就更远了。

而事实上，十三国风的风土差异也不明显。邶、鄘、卫都在河南安阳附近，安阳以北叫邶，以南叫鄘，以东叫卫。王则是洛阳，郑在河南新郑，齐是山东，魏在山西解州，唐在山西太原，秦在陕西，陈在河南雎阳，桧在郑州。除秦、齐稍远之外，可说都在山西、河南这一小范围内。

这个区域的地形、地貌、人情、风俗其实大同小异，本来就没什

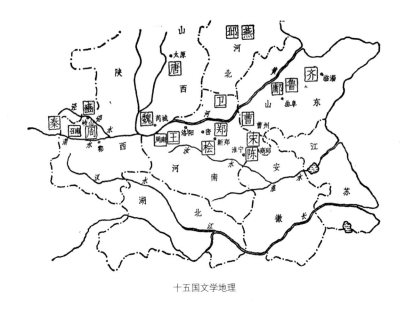

十五国文学地理

么地理特性可说，诗篇也对此毫不措意。

看齐诗与郑、魏、郦、邶之诗，完全看不出什么地理风俗之殊来。谈到地貌，齐诗大约只有两句"南山崔崔"和"鲁道有荡"，让我们知道该地有大山也有平原；秦风大约只有"终南何有，有条有梅"一句。你说秦在西戎，民风强悍，它偏有"蒹葭苍苍，白露为霜。所谓伊人，在水一方"这样的诗，与陈风"彼泽之陂，有蒲与荷。有美一人，伤如之何"相仿。你说郑、卫靡荡，卫风又有"有匪君子，如切如磋，如琢如磨"的君子之行与"伯兮朅兮，邦之杰兮。伯也执殳，为王前驱"这样的武士之风。

因此从地理风俗上看，这是不能作为解诗线索的。后世讲地理的人喜欢追溯与《诗经》十五国风之分，只是遥尊其朔，引以自重罢了。

楚辞、地理志、辞赋中文学与地理的关联

真正具有文学地理意义的，乃是《楚辞》。

楚辞，顾名思义，即是楚人歌词。不过这个名称非古来就有，是汉朝人收集了一批与战国时期屈原、宋玉相关相似的辞赋，编辑为《楚辞》时命名的。楚声，在汉代有特殊意义。刘邦与项羽决定性之一战，即于垓下为楚声四面，令项王军队人心涣散，一败涂地。立国以后，丰沛旧地的故人部将又充塞于朝市，楚声实洋溢于关中。有时又找能楚声者来朝廷里吟诵，以资回味。因此汉朝人编辑这批辞赋时会提名为《楚辞》，并非偶然。正式的地理风俗之观念亦起于汉，代表性文献即为《汉书·地理志》。

《汉书·地理志》也是我国史籍地理书志之滥觞。早期当然有许多地书、地图，如荆轲入秦行刺，奉献给秦王的就是燕国都亢之地的地图。可是更早那些《禹贡》、《周礼·职方氏》以及各国舆地图，都只是远源，形成史志传统者，毕竟不能不推汉班固这篇《地理志》。

中国后世地理书，基本都称为志，山有山志、寺有寺志、方域有方志、湖有湖志，都蔚为大观，而均本于此。志本是史书之一体，可以志天文、志地理、志水利、志食货、志艺文，但后世方志却是用"志"这个名义去包摄这个地方所有人物、史迹、政事、水利、艺文、舆地、物产等等，以此为地理志。其他门类，如古也有五行志、天文志、食货志，可是尔后并没有人会把人物、史迹、政事等等，并到一个食货经济观念下去总称为"志"，可见这是中国地理学上一特殊状况，《汉书·地理志》之影响亦由此可见。

不过，《汉书·地理志》毕竟仍是地理性质的文献，与文学关系较为间接，顶多以其论风俗为中介而已。把文学与地理直接联系起来的，

是另一大批材料：辞赋。

大家都知道汉赋有两大源头，一是战国荀子的赋，一是屈原的辞。但屈原的辞，并未针对地理来写，荀子的《礼》《知》《云》《蚕》《箴》五赋也无写地理者。汉朝人可不一样，最重要的赋都是写地点的。京都，如班固的"两都"、张衡的"两京"；宫殿，如王延寿的《鲁灵光殿》、扬雄的《甘泉》；园林，如司马相如的《上林》，都是最能代表汉赋的作品，而都是铺写地理。就是纪行之类，班彪的《北征》、曹大家的《东征》也属于此类。因此可说这是汉赋最有特色之处，足以说明汉人之地理意识实远迈于往昔。

《汉书》之所以独有《地理志》一篇亦由于此。因为编写地理志，反映的其实不是所写对象那时代的地理观念，而是编写者这个时代的观念。《汉书·地理志》如此，其后各史志也无不如此。如《隋书·地理志》大记关官，是因为唐初重视军事防御建设；《新唐书·地理志》备载水渠，亦是因唐代关注农业水利建设之故。

地理文学化的诸多体现

《文选》在选文时，充分认识到且认同汉赋这一倾向。不但把京都诸赋列在前面，占了六卷之多，也包含了魏晋时人作品，如左思的《三都》；又在纪行类中收了潘安仁的《西征》，游览类收了王灿的《登楼》、孙绰的《游天台山》、鲍照的《芜城》，宫殿类收了何晏的《景福殿》，江海类则收了木华的《海》、郭璞的《江》，极力扩大这种文学作品来写地理状况的风气。诗中游览类、行旅类，所占篇幅也很可观，此种选文态度，其实极可注意。

盖汉人在大一统的格局中，已注意各地风土人情之殊，故扬雄有《方

64

言》之作，论人才者颇注目于汝颖之间，论风俗者则欲整齐风俗。魏蜀吴三国鼎立之后，不同政权与地域风俗人情人才之关系，更强化了人们对地理的体会。晋虽一统，但看左思《三都》就知，当时左思比较三国且将之与地理结合起来，乃是一种风气。俄而永嘉南渡，世家巨族由北方迁来江左，山河既殊，风俗顿异，岂能无风土之感乎？地理意识当然更得强化，写区域史的《华阳国志》、写草木的《南方草木状》、写岁时的《荆楚岁时记》一时俱出，岂偶然哉？

《荆楚岁时记》，之前我们论岁时时即曾引述，但此书历来目录多归入地理类，而它在地理书中又有何特点呢？

此书作者为梁之宗懔，有自序说："傅元之《朝会》、杜笃之《上己》、安仁《秋兴》之叙，君道《娱腊》之述，其属辞则已洽，其比事则未宏，率为小说，以录荆楚岁时风物故事，自元日至除日，凡二十余事。"可见此书之体，作者有清楚的意识乃是小说。而其写作缘起，则是发扬汉魏以来文学中论风俗之传统，认为它们属辞虽洽，比事未周，故要在比事方面加强之。

书只一卷，传隋杜公瞻注颇补之，它后来最大的作用也体现在文学方面。如端午、七夕故事，文人均依此为典故；张骞乘槎至天河，见织女，得到支机石的古史也始见于此，杜甫《秋兴八首》中"织女机丝虚月夜，石鲸鳞甲动秋风"云云，即用其典，其余不可胜数。

自此以后，大开风土记之流。唐段公路作《北户录》三卷，论岭南风土；唐莫休符作《桂林风土记》论桂林；唐刘恂作《岭表录异》三卷，论岭外物事，均为其继声。情况与晋室南渡，人们才开始关注荆楚、江南风貌一样，广东、广西乃至海南之物事，也须到唐代才有此类书写，与文学创作上唐宋之问写岭南、柳宗元写永州、韩愈写潮州、李商隐写桂林同步。

风土写作，入宋以后越盛，宋祁《益部方物略记》、范致明《岳阳风土记》、孟元老《东京梦华录》、范成大《桂海虞衡志》、《吴船录》、周去非《岭外代答》、耐得翁《都城记胜》、吴自牧《梦粱录》、周密《武林旧事》、陆游《入蜀记》等等均极著名。文字各有特色，多近于笔记小说，其所录记，亦广为文家取资。

另一值得注意者为宋王十朋的《会稽三赋》。三赋第一为《会稽风俗赋》，仿左思《三都赋》，历录山川、物产、人物、古迹等；二为《民事堂赋》；三为《蓬莱阁赋》。周世则曾注第一赋，史铸补注其余。这种赋，《四库全书》将之收入地理类，而实际上它是文学作品，且非一孤例，远承《三都》、《西京》，近则与唐代风土写作、宋代杂事诗大兴之风气有关。

唐宋间文学地理式写作之风气既如此畅发，自然也就带动了整个地理志写作方式的调整。

前已提过，历代史书里的地志均是仿《汉书·地理志》的，但到宋初编《太平寰宇记》开始，却产生了些变化，增加了人物与艺文，和从前仅详行政区划、地形、地貌、地物与建筑者颇不相同。元明以后，这部分愈来愈多也愈来愈重要，以至《四库提要》感叹："列传侔于家牒，艺文溢于总集。"州县志书竟成文学作品之渊薮了。

我把这种情况称为地理书的文学化。四库馆臣对此趋向自然颇不以为然，主张文学与地理应予区分，故将《山海经》、《十洲记》都划出地理类，又大肆批评《武功县志》载织锦璇玑图、《汉中府志》载木牛流马法之类，皆是"文士爱博之谈，非古法也"。然而他们也很无奈，因为他们也知道"踵事增华，势难遽返"，元明清之方志，老早就已由附庸成为大国，文学才是大宗，"末大于本，而舆图反若附录"了。

事实上，就连《四库提要》的编写者，也甚重地理书本身之文采，所以他们批评《梦粱录》："详于叙述，而拙于文采，俚词俗字，展笺纷如，又出《梦华录》之下。"然后又替它开脱道："观其自序，实非不解雅语者。毋乃信刘知几之说，欲如宋孝王《关东风俗传》，方言世语，由此毕彰乎？要其措辞质实……均可稽考遗闻，亦不必责以词藻也。"这种评论真有趣！地理风俗记载以详实准确为要，何必责以词藻？可见对方志写作需要有文采，根本就是元明以来之共识。四库馆臣批评《梦粱录》文采不佳，也即本于这一共识。下文之开脱，更显示了《梦粱录》曾经因文采不佳而被看低，所以需要替它略作辩解。

当然，这种地理书的文学化，并非始于唐宋，北朝两大地理巨著：《水经注》及《洛阳伽蓝记》早成典范。但那仍属个例，至少官方地志写作传统整体上还没调整过来，看唐代《元和郡县志》即知。诗文创作，也还没有整体与地理书结合，风土诗、杂事诗尚未大规模出现。故知风气之转，渐渍而然，文学化的规模与强度正是愈来愈甚的。

《水经注》（明刻本）

现在回过头来说《水经注》。《水经》系汉桑钦所作，郭璞曾注之，惜其注已佚，今仅存北魏郦道元之注。郦注在地理学上价值当然极高，但其书除了文采斐然之外，我认为它本质上跟稗官小说无异，在地名底下东拉西扯地讲故事。

例如《水经注》记"汾水南过大陵县东"，《注》即云："昔赵武灵王游大陵，梦处女鼓琴而歌，想见其人，吴广进孟姚焉，即于此县也。""贾辛邑也。辛貌丑，妻不为言，与之如皋，射雉，双中之则笑也"等。

经说济水过广武城，《注》又云："城在山上，汉所城也。高祖与项羽临绝涧对语，责羽十罪。羽射汉祖中胸处也。"

济水过封丘,《注》又云:"沛公起兵野战,丧皇妣于黄乡,天下平定,乃使使者以梓宫招魂幽野。于是丹蛇自水濯洗,入于梓宫,其浴处有遗发焉。"

洛水过洛阳,《注》云:"昔黄帝之时,天大雾三日。帝游洛水之上,见大鱼,杀五牲以醮之,天乃甚雨,七日七夜鱼流,始得图书。今《河图·视萌篇》是也。"

诸如此类,数不胜数,都是信口开河地编故事,可惜历来无人辑出。论文学,仅摭其写三峡一段而已;不知其为小说体,随意敷陈说故事处,触目即是。如经云河水流入渤海,注竟扯到西域,扯到昆仑山,然后一路往西扯,直讲到天竺,洋洋洒洒五千字,广引法显事迹及佛国古史,而实与"河水流入渤海"相去十万八千里。

与此同时,写地理而成为文学大手笔的杰作,是北魏杨衒之的《洛阳伽蓝记》。此书是武定五年(547),他去洛阳看见芜城而感怀北魏孝文帝繁盛时期的景况而作。伽蓝即佛教之寺院,以此为线索,空间上组织了整个洛阳城街衢纵横、楼宇林立的世界;时间上贯串了魏孝文帝以来各种史事、人物、风俗、活动,结构严整,而叙述安雅、不蔓不枝。规模宏阔,又细致有情味,是《水经注》之外的一部奇书。有地理方志之严谨、史笔之精刻,并兼文采之美。

其间综叙旧时繁盛:"京师内外,凡有一千余寺。""昭提栉比,宝塔骈罗。争写天上之姿,竞摹山中之影。金刹与灵台比高,广殿共阿房等壮,岂直木衣绨绣,土被朱紫而已哉!"如今则寺观灰烬,庙塔丘墟。故他乃是要在纸上重构一个北魏盛世图来。对孝文帝迁都洛阳、营造宫室,多所叙述,以复现一个巍峨帝国之气象。及后灵太后胡氏临朝,国势转衰;尔朱荣之乱,北魏随之崩溃,正有佛教繁华一梦、万缘俱空之感。在梦幻中,刻画芳华,弥深怅慨。

《洛阳伽蓝记》并不只有这样一个大感慨足以动人，它对宫室建筑、人时地物的描写确有独到之处，闲伤春雅、体间骈散，可另详我《中国文学史》三十章。

其后风土写作之可注意的，还有竹枝。

首先创作《竹枝词》的是刘禹锡。他被贬朗州司马时，见建平里中儿联歌竹枝，吹短笛，击鼓以赴节，歌者扬袂以舞，乃作《竹枝词》九篇。这九首《竹枝词》，都是以绝句的形式，而轻情宛转，带有音乐性，间用双关语，也有民歌的性质。是典型的文人拟民歌作品。歌词本身，虽具体表现了该地民众的风俗人情，但作者毕竟不在民间，因此整个《竹枝词》，更有一种客观描绘该地风土的趣味，后来清朝秦云序陈祖昭的《西湖棹歌》时说："以范水模山之笔，抒裁霞曳绣之思。"正是指此而言。这与《诗经·国风》采自各地的歌谣，或汉乐府、南北朝民歌，都不是一样的东西，乃文士"托为榜人之歌，拟以吴趋之调"，属于风物人情的观察和体会，而非生活于其中的讴歌。

倘若我们以较大的历史视野来看，《竹枝词》并不只是刘禹锡偶然之作。事实上风土诗自杜甫之后，已渐渐蔚为风气，杜甫入川、李商隐到桂林，都有这类作品。而更重要的，是诗人的写作心态似乎有了些转变，故不必一定要殊方异景才能刻画入诗。

如大历间谢良辅、鲍防、杜奕、丘丹、严维、郑概、陈元初、吕渭、范灯、樊珣、刘蕡、贾弇、沈仲昌等人，即曾相会作《忆长安十二咏》，是就一年十二月中之人情风物，来描写长安。

这批人又有《状江南十二咏》。状，即是形容的意思，如"江南仲春天，细雨色如烟。丝为武昌柳，布作石门泉"（谢良辅《仲春》）、"江南孟春天，荇叶大如钱，白雪装梅树，青袍似葑田"（鲍防《孟春》），其为纯客观之描述可以概见。

这种诗，跟白居易的《忆江南》，实在非常相似。《忆江南》本来叫作《谢秋娘曲》，是唐李德裕镇浙西时，为妾谢秋娘所制，又名《春去也》、《梦江南》、《望江南》、《归塞北》，乃抒情之作。但白居易写这个曲子时，就逐渐从江南"日出江花红胜火，春来江水绿如蓝"、"吴酒一杯春竹叶，吴娃双舞醉芙蓉"这些风物人情上落笔了。这当然也不能不看成是此一趋势的表现。

除了这些之外，唐段成式的长安《寺塔记》也值得注意。据《西阳杂俎》续集卷五、卷六及《唐诗纪事》卷五七载，这应该是一个唐朝版的《洛阳伽蓝记》。

其自记云："武宗癸亥三年夏，余与张君希复善继同官秘书、郑君符梦复连职仙署。会暇日，游大兴善寺。因问《两京新记》及《游目记》，多所遗略，乃约一旬寻两街寺。以街东兴善为首，二记所不具，则别录之。游及慈恩，初知官将并寺，僧众草草，乃泛问一二上人及记塔下画迹，游于此遂绝。后三年，余职于京洛。及刺安成，至大中七年归京，在外六甲子，所留书籍，揃坏居半，于故简中睹与二亡友游寺，沥血泪交，当时造适乐事，邈不可追。复方刊整，才足续穿蠹，然十亡五六矣。"其体例是先记寺塔，后再缀之以辞。辞有二十字绝句、二十连绝句、一言至七言每人占两题、四言等。

在这个趋势中，我们也不能不注意那种百篇绝句的形制。宋董嗣杲撰、明陈贽和韵的《西湖百咏》、宋张尧同《嘉禾百咏》都属这一类作品。

《嘉禾百咏》事实上是糅合了《竹枝词》和胡曾《咏史诗》的东西。写嘉禾之形胜，每一地点一首七言绝句，然后缀辑史传记载，列为附考，又类似《津阳门诗》或长安《寺塔记》。

同样的作品，还有宋方信孺《南海百咏》。清阮元《揅经室外集》

70

云:"是编乃其官番禺漫尉时所作,取南海古迹,每一事为七言绝句一首,每题之下各记其颠末。注中多记五代南汉刘氏事,所引沈远《南越志》、郑熊《番禺杂志》近多不传。"颇可以见其大概。

这种写法到清朝时更是大大获得发播。朱彝尊有《鸳鸯湖棹歌》一百首,李符序:"重寻往迹,爰考旧闻,摭金陀之剩篇,演乐郊之私语,以及鲁君《括异》、干氏《搜神》,无不缀入缥囊,传诸藤角。"同邑谭吉璁依韵次和。到了雍正元年癸卯(1723),西湖间诗人更相约为《南宋杂事诗》。《四库提要》载:

> 南宋杂事诗七卷,国朝沈嘉辙、吴焯、陈芝光、符曾、赵昱、厉鹗、赵信等同撰……七人之中,唯曾以荐举,官至户部郎中;鹗以康熙庚子举于乡;余皆终于诸生。是书以其乡为南宋故都,故据摭轶闻,每人各为诗百首,而以所引典故,注于每首之下。意主纪事,不在修辞。故警句颇多,而牵缀填砌之处亦复不少。然采据浩博,所引书几及千种,一字一句悉有根柢。萃说部之菁华,采词家之腴润,一代故实,巨细兼赅,颇为有资于考证,盖不徒以文章论矣。

就内容看,这七百首诗,上自宫庙省寺,下逮瓦市坊隅,人物土风、山川园囿以及职贡聘问之纷蓄、学校料名之盛美、图史金石、禽鱼卉木、器玩服御,仙梵方伎,鬼怪梦呓等等,凡所以备掌故、记风土、志兴亡、相唱和、肆考据者,无不甄综详备。时间上是以南宋百五十年的事迹为断;空间上则以杭州为中心,所以既是南宋史,也是一部西湖志。其凡例自云:"此编为补田副使《西湖志》、《志余》而作。"原因在此。

凡例又说:"诗以纪事,事即注于下。往往合数事以成一诗,鳞次

71

分注，详载书名，并列总目于首，登记作者姓氏。诗仅七百首，而隶事几数千条。冀观者因诗绎注，或他日修郡邑志乘者，于斯弗弃。"诗以纪事，与诗以言情写志者，当然是不太一样的了。类似的，还有清汤运泰《金源纪事诗》。

到晚清，此风益盛。光绪五年黄遵宪的《日本杂事诗》、光绪十三年程秉钊的《琼州杂事诗》、光绪十八年萧雄的《西疆杂述诗》，均属此中巨构。福庆《异域竹枝词》、叶昌炽《藏书纪事诗》、伦明等《辛亥以来藏书纪事诗》一类作品，亦可归入其中（徐绍棨《广东藏书纪事诗》一卷，是七律五十一首，略有不同）。

凡此，皆清汪鸣銮序《琼州杂事诗》所云："诗焉而志乘之体具矣。"诗与史乘、地志成一复合关系。

如黄遵宪的《日本杂事诗》二卷，共有七言绝句二百首，叙述风土，记载方言，错综事迹，感慨古今。上卷以史事为主，下卷详于风俗文化。或一诗但纪一事，或数事合为一诗，以写殊方异俗。为黄氏任职驻日使馆参赞时所作。从史学观点说，此书与黄氏《日本国志》正相表里，一为国史之记注，一为国史之撰述，杜甫所开的"诗史"传统，发展至此，可谓极致了。

历来对于这类作品，也常以史地著作视之，如《西疆杂述诗》，清江标辑入《灵鹣阁丛书》史地类之地理部，与《琼州杂事诗》同。福庆《异域竹枝词》亦记新疆等地，清吴省兰辑入《艺海珠尘》史部地理外纪类。清张祖翼《伦敦竹枝词》，辑入光绪十四年版《观自得斋丛书》中，署名"局中门外汉戏草"。后《小方壶斋舆地丛钞》再补编第十一帙第十册，将竹枝词的自注摘录出来，称为《伦敦风土记》。另外，《日本杂事诗》的注文亦收入《小方壶斋舆地丛钞》。

以地理视角看《乐府诗》

乐府诗的研究，惯例是依曲调分，宋郭茂倩《乐府诗集》就是这么处理的。但因乐府的曲式音调今皆已不可考，故近来的研究不得不转向歌曲之故事和作者身份上做文章。我不敢菲薄此类研究，但愿提供另一种观察乐府诗的脉络。

这脉络就是地理。以地理来观察音乐，其实也是老方法。孔子编《诗经》时，风、雅、颂之大框架固然是用音乐来分，但"风"之内部就是以地理分的。十五国风，地不同，声自然也就不同。

乐府诗的原理也一样。例如吴歌西曲，虽皆属于清商曲辞，而一为吴地之歌，一为长江中游曲调，两者声情遂别。吴歌之《神弦曲》，青溪小姑白石郎，唱的乃是南京一带的故事，故不能泛泛视为一般神歌，乃是地域性极浓的。另外像《春江花月夜》，也不能泛咏一般的春月江水，必须是与金陵花月直接相关。唐温庭筠《春江花月夜》说："秦淮有水水无情，还向金陵漾春色。"即缘于此。诗人绝不会用此曲调去咏黄河或巴蜀之春月。

同理，西曲中《石城乐》出自湖北竟陵，《乌夜啼》作于南兖州。《估客乐》写樊邓间事，《襄阳乐》《襄阳蹋铜蹄》《江陵乐》《雍州曲》《三洲歌》更不用说了。《三洲歌》，乃商旅来往巴陵三江口之歌，与《估客乐》《贾客乐》一样都有行商估旅之情，但若用来咏江南商贾便不合适。

江南另有一批歌，叫《江南弄》，包含《采莲曲》《采菱曲》。夏天何处不开荷花？何处不可采莲采菱？然而，若作《采莲曲》《采菱曲》，却不能泛写他处，必须是江南莲菱。所以唐李白的《采莲曲》说："若耶溪畔采莲女，笑隔荷花共人语。"唐贺知章则说："稽山云雾郁嵯峨，镜水无风也自波。"若耶溪、镜湖、会稽山都在浙江。唐王昌龄说："越女作桂舟，还将桂为楫。"唐齐己说："越溪女，越江莲，齐菡萏，双婵娟。"更都直接说是越女采莲。

凡此皆可见古人作乐府诗，拟题之外，还须考虑它的声情。而声情即包括了这个曲子到底是写何地物事的考虑。我们读乐府诗，同样也须注意这地理音素。

因为很明显的，凡写边塞事，多在《横吹曲》中。横吹曲原是北狄乐。北狄乐后来分成两部，有箫笳者为鼓吹曲，用于朝会、道路、给赐；有鼓角者为横吹曲，用于军中。曹操征乌桓、燕魏之际的鲜卑歌、北朝慕容垂及姚泓时的战阵歌曲、胡歌等俱属横吹，因此那里面都是陇头、出关、入塞、出塞、折杨柳、关山月、落梅花、紫骝马、骢马之类，感边戍、伤离别，而怀念"洛阳大道中，佳丽实无比"（沈约《洛阳道》）。六朝及隋唐人写边塞，均用这些题目。依题目与声情之内容来大谈边塞，大抵不是真有其事，文类规范至为明显。

另外，《相和歌》中也有《江南可采莲》。据郭茂倩考证，梁武帝作《江南弄》之采莲采菱诸曲，源头即在于此。但《江南弄》的采莲采菱专就吴越之采莲说，《相和歌》的采莲就不一样。原因何在？因相和三调本出汉房中乐，原先都是楚声。在楚声这个脉络底下讲江南可采莲，江南所指之区域就要比《江南弄》的江南大得多，且比较偏上游。南朝梁柳恽所云"洞庭有归客，潇湘逢故人"，南朝梁沈约说"擢歌发江潭，采莲渡湘南"，都泛及湖湘。刘希夷说"潮平见楚甸，天际望维扬"、"暮春三月晴，维扬吴楚城"，又包涉吴楚。到李益的"嫁得瞿塘贾，朝朝误妾期，早知潮有信，嫁于弄潮儿"就讲到瞿塘峡了。这是江南吗？若不知此曲本出于楚调，岂不对之要一头雾水？

楚调还有相和歌中的楚调曲，不过这类曲调中有歌《泰山吟》、《梁甫吟》、《泰山梁甫行》的，乃以楚曲言人生之哀，以泰山为人死后魂

74

魄归往之所;与楚调多写《白头吟》《长门怨》《婕妤怨》《长信怨》《玉阶怨》,表达人生怨离之感相似。泰山这个地名有特殊含意,故凡作《泰山吟》《泰山梁甫吟》皆有蒿里薤露之意,主题明确,地理意涵亦甚为确定。

另有专吟楚事者,如《楚王吟》《楚妃叹》《楚妃曲》《楚妃怨》等,收在郭茂倩《乐府诗集》相和歌的吟叹曲中。

与专门咏楚事的这批作品类似的,还有蜀国弦,也属相和歌。本来乐府古辞就有《巫山高》,属铙歌。后来用此题者多径咏巫山之高,北齐虞羲说"南国多奇山,荆巫独灵异",梁元帝"巫山高不穷,迥出荆门中"都是。瑟调中的《蜀道难》也是如此。《乐府解题》说此曲"备言铜梁玉垒之阻,与《蜀国弦》颇同"。凡作此者,未必身历蜀道之难,而言其险峻皆同,也都属于依题拟作之性质。

其他特显地理含义的,还有瑟调相和歌的《陇西行》《雁门太守行》《饮马长城窟行》《蒲阪行》,都写边塞事。与横吹曲中那一大批边塞诗可以互参。

此外该注意的就是一些京城诗了。乐府亦不例外,如郊庙歌辞、燕射歌辞,郭茂倩所收凡十五卷,全都作于京城,亦用于京城之各种典礼中。鼓吹辞中凡写出师、还朝、入朝、校猎、送远、凯旋、君臣之乐等也都是如此。

但此类曲辞虽备显朝廷威仪,可见京城之气象,毕竟仍非直接描写城市景观及都中人民生活状况。横吹曲中的《洛阳道》《长安道》,相和歌清调曲的《长安有狭斜行》、瑟调之《煌煌京洛行》就直接描写了这些内容。

这类歌,多是刻画京师之繁华,王孙重行乐,公子好游从,而且佳丽遍地,游侠汇聚。一种奢华、放纵、世俗化的世界跃然纸上。

清调曲中的《相逢狭路间》、《相逢行》也属此类。题目上看起来并无地理上的专指,但实际上不是在随便哪条路上都能狭路相逢,而只能是在京城。故李白《相逢行》一开头就说:"朝骑五花马,谒帝出银台。"昭明太子萧统的《相逢狭路间》也以"京华有曲巷,曲巷不通舆"开端。

京城乃游侠窟,故南朝梁戴暠《煌煌京洛行》说:"欲知佳丽地,为君陈帝京。由来称侠窟,争利复争名。"

此类描写的另一批亲戚,就是讲少年游侠的《结客少年场行》、《少年子》、《少年乐》、《少年行》、《汉宫少年行》、《长乐少年行》、《长安少年行》、《渭城少年行》、《轻薄篇》、《灞上轻薄行》、《游侠篇》、《游侠行》、《侠客行》、《博陵王宫侠曲》、《游猎篇》、《行行游且猎篇》、《游子吟》、《壮士篇》、《壮士行》等等。这些游侠诗,乃京城书写的一环。郭茂倩列在杂曲歌辞中,讲的不是一般的游子,而是对城市里游侠少年生活状态的刻绘,从一个特殊角度来呈现都市之奇异景观。

这种都市主要是京洛、长安,有时也旁及其他都市,那就是魏曹植《名都篇》这种。诗云:"名都多妖女,京洛出少年。"郭茂倩解释道:"名都者,邯郸、临淄之类也。"《少年行》这类曲子,就果然也有《邯郸少年行》。宋刘义恭《游子移》则说:"三河游荡子,丽颜迈荆宝……绸缪甘泉中,驰逐邯郸道。"邯郸游侠与京城侠少一样,都属鲜明的城市风景,足堪留意。

第四讲　文学与饮

中国人更重视的是饮

饮食文学，近年颇见流行，作者矜口舌之能，读者有垂涎之乐，故而蔚为时尚。我亦曾出版过《饮馔丛谈》，预此潮流，而取径颇异于他人，自序云：

余非饕餮，亦尝饮食。徒求疗饥，敢云知味？幸而黄粱易熟，绿蚁能餐，游半天下，惯食马肝。或山麓水涯，染指雉膏熊腻之鼎；或酒帘茶灶，洗心莼美蟹腴之盘。虽愧无伊尹割烹之力，且喜有田夫鼓腹之欢。又尝歌大酺、咏鹿鸣、乡饮酒而怡豫；拥豪侠、招狗屠、日传席以汗漫。非山家之清供、鄙随园之食单，舌福不浅，经验可观。

兼以性好幽奇，索隐行怪，谱求烧尾，术要齐民，归来曾煮白石，居处久服青精，既窥饮德食和之奥，亦饵春兰秋菊之英。即事穷理，略通儒者养民、道士辟谷之故；征文考献，且释阇黎戒杀、回民宰牲之争。因饮啄之恒情，上质政礼医药伦彝之常经，岂仅为饮食男女逸乐之品评？

　　此余饮馔文化学之大凡也，取途或异夫苟耽滋味之徒。文则庄谐竞作，短长弗拘。如室女之贯珠，仿众仙之行厨，志浪游之鸿爪，为灌顶之醍醐。知我罪我，盍共醉兹一壶？

　　所谓饮食文化学，大抵是以文化人类学的角度，观察饮食这件事在社会中呈现什么形态，与其他文化事项构成什么关系，产生什么文化、经济、政治、宗教作用等等。人都要吃要喝，可是就有人宁死也不肯吃某些东西、喝某些饮料；某些人又酷喜吃某物，食痂逐臭，令人不敢向迩。这些饮食的禁忌和倾向，是观察一个人、一个社群、一个时代、一个民族非常好的线索，我那本书主要就是谈这些。其中也颇涉及饮食在文学中之作用，各位可以参看。我不想重复该书已说过的东西，故此处另谈点别的。

　　依我做过的比较文化研究得知：中国人乃世上最爱吃、也最会吃的民族。这个特点表现在以下几方面：

　　一、汉语中饮食词汇最多，最繁复。与亲属词一样，同为汉语之特征，世上再也没有其他语言可望其项背。形容烹调方法的，达到五十多个词汇以上，如炒、烩、滚、卤、熬、蒸、煸、煨、泡、涮等。相关成语、俗语如秀色可餐、吃香喝辣、食指大动、吃不完兜着走、食髓知味、吃着碗里看着锅里等还不计，详见我的《文化符号学导论》第一章。

　　二、饮食词汇多，代表人的思维较专注于此事；思维专注，生活自然就以此为重心，花在张罗饮食上的精力与时间遂都远多于其他民族。

三、饮食词汇多，也代表烹饪方法繁多，其中有许多还是其他民族至今都仍不会的。例如蒸，我们在六千年以前就会了，现今亦蒸饺、蒸鱼、蒸肉、蒸菜，大蒸特蒸，可是全世界除了法国有一部分蒸菜之外，连日本、韩国都还很少，更莫说其他了。我国境内少数民族基本也不会蒸，烹调手段主要只是水煮火烤，不然就生吃。例如鱼，除生鱼外，仅能煮鱼、烤鱼，不会蒸。北方少数民族吃羊，也都是白水羊头、水煮羊、手抓羊或烤全羊，绝对没有《红楼梦》里的牛乳蒸羊羔，或苏轼《论食》所云"烂蒸同州羊羔，灌以杏酪，食之以匕不以箸"之法。

蒸尚且如此，炒就更别提了，没有其他民族会炒菜。中国古代也不会，宋代以后才发明出来。至于煮、烤旧法，其细化精工，亦非其他民族所能及。如煮之下即又分炖、焖、煎、熬、煲、泡、滚、烫、涮、淋、捞等。

四、同理，食材之开发，我们亦是繁复的。大家常嘲笑广东人说："天上除了飞机不吃，地上除了椅子不吃。"实则这是中国整体的特征，非独老广而已。由于中国幅员广大，各地方特殊的吃食，如北方人吃蝎子，南方人吃蛇虫，交流混杂，遂至无所不吃。何况还有人刻意开发，本来吃不得的东西，渐渐也都能吃了（如苏轼就传了一种吃绢布的方法，见其《着饭吃衣》、《服绢法》诸文）。其他民族或国家，囿于地域物种与习惯，食材自然偏少。肉类就不说了，我们还擅长吃菜，吃菜的种类与数量亦冠于其他民族。因此中国人出国旅行，饮食最是头痛，且不说好不好吃，光是那单调就会令人抓狂。

五、人好吃，我们的神也好吃。本来拜神都要献祭，这是所有民族都一样的，但献祭有丰俭之殊，且随该民族饮食习惯而异。活人吃得简单，神即不可能吃得太好。不幸活人如果采取禁食主义，这不吃那不吃或只吃素，神也就只好跟着吃花草。中国的神不喜欢只吃花草，故拜神均须用牺牲。以牛、羊、猪、狗、鸡、鸭、鱼为祭，酒饭配之。

《朱子语类》里曾记载四川灌县（今都江堰）拜二郎神，杀牛宰羊甚盛，后来受和尚劝告，改用鲜花素果。结果二郎神托梦，说每天让他吃这些花花草草，他哪有气力降妖伏魔呀！这其实就是诸神共同之心声，不能只以花草或一点饼干葡萄酒就打发了事。《小雅·楚茨》早就讲了："神嗜饮食，使君寿考。"神好吃；他吃得满意了，才能保佑你寿考福吉。故《墨子·尚同》中云："（圣王）事鬼神也，酒醴粢盛不敢不蠲洁，牺牲不敢不腯肥。"神嗜饮食，与基督教、佛教、伊斯兰教诸文明都不同。

这是总体文化情况。在此情况下，文学与饮食的关系自然非同小可。它一方面表现着生活，一方面又点染了生活。生活中的饮食特别多、特别重要，文学中体现得当然就多，繁姿多彩。对此多姿多彩的饮馔生涯，若再予以文学点染之，那还了得？中国文学在这方面，表现正是最出色的。

举例来看。肯尼思·本迪纳有本《绘画中的食物》，由绘画看饮食，本是十分吸引人的。不过，它分"市场"、"做饭"、"进餐"、"装饰与象征食物画"四章来讲，却令人读得索然寡味。中国文学或绘画谈饮食，谁会去讲市场呢？就是谈做饭，也不会讲厨房和烹煮过程中的食材。我们的文学艺术，需赋饭菜以意义，令人咀嚼食材及烹调技术之外之上的滋味，与该书所谈根本不在一个层次。

同理，一些葡萄酒商谈起红酒销售，都很苦恼。因为推销红酒能说些什么呢？无非标榜品种、产地、植栽方式、酿制技术、储藏年份、酒庄品牌之类形而下的简单工艺问题。不像我们中国，一想到酒，立刻可想起晋刘伶酒德颂、陶渊明饮酒诗、唐王绩醉乡记、太白遗风、武松景阳冈、吕洞宾三醉岳阳楼等，无数诗词、歌赋、小说、戏曲、典故，令人酒兴酒趣洋溢。就是"葡萄美酒夜光杯，欲饮琵琶马上催"云云，也可使人不饮酒而醉。

而由酒再讲下去，你也会发现很有趣：中国人论衣食住行，食是一大项，里面自然包括了饮。可是若单讲食，饮就又会重于食，如说饮食、饮馔、饮宴、酒席，饮都在前。这不是语音搭配的问题，因为像赴宴而只说去吃酒席，就是以酒代替了整个宴会的吃食，饮不但在食之前，亦可包括食。

我曾考证日本僧人喝茶之风。一般说传自浙江径山或山东灵岩山，总之是沿海一带，于唐末或宋代传去。

我则认为不是，证据之一是王昌龄早有《洛阳尉刘晏与府县诸公茶集天宫寺岸道人上房》诗，可见僧家饮茶、且以茶集邀士大夫聚会，天宝年间在洛阳即已盛行。而这茶集，必然备有瓜果饼饵一类吃食，如日本僧寮茶席般；亦必备有斋饭，不可能让这批士大夫枵腹而返，可是重点毕竟不是食，只是饮。

这是有诗为证的。《小雅·鹿鸣》说："我有嘉宾，鼓瑟吹笙……我有旨酒，嘉宾式燕以敖……鼓瑟鼓琴，和乐且湛。我有旨酒，以宴乐嘉宾之心。"诗以"呦呦鹿鸣，食野之苹"起兴，由鹿吃得畅悦，讲人也吃得畅悦。可是说人之食时，却只讲"我有旨酒"，用酒代表了整个宴会。

又如《小雅·采薇》："昔我往矣，杨柳依依。今我来思，雨雪霏霏。行道迟迟，载渴载饥。我心伤悲，莫知我哀。"出征途中，载渴载饥，渴也排在饥之前。

古时出征或远行前，亲友皆要来送别饯行。饯行，就是请即将远行的人饱餐一顿上路，同时要祭拜路神，以保平安。朱熹《诗集传》曰："饮饯者，古之行者必有祖道之祭。祭毕，处者送之，饮于其侧而后行

81

也。"祭神送行，当然有饭菜，但讲得好似只喝酒，因为饯早已成为饮饯了。《邶风·泉水》："出宿于泲，饮饯于祢，女子有行，远父母兄弟。"饯以饮为主，故饮离酒而思泉水也。

《昭明文选》因此特设祖饯一类，为诗中一主要次文类。其中如：南朝宋谢瞻《王抚军庾西阳集别时为豫章太守庾被征还东》："举觞矜饮饯，指途念出宿。"沈约《别范安成》云："勿言一樽酒，明日重难持。梦中不识路，何以慰相思。"都只谈到饮。

可是由曹植《送应氏》"中馈岂独薄，宾饮不尽觞"来看，祖饯是有酒有饭有菜的，只因大家心情不好故皆吃不下。可是诗人写来，却多只说饮，不言食，以饮概食。

之所以如此，或许是因为渴比饥更难熬。但更可能的原因，在于中国人的饮食观本来就蹈虚而不征实，具有文学艺术家般的浪漫气质。

因此食虽重要，乃生命维系之所需，但意识上更重视的乃是饮。饮又非一般维持生命之需的水，而是提供超乎物质层面作用的酒，以之激发性灵、沟通人我、荐请天地鬼神。

《诗经》里的酒

《诗经》之饮，除一处指喝水，即《小雅·无羊》"或降于阿，或饮于池"，皆指酒。但此酒却是通灵之媒、疗病之药，使人精神与肉体更为健畅，激扬性灵。这与西方酒神的精神与作用偏于性欲激扬之一面，判若云泥矣！

因而，以《诗经》看，酒之功能是：合人我，通鬼神，而且喝酒还体现着君子的道德。此《诗经》之所以为"思无邪"也，纵欲云乎哉？

以酒"合人我"的，如《郑风·女曰鸡鸣》："弋言加之，与子宜之，宜言饮酒，与子偕老，琴瑟在御，莫不静好。"这是夫妻合美之词。《豳风·七月》："为此春酒，以介眉寿。""十月涤场，朋酒斯飨，曰杀羔羊，跻彼公堂，称彼兕觥，万寿无疆！"是十月收成了稻子以后，一方面要用来酿酒，以待来春欢饮；一方面要收拾田场，找亲友来喝酒，大家乐一乐。

观此等诗，酒之"合人我"功能已毕现无遗了。只是《国风》中描写喝酒的场面较小，也很少；而《小雅》乃朝庙宴飨乐章，这类欢聚畅饮的场面就更多了。

如《常棣》："傧尔笾豆，饮酒之饫。兄弟既具，和乐且孺。"此诗本来是感伤的，说"我"常与友人喝酒，可惜兄弟间倒少了这种机会。但如此期待和兄弟聚饮，岂不更足以说明酒能"合人我"吗？

正面赞颂饮酒之乐的，则如《鱼丽》之第一章："鱼丽于罶，鲿鲨。君子有酒，旨且多。"第二章说："君子有酒，多且旨。"第三章说："君子有酒，旨且有。""旨且多"，本应指上文的鲿、鲨、鲂、鳢、鲤而言。鱼与熊掌并称，古人视为美味，这儿摆出了那么多，其丰盛可知。然此语系在"君子有酒"之下，遂显得好似专讲酒又多又好了。接着《由庚》也说："南有嘉鱼，烝然罩罩，君子有酒，嘉宾式燕以乐。"四章皆如此。

这些只谈宴饮嘉宾，未提及宴请哪些人，《正月》就说了："彼有旨酒，又有嘉肴。洽比其邻，昏姻孔云。"这是羡慕人家饮宴邻舍，用来对照自己一个人孤独无依，所以看别人的快乐，格外揪心。《大东》也是如此，讲周朝东方诸侯国的人对西边京城人不满，觉得东方的好东西、赋税都交到西边来，而西边人不懂得珍惜："或以其酒，不以其浆。鞙鞙佩璲，不以其长。"东边送来的酒，西边人不把它当酒喝，东边人把大佩玉送来了，西边人也不觉得怎样，弄得东边人十分怨叹："维南有箕，不可以簸扬。维北有斗，不可以挹酒浆。"就是把天上的北斗寻来挹酒给你们喝，恐怕你们也不会满意吧！以此为言，怨望深矣！因为请人家喝酒而别人不赏脸，乃是极不友好的表现。

正因如此，大家能在一起喝酒才会被认为是政治清明之象。如《郑风·叔于田》形容这位叔"洵美且仁"，他一出来，大家就不必喝酒了，因为光看他就陶醉了。"叔于狩，岂无饮酒。岂无饮酒，不如叔也，洵美且好。"这位叔，旧说是指跟郑庄公打仗被杀的共叔段。但也有人说此乃男女慕悦之词，因为只有女子看情郎才会如此陶醉。所以这首诗还不典型，较典型的以饮酒象征政治清明者，是如《大雅·公刘》此等："笃公刘，于京斯依。跄跄济济，俾筵俾几。既登乃依，乃造其曹。执豕于牢，酌之用匏。食之饮之，君之宗之。"

公刘是周之先王，他和辑西戎，对周在西岐之壮大发展贡献甚伟，这首诗就是歌颂他的。怎么歌颂呢？以猪为肴、以匏为爵，吃呀喝呀，不亦快哉。这就是公刘的政绩了。

这是歌颂古代圣王。歌颂当代贤君则如《鲁颂·有駜》："有駜有駜，駜彼乘牡。夙夜在公，在公饮酒。振振鹭，鹭于飞。鼓咽咽，醉言归。于胥乐兮！"駜，形容马肥壮。乘着马来的长官，早晚都在办公。可是他办什么公呢？大家一道喝着酒，打着鼓，跳着舞，一起醉了、乐了。这就是他办公之效！政通人和，尽在不言之中。

后来欧阳修写《醉翁亭记》即仿此。全篇都写醉翁亭、写醉翁，然后再末尾点出："太守谓谁，庐陵欧阳修也。"有些人老是质疑欧阳修当个太守，不好好办公，竟招呼一群人去喝酒，还自号醉翁，不是有违官箴、不够勤政吗？殊不知政轻刑简，太守才有空去饮酒作乐。欧阳修绕着弯子在夸自己的政绩好，其根源则在《诗经》这里。

以酒"通鬼神"，更是《诗经》论饮酒之一大重点。

我国与印度佛教文化一大不同，就是佛教禁人饮酒也禁以酒祀拜，中国迥异。背后的原因即如前述：若把酒视为激引非理性乃至性欲之媒介，当然就会禁止修行者或教徒喝酒，也把奉酒祀神看成亵渎了神佛。中国人对酒，不采这种观点，反而觉得若无酒即无诚。既不能"合人我"，更不能"通鬼神"，所以无酒不成席，无酒更不能成礼。

凡祭祀，均奉酒食，酒且更为重要，如《小雅·天保》："神之吊矣，诒尔多福。民之质矣，日用饮食。群黎百姓，遍为尔德。"神来了，老百姓奉祀他饮食，他就保佑大家。《小雅·楚茨》："我仓既盈，我庾维亿。以为酒食，以享以祀……'神具醉止'，皇尸载起。鼓钟送尸，神保聿归。"云云，也是如此。神喝醉了，典礼才能结束。

神无形，怎么知道他酒足饭饱？当然不知，只是一种祭祀的仪式化办法：象征神喝醉了，"尸"才起来。送"尸"而出，礼成奏乐。《小雅·信南山》亦然，且讲了具体的祭祀程序："祭以清酒，从以骍牡，享于祖考。执其鸾刀，以启其毛，取其血膋。"以酒奉祭，然后宰牲，取其血与膏脂奉请祖先享用。如此诚心致祭之后，有什么效果呢？《大雅·凫鹥》说："凫鹥在沙，公尸来燕来宜。尔酒既多，尔肴既嘉。公尸燕饮，福禄来为。"祭品丰盛，神吃得满意，自然会保佑你。

贯穿在这"合人我"，"通鬼神"之间的，是酒所提供的一种温润而理性的精神角色。温润是说人情之润泽、祖先与子孙之温情，须靠酒以激发之沟合之。酒在此间成了个温暖的润滑剂，令人怡乐。所以凡说饮酒，均呈现着畅悦怡乐之感，欣欣然也。后世陶渊明《饮酒》诸诗，最能继承这种平淡、温和的欣怡之感。

而因饮酒代表着人生的喜乐，所以饮酒也会激发生死之感，令人兴起为乐当及时，否则死掉了就无此乐的想法（人死了，除非有贤子孙岁时祭享，否则酒一滴不到橐下土）。《唐风·山有枢》："山有漆，隰有栗。子有酒食，何不日鼓瑟？且以喜乐，且以永日。宛其死矣，

他人入室。"《小雅·頍弁》："兄弟甥舅。如彼雨雪，先集维霰。死丧
无日，无几相见。乐酒今夕，君子维宴。"都是讲这个道理。后来中国
文学中一种常见的声腔，"人生不满百，行乐当及时"，并不起于《古
诗十九首》，而实自《诗经》以来已然。而此思想自何而生？就由饮酒
行乐时来！

　　不过，后世饮酒行乐，颇有放纵之意，有挥霍生命的姿态，要秉
烛夜游或为长夜之饮。《诗经》则不然，相较之克制、理性得多。犹如
它处理感情，强调乐而不淫、哀而不伤，中和平正，以趋大雅，所以
与饮酒常相关联的词汇，乃是"德"。

羊尊酒肆（汉画像石）

　　如《小雅·湛露》开端就说："湛湛露斯，匪阳不晞。厌厌夜饮，
不醉无归。"露水深了，只有太阳出来才会干；夜饮畅快着，也唯有醉
了才能回去。这不是纵酒之歌吗？

　　不然，接着就说"显允君子，莫不令德"，"岂弟君子，莫不令仪"。
"令德"是什么？朱熹《诗集传》注："谓其饮多而不乱，德是以将之。""令
仪"则指君子不会因喝了酒而失了威仪。许多人喝了酒，就失态，或

狂言谵语，或乱吵乱闹，或不省人事……君子不会如此，故歌诗以称之。

同样，《小雅·小宛》："人之齐圣，饮酒温克。彼昏不知，壹醉日富。各敬尔仪，天命不又。""齐"与斋戒之意同，指敬肃貌，"圣"指人之神智清明。一个人，真能清明敬肃，就不会烂醉如泥，喝酒是能温恭自持的。那种以一醉自喜的人，则浑然无知，天命将远离他不复降临了。

此诗有两个相关含义可说：一是《诗经》所显示的这种饮酒观充满了理性精神，而其所以如此，背景正是天命观。周之所以能获得天命眷顾，代殷而有天下，周人认为就是因殷已失德。殷之失德，则以纵酒为代表。故周戡定天下后，即发布《酒诰》，禁止大家再像殷商末年那般酗酒了。除了禁止酗酒之外，正面还要提倡新饮酒观，如这些诗所体现者。《小宛》是首忧思的诗，担心步了殷商后尘，把天命丢了，所以兄弟宗亲饮酒应不及于乱。二是饮酒须不及于乱、不为酒困，也即是孔子的饮酒观（见《论语·乡党篇》），正是秉承诗教来的。后世编《酒经》，将孔子列为酒圣，便是依据此理。人之齐圣，饮酒温克。苟或不然，就只是酒鬼酒无赖而已。圣人境界，邈乎远矣！

可是现实世界中圣人少而庸人多，饮酒辄为酒困，怎么办呢？《小雅·宾之初筵》说："宾之初筵，温温其恭。其未醉止，威仪反反。曰既醉止，威仪幡幡。舍其坐迁，屡舞仙仙……是曰既醉，不知其秩。"筵席刚开始时，大家都很有礼貌。喝着喝着，醉了："载号载呶。乱我笾豆，屡舞僛僛。是曰既醉，不知其尤……醉而不出，是谓伐德。"又吵又闹，把杯盏搞得乱七八糟，站也站不稳，东倒西歪，又神志不清，不晓得自己有什么过失。有时还赖着不走，这都是伐德的表现。

喝酒的人经常如此，如何是好？"凡此饮酒，或醉或否。既立之监，或佐之史。彼醉不臧，不醉反耻。式勿从谓，无俾大怠。"喝酒时均须设立酒监、酒史，以免喝酒的人乱闹，弄得一同饮酒没醉的人以跟这种人喝酒为耻，觉得真没意思。

我国饮酒文化由此奠定了基本形态。你不要看到刘伶"死便埋我"、李白"将进酒"一类酒豪之言，以纵酒恣情、一醉方休为美，感觉这即是中国文化或文学之主流，其实不然，主流都是《诗经》这一类型的。因为儒家思想影响巨大，更由于这最合乎人情之常：大家都愿喝点小酒，但也都对醉酒胡闹的人不以为然。各酒经、酒谱就都是这种态度，绝无例外。例如宋窦苹《酒谱》的章节就是：酒之源、酒之名、酒之事、酒之功、温克、乱德、戒失。从目录即可见出《诗经》的影子。

该书有《酒令》一章，酒令也者，便是《诗经》的酒监、酒史之类。史载魏文侯饮酒，派公乘不仁当"觞政"，这即是酒令的开端。汉初更以军法行酒令。《三国演义》描述周瑜宴请蒋干，令太史慈以军法监酒，就衍自这个传统。

唐代以后，酒令演变成不是如此硬邦邦的军法大刑伺候，而是文雅的文学游戏。因为设酒监、酒纠、酒史，乃是"他律"的；把酒令游戏化，变成酒席上控制饮酒节奏的一套机制，内在于整个酒筵中，就成为自律的道德行为。而这种道德又是游戏化、文学化了的，既成全了道德要求，又毫无道德压力与负担，还能增加饮酒情趣。

魏晋时之曲水流觞，本来即具这种功能，可是不及后世酒令之文采斐然，花样繁多。各位应当也没见过，不过大体情况可参看《红楼梦》第四十回"史太君两宴大观园金鸳鸯三宣牙牌令"之类描述；理论规矩则可详晚明小品大家袁中郎之《觞政》（觞政者，酒桌秩序也）。

在这种情况下，刘伶、阮籍、晋石崇等狂饮滥醉之事大抵都被归入"乱德"类，为中国酒文化之别格。一般文人在面对这庞大的"饮酒温克"传统时，若需纵酒，也往往以寄托说、逃遁说来自我解释，或替古之酒徒开脱。

曲水流觞图

寄托、逃遁，是说该人本来也颇正常，也有用世之志，不料因时世不佳、命运不济，有志难申，所以遁入曲乡，聊以自晦。或说其人一肚皮不合时宜，只能寄托于酒色："醉乡路稳宜频到，此外不堪行。"唐宋以后，诗文多叹老嗟卑之辞，这种套语，尤为常见。评价不得意文人时，这更是个好理由，所以亦屡见诸碑传文中。

《楚辞》中丰富多样的饮

《楚辞》说酒，重在乐而不及论德，与《诗经》颇异。诗骚异同，乃古来一大论题，如《文心雕龙·辨骚》论它们有四同四异即是。不过好像还没人谈过酒的问题。

《楚辞》说酒与《诗经》同者，是祭祀的部分，例如《九歌·东皇太一》讲祀太一："蕙肴蒸兮兰藉，莫桂酒兮椒浆。"把牺牲铺在兰蕙上，再用桂酒椒浆去奠祭。椒浆也是酒，但《楚辞》讲酒，比《诗经》光会说"旨酒"高明处，正在于它能用桂椒去形容酒。这酒可能确实加上了桂花、桂皮、木椒等去浸酿，也可能只是形容词。但如此一来，酒之芳洁，便与它善于用兰蕙等香草去形容美人美物是一致的，特显祭品之美。

另《九歌·东君》描述东君驾着车马在天上巡行："援北斗兮酌桂浆，撰余辔兮高驼翔，杳冥冥兮以东行。"王夫之解释道："桂浆，天浆，谓露也。"我以为不确，《小雅·大东》不是说"维北有斗，不可以挹酒浆"吗？古人以北斗之形状像酒勺，故有以它挹酒的想象。东君太阳神援北斗酌酒，人以酒勺酌酒，恰相似也。桂浆不必一定要解释为露，应该仍只是酒的喻况。

这是祭神的，以下是拜鬼。《招魂》曰："瑶浆蜜勺，实羽觞些。

挫糟冻饮，酎清凉些。华酌既陈，有琼浆些。"讲的是用一堆好酒引诱亡者"魂兮归来"。瑶指其色泽如玉，蜜形容其甜美，挫糟即压去糟粕的清酒，冻饮是加了冰块，酎是春酿。琼浆则与瑶浆相似，形容酒。后世说美饮是"琼浆玉液"即本此。这里，对酒极尽夸饰形容，与《诗经》之质实，风格颇异。

《大招》曰："四酎并孰，不涩嗌只。清馨冻饮，不歠役只。吴醴白蘖，和楚沥只。魂乎归徕，不遽惕只。"与《招魂》一样，盛夸美酒以诱亡魂。四酎，据说是四重酿。所以不涩喉，甘滑顺口。吴醴白蘖，指吴地用谷芽酿的酒。楚沥，指楚之甘沥，甜酒。这些酒都甜，所以《招魂》以蜜形容之。乃现今乡间仍在酿着喝着的粮食酒。苏东坡《桂酒颂》讲的也是这一类，虽加上了葱桂，有点药酒的性质。其《饮酒说》又曰："余闭户自酿，曲既不佳，手诀亦疏谬，不甜而败，则苦硬不可向口。"足见一般均以甜为尚。

苏轼饮酒，当然颇效楚骚（《山中松醪赋》自称：归哺歠其醨糟，漱松风于齿牙，犹足以赋远游而续离骚也），但此种饮酒之习尚，主要还是制酒法决定的。自《楚辞》时代至苏轼时，都属这种粮食酒，加上酒曲，增强发酵作用而成。酒精度数不高，且偏甜。苏轼以后，金元始有高度蒸馏制酒法，酒风始幡然一变。

《楚辞》说酒者，大抵仅此。虽略可增益《诗经》所云，但矜夸言酒之美而已，于《诗经》所重视的酒德，却无一语道及。祭祀奉以美酒，当然足表诚心，然招魂利诱，就只谈喝酒的快乐而不及其他了。强调人活着才可以"娱酒不废，沉日夜些"，仍延续着《诗经》说人活着才能饮酒的想法，劝鬼魂还是赶快还阳吧！

因此在说酒方面，楚骚只是有些小改变；若就整个"饮"说，则就更丰富了。

一是有饮水，如《远游》："吸飞泉之微液兮，怀琬琰之华英。玉色頩以脱颜兮，精醇粹而始壮。"由于这是诗人远游到天上所见所为，所以注家讲得很神奇，说飞泉不是一般泉水，乃是水上涌，"北方坎水为铅、为气，魄金生水，则顺流而易竭。敛气归魂，故为飞泉，逆流而上"（王夫之《楚辞通释》）。琬琰是玉的颜色，乃西方白虎之章。故这诗是说，金魄得到了飞泉的滋养，才能纯粹完美，魄才能钤住魂。

我以为不必如此迂曲解释，就是讲漱飞泉而已。人莫不饮水，但饮水太平常了，除非远游上天，否则还真没机会被写到辞赋中去呢！后世写泉水、讲枕石漱流均本于此。

另一饮之出奇处，则是饮风露。庄子曾形容藐姑射山之神人，吸风饮露，肌肤若冰雪、神情若处子。楚骚整个腔调也是迥不犹人，穿要穿奇服，甚至要制芰荷以为衣；住要住在兰椒蕙芷的房里，以显自己高洁不同于尘俗。吃当然亦须如此，一般人只喝水，屈原就能吸风饮露。《离骚》中"朝饮木兰之坠露兮，夕餐秋菊之落英"，即以饮露水吃花瓣为芳洁之象征。《九歌·东君》中"援北斗兮酌桂浆"的桂浆，如依王夫之的解释说是露水，那就是神仙的饮品了。《离骚》的讲法其实也有把自己比拟为神人、不沾尘俗之意。

《远游》另有一句"餐六气而饮沆瀣兮，漱正阳而含朝霞"，讲自己准备求仙，所以要餐风饮露了。沆瀣是气，所以上一句说饮气，一般修道者称为服气。下句是面对朝阳练功，吸食太阳之精气，故亦是饮气。后世道教徒许多功法，均滥觞于此。

我们一般俗人，自不可能如他那般吸风饮露。那我们就来一尝他提供的另一道饮品吧，那叫"柘浆"。我所佩服的日本汉学大家青木正儿曾专门写过一篇"柘浆"，收在《中华名物考》（范建明译，中华书局，2005 年）里。他是名物学的开拓者，对我现在讲的一系列问题均有所启发。

谈喝柘浆，《招魂》最早。说鬼魂快回来吧，这儿有肥牛，有羊羔，有鳖，还有柘浆可吃呀！柘浆是什么呢？汉应劭注《汉书》："柘浆，取甘柘汁以为饮也。"可用它来解宿醉，也可用它来招亡魂。而柘，实即蔗字，柘浆就是甘蔗汁。它本产于交趾，当时已传入楚地，算是舶来品，也许还颇珍贵。故辞人特以它作为好饮料之代表。

据晋代嵇含《南方草木状》说："甘蔗，交趾所生者，围数寸，长丈余，颇似竹。断而食之甚甘。笮取其汁，曝数日成饴，入口消释，彼人谓之石蜜……南人云：甘蔗可消酒。又名干蔗。"我们看他对甘蔗汁还要如此费劲解释，就可猜到此物在中土还未甚流行。晋时尚且如此，汉初乃至先秦当更难得。榨蔗取汁并制成饴的办法，此时亦似仍仅行于交趾，因此颇有人怀疑《招魂》讲的柘浆或许不是直接取来喝，而是用来作为炖鳖、炮羔的调味料，也有人认为可能是用柘浆来炖、烤。

不过不管如何，此时已有柘浆是无疑的。将柘浆晒干做成饴，可能较迟，晋代尚未通行，至于制成沙粒状的蔗糖就更晚了，且其法亦由外国传入。大约唐代才自印度传来，宋王灼又专门写了一本《糖霜谱》讲这种砂糖。近代考糖史最著名者则为季羡林的《糖史》。此皆柘浆之余波也。

后世诗人，亦如骚人般爱饮柘浆。杜甫《进艇》诗说，他带老妻稚子去江上玩，"茗饮蔗浆携所有，瓷罂无谢玉为缸"，似乎是很平民化的。王维《敕赐百官樱桃》说"饱食不需愁内热，大官还有蔗浆寒"，则是朝廷的饮品。杜甫做官时也吃过，故其《入奏行赠西山检察使窦侍御》云："蔗浆归厨金碗冻，洗涤烦热足以宁君躯。"它与民间吃法最大不同处，是冰冻了喝，或浇在樱桃上吃。今人不知饮食，所以我曾见一册韩偓诗注把"银杯自透蔗浆寒"（恩赐樱桃，分寄朝士）解释成："以甘蔗的汁水比喻樱桃，形容樱桃味之甜。"呜呼！

与文学相关的酒

青木正儿书里还有一篇《酒觞趣谈》，讲了夜光杯、药玉船、金莲杯、解语杯、碧筒杯、软金杯、桃核杯、觥觥等文学作品中常见的酒器。

喝酒与酒器是分不开的，国人饮酒文化亦以酒器繁多精美见长。试看商周铜器中酒器之盛即可略窥一二，这是世界其他地区青铜文化中没有的现象。后世酒器之繁自然也很多，青木先生一文可使人略见其梗概，不过我此处篇幅有限，不能旁涉，仅能就饮品本身来讲，介绍几类与文学较有关系的酒。

一是与岁时节令配合的酒。岁时节令必要欢聚，欢聚必有饮宴，饮则必有酒。酒可泛说，如《诗经》所云："为此春酒，以介眉寿。"只说是春酒。可是魏晋以后，元旦就开始流行饮屠苏酒，不唯盛行荆楚，北魏亦然。是用花椒、肉桂浸泡过的药酒。颇有《九歌·东皇太一》"奠桂酒兮椒浆"之意味，但据说并不相同，主要是医家提倡起来的。文人歌咏岁年多记其事，因为喝一盅屠苏酒就代表过一年了。

到了三月三上巳，也要聚会喝酒。但这时重点不是有特殊的酒，而是有特殊的喝酒法，那就是著名的"曲水流觞"。觞，原本就有两耳，如两个小翅膀，故又称耳杯或羽觞。古人喝酒多用觞，所以觞竟成了酒杯的代称。上巳时因去水边喝，故添加了把觞放入河中、随之飘荡而取饮之环节，以增趣味。觞有漆木漆竹的，也有陶的。陶觞太重，浮不起来，当然是竹木才能轻若羽翼，载酒浮行。

五月五也要喝酒，那便是著名的雄黄酒，是白娘子一喝就现了原形的杀菌辟邪之酒。制法很简单：雄黄磨粉，放入酒中一点点即可。但雄黄其实就是硫化砷，砷是提炼砒霜的主要材料，不能多吃。大抵是喝一点，然后蘸酒水在小孩额头上写个"王"字，另抹些在手掌、脚心以辟邪。

端午也喝艾酒。艾亦菊科，但生长季与秋菊不同，只在清明、端午时用为食材。以其叶入药，能营血、暖子宫、去寒湿，因此《金瓶梅》载吴月娘怀了五个月身孕，不慎滑一跤，胎死腹中，就是用艾酒服药下胎的。

九月九重阳则要喝菊花酒。此风由来已久，酒的配方也很多，元人所编《居家必用事类全集》的记载是："以九月菊花盛开时，拣黄菊嗅之香尝之甘者，摘下晒干。每清酒一斗用菊花头二两，生绢袋盛之悬于酒面上约离一指高。密封瓶口。经宿去花袋，其味有菊花香。又甘美，如木香、蜡梅花。一切有香之花，依此法为之。盖酒性与茶性同，能逐诸香而自变。"只采菊花之香，实非古法，也无菊花之效，殊不可取。

因为饮菊花酒之目的，非仅风雅，更是疗疾。陆游曾病中饮菊花酒而愈，作诗云："菊得霜乃荣，唯与凡草殊。我病得霜健，每却童子扶。岂与菊同性，故能老不枯？"可见重九饮菊花酒，与端午饮雄黄相似。雄黄大热，足以助端午之阳气也。

中秋也有饮桂花酒的，不过似不普遍。《金瓶梅》三十四回载：八月十七，应伯爵去访西门庆，西门庆安排他喝"砖厂刘公公送的木樨荷花酒"。木樨即桂花，所以这是掺了桂花的荷酒。小说刻意写他们喝这种酒，以与时令配合，可见用心。

桂花入酒也是有疗效的，可散痰、治牙疼、喘咳、闭经腹痛等。宋刘过《唐多令》："欲买桂花同载酒，终不似，少年游。"不仅欲嗅其香而已。

荷花也一样，清王士禛诗："玉井莲花作酒材，露珠盈斛拔新醅；清泠错认康王水，风韵还宜叔夜杯。"以莲花做酒材，由来已久，配方也很多。明宋诩《竹屿山房杂部》卷十五就记载了造莲花白酒法。后来清代北京之莲花白不知是否即此酒后裔。但估计与王士祯所饮非同一物。北京的莲花白是药酒，加了黄芪、当归、何首乌等，据说出自宫中，每年农历六月二十五莲花节时供皇亲国戚用。

其他配合时令进补之药酒，不胜枚举，就不一一介绍了。药酒文化乃中国特色，几乎无物不可以入酒泡制。

盖中医主要手段就是用酒，医字从酉，即是铁证。明朝汪机《针灸问对》曾说古人充实，病中于外，故针灸有效；今人虚耗，病多在内，故针灸不如汤液。可见越到后来愈仰仗汤液。而汤液主要分为两类，一是煎煮之药，一就是以酒浸泡之药。另外，丸散膏药，服用时，大抵也均靠酒行下。所以饮酒除获得精神上的愉悦外，养生补益、祛风去恶，也是一大功能，不可不予注意。

另有其实也是药酒，但被视为美酒之代称的是"羊羔美酒"。此酒在《金瓶梅》、《红楼梦》、《镜花缘》中都出现过。但"羊羔美酒"四字该怎么解释呢？如羊羔般美妙的酒？羊羔加上美酒？都不是，这是种极特别的酒！

一般酒均用粮食酿造，而北方少数民族会用马奶、牛乳制酒，另外还常有人用水果酿酒。"羊羔美酒"却是用羊肉直接发酵的。元代忽思慧《饮膳正要》、明高濂《遵生八笺》中载其作法是：

> 糯米一石，如常法浸浆。肥羊肉七斤，曲十四两，杏仁一斤，煮去苦水。又同羊肉多汤煮烂，留汁七斗，拌前米饭，加木香一两，同醖，不得犯水，十日可吃，味极甘滑。

以羊肉拌糯米，与《本草纲目集解》不同。那另一法是用羊肉五斤蒸烂，酒浸一宿，入消梨七个，同捣取汁，和曲、米酿酒。《居家必用事类全集》所载之法近于此。殆因味美，故特称为"羊羔美酒"，唐宋即已流行，今则罕见，只能从文学作品中想象之。

此外，水果酒在中国是无地位的，因其工艺程度太低，属于自然发酵法。如宋窦苹《酒谱》载："顿孙国有安石榴，取汁停盆中，数日成美酒。"水果中的糖分，经发酵转为乙醇，即成为美酒了。所以不但南洋顿孙国人把石榴汁放在盆里就可自然发酵成酒，山中桃子落在石头上，过几天出水了也就会化为酒汁，惹得山里猴子都跑来喝。中国人视此为水果汁之一类，不称为酒。酿酒都用粮食。粮食发酵慢，故须运用工艺手段增进其发酵速度及发酵性质，此所以有"酒曲"之发明。不同的"曲"会有不同之作用，故酒千变万化，家家不同、年年不同。水果酒则视如果汁，一般不入品裁。

其中只有一样例外，就是葡萄酒。葡萄酿酒盛行于西欧、中东、近东各地。可是张骞通西域，虽"引得葡萄入汉家"，葡萄酒却仍受限于上述文化因素，迄未在中土流行起来。直到宋代窦苹谈及它，仍将之列入"异域篇"，说："大宛国多以葡萄酿酒，多者藏至万石，数十年不坏。"乃是把它当成海外奇闻来看待的，可见葡萄酒之不普及。

但中国人对葡萄是很喜爱的。如魏曹丕在《与吴质书》中即大赞它解酒、多汁、除烦解热，"道之固以流羡咽唾，况亲食之耶"，光说就流口水了，何况真去吃呢？另有诏书还说南方的龙眼跟荔枝都比不上它。如此喜欢葡萄，为何葡萄酿酒竟不能流行？这不可能是技术问题，因此仍只能归因于文化。唐人王翰的诗："葡萄美酒夜光杯，欲饮琵琶马上催。醉卧沙场君莫笑，古来征战几人回。"脍炙人口，似乎跟我的说法不符，当时饮葡萄酒应已蔚然成风。其实不然。因唐人咏酒诗多如牛毛，咏及葡萄酒者却极少。此诗固然是少数咏葡萄酒的，诗名却叫《凉州词》。凉州乃今甘肃武威，是西域交通孔道，故此酒或许就由西域传入。即或不然，也是咏此以见边塞战地之风俗而已，特显异域风情。

不过，唐代攻破高昌之后，葡萄酒随西域胡人内附而在中原地区渐渐盛行起来也是事实。至明朝，李时珍《本草纲目》里记载"葡萄酒驻颜色、耐寒"，大约已成为民众平时常喝之酒。《金瓶梅》中饮酒的场面，喝葡萄酒便已十分常见了。

但应提醒大家的是：中国葡萄酒跟欧洲葡萄酒不是一回事。以欧洲标准来说，我国葡萄酒不是太甜就是太酸，仍是果汁型的。所以明清时期虽已流行，仍非什么名牌正式酒品。待近世与欧洲海运大通，就难以与欧洲葡萄酒竞争了。在国内因制葡萄酒成功而建立品牌的张裕酒厂，恰好是华侨张弼士采用外国工艺酿制的。故葡萄酒史，亦中外交流史也。

饮茶法的变迁

酒之外，饮品大宗，自然是茶。茶史考证，都说先秦已知有茶这种植物，甚至已开始饮用，但真正确定，却须迟至东汉。晋张载《登成都白菟楼诗》说："黑子过龙醢，果馔逾蟹蝑。芳茶冠六清，溢味播九区。"讲成都饮茶之盛，令人推想此风可能由来已久，只是尚少文人为之揄扬，故仅属一般民俗，而未普及于全国。北方人的饮品以奶、酪为主，尤其喝不惯这种苦水。

唐代文人喜欢喝茶，咏茶、论茶的越来越多，李白、王昌龄、岑参、钱起、卢纶、皎然、白居易、刘禹锡、韦应物、卢仝等均有所作，对饮茶风气大有推波助澜之效。而"卢仝七碗茶"，更成为一典故。

嗣后最著名的，是写了《茶经》的唐代陆羽，号称茶博士。此后文人品茶，竟成传统。茶书多出自文人之手，如温庭筠有《采茶录》、五代毛文锡有《茶谱》、宋蔡襄有《茶录》、宋沈括有《本朝茶法》、宋曾慥有《茶录》、宋魏了翁有《邛州先茶记》、宋罗大经有《建茶论》、元杨维桢有《煮茶梦记》等等。温庭筠与毛文锡是词人；蔡襄之书法，被苏轼推为宋代第一；沈括著有《梦溪笔谈》；曾慥编过唐诗选；罗大经著有《鹤林玉露》；魏了翁为南宋大儒；杨维桢为元末文妖，更不用说欧阳修曾主盟文坛了。当时这一批重要士大夫、文人对茶风、茶道的提倡，当然就塑造了一种生活方式，使得人人都来追求。最特别的是宋徽宗赵佶也写过一本《大观茶论》（大观是其年号），序文说："天下之士，厉志清白，竞为闲暇修索之玩。莫不碎玉锵金，啜英咀华，较筐箧之精，争鉴裁之别。虽下士如此，不以蓄茶为羞。"竟夸耀是他把国家治理得好，所以天下人都能从容地追求品茶的妙处。而且徽宗本身也是个文人，他对茶的描述和议论，自然也就让我们体会到了一代人风靡茶道的气氛。

不过早期饮茶大抵仍如喝粥，郭璞注《尔雅》时说："树似栀子，冬生叶，可煮做羹饮。"即由于此。故《茶录》云："茶，古不闻食，自晋、宋以降，吴人采叶煮之，名为茗粥。"茶被称为羹或粥，可见是极稠的，里面还要加上盐、冰片（冰片又称龙脑，到赵宋时仍大量入茶）和其他佐料。现今客家地区之擂茶，把茶叶、黄豆、玉米、绿豆、花生、白糖等并在一起，放入擂钵，捣成糊状，再予冲泡。泡时再加芝麻、花生粉等，古风犹存，即可令人想象古人喝茶景况。只不过现在擂茶多用冲泡，古则煮食，且不用糖而加盐。

煮茶又称煎茶，到宋代才开始出现点茶，略似今日冲泡法但更繁复。然而，无论煎、点，都仍是要加料的。宋黄庭坚《煎茶赋》讲得很明白："或济之以盐，勾贼破家，滑窍走水，又况鸡苏之与胡麻？涪翁于是酌岐雷之醪醴，参伊圣之汤液，斮附子如博投，以熬葛仙之垩，去菽而用盐，去橘而用姜，不夺茗味，而佐以草石之良，所以固太仓而坚作强。于是有胡桃、松实、庵摩、鸭脚、勃贺、藤芜、水苏、甘菊，既加臭味，亦厚宾客。前四后四，各用其一。"加入了姜盐、甘菊、胡桃、藤芜乃至鸭脚，再加以熬煮，滋味如何，诸位可以揣想揣想。

黄庭坚嗜茶，所作茶词最多。他晚号涪翁，涪州茶历来有名。《茶录》云涪州宾化荣为蜀茶之最。白居易诗"渴饮一盏绿昌明"，亦讲涪州茶。而不想他之品味如此，实与今人悬绝。

但此风在唐宋极盛。宋林洪《山家清供》甚至还主张再加点葱，说可以清除眼花、解疲劳。元明以后，此法未绝。元人编《居家必用事类全集》诸品茶中就还记载了十种掺入了冰片、枸杞、桂花、茉莉、蜜柑花、煎绿豆、牛油的茶。其中制兰膏茶法云："将上等好茶叶一两，仔细磨细，再把上好牛油一两半融化，加入茶粉中，然后不断搅拌。夏天加入冰水，冬天加入滚水……使其变成雪白色即可。加入少许盐，风味更佳。"竟与现今蒙、藏、宁夏、新疆地区做奶茶、酥油茶的方法类似。瑶族打油茶、裕固族酥油炒面茶、土家族油茶汤、侗族豆茶，也都接近此类做法。

不只煮茶、泡茶如此，到了明代，高濂《遵生八笺》中论点茶，也说试茶三要：一涤器，二汤火盏，三择果。择果，不是准备喝茶时的果饵茶食，而是选择适当果品配入茶汤中。如今西北回族、东乡族流行的"三炮台盖碗茶"，是以茶叶配上冰糖、桂圆、杏干、葡萄干等，用滚开水冲泡，即其遗风。《金瓶梅》里西门庆家喝的茶大部分即属此种，什么瓜仁泡茶、福仁泡茶、胡桃夹盐笋泡茶、木樨芝麻熏笋泡茶、蜜饯金橙子茶等都是。

但风气渐变，对于饮茶而加这一大堆佐料，渐渐就有人不理解其至不认同了。如明末大评书家孙矿，曾著《坡仙食饮录》说：

> 唐人煎茶多用姜，故薛能诗云："盐损添常戒，姜宜著更夸。"据此，则又有用盐者矣。近世有用此二物者，辄大笑之。

他是大学者，又精熟苏轼谈饮食的文献，对唐宋人饮茶用盐都还如此陌生；一般人听说饮茶居然还用这些，自然更要讪笑了。

清佚名《茶史》载周吉父批评："汉唐宋元之人，谓之食而不知其味可也。陆羽著为《茶经》，在今日不足以为经矣！"即代表这种态度。陆羽《茶经》介绍的也正是唐代熬煮如粥的茶汤。

烹煮茶、点茶、泡茶，是中国饮茶法变迁之三大类型，详情诸位可查各种茶书。我这里要谈的不是茶法、茶技，而是茶的观念与文化，而这部分正是与文学密切相关的。

与文学相关的茶文化

敦煌变文中有一篇奇文《茶酒论》，抄写的年代是开宝三年（970），作者应是唐朝人士。文中说茶和酒争辩谁对人类贡献更大，吵来吵去，互不相让，最后水出来说："两位没搞清楚吧，没有了我，你们谁都成不了事。"此文是一种民间调笑戏谑之体，把当时社会上茶酒盛行、不可或缺的状况乃至利病，都做了极有趣的铺陈。

其中茶说当时茶之流行："浮梁歙州，万国来求；蜀山蒙顶，骑山蓦岭；舒城太湖，买婢买奴。越郡余杭，金帛为囊。素紫天子，人间亦少。商客来求，船车塞绍。"显然茶在社会上已饮用成风，而且已成为重要商品，获利空间不小，所以商贾转贸，流通四方。印证以白居易《琵琶行》

所说："商人重利轻别离，前月浮梁买茶去。"益知饮茶久已成为社会风尚。所以《茶酒论》说：如经营茶业生意，可以早上把茶买进来后，"将到市廛，安排未毕，人来买之，钱财盈溢，言下便得富饶"。

到了宋代，饮茶更盛。《松漠纪闻》说："燕京茶肆，设双陆局，或五或六，多至十。博者蹴局，如南人茶肆中置棋具也。"《梦粱录》说："茶肆列花架，安顿奇松、异桧等物于其上，装饰店面，敲打响盏。又冬月添卖七宝擂茶、馓子葱茶。茶肆楼上专安着妓女，名曰花茶坊。"《南宋市肆记》则载："平康歌馆，凡初登门，有提瓶献茗者。虽杯茶，亦犒数千，谓之点花茶。"《都城纪胜》还记录："水茶坊，乃娼家聊设果凳，以茶为由，后生辈甘于费钱，谓之干茶钱。"这些都是市井茶，一幅都市中人饮食男女之景象，跃然纸上。

可是，中国茶书百余种，你若想找这类材料，却几乎是查不到的，何以故？

凡文化，都有两层：现实层和理想层。现实层是熙熙攘攘，皆为名来、俱为利往，男盗女娼、蝇营狗苟；理想层则是礼义廉耻、忠孝节义，孔曰忠恕、老曰清静。凡是著书立说，除了我们现今这个时代，没有人会去提倡前者，大都是教人应清虚克己、忠恕待人的。因为这才显示了我们这个社会的文化理想、人生的意义追求。而前面那一部分，只体现人自然本能的饮食男女，何待提倡？又有何可说？

不说、不提倡，现实也不会减少，它乃是社会永远存在的现实。因此，讲文化的人，虽不断提倡文化理想，揭示价值方向，冀人遵循，以稍减现实社会物欲横流之病，走往向上一路，却也只能是稍减而已。俗人的社会，终究不可能完全使其变雅。

于茶饮一事，亦当如是观。市井茶饮是饮的现实面，这一面一直十分兴旺。现今市肆茶楼及茶商贸易，与《茶酒论》《松漠纪闻》所载，其实也没什么不同，可能还更甚。但茶书、茶谱、茶品、茶乘所显示的，乃是茶的文化理想层面，体现着与市井流俗人饮茶不同的文化取向、价值观。包括上文所述，对茶中添入盐、梅、蜜、果之排斥，提倡饮清茶，均是这类文化价值观之显现。

这种文化价值观的提倡者是哪些人呢？就是唐宋元明清的文人群体。

仍回到我刚才的介绍，茶在汉代社会上早已盛行。"开门七件事，柴米油盐酱醋茶"，虽是晚出的俗语，但汉王褒《僮约》已说到要"五阳买茶"，可见此已是僮仆日常要涉及的事。晋张孟阳《登成都楼》诗："门有连骑客，翠带腰吴钩。鼎食随时进，百和妙且殊。披林采秋橘，临江钓春鱼……"也可看出成都饭馆里的热闹劲儿，啖江鲜、饮芳茶，不亦快哉！然而，文化发展历来都是朝转俗为雅的路子走的。喝茶不会只停留在这个层次，还要有更高的追求。

因此，魏晋南北朝茶文化转化的途径，就是朝"雅人深致"走，强调茶与"高士"的结合。高士不会像市井俗人，以膏脂盛馔为美，故茶独显其为清品。

《晋中兴书》载一故事：说谢安要去拜访陆纳，纳的侄儿见他毫无准备，就好意私下安排了盛馔。等谢安来时，陆纳招待客人的仅有些茶果而已，他侄儿赶紧把准备好的大餐推出，珍馐具备。不料谢安告辞后，陆纳竟把他侄儿痛打了一顿，说："汝既不能光益叔父，奈何秽吾素业？"陆纳当时是吴兴太守（《晋书》以纳为吏部尚书），是大官，珍馐不会安排不起；他侄儿好意安排了，他还不领情，显然在人情与嗜好上，他另有与一般人不同的态度，追求清淡而非浓艳。招待谢安这种风雅大名士，居然推出一台盛宴，他是深以为耻的，所以才恼羞成怒，把侄儿暴打了一顿。

陆羽把这则故事，抄录到《茶经》里，显示了这种人生态度，乃是此辈茶人们所认同和追求的。与成都酒楼、浮梁茶商、平康歌馆里的茶，迥然异趣。

所以这类茶人所交往的茶侣，都是些名僧高道、修洁自喜的人。后来许多茶书抄来抄去、互相转录的一段话："煎茶非漫浪，要须人品与茶相得，故其法每传于高流隐逸，有烟霞泉石磊魂于胸次间者。"（陆廷灿《续茶经》卷下）大抵即为此辈心声。

高流隐逸，多方外僧道；烟霞泉石磊魂胸次间者，则为名士。南北朝隋唐一股清雅脱俗的饮茶法，就被这些人提倡起来了。《茶经》载：王子尚、王子鸾去八公山拜访昙济道人，"道人设茶茗，子尚味之曰：此甘露也，何言茶茗"，足可见当时方外僧道多擅制茶，名士也喜欢去找这些人喝茶，并且欣赏他们的茶。

道士茶。南朝陶弘景说丹丘子曾饮茶成仙，故道士种茶、饮茶久为风俗，也强调茶的保健养生功能，编了许多传说。而入山采茶的人，又常遇着道士丹丘生，故茶与道士们因缘是很深的。诗僧皎然《饮茶歌送郑容》说："丹丘羽人轻玉食，采茶饮之生羽翼。"即指其事。杜牧《春日茶山病不饮酒因呈宾客》云："谁知病太守，犹得作茶仙。"也用这茶与仙家的典故。李白《茶述》记荆州玉泉寺产一种茶，僧中孚拿给他看，共同定名为"仙人掌茶"，有诗相赠答。讲的也是和尚们尊重茶与道教神仙传说的老渊源。宋代道流，仍保有此一传统。欧阳修《送龙茶与许道人》、道士白玉蟾《茶歌》都是例证。宋黄震《送道士宋茗舍归江西序》，说道士以茗舍为名，准备回江西老家去种茶，故黄震写序送他。亦是一例。苏轼还有一说法，谓不应将茶形容为佳人，因为佳人太秾丽了，恐不宜于山林。若一定要用好女子来比拟，那么当比为毛女、麻姑那般"自然仙风道骨、不浼烟霞"。

其他可说的还很多，如温庭筠曾写过《采茶录》，是茶道大家，亦有《西陵道士茶歌》，颇称许其茶："疏香皓齿有余味，更觉鹤心通杳冥。"
宋以后，道士之擅茶者还有吕洞宾、白玉蟾两祖师。据说吕游大云寺，
僧请他啜茗，举丁谓诗曰："花随僧箸破，云逐客瓯圆。"吕认为句虽佳，
未尽茶之理，另作一诗说"玉药一枪称绝品，僧家造法用功夫"云云。
白玉蟾则以茶修内丹，说："吾侪烹茶有滋味，华池神水先调试。丹田
一亩自栽培，金翁姹女采归来。天炉地鼎依时节，炼作黄芽烹白雪。"
白玉蟾的道场就在著名的茶区武夷山，故其咏《武夷·六曲》曰："仙
掌峰前仙子家，客来活水煮新茶。主人遥指青烟里，瀑布悬崖剪雪花。"
茶与修道，密迩难分矣！

后世论茶，喜说"茶禅一味"，对茶与仙家渊源甚为陌生。原因是
僧家钻研茶道，后来居上。到唐代中期，已然僧寮便是茶寮了。

僧家对茶道的推动

僧家饮茶源于道家，这由皎然、中孚诸僧之表现看即可明白。皎
然与陆羽相熟，乃茶道大师，但他《饮茶歌诮崔石使君》说崔君喝茶不行，
未得真趣。真趣是什么呢？"孰知茶道全尔真，唯有丹丘得如此"，充
分认同道家饮茶可以全真之观点。

饮茶可以成仙者，葆真、养生，自然就可长生了。僧家于茶，正
继承这一态度，故其虚雅清净，咸与仙家相同。但唐代僧人于此道也
有发展。主要有二：一见《续博物志》，该书说："北人初不识（茶），
开元中，太山灵岩寺，有降魔师，教禅者以不寐，多作茶饮，因以成
俗。"茶是否因此才普遍传及北方，尚待考证，但这个记载却提示了我
们：僧家看重茶能破睡的功能，故提倡饮茶。这与西方基督新教徒提
倡喝咖啡以振奋精神，实有惊人的相似性。他们以咖啡取代社会上的

酗酒风气，中国僧人则以此扭转饮品独以酒为尚之传统。所以前举将敦煌出土的《茶酒论》抄写流传的，就是知术院弟子阎海真。

本着这种提倡新风气、新生活态度的想法，种茶、制茶、饮茶"因以成俗"的，不在社会而在寺院，因而成了寺院的新事业、新传统。各地寺院均热衷于此，寺院遂一跃而成为社会茶商、茶场之外另一大群体。

僧人饮茶，与仙家不同。而对茶道有推展的另一点是：仙家山居幽隐，饮茶乃是与他们自己轻举羽化相关的；僧家则以茶为弘法之媒介，虽亦远离世情，但颇擅长以茶交结四方檀越。前文曾举王昌龄与诸君茶集于天宫寺诗即为一例。

这类茶集，各地寺院都有，如唐韦应物《澄秀上座院》说："林下器未收，何人适煮茗？"柳宗元《巽上人以竹间自采新茶见赠酬之以诗》说："犹同甘露饭，佛事熏毗耶。"唐钱起《过长孙宅与朗上人茶会》说："松乔若逢此，不复醉流霞。"皎然《顾渚行寄裴方舟》说："伯劳飞日芳草滋，山僧又是采茶时。"以及刘禹锡《西山兰若试茶歌》等均可为证。

另有些故事，如《合璧事类》说："觉林寺僧志崇制茶三等，待客以惊雷荚，自奉以萱草带，供佛以紫茸香。凡赴茶者，辄以油囊盛余沥。"或《灌园史》云："唐彦范精戒律，所交皆知名之士，所居有小圃植茶，常云茶为鹿所损。众劝作短垣隔之，诸名士悉乃运石。"《芝田录》说李德裕取惠山泉、昊天观泉水各一瓶，再杂以其他水八瓶，让一僧人挑选，僧只取这两瓶好水，令李大为叹服；《河南通志》说济源县有卢仝茶泉，玉泉寺僧汲之煎茶。又，《檀几丛书》云："唐天宝中，稠锡禅师名清宴，卓锡南岳涧上，泉忽迸石窟间，字曰真珠泉。师饮之，清甘可口，曰：'得此瀹吾乡桐庐茶，不亦称乎！'"都说明了僧人、寺院在茶艺推动上的作用。茶会、茶宴、茶集，在僧家是极普遍的，后来"茶寮"一词，即由"僧寮"而来。

文人对茶饮的影响

僧道饮茶，其茶侣自然非一般市井尘俗，而是文人雅士。清程作舟《茶社便览》"茶侣"一条就特别说："茶侣：翰卿墨客、缁衣羽士、逸老散人或轩冕之徒，超轶世味者。"这一条，其实是明代茶书中常见的，如明徐渭《煎茶七类》里就有。徐渭把此篇托诸唐代卢仝，所以也或许可代表唐宋以来这批人的共识，嗜好颇与俗殊。因此，明代李日华《六研斋笔记》载：

明　徐渭《煎茶七类》

茶事于唐末未甚兴，不过幽人雅士，手撷于荒原离秽中，拔其精英，以荐灵爽。所以饶云露自然之味。至宋设茗纲，充天家玉食，士大夫益复贵之，民间服习寝广，以为不可或缺之物。于是营植者拥灌孳粪，等于蔬薮，而茶亦坠其品位矣！

这样的言论，何以说它有趣呢？因为这正是文人雅士长期提倡清雅饮茶趣味后，文人自己习染于其中既久，遂以为茶本来就是清品，不近流俗；到宋代以后，民间才开始流行，也才开始成为生活必需品，才有茶产业。

这样，其实是把茶史整个弄颠倒了，不晓得茶饮不但初起于民间，甚且可能还由西南少数民族地区传布起来。后来是以其药用功能及山林气，为幽逸隐栖之道士们所欣赏，继而为僧家所提倡，再为文人所鼓吹。而在文人、高士、方外合谋的这场茶之旅以外，饮茶自仍有市井一路，相承不衰。如《梦粱录》、《都城纪胜》诸书所载者即是，只是不为文人所重罢了。

所以，像前文所述各种熬煮或杂投梅盐葱姜、果饵松仁的喝茶法，越来越不受文人青睐；只饮清茶而赏真味的思想，越来越强。就是茶里放花，早期也算是求雅之一法，后来便以浓艳而减价了。

熬煮，明清还盛行于民间，如《金瓶梅》二十三回，吴月娘就吩咐下人说："有六安茶，炖一壶来俺们吃。"清袁枚也说："我见士大夫生长杭州，一入宦场，便吃熬茶。"可见其盛行。但袁枚痛批此法曰："其苦如药，其色如血。此不过肠肥脑满之人吃槟榔法也，俗矣！"（袁枚《随园食单》）

花茶，明程荣《茶谱》尚谓："木樨、茉莉、玫瑰、蔷薇、蕙兰、莲桔、栀子、木香、梅花，皆可作茶。"但作于万历间《茗谭》已大不以为然，曰："顾元庆《茶谱》，取诸花和茶藏之，殊夺真味。闽人多以茉莉之属，浸水瀹茶，虽一时香气浮碗，而于茶理大舛。"明屠本畯《茗笈》也说："茶中着料，碗中着果，譬如玉貌加脂，蛾眉着黛，翻累本色。"

可是上文已然提及，现在民间乡下及少数民族地区，仍多果仁等与茶并冲的熬煮之旧法。清代乃至民国时期，北方更是花茶的天下，龙井、碧螺春、毛尖等清茶，档次与价钱均比不上花茶。皇宫王府所饮，实亦以花茶为多，品味与文人雅士可谓截异。《红楼梦》一味求雅，论及饮茶的场面，都是明代文人饮茶的套路，以清茶为主，又是雪水煮、又是讲究雅人雅茶具相配，纯显文人趣味，与当时真正北方富贵人家饮茶之态度其实颇异，乃是南方文人的茶饮情韵。

而《茶社便览》之茶社，本身亦是文人对僧家茶集、茶会之发展。在唐代，茶集、茶会、茶宴只是一般聚会。到五代开始起了变化，"和凝在朝，率同列递日以茶相饮，味劣者有罚，号为汤社"(陶谷《清异录·茗荈门·汤社》)，变成固定社团，为整个唐宋文人社集发展中重要一环。

文人高士对茶之影响力，是伴随方外僧道而起的，但整体影响，非僧道可比。因僧道方外毕竟只是方外，文人、士大夫却是社会的主流群体，代表社会的文化价值方向。他们又能诗擅文，掌握了绝对优势的话语权，自然影响深远。而且我们应注意：文人话语，不只是旁观者的歌颂、描述、赞叹，更是转换了角色，把植茶、艺茶成为自家的艺事创作，取代了老农、老圃。

陆羽的出现，就代表这一意义。陆羽以前，文人仅喝茶而不种茶、制茶、亲自品水、执爨、煎烹。陆羽开始把这一套原本应由老农、老圃、童子、婢仆们干的事，变成了文人自己的技艺。据说当时曾因此受辱，被士大夫们瞧不起，讥为"茶博士"，以致愤而另作《毁茶论》。"茶博士"乃市井卖茶人的称呼，难怪陆羽会一时心理承受不住。不过，《毁茶论》不传，流传广远的是他的《茶经》，内分源、具、造、器、煮、饮、事、出、略、图十部分。"出"讲茶产地，"事"是茶故事，"略"是外出时比较简便的煮茶法，特点是既如农书般详细可操，又能指出向上一路，求精求雅。

例如茶碗，强调要用越瓷，鼎州、婺州、岳州、寿州、洪州最好不用。邢瓷则不如越，因为"若邢瓷类银，则越瓷类玉，邢不如越一也；若邢瓷类雪，则越瓷类冰，邢不如越二也；邢瓷白而茶色丹，越瓷青而茶色绿,邢不如越三也"。晋杜育《荈赋》曾说:"器择陶拣,出自东瓯。瓯,越也。"茶碗不同,影响的不过是视觉,与茶汤之滋味其实无关,但亦须有如许讲究,其他一器一具,莫不皆然。这就非茶农所知了。故后来卖茶的人反而要倒过来向他学习,奉他为茶神,烧了陶像来祀拜他。

后来文人写茶书,一直延续着这个传统,不仅品赏,还要能亲自动手做茶。如苏轼《煎茶》诗云:"活水还将活火烹,自临钓石汲深清。"乃文人技艺之一端。

陆羽是个弃婴,被和尚捡回抚养。老和尚竟陵大师本就精于茶道,艺传于羽。羽不愿出家,以士人身份游历江湖,但仍与皎然等茶僧、诗僧来往密切,故其茶可说是文人高士与僧道方外之结合。不过,陆羽也是个转折,因为此后僧家固然仍保持其茶传统,且东传扶桑,影响深巨,但执茶艺权柄者乃是士而不是僧。此后茶录、茶谱百余种,无一本是僧人手笔,全出于文人,如温庭筠、毛文锡、蔡襄、欧阳修、沈括、曾慥、罗大经、魏了翁、杨维桢、明田艺蘅、明陆树声、徐渭、明屠隆、高濂、明胡文焕、明陈继儒、屠本畯、明顾起元、李日华、明冒襄、清余怀、清吴谦、清翁同龢等,再加上一大批文人茶咏之零散诗文,形成了几乎所有关于茶文化的论述。

文人对茶的影响是多方面的,以茶具来说,唐宋茶具其实以金银为上。如宋徽宗《大观茶论》即说茶碾以银为上,熟铁次之;茶瓶宜金银。蔡襄《茶录》亦云茶匙以银铁为之,汤瓶以黄金为上。陆羽论竹策,也说要用银裹两头。宋范仲淹《采茶》诗云:"黄金碾畔绿尘飞,碧玉瓯中翠涛起。"正为当日实录。陆羽说用瓷,不过是玉盏的替代品罢了,故越瓷似玉而见重,寿州瓷黄、洪州瓷褐,就都不足珍。现今日本饮茶,标榜宋代天目碗,其色褐黑,在当时实非雅道。

而这种以金银乃至玉器为尚的风气,到了明代才发生变化。明朱权《茶谱》说"古人多用铁,宋人恶其生,以黄金为上,以银次之。今予以瓷石为之",茶壶开始改用瓷石。朱权堪称戏曲理论家和剧作家,对中国茶文化颇具贡献,因而此举也形成一定影响,所以到嘉靖间,由钱椿年著、顾元庆删校的《茶谱》已说"银锡为上,瓷石次之"了。随后宜兴紫砂壶开始制造,被认为更适合炒青芽茶的冲泡方式,故愈发流行,出现明周高起《阳羡茗壶系》一类书及明龚春、明清时期时大彬一类名家。时大彬固是陶人,但他"游娄东,闻眉公与琅琊、太原诸公品茶施茶之论,乃作小壶。几案有一具,生人闲远之思"(周高起《阳羡茗壶系》),可知也是受文人濡染而然的。

第五讲　文学与食

文学中的农事稼穑

人是杂食动物。但居地不同，所食便异。或海畔吃鱼虾、或山居吃虫蛇、或草原吃牛羊、或平野尝百草。而汉民族正是以吃草为特色的。

文学中尤其足以显示这个特点，你看《周南·关雎》虽以"关关雎鸠"起兴，可是对这鸠却没有将它打来吃的想法，反而只说"参差荇菜、左右采之。参差荇菜、左右芼之"。可见虽是后妃，也仍以煮菜吃为主。

接着《卷耳》说："采采卷耳，不盈顷筐。"《芣苢》说："采采芣苢，薄言采之。采采芣苢，薄言有之。"《采蘩》说："于以采蘩，于沼于沚……于以采蘩，于涧之中。"《草虫》说："陟彼南山，言采其蕨……陟彼南山，言采其薇。"《采蘋》说："于以采蘋，南涧之滨。于以采藻，于彼行潦。"《摽

112

有梅》说："摽有梅，倾筐塈之。"仅《周南》、《召南》，就如此采之不已，食草之量可见，妇女之劳亦可知矣！

男人当然也没闲着，《魏风·伐檀》说："不稼不穑，胡取禾三百廛兮？"稼穑靠男人，基本上也是种草。此风可上推于神农，直接之渊源则是本民族之始祖后稷。

由民族学上来说，这或可视为一疑问。因周乃西北方羌族，此民族及其周边民族都以狩猎或畜牧见长，为何周竟以后稷为始祖且农事独擅，实在有些奇怪。

依古说，周乃姬姓。姬姓始祖是少昊，乃是居住在山东曲阜一带的民族。周人后来禘祭是祭帝喾，而帝喾所居地，即在河南商丘一带。到公刘时，周人又西迁到了豳地一带；古公亶父则再率族人西迁到岐山下，《大雅·绵》说："古公亶父，来朝走马，率西水浒，至于岐下。"《大雅·公刘》说："笃公刘，于豳斯馆。"均指此。然则似乎周本是东方民族，夙娴农耕，后来才一路西迁到了西部羌戎之地。

近人傅斯年反对此说，一九二六年写信给顾颉刚："与其信周之先世曾窜于戎狄之间，毋宁谓周之先世本出于戎狄之间。姬姜容或是一支之两系，特一在西，一在东耳。"（《与顾颉刚论古史书》）后来他为董作宾《新获卜辞写本后记》作跋，亦再申周出于西戎之说。也就是说，姜、羌同出于西戎，并不是原先在东边，后来才窜入羌戎地区去的。为配合此说，他还另做了考证，论证周初分封姜太公到齐、周公到鲁，这个齐、鲁并不在山东，是后来才迁去的。

目前学界大抵均采信其说，我则感觉如此一反旧说，实显迂曲。周如果本是东方民族，翦商成功后，把周公太公封回老家故地，不是更合理吗？何况，周之耕植技术，显然也远胜于羌戎，又有《诗经》的文字记载可以证明他们是一路由邠豳沿着河流迁入西岐的，那么何不仍从旧说呢?

古史茫昧，我不敢妄论，此不过由后稷一路想下来罢了。

后稷不但是始祖，周民族也以农业为立国之根本，把国家就称为社稷。社稷之稷，当然是祭后稷之宗庙，但同时也就指具体之稼稷。《王风·黍离》说："彼黍离离，彼稷之苗，行迈靡靡，中心摇摇。"讲国家倾覆，社稷不保了。心念社稷，遂以眼中所见之稷发兴。彼稷之苗、彼稷之穗、彼稷之实，是稷由幼小到成熟的状况。宗周宗庙宫室之稷，长得如此之好，王朝却崩溃了。睹此，不由得令人痛呼："悠悠苍天，此何人哉?"

邦国是被一些混蛋搞垮的，这些人即如农田里的胖大老鼠"硕鼠硕鼠，无食我黍"、"无食我麦"、"无食我苗"（《魏风·硕鼠》），别来侵犯我的庄稼了。《小雅·黄鸟》亦是此意。

国如此，家亦然。《唐风·鸨羽》："肃肃鸨羽，集于苞栩，王事靡盬，不能艺稷黍。父母何怙，悠悠苍天，曷其有所?"国君整天征调我去做事，害我不能好好种田养父母，所以国君也遭了唾骂。

这都是一幅"民以食为天"的景象，谁破坏了我好好稼穑，都要被批判。朋友相交，这更是一重点，因此《秦风·权舆》说："於，我乎?夏屋渠渠。今也每食无余。於嗟乎! 不承权舆。於，我乎? 每食四簋，今也每食不饱。"主人大屋深广，可是待我却越来越薄。权舆是刚开始的时候。开始时每餐有四大盘菜，如今却老让我吃不饱。簋是用来盛黍稷的，可见吃皆以黍稷为主。

农事稼穑的具体情况，则可看《豳风·七月》："六月食郁及薁，七月烹葵及菽，八月剥枣，十月获稻。""七月食瓜，八月断壶，九月叔苴，采荼薪樗，食我农夫。"所有吃食，都指禾稻等植物。

此类讲农事庄稼的诗不少，如《小雅·甫田》、《小雅·大田》。稼稿有成，积黍丰登，收成可以用车来载、用仓库来装，所以要准备牺牲来拜谢田祖。耕种时则要播种、除草、去虫，若逢田祖保佑、好雨时至，便会有好收成。收割时一些零碎的谷粒，不必收拾得太干净，一以显示收成好，不在乎；一也是让贫寡的人拾捡。这与雨来时耕民心理上想着"雨我公田，遂及我私"一样，都体现了当时人心之善。

这类诗，后来成为劝农一类作品的典范，一方面描写农家耕稼之勤，一方面也表现着农民的淳朴。只是后世农民生活越来越艰苦，写农事的诗文，遂不如这里熙熙融融、一片娱乐庆丰之景象。

文学作品祭祀中的食物

事实上，耕作确实辛苦，所以一旦收成好，农民就都要祭祀老天、祭祀田祖、祭祀后稷。

田祖是神农，后稷则是他们种植的老师，《大雅·生民》就是一首对后稷的赞歌。先说后稷的出身：他妈妈姜嫄如何履大人迹而有孕，如何生下小孩后遗弃了他，他如何被鸟兽保护而成长，长大以后又如何对植栽特有天赋："诞实匍匐，克岐克嶷，以就口食。艺之荏菽，荏菽旆旆。禾役穟穟，麻麦幪幪，瓜瓞唪唪。"

这几段都是具体讲他如何耕种的。如今我们早已四体不勤、五谷不分，所以看来有些不明白，但古人讽诵《诗经》时对此却有极亲切之体会，能令他们回想起许多农稼时的经验。

后转而叙述后稷在种植方面取得的成就：种大豆，就长得一根根旗杆似的；种麦种麻，也长得茂盛多实。又能辅助地力，除草、浇灌，所以植物又秀又实。后稷也因此得封于邰。他还种黑黍、白粱粟、赤粱粟等各种粮食，收成以后，全运回来准备祭祀。祭祀时，要舂米去糠、簸去谷皮，淘米去蒸，然后占卜择日，斋戒准备，以蒿配合膏脂，用公羊去祭行道神，再烧火。摆满了各种祭器的祭品，香味烟气直达天上，让上帝好好享用。前举《大田》说："来方禋祀，以其骍黑，与其黍稷，以享以祀，以介景福。"讲的也是禋祀四方之神。禋、燎即是后世祭祀时烧香的起源。

耕稼以植栽为主，平时的吃食，主要也是这些黍、稷、稻、麦、粟、秬、粱、秠之类。配上蔬果，即成为中国人的基本食材，一般并没什么肉。孟子曾说王道政治是让"七十者可以衣帛食肉"，可见一般人平时不太吃得上肉，《诗经·国风》就几乎没讲什么吃肉的事。有的，大约只有几处吃鱼。《陈风·衡门》："岂其食鱼，必河之鲤？岂其取妻，必宋之子？"有鱼吃就不错了，何必非黄河鲤不可？足证吃鱼也未必容易。

凡有酒有肉的场合，大抵均是祭祀。祭即需有祭品，《豳风·七月》说："九月肃霜，十月涤场，朋酒斯飨，曰杀羔羊。"《大雅·生民》说："取萧祭脂，取羝以軷。"《大雅·行苇》说："醓醢以荐，或燔或炙，嘉肴脾臄，或歌或咢。"《大雅·凫鹥》说："旨酒欣欣，燔炙芬芬，公尸燕饮，无有后艰。"都是描述祭祀时烧烤牺肉、欢乐饮酒的情况。我们俗语说偶得大吃一顿叫"打牙祭"，就是因祭祀才能大吃一顿之故。

祭祀，《七月》说二月献羔祭韭，十月曰杀羔羊，都是用羊。《小雅·楚茨》说："济济跄跄，洁尔牛羊，以往烝尝。或剥或烹，或肆或将，祝祭于祊。"也是指羊，但已合说为牛羊。

《小雅·信南山》就只说牛："祭以清酒，从以骍牡，享于祖考。执其鸾刀，以启其毛，取其血膋。"讲祭祀时，主人亲手执鸾刀，取其毛、血及膋（膏脂）来祭告先祖及上帝。骍牡是红色的公牛，周人祭祀喜欢用这种牛，所以孔子赞美其弟子仲弓说："犁牛之子骍且角，虽欲勿用，山川其舍诸？"（《论语·雍也》）一个普通的耕牛，生出这毛色红亮、头角端正的小牛，就算你不打算拿它来祭祀，山川诸神能舍得吗？这是赞美仲弓出身虽差，本身却很棒，不应遭埋没。骍牡就是这种"骍且角"的公牛。

用猪，则可见诸《大雅·公刘》："跄跄济济，俾筵俾几。既登乃依，乃造其曹。执豕于牢，酌之用匏。"一般注解均谓以猪为祭肉、以匏为酒器，是表示简朴。大约当时养猪还以半圈养为多，不似后来能把猪养得巨肥，所以祭祀时猪最小，羊次之，牛最大。

此三物，一般称为三牲，是祭礼中常用的。用牛或羊或猪、或全用、或用其一其二，就要依祭礼的等级规模而定。此即太牢、少牢等礼制问题，稍加解释一下：

据《礼记·王制》说，天子祭社稷皆用大牢，诸侯祭社稷皆少牢。为什么叫作"牢"？因牢乃豢畜之处，牛牢大、羊牢小，故都称为牢。

大祀，如祭上帝、配帝、五帝（指东郊青帝、南郊赤帝、中郊黄帝、西郊白帝、北郊黑帝）、日月均属大祀，至少使用一太牢，即至少一头牛。这些用于祭祀牺牲的牛，均有颜色限制，《隋书·礼仪志》说，祭上帝、配帝用苍犊二，祭五帝与日月用方色犊各一。

大祀，均不得同时使用马、牛、羊，只能用牛。到清朝时才将太牢从第一级降到第三级，改成犊、特、太牢、少牢四级。具体是把三牲定名为太牢，将羊豕二牲定名为少牢。因此，太牢、少牢表面上连降两级，实际为新增，原来的太牢改名为"犊"，原来的少牢改名为"特"，并定"特"为一羊或一豕。实际祭祀时，还是一羊高于一豕，凡是此前祭祀中应使用一羊的，均不使用一豕。

祭物之等级，看起来复杂，其实与它本身的大小有关。因祭肉必须让与祭者分食，越是大祭典，参加的人就越多，祭牲也就须越大才够分食。猪、羊、牛的品级，自然也就依其形体而定，非猪贱而牛贵也。

庖厨图（汉代）

比猪更小的动物，大祭祀不够分食，便只能在更小点的祭礼中使用。例如狗，只用于乡饮酒礼，故《礼记·乡饮酒义》说："烹狗于东方，祖阳气之发于东方也。"燕礼也用狗，孙希旦《礼记集解》就解释道：燕礼，仅公与宾有俎，以下诸人均只一笾一豆，因为"燕牲用狗，故自卿以下皆无俎，以牲小故也"。

若比狗更小，如后世陶渊明云"故人具鸡黍，邀我至田家"，那样的鸡鸭，就更不能用在祭礼上，仅能在友朋小范围聚会时用。《小雅·瓠叶》讲的就是这种情况，但不是烹狗也不是杀鸡，而是烤兔子："有兔斯首，炮之燔之"、"有兔斯首，燔之炙之"、"有兔斯首，燔之炮之"。斯首是指白头。燔之是架在火上烧。炮，是用泥巴裹着烤，犹如后世做"叫化鸡"。炙之，是另一种烤法，类似现在的烧烤肉串。一兔三吃，配上"幡幡瓠叶，采之烹之。君子有酒，酌言尝之"。煮瓠叶、喝酒、吃兔肉，多么惬意！但这就绝对不是祭祀场合，而只能是友朋聚会了。古人简素，平时无肉，如此便已大快朵颐啦！

《诗经》开创食物描写的三大类型

《诗经》述及吃食，大抵如此，若要补充，还可注意两点。

一是以食物形容人。我讲过，中国人的饮食思维特别发达，许多事都会与我们的饮食经验联结起来，比如讥人徒恃空想叫"画饼充饥"，形容人美叫"秀色可餐"。《唐风·椒聊》即有例，曰："椒聊之实，蕃衍盈升。彼其之子，硕大无朋。椒聊且，远条且。"诗只两章，反复赞叹：椒呀，它果实又多，香气又浓。那个男孩高大呀，椒的枝条长呀！乃是女子慕恋男子之歌，谓椒实与蕃茂，正是秀色可餐之意。

第二点也与此相关，也就是食总是与色相连的。《陈风·衡门》："岂

119

其食鱼，必河之鲂？岂其取妻，必齐之姜？"把食鱼跟娶妻合在一起讲，为什么？食欲的满足和性欲的满足是联结着的，鱼就是双关的象征，后世把男女之事形容为鱼水之欢，即本于此。

《桧风·匪风》讲得更露骨："谁能烹鱼？溉之釜鬵。谁将西归，怀之好音。"谁能来煮鱼，我就替他洗锅；谁向西去，我就让他捎个好消息。《曹风·候人》说："荟兮蔚兮，南山朝隮；婉兮娈兮，季女斯饥。"《周南·汝坟》："遵彼汝坟，伐其条枚。未见君子，惄如调饥。"性饥渴的象征很值得注意，过去闻一多解《诗经》，于此阐发甚多，可以参看。

也就是说，《诗经》对食的描写，至少开创了三大类型：

一是农稼生活之描述，后世农劳及农家乐形态，俱由此衍出。

二是祭祀的敬谨与欢庆，也是后世写祭祀庆年丰的祖祢。

三是食之食与色。

这对后世的影响很大，试看《鄘风·桑中》："爰采唐矣，沬之乡矣。云谁之思，美孟姜矣。期我乎桑中，要我乎上宫，送我乎淇之上矣。"把采桑女作为爱恋对象之风气，不就形成于此类诗中吗？汉乐府《陌上桑》："秦氏有好女，自名为罗敷，罗敷喜采桑，采桑城南隅。"结果就有使君来求婚；梁乐府《采桑度》："女儿采春桑，歌吹当春曲，春月采桑时，林下与欢聚。"都是《桑中》之嗣响。

女人采桑，是爬到树上去的，所以《采桑度》说："攀条上树表，牵坏紫罗裙。"我在云南看少数民族女郎在大茶树上采茶，一身花花绿绿的服饰，隔着枝叶，透着阳光，仿佛就是一尾尾热带鱼在水草中游荡，乃悟汉人"行者见罗敷，下担捋髭须。少年见罗敷，脱帽著帩头。耕者忘其犁，锄者忘其锄。来归相怨怒，但坐观罗敷"，实在很有道理。

《楚辞》中的离俗之食

《楚辞》与《诗经》有许多不同，饮食为一大端。《离骚》自称："朝饮木兰之坠露兮，夕餐秋菊之落英。"真是开口惊人，跟《诗经》中人都吃五谷杂粮不同，他是吃花的。

"秋菊之落英"，历来解释分为两派：一说是吃落下的菊花；一说菊花虽枯而不落，故"落英"之"落"，应该解释为"初"。《梅墅续评》："落之为义，始也，初也，如《礼记》所谓'落成'之'落'也。盖菊已花，虽枯不落，唯初英乃可餐。"（魏庆之《诗人玉屑》卷一七）即指此。中国文字颇有正反合义的情况，所以大楼落成之落，讲的乃是楼刚建成而非楼将萎败。可是落花，一般均指花谢了掉下来，此处是否该比照"落成"之"落"解释呢？

这里还涉及一个文坛典故：王安石曾作诗道："残菊飘零满地金。"欧阳修见了，作诗嘲笑他："秋英不比春花落，为报诗人仔细吟。"王安石不服，举《离骚》这一句为证。（蔡绦《西清诗话》）后来许多诗话也在这上头打笔墨官司，有人说菊花有落的也有不落的，亦有如王夫之《楚辞通释》说："菊英不落，然萎槁既久，终亦凋坠。"似乎还是支持荆公的。我以为此处或许仍应解释为菊花刚开就摘下来吃，原因一是落英本来就可解释为始英；其次这样也才符合屈原芳洁之个性，落花委地碾成尘，骚人未必会肯拾起来吃吧！第三，后世吃菊花，事实上也仍以吃鲜花为主，即使把花瓣采下，阴干来泡茶吃，也不是吃落花的。何况，陶渊明《桃花源记》讲武陵人缘溪行，忘路之远近，一路落英缤纷，讲的虽不是菊花，不也仍应解如这句吗？那是春天桃花源前开遍了桃花的景象，而非桃花凋零、落花纷飞呀！

但不管如何，屈原吃花终究与《诗经》大谈吃黍稷迥异。《九章》

又说："捣木兰以矫蕙兮，鑿申椒以为粮。播江离与滋菊兮，愿春日以为糗芳。"糗是干饭。裹粮远行，而准备的粮食都是以花草制成的，可见屈原不是偶尔吃点菊花，乃是刻意用食花草来表现自己与一般人不同，一如他穿衣服也要"制芰荷以为衣"，以显芳洁那样。

吃花草，在伦理上比吃禾谷更进一层，近乎忍饥。前文说过，中国人本以吃植物见长，但植物亦有分类：禾谷黍稷之类，属于主食，以充饥为目的；其余草木，则为蔬果，是搭配的。若仅食蔬果，如伯夷、叔齐西山采薇、采蕨，恐怕只能饿死。苏轼形容他由西湖调到山东密州，环境恶劣，就特别点明："始至之日，岁比不登，盗贼满野，狱讼充斥，而斋厨索然，日食杞菊。"（《超然台记》）可见，仅食蔬菜，含义等于饥饿，所谓"面有菜色"也。

正因一般人不可能不吃主食而仅食蔬草，所以只吃蔬果的人，犹如修苦行，才会在伦理上有优越感，能为人所不堪。如果所吃又非一般杂蔬，或韭蒜葱荠之类带恶气者，而是芳洁的兰蕙椒菊，那当然又更高一等了。屈原刻意就此为说，逻辑在此。

而屈原又不只吃花草，他还要吃玉石。《离骚》说："折琼枝以为羞兮，精琼爢以为粮。""琼"是赤玉，"精"是把米谷春簸得极精细，我们现在去买的精米就属此种。"粮"则是干粮。他不是像我们这样吃糙米或粗粮，他吃玉，以玉为珍馐、以玉为干粮。

《九歌·东皇太一》也讲食玉："瑶席兮玉瑱，盍将把兮琼芳。蕙肴蒸兮兰藉，奠桂酒兮椒浆。"后两句说把牺牲摊在兰蕙上面供神，配以桂酒椒浆。前两句说筵席上多是玉瑱琼芳。后面好理解，乃祭神之常态，前面就比较费解。像王夫之即认为这只是形容词，说供神之酒席华美如瑶，又把"琼芳"解释为芳草，还说"瑱"是用来压席的。如此解释恐怕太迂曲了。玉本来就是神仙之饮食，供神以玉，配上酒肉，并不违理，似乎不必曲作解说。以玉压席，亦无此理。

《神农本草经》："玉乃石之美者，味甘性平无毒。"乃是说玉非比寻常。但究其实，亦不过就是吃石头罢了。石头能吃吗？能吃的！贫困时，人常吃观音土；有钱时，常吃珍珠粉，都属吃石之类。蔚为大宗，则在药方中。

今存第一部药书《神农本草经》，又名曰《本草经》，卷一就是玉石，上品凡列：丹砂、云母、玉泉、石钟乳、矾石、硝石、朴硝、滑石、石胆、空青、曾青、禹余粮、太乙余粮、白石英、紫石英，青石、赤石、黄石、白石、黑石脂，白青、扁青等。卷二列有玉石中品：雄黄、石硫磺、雌黄、水银、石膏、慈石、凝水石、阳起石、孔公孽、殷孽、铁精、理石、长石、肤青等。卷三列有玉石下品：石灰、礜石、铅丹、粉锡、代赭、戎盐、白垩、冬灰、青琅玕等。并特别说明：上药"主养命以应天，无毒，多服久服不伤人。欲轻身益气，不老延年者本上经"，上经所列玉石都可以常吃。如丹砂就能"通神明不老、益气、明目、杀精魅，邪恶鬼"。但不可以跟肉一起吃，会生病。又如玉泉，服之长生不死；滑石，"久服轻身，耐饥，长年"；朴硝，"炼饵服之，轻身，神仙"；空青，久服轻身、延年不老；白青，"杀诸毒，三虫，久服通神明、轻身，延年不老"等。就是中品的雄黄"也可杀精物，恶鬼，邪气，百虫，毒肿，胜五兵。炼食之，轻身，神仙"；长石，久服不饥；雌黄，久服轻身，增年不老；水银，久服神仙不死。下品之铅丹，亦仍是"久服成仙"的。

《神农本草经》是最早的药典，尔后药书所列玉石类远远超过该书范围，种类更繁，可见中国人擅吃玉石殊不逊于蔬草，也是聚然可观的。但由《神农本草经》所载可知，古人相信神农不仅尝百草，亦遍食玉石，故此书托名神农，而《本草经》虽为书名，但玉石竟在草木之前。

其次，凡玉石，几乎均与服食长生有关，禹余粮、太乙余粮等名

123

称即标明了此类玉石乃仙家所食。秦汉以来，道士炼丹服食，主要也是炼这些铅汞。

第三，此风来源甚古，不可能始自《离骚》。《离骚》以前，应当早有这种风气，骚人不过反映之而已，《神农本草经》托名于神农，或许恰好妙得真相。

玉石主要功能既是长生不老、轻身神仙，则其非一般人日常饮食可知。《离骚》所说，正是要凸显这一点。

吃稻麦黍稷的是一般人，吃琼玉的是非常人。我们平时形容富贵人家吃得豪奢，会说那是"锦衣玉食"，形容美馔会说那是"琼浆玉液"，可是都只是形容词，《离骚》却是实写，或作者刻意要以真吃琼瑰来显示自己离尘绝俗、不与人同。

玉，乃仙家之食材，神仙所食。故《离骚》此处开启的，是另一种形态，与庄子形容藐姑射山神人吸风饮露相似，但为离俗之两型。以吃来区别仙凡。仙家一种是不吃的，如庄子说，只要吸风饮露即可。一种是吃人间难得之食或常人无法吃的东西。前者即后世道家辟谷、服气之类；后者则是吃龙肝凤胆、琼浆玉液。道士以黄金、丹砂等来烧炼，冀得金丹玉液以长生，或韦应物《寄全椒山中道士》说修道者"归来煮白石"，均属此类。医家以奇花异草、珍禽异兽入药，以达到补益人之效果者，也属于此。

《离骚》、《九歌》等篇，谈到吃的部分，如此离俗非常，却也不是绝无黍稷肉食之记载。如《天问》说为政不可"咸播秬黍，莆藋是营，何由并投，而鲧疾修盈"。秬黍是嘉谷，莆藋是恶草，怎能一起种呢？以此取喻，可见作者亦非全然不食人间烟火者。它又说后羿："冯珧利决，封豨是射。何献烝肉之膏，而后帝不若。"后羿很神勇，凭他手上用大蚌壳装饰的弓，射杀了大野猪，以它为祭献，应该很不错了，为何上帝并不保佑他？祭祀必须有牺牲，作者也是十分清楚。其后文又说："彭铿斟雉，帝何飨。"讲彭祖烹雉献尧，尧食而美之的故事，也谈到吃肉。另一处吃肉则不甚妙，说："受赐兹醢，西伯上告。"指纣王受妲己蛊惑，把九侯杀了做成肉酱，送给其他诸侯吃，以致西伯文王向上天告纣之罪。把人杀了剁成肉酱，是古代风俗，孔门高弟子路死后就被剁成醢，此乃古代吃人之遗风。

事实上祭祀所用牺牲，本来也均用人祭。一种是河伯娶亲式的，把人作牺牲杀了、烧了、顺水飘了；一种就直接截裂以祭，而后食之。如《水浒传》中梁山好汉们逮到敌方官兵将领，动辄便说要把人剖了，奠祭阵亡头领，然后取其心肝下酒。

古代祭祀亦是如此。早期均用敌人，献俘于宗庙。后来则献童男女、献老者、献酋长，不一而足。如汤祷于桑林，就是以酋首自己作牺牲的。牺牲的肉，与祭者例须分食之。后世以人为祭少了，乃代之以牛、羊、猪。但某些场合，仍遗存着这类吃人的习俗。如岳飞"壮志饥餐胡虏肉，笑谈渴饮匈奴血"，或梁山好汉杀人、喝醒酒汤之类，对敌切齿，遂欲食其肉、寝其皮也。

与此相反，非吃极痛恨之人，而是吃极尊敬之人的现象也存在于宗教领域。这在中国较少，但在世界其他民族很常见，如基督教的"圣餐"就是如此。以饼干、葡萄酒象征基督之血肉，而且不准信徒不信这即是真正的基督血肉。罗马教廷、英国教会均多次通过法令对不信者动刑（因路德派不认为圣餐即是耶稣的身体，只认为圣餐因为有主同在，故已非普通的酒与饼了。浸信会和五旬节派更认为圣餐只是个符号象征而已）。

但总体而言，楚骚虽也提到过肉，但对于肉与芳草仍有熏莸不可同器之概，故《九章·涉江》曰："腥臊并御，芳不得薄兮。"

125

以此来看《招魂》就很有趣了。王逸注说："招魂者,宋玉之所作也。宋玉哀怜屈原忠而见斥弃,愁懑山泽,魂魄放逸,厥命将落。故作招魂,欲以复其精神,延其年寿。"谓《招魂》作者乃宋玉,且是招生魂而非悼亡者。另外还有《大招》,王逸说此乃屈原之所作,但也有人说是景差作。

后人对《招魂》、《大招》这两篇作者颇有争论。我的看法是：作者绝非屈原,亦绝对与作《离骚》、《九歌》、《九章》诸篇者不同。古亦无招生魂之法,故这两篇应该都是祭歌。

为什么如此说? 因为这两篇的饮食观与《离骚》各篇迥异。那些篇,食重芳洁,反对腥臊并进,甚且还要餐风饮露,或食琼玉;《大招》、《招魂》却都是大御腥臊的,欲以声色世俗之逸乐,招魂魄其来归。

所以《大招》说："魂兮归来! "此处有："五谷六仞,设菰粱只。鼎臑盈望,和致芳只,内鸧鸽鹄,味豺羹只。魂兮归来! 恣所尝只。鲜蠵甘鸡,和楚酪只。醢豚苦狗,脍苴蒪只。吴酸蒿蒌,不沾薄只。魂兮归来! 恣所择只。炙鸹烝凫,煔鹑陈只。煎鰿膗雀,遽爽存只。魂兮归来! 丽以先只。"

这真是中国文学史上一顿空前的盛宴了。五谷堆得有六仞高,热鼎里煮着香喷喷的仓庚、鹩鸠、黄鹄等,还有鲜蠵、肥鸡,配着酪浆,切碎的猪肉酱伴着苦酢的狗肉脍,配上吴人的各种酸菜,再加上烤鸹、蒸凫、煔鹑、煎鱼一大堆。

《招魂》也不遑多让。说你的魂魄别乱跑啦,那些地方"五谷不生,丛菅是食些",不如赶快回来,这里才有好吃的："室家遂宗,食多方些。稻粢穱麦,挐黄粱些。大苦咸酸,辛甘行些。肥牛之腱,臑若芳些。和酸若苦,陈吴羹些。胹鳖炮羔,有柘浆些。鹄酸臇凫,煎鸿鸧些。露鸡臛蠵,厉而不爽些。粔籹蜜饵,有餦餭些。"香米稷黍,杂以黄粱,

126

五味兼备；烂熟的肥牛腱，和着羹汤；用泥巴裹了鳖和羔羊去烧，配上甘蔗汁吃。还有各种飞禽、大龟，切来煎煮，香气馥烈而不失其本味。主食另加上煎米糕、蜜粉糕，以及饧。总之，极言丰盛，穷其想象，估计作者自己也不曾吃上这么一顿。

这两篇介绍的盛馔，固然也有黍稷稻麦，但重点显然是各种禽兽之肉，符合后世所认为的大餐之标准。先秦文献中，论食材及作法之广，大约只有《礼记·内则》、《吕氏春秋·本味篇》可相颉颃。

汉代歌诗辞赋里的佳肴

可是汉代歌诗于此颇乏继声。汉诗质实，论及吃，不过"努力加餐饭"、"斗酒相娱乐，聊厚不为薄"（《古诗十九首》）而已。就是乐府，也仅是"饮醇酒，炙肥牛"（《乐府诗集·西门行》）、"中厨办丰膳，烹羊宰肥牛"（曹植《箜篌引》）、"酌桂酒，脍鲤鲂"（曹丕《大墙上蒿行》）、"东厨具肴膳，椎牛烹猪羊"（《古歌》）、"牲茧栗，粢盛香，尊桂酒，宾八乡"（《郊祀歌·练时日》）而已。一方面食材单调，远不及两《招》，一方面也不擅形容。文学作品，须有对细节的描写，羔如何炮、如何烹、如何配酱、如何搭用饮料，如无描写，大吃大喝对读者来说就只是概念性的认知，而难兴起具体经验之体会与共鸣。故这些诗歌，于饮食一道，实较两《招》逊色。

不过，两《招》诙诡无端，纵其想象，毕竟是骗鬼的，汉之诗歌讲的却是真实生活中的饮食。真实生活中哪有两《招》那种大快朵颐的场面？与《诗经》相比，反而能看出人们生活条件已颇有提高，椎牛烹羊都不必祭祀就能有之，友朋欢聚皆能用之。故虽亦如《诗经》般质实，不过椎牛烹羊而已，却有圣凡之殊。《诗经》吃肉，较显其神

127

圣性，汉代歌诗却是世俗之乐。英国乔叟《坎特伯雷故事集》里的农民只吃黑面包，偶尔才能有颗鸡蛋；意大利薄伽丘《十日谈》里，富人待客的主菜也不过就是阉鸡，跟汉朝人比，可寒酸多了。

宴饮图（汉画像石）

真能嗣声楚骚者，则不在《诗经》而在辞赋。班固《西都赋》的写法是：首述田里之饶，次言宫室之盛，三说畋猎之乐。畋猎完了，"然后收禽会众，论功赐胙，陈轻骑以行炰，腾酒车以斟酌，割鲜野食，举烽命釂。飨赐毕，劳逸齐，大路鸣銮，容与徘徊"。乃是就地野餐，把猎物割烹了事。

张衡《西京赋》同样采用这样的写法，首叙山川形势，次言宫室，再讲游猎。打猎完，也是"置互摆牲，颁赐获卤，割鲜野飨，犒勤赏功。五军六师，千列百重，酒车酌醴，方驾授饔。升觞举燧，既醽鸣钟，膳夫驰骑，察贰廉空。炙炮伙，清酤𫗦，皇恩溥，洪德施"。

这部分与班固所述差不多，但接着讲酒食之后，歌舞游戏上场，洋洋洒洒上千言，大开声色之门，却是一大进展。此前写酒食或筵席，都还没写到歌舞百戏。古之祭祀，当然也有歌舞，但那是礼仪式的神圣型歌舞，与汉赋这种世俗欢乐型的歌舞，可说迥然不同。

张衡的《东京赋》是与《西京赋》做对照的。上篇写歌舞饮宴，纯是游嬉，此处未尝不喝酒娱乐，却是另一番情致："命膳夫以大飨，饔饩浃乎家陪。春醴唯醇，燔炙芬芬。君臣欢康，具醉醺醺。"颇有《诗经》说王者善政，大家才能从容饮酒的气象。

这是朝廷上的宴飨，另外还有宗庙祭祀："春秋改节，四时迭代，

128

蒸蒸之心，感物曾恩。躬追养于庙祧，奉尝蒸与禴祠。物牲辩省，设其楅衡。毛炰豚胉，亦有和羹。"此处特别讲了烤猪肋。古人以此为八珍之一，与今人口味差不多。但此赋刻意写些宗庙祭飨，亦是回归圣洁，与《西京赋》之逸乐相对比。可见赋的本领就在铺排。

到了张衡写《南都赋》时，手法又变。此赋前半写山川形势、物产丰饶，水里有龟蛇龙虫蟒、鳢鲛鳣鲤等；鸟有鸳鸯鸿鹅等；草有芷苹蒹葭等；果有樱梅柿桃等；园圃中还有蓼荷蔗芋……而这一大堆东西实际上又都聚汇到我们的餐桌上，故接下去就写吃："若其厨膳，则有华芗重秬，滍皋香秔，归雁鸣鶤，黄稻鲜鱼，以为勺药，酸甜滋味，百种千名，春卵夏笋，秋韭冬菁，苏蔱紫姜，拂彻膻腥。酒则九醖甘醴，十旬兼清，醪敷径寸，浮蚁若萍，其甘不爽，醉而不酲。"然后再写宴会的场面及歌舞。

左思《蜀都赋》就继承这种写法，前面大段介绍地理物产，草木、鸟兽、虫鱼一大堆，而总结叫作"王公羞焉"，也就是那些物产多是用来吃的。

除了这种都邑赋之外，敷写宴会场面的一大宗是"七"。"七"这种文类身份不明，《昭明文选》视其为一类，但也有人不以为然，觉得应并入赋中。唯不管如何，自汉枚乘《七发》始，都是先开列各种好玩的事，极力张扬之，而主人都不感兴趣，最后客人陈述先王正理，主人才觉得好，形成一套文体规范。此体，批评者谓其"曲终奏雅"，末尾讲的大道理，未必足以压过前面对人声色名利的诱惑。然而古人淳良，乐善之心或许确实高于好货、好名、好色，而且此体依托一种情境："太子之病，可无药石针刺灸疗而已，可以要言妙道说而去也。"乃是现今"语言治疗"之祖，不可小觑。

《七发》，第一段谈声音之美，第二段讲饮食之娱，第三段说驱逐之乐，第四段言登高游赏之欢，第五段述校猎之雄，第六段状江涛之奇，第七段才陈孔孟、老庄至高妙道。其中饮宴之娱铺陈道："犓牛之腴，菜以笋蒲。肥狗之和，冒以山肤。楚苗之食，安胡之饭。抟之不解，一啜而散。于是使伊尹煎熬，易牙调和。熊蹯之臑，芍药之酱，薄耆之炙，鲜鲤之鲙，秋黄之苏，白露之茹，兰英之酒，酌以涤口，山梁之餐，豢豹之胎，小飤大歠，如汤沃雪。"用笋与蒲去炖煮牛腩，用菜调和狗肉，食楚山之苗，炊雕胡之饭，燔熊掌、沾芍药酱，炙兽肉、脍鲜鲤，还要吃山鸡与豹胎，大宴小酌，像以汤沃雪般容易。

饮宴之乐，还不只此一处，登高游赏时也有一大段"滋味杂陈，肴糅错该"的场面，讲校猎时也一样，要"旨酒佳肴，羞炮脍炙，以御宾客"。在文章里，这些均不足以打动主人公，但读着这些美食佳肴的读者或许要垂涎了。

其余"七"类，如曹植《七启》、傅毅《七激》、张衡《七辩》、汉崔骃《七依》，都仿此结构，不赘述了。

第六讲　文学与衣

中西方服饰观之不同

"九天阊阖开宫殿，万国衣冠拜冕旒"，是王维描写唐代早朝大明宫时的景象，足以令人想象大唐声威远播、万邦来朝之盛况。

借这句诗，让我们重新思索一下中国与外邦的服饰关系。

唐朝时，来朝的各邦，皆已具衣冠了。但在古代，中华民族以衣冠为文明之表征时，周围之部落或酋邦却还多处在赤身露体的阶段。此语，不具轻蔑之意，只在说明一种历史现象及跟它伴随的观念。

因为古代各民族主要的装饰行为并不表现在衣服上，而表现在文身及羽饰上。涅面、文身或羽饰，不但具美观之效果，更有礼仪之目的，例如用以代表已成年、已婚、权威、勇敢等，增加自己在同族中的地位。即使过世了，也常常要在尸身上施以彩绘，将尸体圣化。直到春秋战国时期，我国吴越一带仍保有此种风俗，故《庄子·逍遥游》说吴越之人"断发文身"。台湾地区原住民在明清汉族人移入时，亦尚是如此。近代欧州妇女的帽饰，还常插着羽毛呢！

相对于周边各民族文身、插毛羽、饰兽皮的情况，中华民族较为特殊，乃是以衣裳代替文身的。《周易·系辞》说尧舜"垂衣裳而治天下"。衣裳就是中国文明与其他民族区分的标志，不断发，故具冠；不文身，故具衣裳。

中国称四边民族为东夷（被发文身）、西戎（被发衣皮）、南蛮（雕题交趾）、北狄（衣羽毛穴居），皆以衣服分，即以此故。衣服之服，古代正是疆域之称，《禹贡》把天下分为甸、侯、绥、要、荒五服，亦以此故。

秦始皇着朝服像

着短襦合裆裤的武士（汉画像石）

其所以如此，有技术上的原因。古代纺织术不发达，人们就是想具衣冠也很难办得到，只好以文身、饰羽之类的方法为之。可是古代中国纺织术发明甚早，黄帝时嫘祖采丝制衣之传说固然未可尽信，但从浙江吴兴钱山漾遗址所出一批丝织品实物及西阴村仰韶文化遗址所发现的半割蚕茧，不难推断出，至少在新石器中期（也就是传说的黄帝时代），中国就已发明了丝绸技术。

其后，丝更成为中国特产，直到唐代中期以后，抽丝剥茧的技术才传入欧洲。距中国人以蚕丝制衣，迟了四千年。余姚河姆渡文化所发现的织机，也在三千到五千年前。

132

纺轮则在各地遗址出土极多，可见纺织术在中华大地已甚为普遍，中国乃世界上制衣最早、最盛的区域。

以现今出土材料观察，新石器时期衣服以贯头式、单披式、披风式为主，不加剪裁，大约是剪裁技术尚不发达之故。到殷商时期服装就有剪裁了，衣以上衣下裳，交颈窄袖为主，宽带系腰，可能已穿裤。质料则锦、丝、绮、绸、罗都有。染料的运用也很成熟，如茜草红、栀子黄，都能掌握得非常好。湖北江陵马山楚墓所发现的提花针织品，以棒针织衣，是世界上最古老的针织品。甲骨文中光是"纟"偏旁的字就有一百多个，还不包括表示帛麻布葛等织料的这类文字呢！

当时制衣技术业已如此发达，看到周边民族仍披着兽皮、插着羽毛，或仍光着身体，自然会油然而生一种文明的自豪之感，自认为是"衣冠上国"，并把衣裳视为文明的代表或象征。

《周易·坤卦》六五："黄裳，元吉。"《象传》说："'黄裳元吉'，文在其中。"即指此而言。黄是中央之色，元吉是内外均吉之意。穿着中央正色的服装，体现出有文明的样子，正是大吉大利之象。

文明之"文"，其意义也出于此。文，本是花纹之纹，虎豹身上有花纹，人的花纹则在衣服上表现。因此天之文是日月星辰，地之文是山川原隰，人之文就以衣裳为主，"文"和"文章"二词，古代本不指文字或篇章，而是指黼黻章甫。

也就是说，服饰在中华文明中有特殊之地位，是中华文明的代表。服装乃是古代中国人对文明的体会与思考之基点，穿衣的和不穿衣的，即是文明与野鄙之分。肉袒示人，象征羞辱他人（如祢衡击鼓骂曹时要肉袒）或屈辱自己（如廉颇负荆请罪时或勾践投降时也要肉袒）；赤身露体，则是出乖露丑的不礼貌行为。

相较之下，欧洲古代或古印度就无这种服饰文明观，所以都把身体视为文明之基点，研究体相，审美裸体。

古印度婆罗门盛行相法之学，要研究大人之相。因此婆罗门之智慧，就很强调相人之术。如《佛本行集经》卷三中："（珍宝婆罗门）能教一切毗陀之论，四种毗陀皆悉收尽。又阐陀论，字论，声论，及可笑论，咒术之论，受记之论，世间相论，世间祭祀咒愿之论。"所谓"世间相论"，与婆罗门五法中的"善于大人相法"，都是相术。可见相法是婆罗门极为重要的才能。

古希腊也很重视人的形相问题。亚里士多德《体相学》说："过去的体相学家分别依据三种方式来观察体相；有些人从动物的类出发进行体相观察，假定各种动物所具有的某种外形和心性。他们先议定动物有某种类型的身体，然后假设凡具有与此相似的身体者，也会具有相似的灵魂。另外某些人虽也采用这种方法，但不是从整个动物，而是只从人自身的类出发，依照某种族来区分，认为凡在外观和禀赋方面不同的人（如埃及人、色雷斯人和期库塞人），在心性表征上也同样相异。再一些人却从显明的性格特征中归纳出各种不同的心性，如易怒者、胆怯者、好色者，以及各种其他表征者。"可见体相学在希腊也是源远流长的。

由于盛行体相学，身体之美便被他们研究并欣赏着，大量雕塑作品均可证明这一点。

如果说中国人也有体相观，则我们的第一个特点却是不重形相之美，亦无人身形相崇拜（为了强调这一点，往往会故意说丑形者德充、形美者不善）。第二个特点是形德分离，"美人"未必指形貌好，通常是说德性好。第三个特点是不以形体为审美对象，而重视衣裳之文化意义及审美价值。

古人论美，常就"黼黻文绣之美"（《礼记·郊特牲》）说。说容，也不只指容貌，而是就衣饰说，如荀子《非十二子》："士君子之容，其冠峻，其衣逢，其容良，俨然，壮然，祺然，蕼然，恢恢然，广广然，昭昭然，荡荡然，是父兄之容也。"这衣冠黼黻文章，就是古代"文"的意思，一民族、一时代乃至一个人的文化即显示于此。像希腊那样以裸体为美者，古人将以之为不知羞，谓其野蛮、原始、无文化也。

皇帝冕服图

历来帝王建立新政权亦无不以"易服色"为首务、重务。这即是以衣饰为一个时代文化之代表的思想的具体表现。推而广之，遂亦有以衣裳喻说思想者，如清颜元《存性编·棉桃喻性》说："天道浑沦，譬之棉桃：壳包棉，阴阳也；四瓣，元、亨、利、贞也；轧、弹、纺、织，二气四德流行以生万物也；成布而裁之为衣，生人也；领、袖、襟裾，四肢、五官、百骸也，性之气质也。领可护项，袖可藏手，襟裾可蔽前后，即目能视、耳能听，子能孝、臣能忠之属也，其情其才，皆此物此事，岂有他哉！不得谓棉桃中四瓣是棉，轧、弹、纺、织是棉，而至制成衣衫即非棉也，又不得谓正幅、直缝是棉，斜幅、旁杀即非是棉也。如是，则气质与性，是一是二？而可谓性本善，气质偏有恶乎？"

另外，《尚书·益稷》记载舜向禹说道："余欲观古人之象，日、月、星辰、山、龙、华虫，作绘、宗彝、藻、火、粉、米、黼、黻、絺、绣，以五采彰施于五色，作服，汝明。"把日、月、星辰、山、龙、华虫绘在衣上，把宗彝、藻、火、白米、黼、黻绣在裳上；或加以差参变化，如以日月星三辰为旗旌，以龙为衮，以华虫为冕，以虎为毳；或以之

135

为上下级秩之分，如公用龙以下诸图案，侯用华虫以下诸图象，子用藻火以下各象，卿大夫用粉米以下等等。此即为"象"也。"象"非人体形相，乃是秩宗之职、章服之制、尊卑之别，整体表现于衣饰上。观此图像，即见文明。

这就是"以五采彰施于五色作服"以为文明的想法。"象"不以形见，文明不由体相上看，故《周易》论"文"，以虎豹之纹为说。人身体上的衣服，则如虎豹之纹。其论文明文化，也从不指人体。《坤卦》六五的《文言》曰："君子'黄'中通理，正位居体，美在其中而畅于四支，发于事业，美之至也。"即为一证。此不仅可见文明、文化是由衣裳上说，更可见中国人论美，不重形美而重视内在美，是要由内美再宣畅于形貌四肢的。

相对于中国，外邦其实并不重视服装。因为，服装在以身体本身作为审美对象或文明对象时，乃是不重要的，只起一种装饰作用或遮掩作用，或利用它来表现肌肉、骨架，重点皆不在服装而在躯体。

那个时期的服装，大抵只如我国新石器时期那样，以贯头式、披风式、披肩式为主。这亦有无数雕塑与画像可以证明。后来的服装，剪裁、搭配不断进步，但仍把服装视为身体的附件或身体的延伸，这是欧洲的主要思路。通过服装，企图表现身材；或以服装修饰身体，构造出一种身体的假象。如苏珊·朗格《情感与形式》一书，曾用艺术是一种幻象（illusion）或假象（virtualimage）的观点，描述建筑是一种假的民俗领域（virtualethnicdomain）、雕刻是假的运动容量（virtualkineticvolume）、舞蹈是假的活力（virtualvitality）、文学是假的生活或历史。若依其说言之，则欧洲的服装艺术也可说是创造了一种假的身体。

时至今日，欧风东渐，中国人早已尽弃传统服装而改穿洋服了，时尚界更是唯欧美马首是瞻。把服装当作身体的延伸，或以服装创造出身材假象的观念亦早已"全球化"，中国这种真正的服装文明观却乏人问津。观古鉴今，实在令人感慨万端。

目前服装界不是没有东方主义式的设计想法，但大体是在服膺西方身体观的情况下，吸收东方元素。"东方"被拆解成例如用色、用料、图案、襟扣、袖口、裙边等等一些元素，脱离了中华服装观的整体思维，只是一堆零碎的符号。拼贴镶嵌这些元素，固然可在西方时尚中增添一抹风情，但就像国内各处随意挪置拼组欧洲建筑语汇盖成的房子一般，不伦不类，常是要令人失笑的。

须知"服装的文明观"与"身体观的服装"，他们的基本思路是不一样的。例如要体现人的骨架，衣服自然就会突显肩胸，有时甚至要垫肩来修饰体架不够挺拔之病，连女装也要垫肩。可是中式服装却是圆肩的，衣服由领口直接垂至腕上才接袖，不把接口拉到肩上，这样的上衣和宽长的下裳配合起来，才有"垂衣裳以治天下"的感觉，人显示为一种坐如钟、立如松的形相。这种感觉与形相，非自然之身体感，而是一种文化感。可是目前许多人做中式服装或穿中式服装时，丧失了这种文化感，照着西装的剪裁与板型去做，接袖、垫肩、突胸、圆膀、全剪裁，跟西装根本没什么差别，只是加上对襟扣，或绣龙刺凤，印上大团花罢了。整个感觉都不对，又像寿衣，又像员外服，又像做错了的中山装。

服装文明观还有一个重点在于，服装是用以体现礼乐文明的，二者的关系至为紧密，而我们现在基本上就丧失了这个面向。社会不同阶层、不同流品、不同职务、不同场合该穿什么、怎么穿，无人讲究，早已看不出服装与礼的关系了。出租车司机跟国家主席一样，都穿着西装。而礼是社会的稳定性因素，目前服装界则以流行、时尚，求新求变为主，关于礼的"服制"问题，当然也就少有人问津了。

再者，中华文明既是由服冕文章开端的，则后来发展起来的艺术或文明形式，诸如文字、书法、绘画，自然也就常汲源于衣服。舜说的"古人之象"，正是尔后中国艺术取象之源泉。可惜这部分，近代人也很少关注了。

总之，这里还有许多文章可做。然而，目前服装界翘首西方，根本不懂中国文化。研究中国服饰的朋友，自沈从文先生以来，又皆只停留在物质和细节考证层面，不能从观念上去说明中国服装的特色与优胜之处，所以令人慨叹。

中国服饰的观念问题，当然不只此处所说而已，但我不能泛滥下去，故就此打住，下面仅就文学方面讲之。

《诗经》之衣多在《国风》中

《诗经》中论衣之处不少，但与谈及酒食者不同：叙酒食，以雅、颂为多，道及衣裳的却主要在《风》。《颂》里大约只有一则，是《周颂·丝衣》一章，曰："丝衣其紑，载弁俅俅。自堂徂基，自羊徂牛。鼐鼎及鼒，兕觥其觩。旨酒思柔，不吴不敖，胡考之休。"看来还是兼说衣食了，只首一句言衣。丝衣是祭服，讲人穿戴好整齐的祭服去祭先王，故下面叙述祭祀的场面。《颂》皆祭歌，此其一例。

《小雅》中有两处论衣，一是《大东》说："东人之子，职劳不来。西人之子，粲粲衣服。舟人之子，熊罴是裘。私人之子，百僚是试。"周朝立国于西，供求都得仰赖东方诸侯，结果东方诸侯忙碌得要命也未得到任何慰抚，倒是西边的人衣着光鲜，家藏皮裘，私家皂隶还充斥朝廷，故诗人愤愤不已。

另一首《都人士》专讲都城里的人:"彼都人士,狐裘黄黄。其容不改,出言有章。行归于周,万民所望。"态度则不同。说西边都城是个好地方,人都漂亮、有文化。穿着狐裘,而容止有定、出言有章,可以做别人的榜样。此诗凡五章,分讲衣、冠、耳饰、垂带与头饰,尽陈仪容之美,是对都城人的赞颂。

以上都是形容穿衣的,《周南·葛覃》就讲到了制衣:"葛之覃兮,施于中谷,维叶莫莫。是刈是濩,为絺为绤,服之无斁。"葛长得十分茂密,刈下来煮了,可以做精细的絺或较粗的绤,盛夏服之,无不怡悦。看来这是劳动人民所作,故与雅、颂只讲穿衣,且穿狐裘与丝衣者不同。

其实不然,它接着就说:"言告师氏,言告言归。薄污我私,薄澣我衣。害澣害否,归宁父母。"前面是自夸手艺,说我的女工甚巧;然后说要向师傅去告假,说我要嫁人了,会洗好我的私服,也会准备好我的礼服出嫁!私,指燕居私处时的衣服;衣,指礼服。师氏,乃女师。故这是贵族女子待嫁的歌。

《召南·羔羊》则是描写一位男贵族的:"羔羊之皮,素丝五紽。退食自公,委蛇委蛇。"小羊叫羔,大羊叫羊。穿着羔羊裘,用丝来装饰,这是大夫燕居之服。形容这位大夫退朝后在家中闲居自得之状,委蛇乃自得貌。

《郑风·缁衣》讲的也是私服:"缁衣之宜兮,敝予又改为兮。适子之馆兮,还予授子之粲兮。"朱熹注说缁衣乃卿大夫燕居私朝之服,也就是家居可以见客之常服。见到的人都觉得他穿着得体,穿坏了还想帮他再做。后世缁衣专指僧人。僧人以古卿大夫之服为服,正是佛教中国化的一环(僧人做法事时所着袈裟沿用印度式样,斜披而袒右臂;里面穿的日常僧袍却是古之士服)。

《郑风》还有《羔裘》一首说："羔裘豹饰，孔武有力。彼其之子，邦之司直。"与《缁衣》同样是赞美士大夫足以为国之桢干。

《郑风·子衿》则是怨诗："青青子衿，悠悠我心。纵我不往，子宁不嗣音？青青子佩，悠悠我思。纵我不往，子宁不来？"衿是衣领，穿青衿的少年，令他的女友怨嗔了。

这是女思男，接着是男怨女："出其东门，有女如云。虽则如云，匪我思存。缟衣綦巾，聊乐我员……缟衣茹藘，聊可与娱。"（《郑风·出其东门》）此诗颇有弱水三千但我只取一瓢而饮之慨。那令他倾心的女子，穿着白衣，配着苍艾色的巾，或搭配以茹藘染绛的佩饰。

前面说的诗，都只讲衣服的材料：丝衣、葛衣、裘衣，只《出其东门》才有颜色，故该诗很具有画面感。女性素衣之形象，虽若简朴，却往往动人。俗语云"若要俏，一身孝"，即是此理。清代龚自珍《忆宣武门内太平湖丁香花》诗有云："一骑传笺朱邸晚，临风递与缟衣人。"语似写实，其实即是用此典故。据说龚自珍与当时女词人顾太清恋爱，太清好着白衣，故此诗及龚氏游仙诸诗，词中《桂殿秋》《忆瑶姬》《梦玉人引》诸阕均为太清而发。太清乃奕绘贝勒侧室，龚氏遂以此被杀。文坛掌故，疑信难征。不过瑶姬、月娥、玉人诸意象，显然均由缟衣衍来，不可不予留意。

《魏风·葛屦》亦讲女子："纠纠葛屦，可以履霜。掺掺女手，可以缝裳。要之襋之，好人服之。"说这女子虽然纤弱而擅长缝裳，能制腰带做衣领，犹如虽葛屦而可以履霜（冬天应着皮屦）。此诗虽讲衣服，衬托的其实是巧手的女子。后来这"纤纤女手"在文学史上可能继续织衣，如《古诗十九首》云："迢迢牵牛星，皎皎河汉女。纤纤擢素手，札札弄机杼。"但也未必再缝衣制裳，它可能成为独立之意象，如《古诗十九首》又云："盈盈楼上女，皎皎当窗牖。娥娥红粉妆，纤纤出素手。"

《秦风·终南》也是首叹美之诗："终南何有？有条有梅。君子至止，锦衣狐裘。颜如渥丹，其君也哉！"我们的国君站在那，多么漂亮！次章云其"黻衣绣裳，佩玉将将"，亦甚美也！《诗经》多咏美男子，此为一例。

《桧风》亦有《羔裘》云："羔裘逍遥，狐裘以朝。岂不尔思？劳心忉忉。"旧说桧君好洁其衣服，逍遥游宴而不能自强于政事，故诗人忧之。诗旨是否如此姑且不论，此处说的两种裘，一是在家中穿的，一是上朝穿的。

《曹风·蜉蝣》："蜉蝣之羽，衣裳楚楚。心之忧矣，于我归处。蜉蝣之翼，采采衣服。心之忧矣，于我归息。蜉蝣掘阅，麻衣如雪。心之忧矣，于我归说。"蜉蝣是朝生暮死的小虫，羽翼虽美，然"朝菌不知晦朔，蟪蛄不知春秋"（《庄子·逍遥游》），古人常举以为讥。此诗与现今老人家常批评年轻人爱打扮、穿名牌、不知死活相似。麻衣如雪，正是死亡的意象。男子衣白，与女子缟衣不同。荆轲入秦，燕太子丹及宾客皆穿白衣，送于易水，亦一时麻衣如雪也。

《曹风·鸤鸠》："鸤鸠在桑，其子七兮。淑人君子，其仪一兮。其仪一兮，心如结兮。鸤鸠在桑，其子在梅。淑人君子，其带伊丝。其带伊丝，其弁伊骐。"与上举各诗都不同，此诗不写整个衣裳的形貌，只就"结"和"带"来讲其专一。结，朱熹注："如物之固结。其仪一、则心如结矣，然不知其何所指也。"我以为不确。结，就是后文说"其带伊丝"的丝带，丝带打了结，形容专固，如淑人君子般。

着衣之礼及各种衣服

顺着《诗经》往下讲。我们可说衣服先分内外。内指内衣、外指外衣。

服装都有里外之分，一种是居家时穿，一种是外出时穿。前者属于衣着文化之私领域；后者具社会性、公共性，故内外之分，亦是公私之分。《诗经》所述各种衣服，如丝衣，属祭服，就是外衣、公服；燕居羔裘，则为内衣、私服。《周南·葛覃》说那女子澣洗衣服："薄污我私，薄澣我衣。"朱熹注："私，燕服也。衣，礼服也。"即指这内外之分。

因内外有别，故我们通常出门或返家都须换装，至少在居家轻便服装之外需再罩上一两件外衣，出门才觉得得体，否则就失礼了。在外面活动，若竟露出亵衣，一般也会被认为失礼。反之，如果居家而整天危冠束带、着大礼服，家人也会觉得你不正常。

公私之分，事实上也就是礼之精神贯穿于其中。服装之出现，一为遮羞，一为美观。遮羞是礼、美观是美，而两者总是结合着的。《诗经》所述王公服仪之美，即由其合礼所显现。

礼是什么？就是穿着须合乎场所、空间、身份、目的。合礼，才能得体，才能显得美，否则穿燕尾服游泳，徒成笑柄而已。

现代人不喜欢讲礼，于服装，光晓得讲究美。而女装尤其可笑，追求美之原则只在性吸引而已。如何能吸引异性、展现女人特有之魅力呢？其方法又很俗劣，只一暴露之法。东露西露，露膀子、露肩、露胸、露乳、露背、露脐、露胫、露腿、露臀……或披纱或镂空，或欲盖弥彰、或图穷匕见，为无遮大会，欲效天魔合欢。我们以为这才解放、才时尚、才与西方接轨，不晓得人家西方服饰也是讲礼的，就是露也有一定之规范。男人的工作服、家居服、猎装、礼服，固然色色不同，女性的服装更不能乱来。常见中国旅客游欧洲，年轻女孩常是一身T恤、短帽、热裤、露趾凉鞋。结果到了欧洲，什么正式场合都不能进，任何教堂也都不准进，连去酒吧也常有被赶出来的。此无他，不知礼也。

但礼也不是僵化的，礼之特征，正在于随时变异，故曰："礼，时为大。"变异之一法，即内衣变为外服。典型之例一是袍，二是裤。

《秦风·无衣》："岂曰无衣，与子同袍。王于兴师，修我戈矛，与子同仇。"袍，本是一种纳有棉絮的内衣，最初只穿在里面，外面要加罩衣。后来制作得愈来愈精细，乃可以外穿。而中国古人实不穿裤。上衣下裳，裳就遮住了私处，下面再套上两个裤管，上至膝、下及踝，称为绔或胫衣。若说这就是裤，那么只能算是开裆裤，质量也必不会太好。因此若用丝纨制绔，就是"纨绔子弟"了。

因不穿裤，所以行动时要注意不能随便褰裳。《郑风·褰裳》云："子惠思我，褰裳涉溱。"指因思念女友就须褰裳涉过溱水去相会。《邶风·匏有苦叶》也说："匏有苦叶，济有深涉，深则厉，浅则揭。""厉"是指水太深时，就着衣游水而过，若水浅，则揭裳涉水即可。褰裳、揭裳，一般都被认为是无理的，但涉水时却不能不褰裳，故"深厉浅揭"即有礼度适时之义。

褰裳必须慎重，箕踞更是失礼。《论语》的故事大家都知道了，我另举《资治通鉴》的故事。《资治通鉴》记载："景到国，谒王。王不正服，箕踞殿上……景曰：'王不正服，常人何别！今相谒王，岂谒无礼者耶！'"可见诸侯王若箕踞不正服，也是会受到批评的。此无他，只因箕踞者又着脚，里面又未穿底裤，实在不雅。

自赵武灵王胡服骑射以后，古代中国人才开始穿合裆长裤，否则不好骑马。但上衣下裳的传统犹未改变，下身仍是内裤外裳。到了南朝时期，北朝受了鲜卑族服饰的影响，才渐不着裙襦，形成上衣下裤之格局。此后士人固然仍着裙屐，一般劳动者便着短衣长裤。演变至今，只有女人仍维持上衣下裳的穿衣原则了。

这些内衣外穿，乃是自然形成的，近代服饰抓住了这一规律，大

143

肆发展。法国戈尔埃帝自八十年代后期以来，陆续推出女性胸罩、腰带、束腹内衣外露的设计，美国超人电影中，超人将内裤外穿也是如此。本是为了出奇，现今则已成为俗套。

服装除了有内外之分，又分为常服与非常服。常服指家居服、工作服或士庶礼制规定之服，是日常生活里大部分的穿着。非常服，只在特殊时日或场合穿，例如祭服、丧服、礼服，方外僧道或高士隐者之服、伎服（歌舞、戏服及妓女之服）等。

这是从整体上区分，其中还有小的区分。例如常服本身即非一成不变的，一个人若出仕，他的服装就会先由庶民常服变成士服，青衿或秀才之服饰便与庶民不同。再进一步，科举得隽做官的，就会以官服为工作服。等不想做官或从官职上退休了，则恢复百姓之生活，仍着庶民之衣，叫作"返其初服"。如此服制之变，实即象征生命轮转了一周，同时也表示心境的变化，想从仕途奔竞中退出来，如曹植《七启》所说："愿返初服，从子而归。"

可是如若心境不同，非欲从官场退出，而是希冀进入，表述就不一样了。李商隐的《楚泽》云："白袷经年卷，西来及早寒。"又《春雨》云："怅卧新春白袷衣，白门寥落意多违。红楼隔雨相望冷，珠箔飘灯独自归。"讲的都是功名未成者的悲哀。白袷乃是未拾"青紫"的士人穿的。

青紫，指官服之色。按唐代官服制度：三品以上官员着紫袍衫，四品深绯，五品浅绯，六品深绿，七品浅绿，八品深青，九品浅青。故以"青紫"概括官服，想入仕者，往往少年气盛，觉得拾青紫如拾草芥，清赵翼《放歌》"少年鼻息冲云汉，唾手便思拾青紫"即指此。要等到科场遭了挫折，才会发出如李商隐那般的悲叹，感到白袷衣在暮春冷雨中愈觉其凄冷。

就是入仕了，沉沦下僚也不好受，老在穿青衫的行列中打转，不胜慨叹。白居易《琵琶行》说"座中泣下谁最多，江州司马青衫湿"，讲他被贬了官；欧阳修《圣俞会饮》说"嗟余身贱不敢荐，四十白发犹青衫"，讲自己位卑秩小。而最惨的仍是李商隐，他的《泪》诗道："永巷长年怨绮罗，离情终日思风波。湘江竹上痕无限，岘首碑前洒几多。人去紫台秋入塞，兵残楚帐夜闻歌。朝来灞水桥边问，未抵青袍送玉珂。"这是一首模拟江淹《恨赋》的诗，全用铺排。一讲宫女之泪，永巷长年，穿得虽好，却如樊笼里的金丝雀一般；二讲离别之泪，隐括江淹《别赋》；三讲悼伤之泪，以娥皇、女英为代表；四讲感叹生命之泪，用羊祜堕泪碑之典；五讲昭君出塞；六讲项羽兵败；七讲灞水送别；八是就送别往下讲。以上所有的泪，若跟失意官场上的人送别达官阔人相比，就都是小巫见大巫啦！玉珂，唐制三品以上服紫佩玉。小官送大僚，心中难受却还要奉承强作欢颜，所以这是哭不出来的泪。义山说：这才是真苦咧！

《泪》诗末尾的青袍，与第一句的绮罗，均有用衣装来表明人之处境与身份之意。无独有偶，唐秦韬玉的《贫女》诗也正好与《泪》同调："蓬门未识绮罗香，拟托良媒益自伤。谁爱风流高格调，共怜时世俭梳妆。敢将十指夸纤巧，不把双眉斗画长。苦恨年年压金线，为他人作嫁衣裳。"嫁衣，乃女子之非常服，特具象征意义。此女待嫁，与士之待人赏识相似，然亦青袍送玉珂，且年年相送，故可哀也。

嫁衣之外，女子之非常服，最常见者为舞衣。舞衣最著名者，莫过霓裳羽衣。此衣，白居易《长恨歌》并未具体描写，唐鲍溶《霓裳羽衣歌》中才讲得具体：

> 玉烟生窗午轻凝，晨华左耀鲜相凌。人言天孙机上亲手迹，有时
> 怨别无所惜。遂令武帝厌云韶，金针天丝缀飘飘。五声写出心中见，

145

抃石喧金柏梁殿。此衣春日赐何人？秦女腰肢轻若燕。香风间旋众彩随，联联珍珠贯长丝。眼前意是三清客，星宿离离绕身白。鸾凤有声不见身，出宫入征随伶人。神仙如月只可望，瑶华池头几惆怅。乔山一闭曲未终，鼎湖秋惊白头浪。

这种写法是通用套路，由歌舞写到不歌舞。凡歌儿舞女，皆以彩衣欢歌侍奉主人，若舞衣闲置，自然显示其家遭了变故。白居易《燕子楼》也采用这种写法："钿晕罗衫色似烟，几回欲着即潸然。自从不舞霓裳曲，叠在空箱十一年。"宋陈师道更直接，《妾薄命》曰："古来妾薄命，事主不尽年。起舞为主寿，相送南阳阡。忍着主衣裳，为人作春妍？有声当彻天，有泪当彻泉。死者恐无知，妾身长自怜。"小妾歌舞，是为了祝主人长寿，不料主人遽逝，遂再也不想跳了。此诗以主、妾喻知己，吊曾巩也。

非常服中，还有神仙之服，如一种极轻极细的五铢衣，据说乃上清女真所穿，李商隐《圣女祠》："无质易迷三里雾，不寒长着五铢衣。"后来也用来咏一般女子，如赵翼《美人风筝》写"五铢衣薄太风流，细骨轻驱称远游"。

六铢衣也是这样，《博异志》说六铢者天人衣，金元好问遂有《隐秀君山水为范庭玉赋》曰："窒风烟入座寒，六铢仙帔想骖鸾。"清李斗《扬州画舫录·虹桥录上》则说："廿四桥边载野航，六铢缥缈浣红妆。"大抵说的都是此类仙服，后来即为隐士、幽居者之服。而它既是女仙之服，用来形容女子罗衫轻薄之状，自然顺理成章，无论五铢、六铢，都是如此。

鹤氅，是另一种常见的仙家、隐士之服。《牡丹亭·旁疑》说："你出家人芙蓉淡妆，剪一片湘云鹤氅，玉冠儿斜插笑生香。"活脱画出俏

图中中心人物着鹤氅

女冠模样。其实不过是鸟羽毛做的外套罢了，原本无袖，作披风状。《世说新语·企羡》载："孟昶未达时，家在京口，尝见王恭乘高舆、披鹤氅裘。于时微雪，昶于篱间窥之，叹曰：'此真神仙中人。'"

可见鹤本是名士常御之服，所以《晋书·谢万传》说他也常"着白纶巾、鹤氅裘"，后来由名士而渐显超越尘俗之气，遂为隐者、仙家、道士所爱用，所以孔尚任《桃花扇》写《归山》一折说："家僮开了竹箱，把我买下的箬笠、芒鞋、萝绦、鹤氅，替俺换了。"以此表示要归隐了。《红楼梦》第四十九回写到黛玉罩了一件大红羽绉面白狐狸皮的鹤氅，则表示贵盛之家也仿效了这种服装式样。

《楚辞》中超凡脱俗之服饰

以上讲了初服、隐士服以及各种非常服，在文学史上若要找一个人来综合地说这些服装及意义，最合适的人选恐怕就是屈原了。

楚骚叙衣，与《诗经》迥异，多非常服。首先，就是多仙家非人世之服，如：

> 浴兰汤兮沐芳，华采衣兮若英。灵连蜷兮既留，烂昭昭兮未央。蹇将憺兮寿宫，与日月兮齐光。龙驾兮帝服，聊翱游兮周章。灵皇皇兮既降，猋远举兮云中。（《九歌·云中君》）
>
> 薜荔柏兮蕙绸，荪桡兮兰旌。（《九歌·湘君》）
>
> 灵衣兮被被，玉佩兮陆离。一阴兮一阳，众莫知兮余所为。（《九歌·大司命》）
>
> 入不言兮出不辞，乘回风兮载云旗。悲莫悲兮生别离，乐莫乐兮新相知。荷衣兮蕙带，儵而来兮忽而逝……孔盖兮翠旍，登九天兮抚彗星。（《九歌·少司命》）
>
> 驾龙辀兮乘雷，载云旗兮委蛇……翾翾飞兮翠曾，展诗兮会舞。应律兮合节，灵之来兮蔽日。青云衣兮白霓裳，举长矢兮射天狼。（《九歌·东君》）
>
> 若有人兮山之阿，被薜荔兮带女萝。既含睇兮又宜笑，子慕予兮善窈窕。乘赤豹兮从文狸，辛夷车兮结桂旗。被石兰兮带杜衡，折芬馨兮遗所思。（《九歌·山鬼》）

此等语，皆极仙灵飘渺幽芳之能事，替后世游仙诗文开了一扇大门，曹植的《洛神赋》"奇服旷世，骨象应图。披罗衣之璀粲兮，珥瑶碧之

148

华琚。戴金翠之首饰，缀明珠以耀躯。践远游之文履，曳雾绡之轻裾。微幽兰之芳蔼兮，步踟蹰于山隅"云云，即其继响。

不只神仙穿奇服，作者自己更是。《离骚》曰：

> 进不入以离尤兮，退将复修吾初服。制芰荷以为衣兮，集芙蓉以为裳。不吾知其亦已兮，苟余情其信芳。高余冠之岌岌兮，长余佩之陆离。

戴高冠，系长佩，甚至以荷叶为衣、以荷花为裳，都是强调自己之芳洁。但就衣服说，此皆可谓奇服。

《周礼·天官·阍人》说："奇服怪民不入官。"奇服本来是奇装异服之意，但自《九章·涉江》说"余幼好此奇服兮，年既老而不衰"以来，奇服就非一般人而言的奇装异服，而是代表心中另有一种追求的人的服装了。此类人与一般人穿着不一样，以显示其心胸别有超乎尘俗者，故通常也代表隐逸者。如唐李复言《续玄怪录》"杨恭政"条载："箱中有奇服，非绮非罗，制若道人之衣。"或清方文《送萧赓九北归》云："偏我与尔好奇服，四海茫茫罕知遇。"道人本即隐者，罕逢知遇的人也只好归山，故此时这等奇服又成了"初服"，是他们未入世求知遇时就曾穿过的，如今再穿，即为隐逸。屈原的《离骚》说"进不入以离尤兮，退将修吾初服"，就是这个意思。

可是屈原之奇服太奇，即使隐逸，后世亦无人能制芰荷以为衣，了不起就披鹤氅罢了。唐李中《寄赠致仕沈彬郎中》说："鹤氅换朝服，逍遥云水乡。有时乘一叶，载酒入三湘。"陆游《八月九日晚赋》："薄晚悠然下草堂，纶巾鹤氅弄秋光。"都是写退休后逍遥林下之境，而都以鹤氅为初服，代表其人、其时之心境和身份，渊源毕竟仍由《离骚》来。

而屈原说的"高余冠之岌岌"那种冠，后世似乎也恰好只有道士

149

才以冠为标志。一般称出家入道者为"黄冠";若是女道,称为"女冠"。唐王建《唐昌观玉蕊花》诗:"女冠夜觅香来处,唯见阶前碎月明。"词牌亦有名为"女冠子"者。可见道人独擅戴冠之名。

文学里的冠剑、纶巾、金缕衣

然而某些道士仍不满于此,更要戴铁冠或自称"铁冠道人"。最著名的是辅佐明太祖起事的张中,其次为书画家詹僖,《说唐》里也有一个辅助王世充的铁冠道人。另有小说《铁冠图》,则是用铁冠道人跟刘伯温说的三幅图来讲明末崇祯殉难之事。京剧中谭鑫培擅演之《宁武关》,梅兰芳擅演之《刺虎》,均由此小说改编而来,昆剧团亦常演此剧。

不过,铁冠其实另有含义,指御史大夫。因御史的冠内用铁柱子撑起,故曰铁冠。李白《赠潘侍御论钱少阳》:"绣衣柱史何昂藏,铁冠白笔横秋霜。"诗中的"白笔",也是指御史,取自《魏略》中"帝尝大会殿中,御史簪白笔,侧阶而坐……以奏不法"的用法。

李白本即道士,在文学史中也只有他最能继承屈原之言冠,如《君马黄》云:"君马黄,我马白,马色虽不同,人心本无隔,共作游冶盘,双行洛阳陌。长剑既照曜,高冠何赩赫……"以高冠描写不为世俗所羁络之豪杰;《司马将军歌》的"身居玉帐临河魁,紫髯若戟冠崔嵬",以高冠描写威震边塞之大将;《幽州胡马客歌》中"幽州胡马客,绿眼虎皮冠,笑拂两只箭,万人不可干",则是用特殊的冠形容畸人,可以说都是屈原《离骚》中高冠意涵的延伸或发挥。而如屈原那样的忧谗畏讥之心,李白也是有的,而且也同样用衣冠来表示,如"沐芳莫弹冠,浴兰莫振衣。处世忌太洁,至人贵藏晖。沧浪有钓叟,吾与尔同归"(《沐浴子》)。

李白另有《感时留别从兄徐王延年从弟延陵》说："冠剑朝凤阙，楼船侍龙池。鼓钟出朱邸，金翠照丹墀。"以冠剑代表出仕，在朝为官。后来温庭筠更脍炙人口的《苏武庙》亦是如此："苏武魂销汉使前，古祠高树两茫然。云边雁断胡天月，陇上羊归塞草烟。回日楼台非甲帐，去时冠剑是丁年。茂陵不见封侯印，空向秋波哭逝川。"冠剑上朝，乃古代士人之理想，可惜结局多是苍凉，恰如宋韩淲《水调歌头》曰："以我文章学术，与国和平安靖，冠剑入明庭。应顾棠阴下，野老鬓星星。"

不过，冠剑也有另一幅景观，因为女冠也有冠有剑，故诗人形容仙家装束，亦有此语。如鲍溶的《会仙歌》："冠剑低昂蹈舞频，礼容尽若君臣事。愿言小仙艺，姓名许飞琼，洞阴玉磬敲天声。乐王母，一送玉杯长命酒。碧花醉，灵扬扬，笑赐二子长生方。二子未及伸拜谢，苍苍上兮皇皇下。"讲的是王母娘娘座前的仙女许飞琼。本来戴冠是男

唐　阎立本《历代帝王图之陈文帝》

子的特征，成年男子应行冠礼，但此处就打乱了男女界限，冠剑无别了。

另一可能男女无别的服装是纶巾。

苏轼名作《念奴娇·赤壁怀古》曰："遥想公瑾当年，小乔初嫁了，雄姿英发。羽扇纶巾，谈笑间，樯橹灰飞烟灭。"这句子，上下文非常明确，指周郎。但后人更愿以此语形容诸葛亮，因此纶巾又名"诸葛巾"。舞台上的诸葛亮也不论夏冬，都要拿着羽毛扇子，戴着青丝绶的头巾。

可是《太平御览》卷七〇二引晋裴启《语林》说："诸葛武侯与宣王在渭滨将战，武侯乘素舆，葛巾，白羽扇，指麾三军。"后世以"羽扇纶巾"形容诸葛亮指挥若定、潇洒从容，固然也所本，然而毕竟是葛巾而非纶巾。

反而是晋陆翙《邺中记》有云："皇后出女骑一千为卤簿，冬月皆着紫纶巾，熟锦袴褶。"《陈书·儒林传·贺德基》中又谈到："德基少游学于都下，积年不归，衣资罄乏，又耻服故弊，盛冬止衣夹襦裤。尝于白马寺前逢一妇人，容服甚胜，呼德基入寺门，脱白纶巾以赠之。"由此可以推断出，纶巾当有御寒的作用。而且，男女均可以将纶巾作为服装穿戴。

纶，《后汉书·章帝纪》记："癸巳，诏齐相省冰纨、方空縠、吹纶絮。"唐李贤注："纶，似絮而细。"说明"纶"是一种似棉絮而细的丝类物。故后来以它的古朴素雅、舒适大方而在士大夫中流行开来。不过，对于当时的人来说，纶巾不是正式的服装，只能闲居时穿。在由阎立本所作的《历代帝王图》中对陈文帝形象的描绘上，我们可以领略到当时士大夫闲居时的自在状态。

最后，要谈谈衣服中最华贵的金缕衣。

唐杜秋娘的《金缕衣》诗说："劝君莫惜金缕衣，劝君惜取少年时。花开堪折直须折，莫待无花空折枝。"我们小时候读这诗，都不晓得金缕衣是什么，只认为是形容华丽的衣裳罢了，直到考古出土金缕玉衣后，才晓得金缕衣是死人穿的服装。

玉衣流行于汉代，其起源可追溯到东周的"缀玉面幕"、"缀玉衣服"，直到三国时曹丕下诏禁用玉衣，共流行了四百余年。皇帝、少数近臣以及诸侯王的玉衣是用金线缕结，称为"金缕玉衣"，此外还有使用银、铜线缀编，称为"银缕玉衣"、"铜缕玉衣"。目前，我国出土玉衣的西汉墓葬共有十八座，其中出土金缕衣的墓葬只有八座。最具代表性的是河北满城一号墓出土中山靖王刘胜的金缕玉衣。用一千多克金丝连缀起二千四百九十八块大小不等的玉片，而且形制上几乎做成了个玉人，不仅仅是衣了。

第七讲　文学与住

中西方居住文化差异

古人穴居，渐则构木，所谓有巢氏，渐有居室矣。

居地须慎重选择，故古人都要卜居、卜宅、卜邑。《尚书·盘庚》曰："天其永我命于兹新邑。"讲的是殷商迁殷时卜邑之事。周之卜邑，亦可见诸《尚书·召诰》、《周礼·考工记》、《管子》等书，主要是卜洛邑。

如何卜呢？早期问诸龟、蓍，后来就有相地之学了。

相地，古属形法之学。其在形法学中的重要性还在相人、相物、相狗马之上，包括相宫室、相都邑。其方法为：

一是以阴阳五行、月令图式、四时、五行、八卦、天干、地支用代数的方法运算。

二是以天人感应，人符天数的方式去计算该地与人居住合不合宜。

154

三是以黄道、太阳位置占卜吉凶，形成后世择日黄历所讲的宜不宜居或宜不宜动土、上梁、安灶等讲究。

四是考察方位和时辰合不合，方法是以十二辰为地盘，二十八宿、北斗为天盘，加上日（黄道）、月（建除）、星（太岁）去计算，如太岁在子，月建在寅，则在子、寅方位动土就不吉。

依这些方法形成的堪舆家，据《汉书·艺文志》言，即有《堪舆金匮》十四卷、《宫宅地形》二十卷、《周公卜宅经》及图宅术等，可见它在古代是极为发达的，故班固曰：形法之学"大举九州之势，以立城郭室舍形，人及六畜骨法之度数、器物之形容，以求其声气贵贱吉凶。犹律有短长，而各征其声，非有鬼神，数自然也"（班固《汉书·艺文志》）。主要是一种理性化的度数推算，现代人以为它是非理性的神秘举动，嗤之为迷信，或以为居宅吉凶与鬼神有关，皆属误会。

相地法的技术面大抵如此。技术是显示观念的，这样相地卜居，即显示了中国人在周代已明确的居住观即是天人合一、人与自然合一的。所以居住要与天上日月星辰相应，要与五行八卦天干地支相配。每一栋房子、每一座城池，都不是孤立的建筑个体，而是在日月山川中与天地大自然同其呼吸、共其生命的。其次，城郭、宫室之基本格局此时亦已确定。就是坐北朝南，左青龙，右白虎，背有靠，前有水；左右对称，以中轴线展开为一平列格局。

这个格局与西方截然不同。西方的城市多由贸易形成，亦即由大市集向外辐射扩张而成，所以城市多以中心广场为据点；另一类城市则是军事城堡式的。中国的城市则绝对不以商业、军事为考虑，必然是以政治、祭祀为主的。军事上的城池只称为镇、卫、所、坞、屯、堡、围、寨，商业性城市则要迟到唐宋才真正崛起，如扬州、广州、泉州之类。而这类建筑并非中国城市之典型，城市之典型是洛阳、咸阳、西安、开封、

155

南京、北京这类都城，并且无一例外，皆采取了周代以来左右对称的城市建筑规制。

城市是平铺对称的格局，城市中的住宅也是如此。住宅的单体个性并不明显，主要是结合着城市，一如城市亦配合着山川大地的格局。

因此，对比来看，西方是以中央广场向外辐射式的，中央就是焦点所在，所以市政厅、市场、纪念碑、塔都建在中央。而中国的城市却是用城墙和城门楼子圈起城池，内部基本是一体平铺的，左右对称，突出的是青龙、白虎、朱雀、玄武四正及四隅角楼。城北为衙署，较高而面南，亦犹坐视俯瞰之形。而由城上俯瞰，见到的基本是一片屋顶，有平铺绵延之感。这种中式大屋顶，亦显得屋子不是耸峙的个体，而是平接于地的，只在屋角扬起檐边，形成飞檐以上接于天。这是中国之特色，与西方教堂、纪念碑、塔形建筑那种上刺入天的观念迥异。

再者，中式建筑以向阳为特点，西方建筑特别是教堂，却是以坐东朝西为主的。因为教堂坐东朝西，所以信徒早上来做礼拜时，走进教堂正好迎着旭日朝阳，阳光由背后的雕花玻璃、墙上的十字架间射入，可让信徒有沐浴在"上帝之光"中的感觉，因此它的格局完全不同于中国。

中国和西方建筑开门的方式也不同。中式建筑如为长方形，正门一定开在朝南面的长方形较长这一边。西方则通常开在较窄的一边。诸如此类，差异很大！

文学中的卜居主题

中国人的居所文化，大体如此。不过，文人卜居，多半不能有相地堪舆之类讲究，身无半亩，心忧天下，讲到住，不过聊以栖身罢了。

故所谓卜居，多是浮生偶寄，无所谓卜与不卜。

后世写此题，最著名者为杜甫。杜甫于安史之乱中流离失所，急欲觅一枝之栖，故颇多卜居、卜邻之作，如《卜居》："浣花流水水西头，主人为卜林塘幽。已知出郭少尘事，更有澄江销客愁。无数蜻蜓齐上下，一双鸂鶒对沉浮。东行万里堪乘兴，须向山阴上小舟。"又，《赤甲》："卜居赤甲迁居新，两见巫山楚水春。炙背可以献天子，美芹由来知野人。荆州郑薛寄书近，蜀客郗岑非我邻。笑接郎中评事饮，病从深酌道吾真。"还有《过客相寻》："穷老真无事，江山已定居。地幽忘盥栉，客至罢琴书。挂壁移筐果，呼儿问煮鱼。时闻系舟楫，及此问吾庐。"此等诗，均可见诗人渴欲安居之情，稍得居所，便已欣然。

而且他看他弟弟也是如此，《舍弟观归蓝田迎新妇送示两篇》说："汝去迎妻子，高秋念却回。即今萤已乱，好与雁同来。东望西江水，南游北户开。卜居期静处，会有故人杯。""楚塞难为路，蓝田莫滞留。衣裳判白露，鞍马信清秋。满峡重江水，开帆八月舟。此时同一醉，应在仲宣楼。"乱世人情，读之慨然。

另一种诗情，却是素心人想找个清静处的。虽未必遭逢乱离，但希望身心皆得宁定则与之相同。如唐贯休《题友人山居》："卜居邻坞寺，魂梦又相关。鹤本如云白，君初似我闲。月明僧渡水，木落火连山。从此天台约，来兹未得还。"唐冯道之《山中作》："草堂在岩下，卜居聊自适。桂气满阶庭，松阴生枕席。远瞻唯鸟度，旁信无人迹。霭霭云生峰，潺潺水流石。颇寻黄卷理，庶就丹砂益。此即契吾生，何为苦尘役。"一慕僧气，一要长生，而都是要在世俗尘嚣之外另卜佳处。

但文学上的卜居，另有非此类理性斟酌所能及者，如屈原的《卜居》就是。卜辞中已有卜居，例如："王勿作邑在兹，帝若？"屈原则进而问行止：

屈原既放，三年不得复见。竭知尽忠，而蔽障于谗。心烦虑乱，不知所从。往见太卜郑詹尹曰："余有所疑，愿因先生决之。"詹尹乃端策拂龟，曰："君将何以教之？"屈原曰："吾宁悃悃款款，朴以忠乎？将送往劳来，斯无穷乎？宁诛锄草茅，以力耕乎？将游大人，以成名乎？宁正言不讳，以危身乎？将从俗富贵，以偷生乎？宁超然高举，以保真乎？将哫訾栗斯、喔咿嚅儿，以事妇人乎？宁廉洁正直，以自清乎？将突梯滑稽，如脂如韦，以絜楹乎？宁昂昂若千里之驹乎，将泛泛若水中之凫，与波上下，偷以全吾躯乎？宁与骐骥亢轭乎，将随驽马之迹乎？宁与黄鹄比翼乎，将与鸡鹜争食乎？此孰吉孰凶？何去何从？世溷浊而不清：蝉翼为重，千钧为轻；黄钟毁弃，瓦缶雷鸣；谗人高张，贤士无名。吁嗟默默兮，谁知吾之廉贞？"詹尹乃释策而谢曰："夫尺有所短，寸有所长；物有所不足，智有所不明；数有所不逮，神有所不通。用君之心，行君之意。龟策诚不能知此事！"

在这里，"居"除了建筑含义上的居住空间之外，还有行为的意义，《孟子》说"君子食无求饱，居无求安"，"君子居天下之广居，立天下之正位"，即是此义。孔子称赞颜渊能居陋巷，刘禹锡作《陋室铭》，亦皆发挥此义。

由卜居进而到不必卜，随便什么地方都能安居。因为安与不安的关键不在宅，而在心。心能广大、能开远，则陋室亦能高天阔地；反之，虽堂庑宏伟，感觉上也仍是局天蹐地的。陶渊明《饮酒》诗说得好："结庐在人境，而无车马喧。问君何能尔？心远地自偏。"这就是文学家卜居与堪舆家论卜居有绝大的差异。中国堪舆相地之学，如此源远流长，而在文学上几乎无甚反映，原因亦在此。

《长物志》显现出的文人生活理想

卜居是找居处，主要是由地点上说。找到地点后，就要经营这个住处，所以宜居是谈内容问题。

住处要怎样才符合理想呢？我推荐看《长物志》。此书十二卷，明文震亨撰。震亨，崇祯中官武英殿中书舍人，以善琴供奉。书分室庐、花木、水石、禽鱼、书画、几榻、器具、衣饰、舟车、位置、蔬果、香茗十二类，名叫"长物"，是用《世说新语》中王恭的话。所论皆文人生活闲适之事，与宋赵希鹄《洞天清录》、屠隆《考盘余事》、明董其昌《筠轩清必录》等书相近，具体显示了文人的生活形态或理想。《长物志》第一卷谈的就是住所的设置问题，具体如下：

室庐

居山水间者为上，村居次之，郊居又次之。吾侪纵不能栖岩止谷，追绮园之踪，而混迹廛市，要须门庭雅洁、室庐清靓，亭台具旷士之怀，斋阁有幽人之致。又当种佳木怪箨，陈金石图书，令居之者忘老，寓之者忘归，游之者忘倦。蕴隆则飒然而寒，凛冽则煦然而燠。若徒侈土木、尚丹垩，真同桎梏樊槛而已。

门

用木为格，以湘妃竹横斜钉之，或四或二，不可用六。两旁用板为春帖，必随意取唐联佳者刻于上，若用石捆，必须板扉。石用方厚浑朴，庶不涉俗。门环得古青绿蝴蝶兽面，或天鸡饕餮之属，钉于上为佳。不则用紫铜或精铁，如旧式铸成亦可。黄白铜俱不可用也。漆唯朱、紫、黑三色，余不可用。

阶

自三级以至十级，愈高愈古。须以文石剥成。种绣墩或草花数茎于内，枝叶纷披，映阶傍砌。以太湖石迭成者，曰涩浪，其制更奇，然不易就。复室须内高于外，取顽石具苔斑者嵌之，方有岩阿之致。

窗

用木为粗格，中设细条三眼，眼方二寸，不可过大。窗下填板尺许，佛楼禅室，间用菱花及象眼者。窗忌用六，或二或三或四，随宜用之。室高，上可用横窗一扇，下用低槛承之。俱钉明瓦，或以纸糊，不可用绛素纱及梅花簟。冬月欲承日，制大眼风窗，眼径尺许，中以线经其上，庶纸不为风雪所破，其制亦雅，然仅可用之小斋丈室。漆用金漆或朱黑二色，雕花彩漆，俱不可用。

栏干

石栏最古，第近于琳宫、梵宇，及人家冢墓。傍池或可用，然不如用石莲柱二，木栏为雅。柱不可过高，亦不可雕鸟兽形。亭、榭、廊、庑可用朱栏及鹅颈承坐，堂中须以巨木雕如石栏，而空其中。顶用柿顶，朱饰，中用荷叶宝瓶，绿饰，卍字者，宜闺阁中，不甚古雅。取画图中有可用者，以意成之可也。三横木最便，第太朴，不可多用。更须每楹一扇，不可中竖一木，分为二三。若斋中则竟不必用矣。

照壁

得文木如豆瓣楠之类为之，华而复雅，不则竟用素染，或金漆亦可。青紫及洒金描画，俱所最忌，亦不可用六。堂中可用一带，斋中则止中楹用之，有以夹纱窗或细格代之者，俱称俗品。

堂

堂之制，宜宏敞精丽。前后须层轩广庭，廊庑俱可容一席。四壁用细砖砌者佳，不则竟用粉壁。梁用球门，高广相称。层阶俱以文石为之，

160

小堂可不设窗槛。

山斋

宜明净,不可太敞。明净可爽心神,太敞则费目力。或傍檐置窗槛,或由廊以入,俱随地所宜。中庭亦须稍广,可种花木,列盆景。夏日去北扉,前后洞空。庭际沃以饭瀋,雨渍苔生,绿褥可爱。绕砌可种翠芸草令遍,茂则青葱欲浮。前垣宜矮,有取薜荔根瘞墙下,洒鱼腥水于墙上以引蔓者。虽有幽致,然不如粉壁为佳。

丈室

丈室宜隆冬寒夜,略仿北地暖房之制,中可置卧榻及禅椅之属。前庭须广,以承日色,留西窗以受斜阳,不必开北牖也。

佛堂

筑基高五尺,余列级而上。前为小轩及左右俱设欢门,后通三楹供佛。庭中以石子砌地,列幡幢之属。另建一门,后为小室,可置卧榻。

桥

广池巨浸,须用文石为桥,雕镂云物,极其精工,不可入俗。小溪曲涧,用石子砌者佳,四傍可种绣墩草。板桥须三折,一木为栏,忌平板作朱卍字栏。有以太湖石为之,亦俗。石桥忌三环,板桥忌四方磬折,尤忌桥上置亭子。·

茶寮

构一斗室相傍山斋,内设茶具。教一童专主茶役,以供长日清谈,寒宵兀坐。幽人首务,不可少废者。

琴室

古人有于平屋中埋一缸,缸悬铜钟,以发琴声者。然不如层楼之下,盖上有板,则声不散。下空旷,则声透彻。或于乔松、修竹、岩洞、石室之下,地清境绝,更为雅称耳。

161

浴室

前后二室，以墙隔之。前砌铁锅，后燃薪以俟。更须密室，不为风寒所侵。近墙凿井，具辘轳，为窍引水以入。后为沟，引水以出。澡具巾帨，咸具其中。

街径　庭除

驰道广庭，以武康石皮砌者最华整。花间岸侧，以石子砌成，或以碎瓦片斜砌者，雨久生苔，自然古色。宁必金钱作垆，乃称胜地哉？

楼阁

楼阁作房闼者，须回环窈窕；供登眺者，须轩敞宏丽；藏书画者，须爽垲高深。此其大略也。楼作四面窗者，前檐用窗，后及两旁用板。阁作方样者，四面一式。楼前忌有露台卷蓬，楼板忌用砖铺。盖既名楼阁，必有定式。若复铺砖，与平屋何异？高阁作三层者最俗。楼下柱稍高，上可设平顶。

台

筑台忌六角，随地大小为之。若筑于土冈之上，四周用粗木，作朱阑亦雅。

海论

忌用"承尘"，俗所称天花板是也，此仅可用之廨宇中。地屏则间可用之。暖室不可加簟，或氍毹为地衣亦可，然总不如细砖之雅。南方卑湿，空铺最宜，略多费耳。室忌五柱，忌有两厢。前后堂相承，忌工字体，亦以近官廨也，退居则间可用。忌旁无避弄。庭较屋东偏稍广，则西日不逼。忌长而狭，忌矮而宽。亭忌上锐下狭，忌小六角，忌用葫芦顶，忌以茆盖，忌如钟鼓及城楼式。楼梯须从后影壁上，忌置两旁，砖者作数曲更雅。临水亭榭可用蓝绢为幔，以蔽日色。紫绢为帐，以蔽风雪。外此俱不可用，尤忌用布，以类酒舫及市药设帐也。

小室忌中隔，若有北窗者，则分为二室，忌纸糊，忌作雪洞，此与混堂无异，而俗子绝好之，俱不可解。忌为卍字窗旁填板，忌墙角画梅及花鸟。古人最重题壁，今即使顾陆点染，钟王濡笔，俱不如素壁为佳。忌长廊一式，或更互其制，庶不入俗。忌竹木屏及竹篱之属，忌黄白铜为屈戍。庭际不可铺细方砖，为承露台则可。忌两楹而中置一梁，上设叉手笆，此皆元制而不甚雅。忌用板隔，隔必以砖。忌梁椽画罗纹及金方胜。如古屋岁久，木色已旧，未免绘饰，必须高手为之。凡入门处，必小委曲，忌太直。斋必三楹，旁更作一室，可置卧榻。面北小庭，不可太广，以北风甚厉也。忌中楹设栏楯，如今拔步床式。忌穴壁为橱，忌以瓦为墙，有作金钱梅花式者，此俱当付一击。又鸱吻好望，其名最古，今所用者，不知何物。须如古式为之，不则亦仿画中室宇之制。檐瓦不可用粉，刷得巨栱桐擘为承溜最雅。否则用竹，不可用木及锡。忌有卷棚，此官府设以听两造者，于人家不知何用。忌用梅花簟。堂帘唯温州湘竹者佳。忌中有花如绣补，忌有字如"寿山"、"福海"之类。总之，随方制象，各有所宜。宁古无时，宁朴无巧，宁俭无俗，至于萧疏雅洁，又本性生，非强作解事者所得轻议矣。

文学中的园林楼阁

文震亨的论述，可细谈之处甚多，此处只能谈一两点。

他讲的住所布局其实不是一间小房子，而是一个有亭台楼阁的庄园。住在里面，等于游园。所以我们就从园林楼阁讲起。

汉淮南王曾作了一首《淮南王》曲，说道：

淮南王，自言尊，百尺高楼与天连。后园凿井银作床，金瓶素绠

163

汲寒浆。汲寒浆，饮少年，少年窈窕何能贤。扬声悲歌音绝天。我欲渡河河无梁，愿化双黄鹄，还故乡。还故乡，入故里，徘徊故乡，苦身不已。繁舞寄身无不泰，徘徊桑梓游天外。

这首歌，用少年和淮南王来作对照。少年不够贤达，一心只想回故乡，所以扬声悲歌音绝天。因为故乡总是回不去。淮南王则相反，认为故乡纵或归去也没什么意思，故每天游乐歌舞，游心于天外。

这是两种人生态度的对比，一种哀伤，一种快乐。一种人期望回归，一种人则向往超越。志在超越者歌舞安泰，企图还乡者终日悲伤。

淮南王这种"繁舞寄身无不泰"的人生态度，可以用另一首歌来说明。请看《晋白纻舞歌诗》：

轻躯徐起何洋洋，高举两手白鹄翔。宛若龙转乍低昂，凝停善睐客仪光。如推若引留且行，随世而变诚无方。舞以尽神安可忘……清歌徐舞降祇神，四座欢乐胡可陈？

本诗共三篇，本篇说歌舞降神，次篇说："人生世间如电过，乐时每少苦日多。""百年之命忽若倾，早知迅速秉烛行。东造扶桑游紫庭，西至昆仑戏曾城。"都是用歌舞来表达对人世的伤悯之意，追求一种与神仙一同遨游天外、超越死亡与痛苦的生活。

这就是歌舞的意义。歌舞不是日常生活，也不是劳动与生产。一般情况下，人只在忙闲之际才以歌舞来放松身心，因此歌舞对日常劳动具有调节作用。可是，如此看待歌舞，并非《淮南王》、《晋白纻舞歌》之类诗篇的想法。因为这只把歌舞看成是一种消闲、一些生活中的调剂，一种附属或非正式的生活方式。在《淮南王》、《晋白纻舞歌》中，歌舞具有本质性的意义，代表对现实世俗生活的反叛，直言人生是苦、年光易逆。因此歌舞乃是超越此忧苦短促人生的良方，可让人直接与神沟通，或进入神仙世界。

歌舞常在楼上举行。楼，与一般民居又是一种对比。一般民房住宅都甚湫隘，贴着地面，楼却是高耸接天的。正如淮南王说"百尺高楼与天连"，所以民房住宅住着一般人，楼则住着神仙和志在超越的人。因此《三辅黄图》引《汉武故事》说："仙人好楼居，不极高显，神终不降也。于是上于长安作'飞廉观'，高四十丈。于甘泉作'延寿观'，亦如之。"

据《汉宫阙疏》云："神明台，高五十丈，常置九天道士百人。"又《庙记》："神明台，武帝造，祭仙人处。上有承露盘，有铜仙人舒掌，捧铜盘玉杯，以承云表之露，以露和玉屑服之以求仙道。"这种台，若上面还有建筑就叫观或榭，都属于楼的一类。兴建楼台观榭，基本上都是这样与求仙有关的。《汉武故事》另载："武帝时祭太一，上通天台，舞八岁童女三百人。"楼台上举行歌舞，亦辄与求仙有关。

此类楼台均甚高，如通天台，据说"望云雨悉在其下"。楼上可以远眺，所以又称为"观"，《释名》云："观，观也，于上观望也。"观望什么呢？一是山川之胜景，二是歌舞之娱戏。如《三辅黄图》载："武帝信仙道，取少君栾大妄诞之语，多起楼观。故池中立三山，以象蓬莱、瀛洲、方丈……昆明池中有豫章台……池中有龙首船，常令宫女泛舟池中，张凤盖、建华旗、作棹歌，杂以鼓吹，帝御豫章台临观焉。"

有时歌舞娱戏并不在楼台下面举行，而根本就在楼观上，如著名的柏梁台，武帝即曾于此置酒诏群臣和诗。而楼台之规模亦极大，像魏曹操在邺城筑铜爵园，建铜爵（后也称"铜雀"）、金凤（初名为金虎）、冰井三台。"铜爵台高一十丈，有屋一百二十间，周围弥覆其上。

曹操大宴铜雀台

金虎台有屋百三十间。冰井台有冰室三与法殿皆以阁道相通。三台崇举，其高若山。"（《河朔访古记·卷中》）要看这类文献，才能想象淮南王"百尺高楼与天连"的景况。

铜爵台在铜爵园中，淮南之楼应该也在园中。所以才会说："后园凿井银作床，金瓶素绠汲寒浆。"凡此园林与楼观结合之情况，甚为普遍，例如《南齐书》卷二十一载世祖太子造园："开拓玄圃园，与城北堑等。其中楼观塔宇，多聚奇石，妙极山水……乃傍门列修竹，内施高障，造游墙数百间。"玄圃，乃神仙之花园，造园而取义玄圃，其旨可见。园中多楼观，又有假山，正是中国一般园林的规格。

这样的园林，在汉代已甚为发达。《三辅黄图》载茂陵富民袁广汉因罪被诛，他家藏镪巨万，家僮八九百人，又"于北邙山下筑园，东西四里，南北五里。激水流注其中，构石为山，高十余丈，连延数里……奇兽珍禽，委积其间……屋皆徘徊连属，重阁修廊，行之移晷，不能遍也"。这种私人园林已经如此规模，淮南王等诸侯或帝王之园林当然就更为可观了。

园林中有楼台屋阁，当然可以居住，但建此类园林楼观之目的却并不在居而在游。它与一般为居住目的而兴建的房舍不同，一切设计，均以美观为主，不是为了实用功能；一切设施，均以游赏为主，不是为了一般的日常起居。因此园中构设，务求奇巧，以便游目骋怀；园中的生活，也与世俗现实生活迥异，歌舞游嬉、诗酒为欢，飘飘乎若仙。

凡此游赏游观，背后都蕴涵了一种否定人世的态度。对于一般人为了生活而汲汲营营，为了亲友故里而生爱恋执著，都甚不以为然，故乐府《善哉行》说：

来日大难，口燥唇干，今日相乐，皆当喜欢。经历名山，芝草翻翻，仙人王乔，奉药一丸……欢日尚少，戚日苦多，以何忘忧，弹筝酒歌。
淮南八公，要道不烦，参驾六龙，游戏云端。

游戏云端，即"徘徊桑梓游天外"之意；弹筝酒歌，即"繁舞寄身无不泰"之意，都可用以拒斥那悲哀而短促的人生。使人忘忧、使人进入神仙的世界。诗名《善哉行》，善哉，是叹美之辞，魏明帝《步出夏门行》说"善哉殊复善，弦歌乐情"，也是以歌舞解忧之意。

魏明帝《步出夏门行》这类写法，在乐府诗中是种通套。步出什么什么，即是脱离日常世俗生活的行动，要走出忧苦，走向欢乐，如《西门行》：

出西门，步念之。今日不作乐，当待何时？夫为乐，为乐当及时。何能愁怫郁，当复待来兹？饮醇酒，炙肥牛，请呼心所欢，可用解愁忧。人生不满百，常怀千岁忧。昼短而夜长，何不秉烛游。自非仙人王子乔，计会寿命难与期。自非仙人王子乔，计会寿命难与期。人寿非金石，年命安可期。贪财爱惜费，但为后世嗤。

西门以内，象征一般世俗人生，寿年有限，每多愁苦，而且汲汲营营，要劳动赚钱。走出这种人生，才能享受每一段时间的欢乐。这首乐府歌诗，每一句都用问句，来诘问世俗人生观，并表达人生应当及时行乐的思想。此类想法，又可见诸《满歌行》：

为乐未几时，遭世险巇。逢此百罹，零丁荼毒，愁懑难支。遥望辰极，天晓月移。忧来填心，谁当我知……饮酒歌舞，不乐何须。善哉照观日月，日月驰驱，坎坷世间。何有何无，贪财惜费，此一何愚。命如凿石见火，

168

居世竟能几时？但当欢乐自娱，尽心极所嬉怡。安善养君德性，百年保此期颐。

《满歌行》的"满"就是"愁潢难支"的"潢"。人生在世，总是忧苦的，所以愁潢难支。如何跳脱出这个愁苦的格局？答案就是饮酒歌舞、及时行乐。

此乃游戏之人生观。游戏有两种含义：一是在有限的短暂人生中，与其贪财惜费，劳苦经营，不如及时作乐，游戏嬉怡；二是借歌舞所表达的否定人世态度，来显现一种类似神仙的快乐生活状态。拟仙而意在升仙。故《善哉行》在"何以忘忧，弹筝酒歌"之后，立刻接以"淮南八公，要道不烦，参驾天龙，游戏云端"。前者游戏人间，后者游戏云端。

游者或出门、或秉烛、或登楼台、或游园林。出门，相对于门里的世界；秉烛，相对于日间一般性的生活；登楼台，相对于贴着地面的蜗居；游园林，则相对于日常居处的住家宅舍。人只有脱离世俗生活，才能解忧，才能戏乐。

对于游者这种游戏寻乐的生活形态，一般居人当然并不认同，因此汉乐府《猛虎行》便指责道："饥不从猛虎食，暮不从野雀栖。野雀安无巢，游子为谁骄。"

但游人并不理会这种讥诮，仍然兀自游于园林，与居于朝市者形成强烈的对比。晋石崇《思归引》说得好："余少有大志，夸迈流俗，弱冠登朝，历位二十五年，五十以事去官。晚节更乐放逸，笃好林薮。"登朝为官和放逸于园林，两相对比，石崇显然更愿追求后者。因为后者才是个"乐世界"，跟朝市劳瘁拘谨的"苦生活"比起来，他在河阳所建之别业，"有观阁池沼，多养鱼鸟。家素习伎，颇有秦赵之声。出则以游目弋钓为事，入则有琴书之娱。又好服食咽气，志在不朽，傲然有凌云之操"。游目、游心、游仙，合而为一，当然快乐得很了，回首往日历朝莅事之生涯，当然要觉得那只是"困于人间烦黩"而已。

石崇这篇文章非常有趣，因为《思归引》本是琴操，据传乃是卫国一女子所作，是因欲归不得，独自忧伤，故制此曲，据琴而歌。但石崇对于这篇亡佚的琴曲，却做了全然不同的理解。他说自己在乐游放逸之际，"寻览乐篇有《思归引》。倘古人之心有同于今，故制此曲。此曲有弦无歌，今为作歌词以述余怀"。

这个新词，其实完全逆转了旧曲的意思。旧曲是游子悲歌，希望还归故乡。新词却是游人对居者的呼吁，希望大家赶快放弃人间的牵绊，回到园野里来乐游林薮。归，不是归乡归家，而是回归；回归的地方，不是平常的住家，而是"别业"。

别业者，正业之外的住所、正宅之外的空间。汉魏时已称园林为别业。相对于安居乐业的人们来说，别业提供了一个让游者不安居也不乐业的地方。因为正业并不可乐，别业才是乐园。

把别业称为乐园，是很常见的事。宋颜延年写《三月三日曲水诗序》说，要"排凤阙以高游，开爵园而广宴"，即是在乐游苑中。农历三月三是禊节，要在水上盥洗以祛除疾病，正与出游以辟除世俗烦扰之意义相同。

这个意义，晋谢灵运也说得很清楚："中园屏氛杂，清旷招远风……寡欲不期劳，即事罕人功。"（《田南树园激流植援》）"昔余游京华，未尝废丘壑，列乃归山川，心迹双寂寞……怀抱观古今，寝食展戏谑。既笑沮溺苦，又晒子云阁。执戟亦以疲，耕稼岂云乐。"（《斋中读书》）

游者回归于山川园林，对于京城中的名位荣利，固然不感兴趣；对于耕稼渔樵之勤劳辛苦，也无意认同。他们抱持着游戏的人生观，在山川园林中享受，观古今、观鱼鸟、观歌舞、观山水，优游戏谑，成就一种审美的生活，引以为乐。

审美的人生态度，对人生是无所负荷也无所谓责任的。它并不介入实际的社会组织结构中，它只是观赏者，如观戏剧，因为他已跳脱在外。出西门、归园林，均表示这个跳脱具体人世的动作。服食咽气，更表示人连饮食都不要跟世俗世界一样了。所以这才能摆脱一切属于人间的得失荣辱、情爱纠缠、生存压力。谢灵运出游时作诗说："情用赏为美，事昧竟谁辨？"（《从斤竹涧越岭溪行》）就是指这种欣赏的态度、审美的心情。

由于这种心情产生自那种超脱出世俗生活的态度中，因此它也常在欣赏品味享受此美景乐事之外，更导出一种超越式的想法和感受。觉得人世营营扰扰既无趣又无意义，人生应走向另一种超越的世界去。例如曹丕《芙蓉池作》先是讲"乘辇夜行游，逍遥步西园"，接着描述园中美景，如"双渠相溉灌，嘉木绕通川"等等。然后便想到："寿命非松乔，谁能得神仙？"谢灵运《登石门最高顶》也是在描述石门景观之后，接着感叹："惜无同怀客，共登青云梯。"江淹《从冠军建平王登庐山香炉峰》更是完全从神仙角度立言。先说此山充满仙气，"广成爱神鼎，淮南好丹经，此山具鸾鹤，往来尽仙灵"。接着则说自己来此，

游乐图

171

乃是"方学松柏隐，羞逐市井名。幸承光诵末，伏思托后旌"。沈约《宿东园》结尾也以"若蒙西山药，颓龄倘能度"来发抒感慨。他另有一首《游沈道士馆》则说："欢娱人事尽，情性犹未充。锐意三山上，托慕九霄中。"显然诗人都是在游赏之际，兴发了超越的意兴，希望能超越人类死生之命限、超越世俗之萦扰、超越生活之劳苦，真正进入到一个可以逍遥的世界去，与神仙同其呼吸。

"山中咸可悦，赏逐四时移"（沈约《钟山》），这种审美观赏态度和超越性的向往，共同构筑了游园者的精神状态。这便是石崇在《思归引》中说他在园林中，一方面"以游目弋钓为事"，一方面又"好服食咽气，志在不朽"的缘故，也是汉人歌颂淮南王既"繁歌寄身无不泰"，又"徘徊桑梓游天外"的缘故。

这种园林楼观生活的基本样式，自汉魏定型以后，直到明清，均无改变。喜欢园林生活的人，"别业一区，去城数里，茅屋竹篱，药栏花径，事事幽绝"（《草玄亭漫语》），在其中优游佚乐，形成了中国最具特色的园林建筑与园林生活文化。

但是，超越性的向往部分，却有了些调整。

在汉魏南北朝时期，游园者的超越性向往，以进入超越界，亦即度世登仙为最多；仍处此世，但体悟了人世无常等道理，而采取一种洒脱旷远的超越性观点者次之。明清时期则有点颠倒过来。

在明末一大批"清言"作品中，表达的却是一种园林生活及人生观，如屠隆"风流放诞，好宾客，蓄声伎"，著有《娑罗馆清言》。明徐学谟则著有《归有园麈谈》。"归有园"这个名称，再清楚不过了。它与石崇《思归引》一样，都是要归返园林。循此以观，如陈继儒《岩栖幽事》、《小窗幽纪》之类，号为岩栖，实与真正隐于山中耕稼者不同，乃是栖于山中之园林，在林园的小窗下写这些清话。

而所谓清话也者，即是说这些言论都表现了一种超越社会生活的态度，讲一些警示、讽刺、针砭的话，对于热衷于尘俗琐屑劳苦者，有一点提醒的清凉作用。如明陆绍珩《醉古堂剑扫》自序所说："此真热闹场一剂清凉散矣。"

　　这些清言，其内容首先是对幽居生活的品赏，例如："三径竹间，日华澹澹，固野客之良辰；一编窗下，风雨潇潇，亦幽人之好景。""楼前桐叶，散为一院清阴；枕上鸟声，唤起半窗红日。"

　　其次，便是对世俗人生的反省，如："草色花香，游人赏其有趣；桃开梅谢，达士悟其无常。""疾忙今日，转盼已是明日；才到明朝，今日已成陈迹。算阎浮之寿，谁登百年；生呼吸之间，勿作久计。""明霞可爱，瞬眼而辄空；流水堪听，过耳而不恋。人能以明霞视美色，则业障自轻；人能以流水听弦歌，则性灵何害？"（均见屠隆《娑罗馆清言·续娑罗馆清言》）

　　最后，才是超越此世之外，游心于神仙世界的声音，如："白云冉冉，落我衣裾，闻村落数声，酷似空中鸡犬；皓月娟娟，入人怀袖，听晚风三弄，恍如天外鸾凤"（倪允昌《光明藏》）。淮南登仙、鸡犬俱化的意象，复现于其中。

　　由于佛教盛行，故此时清言作者所表现的神仙性超越想法，有一大部分被佛教的无常、虚空观所替代，所以表现为反省世俗、清言醒世的性质较多，度世成仙的讲法就减少了许多。相对于汉魏南北朝隋唐宋元的游园文化，可说呈现出较新异的面貌。

　　不过，度世成仙之思虽已较少，服食咽气却仍甚为普遍。因为优游林下、歌舞游观之人生，既是为了享乐、为了游戏，身体自然必须保养，服食咽气以求长生，却病、延寿就成为非常重要的事了。典型的文献，可以《遵生八笺》为代表。

此书题为"湖上桃花渔高濂瑞南道人撰",自是园林人物无疑。书分八部分:清修妙论笺、四时调摄笺、起居安乐笺、延年却病笺、饮馔服食笺、燕闲清赏笺、灵秘丹药笺、尘外遐举笺。

清修妙论,收圣贤戒省律己之格言,所谓清言醒世者。四时调摄、延年却病、饮馔服食、灵秘丹药,都是谈养生的问题。尘外遐举,则为神仙度世之思想。起居安乐、燕闲清赏,就是享受生活,品味生活,且在生活中创造美感与快乐的一些建议了。全书共十九卷,把游园者的生活做了一幅全面的铺展,与淮南之游园后先辉映。善观吾国园林史者,宜由此等处着眼。

"观"的性质、作用与表现

早期帝王宫阙,皆取象于天地。其局部建筑,"排飞闼而上出,若游目于天表"(班固《西都赋》),"结阳城之延阁,飞观榭乎云中,开高轩以临山,列绮窗而瞰江"(左思《蜀都赋》),都与观的态度有关。楼台高耸,旷观天地,远观山川,故得以游目骋怀。它的整体布局,也足以体现一种天地精神、宇宙意识。

如《三辅黄图》载秦建咸阳宫:"因北陵营殿,端门四达,以则紫宫,象帝居。渭水贯都,以象天汉;横桥南渡,以法牵牛。"班固《西都赋》称汉武帝的建章宫:"张千门而立万户,顺阴阳以开阖……览沧海之汤汤。扬波涛于碣石,激神岳之嶈嶈。滥瀛洲与方壶,蓬莱起乎中央。"

这样的建筑,固然是秦汉时期帝王求仙的思想使然,但借建筑所体现的空间感,却与观有关。故降及后世,建造庭园屋宇者未必旨在求仙,或与神仙相沟通,其建筑所追求之美感与空间感依然如此。谢灵运《山居赋》不就说了吗?"抗北顶以葺馆,瞰南峰以启轩。罗曾

174

崖于户里，列镜澜于窗前。因丹霞以赪楣，附碧云以翠椽。视奔星之俯驰，顾飞埃之未牵。"房子是建在宇宙天地之中的：每一个视角，都可以远眺旷观；而且屋子与自然合为一体，层峰川澜既为屋外可观之景，亦即是屋子本身以及屋内的观赏者。"因丹霞以赪楣，附碧云以翠椽"，视觉的交互性，在此体现无余。

因此，值得注意的是：一是观要旷览远眺以观物。如"画栋朝飞南浦云，珠帘暮卷西山雨"（王勃《滕王阁》），"窗含西岭千秋雪，门泊东吴万里船"（杜甫《绝句》），"隔窗云雾生衣上，卷幔山泉入镜中"（王维《敕借岐王九成宫避暑应教》），"山月临窗近，天河入户低"（沈佺期《夜宿七盘岭》），"江山重复争供眼，风雨纵横乱入楼"（陆游《南定楼遇急雨》）。

二是观与被观相融相即。如南朝齐谢朓《郡内高斋闲望答吕法曹》："窗中列远岫，庭际俯乔林。"王安石《书湖阴先生壁》："一水护田将绿绕，两山排闼送青来。"远岫当然应在窗外，它是远观的对象。但在观看的活动中，视觉的交互性使得看与被看一时会合了，层峰列岫如在屋中，成为主动者，而非静态存在的被观赏者。

观与被观相融相即，就是谢灵运所说"因丹霞以赪楣"的因。窗外之景，同时亦即是窗内之景。建筑上充分体认这个道理，并借建筑技术予以满足它，正是中国园林建筑的特色。此即所谓"因借"。

明人计成，编了世界上第一本讨论造园艺术的书《园冶》，大旨端在"因借"二字。其书开宗明义就说："'借'者：园虽别内外，得景则无拘远近。晴峦耸秀，绀宇凌空，极目所至……尽为烟景，斯所谓'巧而得体'者也。"结尾又说："构园无格，借景有因……因借无由，触情俱是。夫借景，林园之最要者也。如远借、邻借、仰借、俯借、应时而借。"故因借之旨，实乃我国造园艺术之秘要，而因借之道，则是为了满足观的需要。

关于这部分，当然还有许多东西可谈，但建筑的重点实不外乎此。一是要能看得出去，可以极目，可以广瞻，可以观天地之大美；二是要达到天地之大美与园林建筑之美相冥合的境界，园中即有大观。

绘画上所要求的，大抵也是如此。

谢灵运在《山居赋》中描述："葺基构宇，在岩林之中，水卫石阶，开窗对山。仰眺曾峰，俯镜浚壑。去岩半岭，复有一楼，回望周眺，既得远趣，还顾西馆，望对窗户。"他是我国山水诗奠基的大诗人，对山川之美的掌握，除了穿林涉涧、深入其中去游赏之外，更重要的就是观赏。且在仰眺俯鉴之外，尚须得其远趣。这种山水美感的掌握方式，对后世山水画影响甚大。

如宋郭熙《林泉高致》就说"山欲高"、"水欲远"。画山，就要设法让山显得极为高峻；画水，就要让水长流无尽。这是中国画家非常特殊的想法，而实即其旷观宇宙天地之态度。因而山水画在中国之所以有那么高的地位，这是个重要的因素。

画家作画，仿佛如对一浩浩天地，大宇长川都要在画面上表现出来。但画布画纸只是一个有限的空间，如何能表现出这种山高水远、天开地阔的感觉呢？

中国山水画所有的奥妙可说都集中在这里。例如郭熙说："山欲高，尽出之则不高，烟霞锁其腰则高矣。水欲远，尽出之则不远，掩映断其派则远矣。"（《林泉高致·山水训》）以烟云隔断或林木掩映之法，来创造远趣，形成高远的空间感。与梁元帝萧绎《山水松竹格》所说的"泉源至曲，雾破山明"、"路广石隔，天遥鸟征"相同。山用雾破，故烟云飘缈，高深莫测。路要显得远，中间需用石块隔断；天要显得高，则画上飞鸟，以表现其高。

这样的技巧，可说已成为中国山水画的基本法则。有时为了隔断，运用烟雾或水石区分出近景和远景，甚至形成两截式或三截式构图。而实画的山水与烟雾水气之间，也形成了虚与实、疏与密的关系。中国画论中讨论虚实、疏密、留白者，汗牛充栋，肇因正在于此。

又如中国山水画还利用卷轴形式来表现山高水远之感。卷轴逐次舒卷，山川逐次布列，以观看的时间次第感，来形成绵远不尽的空间感受，也是中国绘画的一大特色。至于在境界上，要求"尺幅而有千里之势"、"余势不尽"，在有限中要能让观者感觉到无限，更是中国绘画美学上的重要特点。

不但如此，整个山水画，都是远观山水的。郭熙在《林泉高致·山水训》中曾说："山水，大物也。人之看者，须远而观之，方见得一障山川之形势气象。"远观，视野要广、视点要高，仿佛登高眺远，方能见山川形胜。这种远观法，沈括曾以"以大观小，如人观假山"来形容，他在《梦溪笔谈》中说：

> 又李成画山上亭馆及楼塔之类，皆仰画飞檐。其说以谓"自下望上，如人立平地望塔檐间，见其榱桷"。此论非也。大都山水之法，盖以大观小，如人观假山耳。若同真山之法，以下望上，只合见一重山，岂可重重悉见？兼不应见其溪谷间事。又如屋舍，亦不应见中庭及后巷中事……盖不知以大观小之法，其间折高折远自有妙理，岂在"掀屋角"也？

宋李成，在绘画史上以平远山水著名，宋郭若虚在《图画见闻志》卷一论三家山水即说："烟林平远之妙，始自营丘。"宋刘道醇在《圣朝名画评》卷二也说："时人议曰：'李成之笔，近视如千里之远。'"赵希鹄《洞天清禄集·古画辩》更说："李营丘作山水，危峰奋起，蔚然天成。乔木倚磴，下自成阴，轩甍闲雅，悠然远眺，道路窈窕，俨然深居。"可见李成之画，亦追求远趣。今传其《乔松平远图》等，往往将前景画得较大而简略，再以近视法画出巨大中景，后将远景画小，以强调其远，跟文献记载甚为符合。唯李成画楼塔屋檐仍沿袭唐以来的画法，故引起沈括的批评。

但沈括所说"以大观小，如人观假山"，其实只是俯视，与李成之仰视均只得远观之一偏。所谓远观，如前所述，乃是又仰观又俯察，并继之以平视极目，方才是游目，才能是大观，故早在六朝时王微《叙画》便说道：

> 且古人之作画也，非以案城域、辨方州、标镇阜、划浸流。本乎形者融灵，而变动者心也。灵无所见，故所托不动。目有所极，故所见不周。于是乎以一管之笔，拟太虚之体。

画山水画，不是画地图，所以其中有"观点"。但人之目视是有局限的，如沈括所说，直视无法得见山内溪谷及人家户内状况。从一个单一角度看，也会看不周全。因此需要游心太虚，游目骋观。

如此游观，就会在平远之外，出现"深远"与"高远"。仰视俯瞰，空间景象在时间中远远近近、高高低低地移动，一如欣赏中国画的长条轴卷时，可以由近景往上看，也可以由上往下看，游目环瞩，如入山水中，边游边览，边走边看。但是这样的画，便不可能出现定点透视，而只能是散点。

定点透视的传统，是西方艺术的特点，确立于文艺复兴时期，"它是以观看者的目光为中心，统摄万物，就像灯塔中射出的光——只是并无光线向外射出，而是形象向内摄入。那些表象俗称为现实。透视

178

法使那独一无二的眼睛成为世界万象的中心。一切都向眼睛聚拢，直至视点在远处消失。可见世界万象是为观看者安排的，正像宇宙一度被认为是上帝而安排的。按照透视法的标准，不存在视觉的交互关系。不必让上帝处在同别人发生关系的情景之中：上帝自己就是情景。透视法的内在矛盾在于它构建了全部的真实影像，向独一无二的观察者呈现，而此人与上帝不同，只能于一时一地存在。"（约翰·伯格《观看之道》）

而且，以透视法来看，远处是看不见的，"只合见一重山，岂可重重悉见"，近处的东西势必遮断目光，使它无法延伸下去；纵使是平畴原隰，无物遮障，远处也逐渐缩小以至消失为一点。平远之境，毕竟不可得，遑论高远与深远？故以透视法看，所得者不在远趣，而在近距离的"占有"。

关于十五至十九世纪以透视法为主的油画，如何体现了占有（possessing）的看的方式，约翰·伯格（John Berger）在《观看之道》第五讲中有详细的申论。他认为这种描绘物事之实体、质感、光泽、硬度，以使现实仿佛可放在手上把玩之画法，与资本主义社会的生产方式有关。又说电影摄影机发明后，移动拍摄的镜头，瓦解了定点视物的传统。单一的凝视，逐渐被游走观物所替代。这些我们都不拟再谈了，只想借由定点透视与游观的对比，来提醒大家注意到观的性质以及它在中国文化里的作用和表现。

第八讲　文学与行

由《诗经》开启的行旅文学

出行，男女恐怕有形态上的差异。古代男子出离本乡、去外地工作，往往仍以回返本乡老家为念，所谓"衣锦还乡"、"富贵不归故乡，如衣锦夜行"、"落叶归根"。祖产、老厝、祖坟以及家族亲人，都可能对他形成召唤，使他觉得在外奔波奋斗一阵子以后，应该要回家。这就导致男子之迁移常不彻底，通常只是"行旅"而非"迁居"。是在外一段旅行般的移动，并非真正移赴他处定居。即或真的移居了，例如移民南洋或美洲，仍与本乡老家有着许多牵系。不像女子之迁移，乃是"出离"的形态，离家他适，找机会改善生活，若寻着中意的对象则结婚"适人"。男人的出行常仅是回家前的准备，两者甚为不同。

在文学史上，《诗经》对男女迁移大抵即采取此类观点，因此，女称"迁"，男则称为"行旅"。男人虽然出外服兵役或奔波于国事，却只是行者行旅，行走一段之后还是会回家的，故不能称为迁移。女人远嫁，才是迁移的类型，所谓"女子有行"，是真正的行者。

例如《小雅·何草不黄》，朱熹《诗集传》说此乃："周室将亡，征役不息，行者苦之，故作是诗。"诗说："匪兕匪虎，率彼旷野。哀我征夫，朝夕不暇。"自称征夫。这样的作品有几十首，光《小雅》就有《杕杜》、《北山》、《绵蛮》等，皆男子之行。

女子之行，则如《邶风·泉水》所云："出宿于泲，饮饯于祢。女子有行，远父母兄弟。"说明了女子之行乃是不回返的，不像男子行役之后仍将归返家庭。所以这才叫作迁，《卫风·氓》："尔卜尔筮，体无咎言，以尔车来，以我贿迁。"就是此意。

男子既以复返归家为常态，所以行旅者思家思归，就成为诗歌中描述的主题。如《小雅·采薇》："采薇采薇，薇亦作止。曰归曰归，岁亦莫止。靡室靡家……行道迟迟，载渴载饥，我心伤悲，莫知我哀。"《小雅·小明》："明明上天，照临下土。我征徂西，至于艽野。二月初吉，载离寒暑。心之忧矣，其毒大苦。念彼共人，涕零如雨。岂不怀归？畏此罪罟。"《小雅·北山》云："陟彼北山，言采其杞，偕偕士子，朝夕从事。王事靡盬，忧我父母。"《王风·扬之水》："扬之水，不流束楚。彼其之子，不与我戍甫。怀哉怀哉，曷月予还归哉？"《召南·殷其雷》："殷其雷，在南山之阳，何斯违斯，莫敢或遑。振振君子，归哉归哉！"《周南·汝坟》："鲂鱼赪尾，王室如燬。虽则如燬，父母孔迩。"等等，都是讲征旅行役者如何想念家人，想要回家。

这种怀念有两种写法。一是直叙离情，表达思念家人的忧伤，如《王风·葛藟》："绵绵葛藟，在河之浒。终远兄弟，谓他人父。谓他人父，亦莫我顾。"诗共三章，分别说自己怀念父亲、母亲、兄弟。

181

《魏风·陟岵》也是如此："陟彼岵兮，瞻望父兮，父曰：'嗟！余子行役，夙夜无已。上慎旃哉，犹来无止。'"接下去则说瞻望母亲、瞻望兄弟。《唐风·鸨羽》同样采取这样三段式结构，说："王事靡盬，不能艺稷黍。父母何怙？悠悠苍天，曷其有所？"接着说"父母何食"、"父母何尝"，每段都是思念父母。

除思念父母兄弟之外，便是思念妻子，如《豳风·东山》说："我徂东山，慆慆不归。我来自东，零雨其濛。仓庚于飞，熠耀其羽。之子于归，皇驳其马。亲结其缡，九十其仪。其新孔嘉，其旧如之何？"

另有不怀人而怀乡者，如《豳风·七月》，歌咏豳地风土，七月流火，九月授衣，十月蟋蟀入于床下，农家筑场圃、纳禾稼、凿冰、酿酒、献羔祭韭，跟朋友一齐聚宴，称觞祝福。论者谓其乃周公东征时随征之豳人怀念乡土而作。写出一幅生动的乡居逸居乐图，表达了征人对远方家园的思念。

这些都是直接抒叙怀乡思人的作品。但还有另一种写法，较为曲折，并不径言自己思乡，而说乡人念我。试看之前所举《陟岵》诗，便会发现诗人说自己登上高岗，远望父母兄弟。这当然是望不着的。可是接着说父曰如何，母曰如何，弟曰如何。这必然不是真实的景况，而是一种诗人的想象之辞。因自己极度思念他们，遂同时想象他们也正在想念着自己，然后以拟想的口气说："儿子呀，好好保重呀，可千万别死呀！"

许多诗用的就是这种从被思念的对象身上逆叙回来的笔法，讲父母如何想自己，妻子如何想自己，只是省略了自己"陟彼岵兮,瞻望父兮"那段动作，直接以父曰、母曰、妻子曰的形式，抒写征人自己的怀乡忆人之怀抱。后来杜甫在安史乱中困居危城，遥想妻子，而写"今夜鄜州月，闺中只独看"（《月夜》），用的就是这种笔法。其实独自看月的乃是杜甫自己，却说妻子今夜在鄜州望月怀我。《周南·卷耳》云："采采卷耳，不盈顷筐。嗟我怀人，寘彼周行。"所用即杜甫之写法。行役者思家，但首章先讲家中妻子思我之苦。次章及三章，再回头从自己涉山登险，马疲仆病这一方面写自己如何思家。犹如杜甫那首诗写了"今夜鄜州月，闺中只独看"之后，说"遥怜小儿女，未解忆长安"，又拉回到自己身上来，使读者知道前面那一段乃是诗人的拟想。

但也有些诗，通篇都用妇人念夫的口气来写，如《秦风·小戎》说："言念君子，温其在邑。方何为期，胡然我念之？"《召南·草虫》说："陟彼南山，言采其薇。未见君子，我心伤悲。亦既见止，亦既觏止，我心则夷。"《卫风·有狐》说："有狐绥绥，在彼淇侧。心之忧矣，之子无服。"《小雅·杕杜》说："有杕之杜，其叶萋萋。王事靡盬，我心伤悲。卉木萋止，女心悲止，征夫归止。"等。

这些诗，《诗经》笺注者常认为都是"大夫行役，妇人忧念之诗"，因此说《诗经》颇多劳人思妇的讴歌。其实，劳人征夫之歌确实不少，是否即为思妇所作却颇值得商榷。像《杕杜》，屈万里《诗经诠释》就明确认定为："此征人思归之诗；乃假家人思念征夫之语气，以抒其怀归之情也。"

我觉得此说较为切当。并不是说周代必没有妇人自抒其思夫之感，而是这种因征人思归而归假借家人思念征夫的口气，正是后世中国闺怨怀人诗的基本形态。例如，《古诗十九首》："青青河畔草，郁郁园中柳。盈盈楼上女，皎皎当窗牖。娥娥红粉妆，纤纤出素手。昔为倡家女，今为荡子妇。荡子行不归，空床难独守。"通篇皆以女子口吻表达思念男子，希望男子赶快回家。这种诗会不会是女人作的呢？不知道。《玉台新咏》题此诗为枚乘作。可见此诗纵使作者不是男人，它在历史上也被视为是男人所写的。

183

同理，我们看后世诗词，如宋张先《一丛花令》："伤高怀远几时穷，无物似情浓，离愁正引千丝乱，更东陌飞絮蒙蒙。嘶骑渐远，征尘不断，何处认郎踪。"此类诗词不胜枚举，皆男人而以女性思念远方游子的语气发声，而其实正是用以表达外出行役的男人是如何地想家、想念家中亲人、想回来。

在历史上，男性这种出行而不迁居的特性，构成了社会上一种特殊的"行旅"文化，其源头正是《诗经》。发展下来，到了萧统编《昭明文选》时便特别把这类文学作品明确归为"行旅"类。

《昭明文选》把诗与赋两大系统先予分开，在赋体类下有"纪行"之赋，在诗类底下则有"行旅"及与行旅相关的"军戎"诗。纪行部分，选的是班彪的《北征赋》、潘岳的《西征赋》。班彪之赋，是他避难凉州，从长安出发至安定途中所作，因"旧室灭以丘墟兮，曾不得乎少留"，所以远行。且"悟旷怨之伤情兮，哀诗人之叹时"，"游子悲其故乡，心怆悢以伤怀"。潘岳之赋，则是他担任长安令时赴任述行之作。此为行役，即因担任国家职务以致离乡赴外就任，而心情除了责任感以外，则终不免"矧匹夫之安土，邈投身于镐京。犹犬马之恋主，窃托慕于阙庭。眷巩洛而掩涕，思缠绵于坟茔"。怀乡的情绪也是很浓的。

行旅诗的部分，《文选六臣注》唐李周翰称："旅，舍也，言行客多忧，故作诗自慰"，讲得很好。这些诗，例如"徒怀越鸟志，眷恋想南枝"（潘岳《在怀县作二首》），"感物恋堂室，离思一何深"（陆机《赴洛二首》），"伫立望故乡，顾影凄自怜"（陆机《赴洛道中作二首》），"眇眇孤舟游，绵绵归思纡"（陶渊明《始作镇军参军经曲阿作》），"眇默轨路长，憔悴征戍勤"（颜延年《还至梁城作》），"岁晏君如何？零泪沾衣裳"（江淹《望荆山》）……都是言征役之苦，述思乡之情。

与此相关的"军戎"诗更是如此。从军打仗和因公出差，正是男子离家外出的两大原因，一旦出征，当然要嗟叹："征夫怀亲戚，谁能无恋情？""哀彼东山人，喟然感鹳鸣。"（王粲《从军诗五首》）

由这些诗文来看，一般人印象中总是认为男人都不太顾家，一出去就不记得回来，总喜欢出外闯荡以开创事业等等，未必正确。相反，男人出行多只是行旅，行走飞翔，看似潇洒，但就像这些诗文中常用的比喻："胡马依北风，越鸟巢南枝"（《古诗·行行重行行》），马跑起来可以跑得很远，鸟飞起来可以飞得很高，但终究恋家怀乡。且大部分的马都要归槽，鸟则往往是鸽子，认得返乡的路，成了本能，也成为宿命。

尤其促使男人离家的原因，如因公派任、出使、从军之类，都是被动的，迫于家计、迫于职务上的从属关系与命令，或因自己要求取禄位，而不得不行役行旅。因此，对行旅行役并无认同感，对于奉命外出的情况，当然充满了不情愿，"哀我征夫，朝夕不暇"。因外出而无法照顾到家人，更是心怀歉疚，也担心父母、兄弟、妻子会抱怨。那些遥想假设，或想象家中妻女如何希望丈夫早日归来的作品，其实这些正是心中充满愧疚的男人们的一种心理反应。

女人在出行方面表现得甚为不同。即使同属行旅，例如汉班彪之女班昭，因其子担任陈留县长，她随之赴任，作《东征赋》。这样的赋，应与其父之《北征赋》类似，其实不然。所以李周翰注说其赋"以叙行历而见志焉"，重点在于抒发其志趣。因此它虽然依着一种行旅文学的格套来写，一起笔也是"遂去故而就新兮，志怆恨而怀悲"云云。但很快就体会到："小人性之怀土兮，自书传而有焉。"也就是孔子所说的："君子怀德，小人怀土。"而想到不该与那些"小人"一般见识，应从君子怀德的角度去思考这趟远行的意义。因此文章后半，完全摆脱了怀土、思乡、系念亲人的写作方式，专讲应如何立志以完成功业。

这种态度，其实不难理解。男人是有根的，根就是祖坟、家业、宗族。故落叶归根，视为理所当然之事；辞根别干，立刻带来失根漂泊的感伤。女人则生来注定要别家园、离父母、远行远嫁，进入一个异族、异姓、异地，甚或异国去，故视离开家园、亲人为理所当然之事。虽然刚离别时也不免感伤，但立刻就要开始面对新的环境，入主新居，主中馈，成为新地新居的主人。"去故而就新"，正是其心情之写照。所以女子不是落叶，她们是枝干上开出来的花，花粉随着风飘扬，或花朵吹到别人家院子里，埋进了土里，渐渐就落地生根，发了芽、长了枝条、孕育出新的生命来。女人是生根者，男人是归根者，所以他们对家乡的态度才会这么不同。

然而，男人不了解女人。他们思乡，便认为家中的女人都在盼着他们回去。他们想象着妻子、情人望穿秋水的神情，本意只是为了抚慰自己的相思，但作了一大堆女性口吻的"望君早归"诗歌文章，却意外开创了一种假拟女性的文学传统，形成了一种虚假的女性意识，出现了一大堆闺怨文学。

行旅文化中产生的闺怨文学

闺怨者，闺中女子怨愁也。怨什么呢？怨青春将老，情人不来。怨情人或先生远离，不肯速返。怨情人或先生另结新欢，自己失了宠。总之，男人是飘动的，既易移居，也容易移情别恋。女人则是稳固、贞定、不改志、也不移居的。她坐在两人相识或定情的阁楼里，每天咀嚼着欢愉的过去，以抵抗寂寞的现在，迎接希望和屡遭失望折磨的未来。对于所有挑逗都不屑一顾，所有的事都没兴趣，只一味等待，等到春残秋老，等到红颜成了白发。越等越怨，越怨越苦，越苦则此种等待就越有价值。女人的执著、坚毅与贞一，遂完全由此体现出来了。

此等闺怨，当然只是男性心理的投射。因为远离，形成了不安。既对妻子、亲人有所亏欠，又担心被遗忘，恐惧被抛弃。所以期待被等待、被思念，期望情人或妻子能执著的固守家园，待自己归返。

这时，出行在外的游子，在心境上不断去揣摩、去体会家中的女人会自己如何怨自己，事实上也就是在自责自虐，又自责自虐中获得一些被需要、被怀念的快感。于是，闺怨诗就越写越多。

在中国，精彩的闺怨诗几乎都是男人写的。《诗经》以后，《古诗十九首》大半均可视为闺怨诗，唐代七言近体诗的各种宫词、闺怨，甚为脍炙人口。词则温、韦开山，即以闺怨擅长。温庭筠《菩萨蛮》："小山重叠金明灭，鬓云欲度香腮雪。懒起画蛾眉，弄妆梳洗迟。"《更漏子》："梧桐树，三更雨，不道离情正苦。一叶叶，一声声，空阶滴到明。"《梦江南》："梳洗罢，独倚望江楼。过尽千帆皆不是，斜晖脉脉水悠悠，肠断白蘋洲。"无一非闺怨。唐韦庄《菩萨蛮》："红楼别夜堪惆怅，香灯半卷流苏帐，残月出门时，美人和泪辞。"也是闺怨。故清末谭献评说此等词："亦填词中《古诗十九首》，即以读《十九首》心眼读之。"(《复堂词话》)

而由闺怨开端的"词"这种文体，遂也以闺怨为主要内涵，从主题到写法，均以女子闺怨为正宗，直到苏轼所谓豪放一派词风崛起后，才略有改变。

可是女人真的像这些闺怨诗所说的那样吗？极痴、极挚，每天什么事情也不做，只专心致志地梳洗打扮好，坐在楼头等呀等，等了今天等明天，守着窗儿守着黄昏，守着"夜长衾枕寒"。像植物种在窗口一般，望着想着仿佛窗外流云一般的游子。

其实现实生活中的女人并非如此，早期诗歌中的女性也没有这样

唐　李端《闺情诗》图

的形象。《周南·汉广》就描写："南有乔木，不可休息。汉有游女，不可求思。"据朱熹《诗集传》说："江汉之俗，其女好游，汉魏以后犹然，如大堤之曲可见也。"可见游子本来应该是女性，所以称为"游女"。其后宋玉描写巫山神女，也极力强调其游，云彼"朝为行云，暮为行雨"。此为早期女性十分重要的一种形象。

但"游女"变成"游子"之后，男出游，女守闺，竟成了常态，行云之意象，遂也被男人夺取了。五代冯延巳《蝶恋花》："几日行云何处去？忘了归来，不道春将暮。百草千花寒食路，香车系在谁家树？"怨男子忘了归来，正与下篇"泪眼倚楼频独语"相呼应。上怨男子之薄幸，下言女子之痴情，"行云"一词，竟因此转换了性别。

更进一步说，我们还应注意到：在大部分闺怨诗中，其实都刻意淡化了夫妻关系，而还原为男女关系。

早期，例如《诗经》中，远游行役的男子所思念的东西很多，包括乡土风俗与亲人。亲人中，思念父母兄弟的更是多于妻子。《古诗十九首》以后，游子思亲者渐少，如唐孟郊《游子吟》所谓"慈母手中线，游子身上衣"者，殆为空谷足音，反而是以闺怨形态出现的则渐多。也就是说，怀归的主题，已渐渐凝聚到性别论述上来了。既是性别论述，故男游女怨，重点在于男女，而未必即为夫妇。所有家庭责任、亲情伦理等问题，都不必阑入，只专心描述念远伤别、思归怀人之情而已。

从《古诗十九首》开始，其中之男女关系就未必都是夫妇，仅有一首明确可知为夫妇者，却也仅是说："昔为倡家女，今为荡子妇。"后来的许多闺怨诗，看起来也令人往往疑其为倡家女。

如温庭筠《菩萨蛮》之女子，"懒起画蛾眉，弄妆梳洗迟"，艳则艳矣，但绝非寻常操持家务、主中馈之主妇。韦庄《菩萨蛮》所云"残月出门时，美人和泪辞"、"垆边人似月，皓腕凝双雪"，也必非家中之

189

糟糠。《花间集》多为歌伎而作，风格当然沿袭了温、韦这种态度；后来有井水处皆能歌柳永词，却也仍然如此。柳永死后，家无余财，群妓合金葬之，每逢春月，还去上冢，称为"吊柳七"。他词中所说，如"叹年来踪迹，何事苦淹留。想佳人、妆楼颙望，误几回、天际识归舟"的佳人，自然也不是妻子。

因为不是夫妻、不是亲人，两者间的关系，乃只成为一种男女情欲或情爱所衍生的相对待关系：男人思归而女人待男子之归。翻来覆去，絮絮叨叨，无非说这个意思。以此结构来表达两人的情爱与思念。

由于这样的论述太普遍了，以致我们往往痛恨起那些男人来了。觉得一夕定情，便赋远游，害得情人日日楼头颙望，而过尽千帆皆不是，实在是太辜负美人恩了。其实，我们也许忘了，那些歌伎、倡家女，不更有可能才是远游者吗？

凡娼妓，大抵都非本地人，系由各地流动而至。白居易《琵琶行》所记者"自言本是京城女"，而流落到浔阳，即是著名的个案。白居易又有《有感诗》说："妓长能歌舞，三年五岁间，已闻换一主。"则知伎之流动性极高，有自主流动者，也有被动亦即被买卖而被迫流动的。故前度刘郎再访枇杷门巷时，可能早已人去楼空，佳人转赴别处做生意去也。嘉庆八年，西溪山人作《吴门画舫录》，十年后，个中生作《续录》，便说"录中诸人，迄今不及十载，存者已仅止二三。而群芳之争向春风，其秀出一时者，又踵相接也"，活脱记录了苏州妓女的流动状态。

虽然如此，歌伎倡女所唱的，却正是那些男人所写给她们唱的闺怨；她们自己偶有作品，也依然是这一派闺中怨妇、望君早归的腔调。例如唐鱼玄机《闺怨》："蘼芜盈手泣斜晖，闻道邻家夫婿归。别日南鸿才北去，今朝北雁又南飞。春来秋去相思在，秋去春来信息稀。扃闭朱门人不到，砧声何事透罗帏？"全篇自拟一位妻子，在等待着丈夫的归来，倘不说破，谁能料到这竟出自娼妓之手呢?

但事实上，娼妓之歌本来就是如此的。一方面是做生意的需要，妮缠恩客，说会想他、会等他、希望他早点再来。另一方面是文体的规范与传统，不论是歌伎还是李清照，只要题目是闺怨，都是这么写，也只能这么写。第三则是女性意识已被男性"冶游之客"所构造的性别论述浸润了。

而且，在倡女与寻芳客的男女关系中，倡女是主人，所谓"妓家各分门户，争妍献媚"；男人则是登门寻芳之客，所谓"登堂则假母肃迎"，"升阶则猦儿吠客"（均见《板桥杂记》）。倡女接客，客人则是冶游。所以在这种关系中，凡男人都是游子，犹如明张岱《陶庵梦忆》所形容的："游子过客，往来如梭，摩睛相觑，有当意者，逼前牵之去。"寻芳者都是游子、过客。既然这些男子都是游子，都是过客，倡女们传唱着怨懥游子的歌，又有什么不对呢?

行旅文学出现的原因

依彼特生（William Petersen）的分析，人类迁移现象，可分为原始迁移（区位环境已不适合居住，故往外移居）、被迫迁移或强制迁移、自由迁移，以及大众迁移（如美国开辟西部时之移民状况，移民成为一种社会动力 Socialmomentum）。

一般男性之迁移，常表现在原始迁移及被迫迁移。我们看历代男性那些行役诗，都充满思乡、怀归之愁绪，对其行役、军戎、戍旅诸行为也缺乏价值认同感，原因正在于男性这些迁移活动，往往是压力下的驱迫。或受自然环境之压力，为了生计，不得不飘洋渡海，奔走四方；或为王命所驱役、为军队所号令，在政府的压力下放弃田园与妻小，转徙各处。

而此转徙迁移，事实上又充满艰险。军旅征战，九死一生，固无论矣。移民去边境屯垦开荒，或出海去外国出卖劳力，异地风俗、水土、气候、饮食都不习惯，感疫患疾病而死者接踵。与异乡"番"邦人士打交道，更使人栗悚，随时可能会被骗、被陷害、被割了头皮、被猎了头去。即使是赴任，也往往心不甘情不愿，觉得是遭了贬谪。要去的地方既举目无亲，又无感情，几年任期一到，立刻撒腿走人，当然充满了过客意识，觉得只如旅宿一般。旅人寒夜凄清之感，随时会袭上心头。

最糟的则是"流人"，即真正遭到斥逐流放者。这些人因为犯了罪而被流放，属于迁徙刑。故其迁徙本身，便是在服刑。流放到宁古塔、乌鲁木齐等处，常常是"乌头白、马生角"尚不得返归故乡。

如此人等，自无怪其嗟迁旅而怀家乡了。因而男性之迁徙中特多哀歌，诚非无故。但这只是男性迁徙移中一部分情况，其中也不乏自由迁移的现象。

所谓自由迁移（Freemigration），是指人以其自由意志为动力，选择了迁移的行动，以此来表现自我或达成其理想。探险家、旅行家或行商均属此类。这类人士的心态绝对不同于被迫迁移者，绝对不会嗟迁旅而怀家乡。他们也旅行，但不是感叹行役之劳苦，而是对旅行的目的地充满了期望，对旅行途中之奇风异俗倍感好奇。心思不是向后看，回头望家乡；而是向前瞧着，热切地踏上征途。

远游，以及在远游途中恣意游览，这两种类型的文学作品，于焉产生。在《昭明文选》中，"游览"与"行旅"便分为两类。游览和"游仙"、"招隐"相连接，列在第二十二卷。行旅则和"军戎"相连，列在第二十六、二十七卷，其性质之不同，甚为明显。

行旅者悲叹行路之难、征途之苦，想家、想老婆。游览者，却是

"乘辇夜行游，逍遥步西园"，"遨游快心意"（曹丕《芙蓉池作》）；"逍遥越城肆，原言屡经过"（谢混《游西池》）；"昏旦变气候，山水含清晖。清晖能娱人，游子憺忘归"（谢灵运《石壁精舍还湖中作一首》）；"不惜去人远，但恨莫与同"（谢灵运《于南山往北山经湖中瞻眺》）……充满了愉悦、逍遥的气息，而且快乐得像神仙一样。颜延年说得好："蓄軚岂明懋，善游皆圣仙。"（《应诏观北湖田收》）把车子藏起来，哪称得上是钦明懋德之人？善于游行天下的，才是睿圣神仙之人呀！

这些逍遥地仙，"扬帆采石华，挂席拾海月。溟涨无端倪，虚舟有超越"（谢灵运《游赤石进帆海》），"日落泛澄瀛，星罗游轻桡"，"悟言不知罢，从夕至清朝"（谢惠连《泛湖归出楼中玩月》）。其基本情调乃是"游赏"、"游戏"，而不是行役者那种遭到役使，被逼迫地"工作"状态，因此其动作多是纡缓的、从容的，并不急着赶路，"舍舟眺迥渚，停策倚茂松。侧径既窈窕，环洲亦玲珑"（谢灵运《于南山往北经湖中瞻眺》），一步步细游慢赏。

换言之，这基本上是一种审美的态度。对于异乡山水，抱持着观赏游览之心情；对于生活，也不是以"工作"和"日常生活"去面对，而是游戏之、欣赏之、享受之。要有这样的心情，才能发展出山水诗、游览文学。

山水，不再是险阻，不再是使行役者痛苦的地方，而是可以去亲近、去欣赏、去游乐的场所。游览者要在日常性的无聊生活中，品味、经营出美感来。于是，这又形成了他与行旅者的另一种不同。

行旅者整个人生乃是现实世界的生活性存在。人活在一个现实的、具体的社会网络中，国家、组织、工作、家庭、责任，把他紧紧束缚住了。所谓："王程有严，星分凤驾；受命大吏，弩矢是荷。风波眼底、缁尘满袖，迂回间道，动称掣肘。"（王士性《五岳游草·自序》）

为了生活，人不能不受此掣肘；为了生活，也不能不出去奔波，以致风波眼底、缁尘满袖。纵或摆脱国家与组织力，任由想象力去驰骋一番，想的依然是现实世界的家人亲友等等。故行旅者的旅途，往往与现实世界的"人生道路"划上了等号。行旅途中的风波，事实上就是人在社会经历上会碰到的风波险阻。《苦寒行》《行路难》一类歌咏，讲的既是行旅之难、行路之苦，也是指人在社会上做事时会遇到的困难。欲上太行雪满山，欲涉黄河冰塞川，人生的道路，也是如此崎岖荒寒。

　　游览者却并非如此。他脱离了现实生活的摆布，身体和精神进入了另一个领域。旅游者之心思，恒不在市廛陇亩、红尘俗世之中，而是在红尘之外的青山绿水，或俗世之上的神山仙境。

　　处于红尘俗世中奔走行的役者，其心甚劳；赏于山水仙境中的游览者，其心则甚逸。逸者，闲适宽舒愉乐也。但其字义恰好也有逃离、脱出的意思。逃逸出尘网之外，偷得浮生半日或更多的闲，去游玩、游戏、游乐，生命当然不像攫困于尘网者那么忧苦、那么操劳。若说那种生活是现实的、责任的，可以显人生之担当；那么，游览型的人生便可以显人生之洒脱，透出生命的美感与趣味。

　　游览文学和游仙、隐士文学相连，道理也就在于此。游仙者，出离尘世，远游天都，游观昆仑悬圃、海上仙山，本来就是游览者最羡慕的事。隐遁者，逃名逃世，入山唯恐不深，也具有出尘绝俗的美感和气魄。这两者都与旅游者血脉相通，因为它们都带有一种否定现世的精神、厌鄙世俗社会日常生活的态度，而体现出一种超越的价值观。要从这个眼前的社会、现实的生活，跨越出去，离开此世，以获得真正的生命。

　　一般旅游者当然不能像游仙那样，超举入冥，乘云车而入天庭；也不能如隐居者那样，真正径去尘俗，避人避世。因为旅游者通常只能暂离现世，终究还是得回到现实社会来；同时它所游的，也仍是人间世上的山水，不可能真去游仙山洞府。

因此，旅游者要做的第一件事，便是区隔。在生活上区隔出"一般现实性生活"和"逸游以欣赏生命的行动"两部分，否则无论如何迁徙奔走，都仍应视为居者，因为它仍然困居于尘世之中。只有逸豫以欣赏生命的行动，才是出游，游出了一般日常性现实生活之外。

其次，其游观、游览、游赏，也不以世俗社会为对象，而是以尚未社会化的自然景观、较原始的人文状态为目标。或索性在现世环境中用区隔法，在日常家居活动场域之外，隔出一个场所、园林，以供游观、游览、游赏。

园，不是家。家是居住用的，园子则是用来游的。"乘辇夜行游，逍遥步西园"，园与家的分别，正如日与夜的区分。白天，是工作、责任、担当的时候。夜，则是放松、逸豫、游宴、享乐的时候。人不能真去离俗登仙、上升天庭，便只能在夜里，营造出"别有天地非人间"的迷离情境，让人在其中充分享受到游玩游赏的乐趣，忘却营营。

但如此游览、游赏，事实上便未必需要迁徙旅行了，成为"居而游"的形态。所谓"卧游"，即为此类心境。身体未必迁移，神思早已远扬。或形躯不做长距离的迁徙跋涉，精神状态却迥异于安土重迁者。

这样的形态，恐怕应该仍要归类为"自由迁徙"之中。因为它之所以如此希冀游览、游玩、游赏、游观，所追求的正是自由。

男性都是渴望自由的。但受限于社会角色、生活压力，在许多情况下，男性并不能真正地旅游、自由地迁移。因此，男性虽然在事实层面上较女性更少迁移，或属于"移动而不迁居"者，但并不能真去游旅。可是，纵使他不能远游、不能迁徙，他仍不能抑遏游的渴望。男性仍然可以借着这种"居而游"的方式，来体现他的自由与迁移。

讨论迁移者的性别时,切莫忘了这一点。在谈论旅游时,男性常说要"待向平之愿已了"之后,亦即子女婚嫁已毕,对家庭、社会责任既了以后,才要出去邀游山水,其实也仍是这种心情的反映。

驿站诗、题壁诗

不论行旅还是游览,都要住店。旅店不是家,只是驿站,走走停停,一站又一站。

所以驿站称为亭,《一切经音义经》:"汉家因秦十里一亭。亭,留也。"《释名·释宫室》:"亭,停也,亦人所停集也。"亭邮、亭民(驿亭附近的居民)、亭寺(寺,办公的官署)、亭舍(驿亭的客舍)、亭传(客栈)、亭置(邮亭驿站)、亭驿、传舍等,皆为其相关词。刘邦曾为泗水亭长,关羽曾为汉寿亭侯。

亭驿的规制,历代不同。白居易原本、宋孔传续撰之《白孔六帖》卷九说:"十里一长亭,五里一短亭。"可是实际上唐制是:"自京师四极,经启十道。道列于亭,亭实以驷。而亭唯三十里,驷有上、中、下。丰屋美食,供亿是为。人迹所穷,帝命流洽。用之远者,莫若于斯矣。"(高适《陈留郡上源新驿记》)"四海日富庶,道途隘蹄轮。府西三百里,候馆同鱼鳞。"(韩愈《酬裴十六功曹巡府西驿途中见寄》)故所谓十里长亭,近乎用典。

驿馆的规模,不能用现代旅馆来想象,因为它要大得多,近乎一座小城(北京的朋友或许可以由钓鱼台国宾馆这类规制来揣想,或直接去鸡鸣驿瞧瞧)。其景观与建筑,刘禹锡的《管城新驿记》说道:"门衔周道,墙荫行栗,境胜于外也。远购名材,旁延世工,暨涂宣皙,瓴甓刚滑,术精于内也。蘧庐有甲乙,床帐有冬夏……内庖外厩,高仓邃库，积薪就阳……主吏有第，役夫有区，师行者有飧亭，挈行者有别邸。周以高墉，乃楼其门。劳迎展躅洁之敬，饯别起登临之思。"可见驿馆傍依大道，围以高墙，入口是门楼，内部既有供驿丞住的邸，有给驿夫住的房舍，有给使者住的厅堂，还有厨房、马厩及仓库。建筑外观雄伟，内部装修精致，整体规模十分宏阔。即使只是一个小县城，唐崔佑甫在《滑亭新驿碑阴记》描述"博敞高明，倬然其闳闳，沈深奥密，杳然其堂室"；杜甫在唐兴看到：厅堂"崇高广大，踰越传舍。通梁直走，虺将坠压。素柱上乘，安若泰山"（《唐兴县客馆记》)。也都不只是一间小客栈。

亭既是驿站，自然就是送别之地，历来写此者多矣。如庾信《哀江南赋》："水毒秦泾，山高赵陉。十里五里，长亭短亭。饥随蛰燕，暗逐流萤。秦中水黑，关上泥青。"李白《菩萨蛮》词："平林漠漠烟如织，寒山一带伤心碧。暝色入高楼，有人楼上愁。玉阶空伫立，宿鸟归飞急。何处是归程，长亭更短亭。"实在不胜枚举。

而最有趣者当为《西厢记·长亭送别》。因为其他诗词均有情绪而无情节，此兼有之：

（夫人、长老上云）今日送张生赴京，十里长亭，安排下筵席；我和长老先行，不见张生、小姐来到。

（旦、末、红同上）（旦云）今日送张生上朝取应，早是离人伤感，况值那暮秋天气，好烦恼人也呵！"悲欢聚散一杯酒，南北东西万里程。"

［正宫］［端正好］碧云天，黄花地，西风紧，北雁南飞。晓来谁染霜林醉？总是离人泪……

（红云）姐姐今日怎么不打扮？（旦云）你那知我的心里呵？

［叨叨令］见安排着车儿、马儿，不由人熬熬煎煎的气；有甚么心

197

情花儿、靥儿，打扮得娇娇滴滴的媚；准备着被儿、枕儿，只索昏昏沉沉的睡；从今后衫儿、袖儿，都揾做重重迭迭的泪。兀的不闷杀人也么哥？兀的不闷杀人也么哥？久已后书儿、信儿，索与我凄凄惶惶的寄。

另外，客舍其实亦指驿站。故王维《送元二使安西》说："渭城朝雨浥轻尘，客舍青青柳色新。劝君更尽一杯酒，西出阳关无故人。"刘克庄《玉楼春·戏林推》："年年跃马长安市，客舍似家家似寄。青钱换酒日无何，红烛呼卢宵不寐。易挑锦妇机中字，难得玉人心下事。男儿西北有神州，莫滴水西桥畔泪。""客舍似家家似寄"，这客舍自是驿舍。但后来已成泛指，旅宿在外，都可称为客舍。如唐刘皂《渡桑干》说："客舍并州已十霜，归心日夜忆咸阳。无端更渡桑干水，却望并州是故乡。"

驿站客舍，不但具有离别的含意，引人愁思，它本身也是重要的文学现场，许多名作都写于驿站。例如：

据说魏文帝曹丕取甄后遗物玉镂金带枕送给植。植回封地，途经洛水，夜宿驿馆，取枕而眠，梦甄女来道："我本托心君王，其心不遂，此枕是在我家时，从嫁前与五官中郎将，今与君王，遂用荐枕席。"（见李善《文选注》卷十九）曹植醒来悲喜不能自胜，遂作《感甄赋》，后改称《洛神赋》。

唐天宝十四年安禄山叛乱，玄宗在华清池，六日内就得到这一消息（驿马日速约五百里），仓皇间西狩蜀地，途经马嵬驿休息。将士围驿四合，诛杀了杨国忠、魏方进之后，还未解散，要杀杨贵妃。明皇命高力士赐贵妃自尽。（《旧唐书》卷九）

元和四年，元稹以监察御史使东川，写下《使东川》诗二十二首。

稍后,白居易写了《酬和元九东川路诗十二首》和之。其中有一首名为《望驿台》。

元和十年,元稹自唐州还京,道经蓝桥驿,写了《留呈梦得、子厚、致用》七律。可是,他正月回长安,三月就被贬为通州司马。当年六月,白居易也被贬为江州司马,经过蓝桥驿,读到了元稹还京时的诗。感慨万端,写了《蓝桥驿见元九诗》,说:"蓝桥春雪君归日,秦岭秋风我去时。每到驿亭先下马,循墙绕柱觅君诗。"在蓝桥驿既然看到元稹的题诗,其后沿途驿亭很多,还可能留有元稹的题咏,所以他要"每到驿亭先下马,循墙绕柱觅君诗"。

大中九年,李商隐罢梓州幕,随柳仲郢回长安,途经筹笔驿,写下了名句"他年锦里经祠庙,梁父吟成恨有余"。此驿又名朝天驿,在今四川省广元北,相传诸葛亮北伐,曾驻此筹划军事。

传说长庆间秀才裴航,游鄂渚,偶与樊夫人同载。裴航见其有国色。便贿赂侍妾袅烟传诗,夫人使袅烟持诗答裴航:"一饮琼浆百感生,玄霜捣尽见云英。蓝桥便是神仙窟,何必崎岖上玉清。"裴航不明诗之旨趣。后经蓝桥驿。渴甚。向老姬求浆。老姬呼女云英取水与裴航。英色芳丽。裴航忆樊夫人诗句。异之。愿纳聘焉。姬说:"我有灵丹。须玉杵臼捣之。有此当相与。"航购得之。老姬仍令裴航捣药百日。老姬吞药。先入洞。告姻戚来迎。航及女就礼。中有仙姬竟是同船樊夫人,乃云英之姊。后裴航及妻入玉峰洞为仙。(《全唐诗》卷八百六十)

宋哲宗时,遭贬谪的秦观,在湖南郴州驿站里发牢骚:"可堪孤馆闭春寒,杜鹃声里斜阳暮。"三年之后,死在旅途。

苏轼也被贬,到海南岛三年。遇赦北归,离开时感慨不已,作了《澄迈驿通潮阁二首》。

其他古人于驿站诗作甚多,如唐独孤及《东平蓬莱驿夜宴平卢杨判官醉后赠别姚太守置酒留宴》、韩愈《次石头驿寄江西王十中丞阁老》、岑参《酬成少尹骆谷行见呈》、元稹《褒城驿》等都是。

直到清朝蒲松龄写《聊斋志异·莲香》还说："余庚戌南游，至沂，阻雨休于旅舍。有刘生子敬，其中表亲，出同舍王子章所撰《桑生传》约万余言，得卒读。此其崖略耳。"可见在驿站中写作是非常常见的。

而驿舍行旅诗文，因为情同、事同、所见物象亦十分类似，渐渐便自成一文学传统。例如温庭筠有首《商山早行》："晨起动征铎，客行悲故乡。鸡声茅店月，人迹板桥霜。槲叶落山路，枳花明驿墙。因思杜陵梦，凫雁满回塘。"后人就多重复其意象。

以卢沟桥为例。卢沟桥至京城三十余里，乃出入北京之门户，故成为京郊第一客旅集中地。从元代《卢沟运筏图》上即可看到当时卢沟河繁华热闹的景象。留宿的客人，一觉醒来，洗漱登程，感觉正是晓月当空，东方初白。"卢沟晓月"遂为著名燕京八景之一。明张元芳《卢沟晓月》诗："禁城曙色望漫漫，霜落疏林刻漏残。天没长河宫树晓，月明芳草戍楼寒。参差阙角双龙迥，迤逦卢沟匹马看。万户鸡鸣茅舍冷，遥瞻北极在云端。"即化用了温庭筠的诗句。

邮亭、驿墙更是题咏的处所，是文学作品公开发表的园地，任何人都可在此题写。宋周辉《清波杂志》卷十载："邮亭客舍，当午炊暮宿，弛担小留次，观壁间题字，或得亲旧姓字，写途路艰辛之状，篇什有可采者。其笔划柔弱，语言哀怨，皆好事者戏为妇人女子之作……辉顷随侍赴官上饶，舟行至钓台，敬谒祠下，诗板留题，莫知其数。"可见题诗之多。古人文雅，不似今人题壁，满墙乱涂，或污言秽语，狗屎不若。

不过，如此风雅，也未必能被庸僧俗吏们所欣赏，他们会心疼好好一堵墙被诗弄污了。宋张表臣《珊瑚钩诗话》卷二就记载："予近在沿江摄帅幕，暇日与同僚游甘露寺，偶题近作小词于壁间……其僧顽俗且聩，愀然谓同官曰：'方泥得一堵好壁，可惜写了。'"

因此，既要保护墙壁，又得满足旅人题诗抒情的需要，不少寺院、驿站乃专门设有诗板供行人题写。据唐王定保《唐摭言》卷十三说："蜀路有飞泉亭，亭中诗板百余，然非作者所为。后薛能佐、李福于蜀道过此，题云：'贾掾曾空去，题诗岂易哉！'悉打去诸板，唯留李端《巫山高》一篇而已。"又据宋魏庆之《诗人玉屑》卷十一："澧阳道旁有甘泉寺，因莱公、丁谓曾留行记，从而题者甚众，碑牌满屋。"可见当时诗板之多。

在驿站题诗的人中，女性占一大宗。唐陆贞洞《和三乡诗（会昌时有女子题诗三乡驿和者十人）》："惆怅残花怨暮春，孤鸾舞镜倍伤神。清词好个干人事，疑是文姬第二身。"即为一例。

其后，五代王建前蜀被灭时，太后徐氏和太妃徐氏姐妹所写的"天回驿题壁诗"亦广为人知。到了宋代，仅在《宋诗纪事》卷八十七便收录有韩玉父《题漠口铺》诗等八例。其余可考者还有十几首。明末清初最有名的，则是会稽女子的《新嘉驿题壁诗》：

余生长会稽，幼攻书史。年方及笄，适于燕客。嗟林下之风致，事腹负之将军。加之河东狮子，日吼数声。今早薄言往诉，逢彼之怒，鞭棰乱下，辱等奴婢。余气溢填胸，几不能起。嗟乎！余笼中人耳，死何足惜！但恐委身草莽，湮没无闻，故忍死须臾，伺同类睡熟，窃以泪和墨，题三诗于壁，庶知音读而悲之。

银红衫子半蒙尘，一盏孤灯伴此身。恰似梨花经雨后，可怜零落旧时春。

终日如同虎豹游，含情默作恨悠悠。老天生妾非无意，留与风流作话头。

201

万种忧愁诉与谁？对人虽笑背人悲。此时莫把寻常看，一句诗成千泪垂。

最早介绍这组诗的，是明末著名诗人袁中道和钱谦益，并都有和作。不但使得此诗广为流传，会稽女子作为一个薄命佳人的典型，也成了文人间谈论的热点，"此诗一传，文人争相和之"。和诗、吊诗以及关心她身世的记事甚多。

女子题壁，为什么会惹来这么多和诗及记事呢？明末周之标曾就天涯女子杜琼枝的题壁诗解释说："自古佳人才子，赋命薄者多。况才美两擅，落迹风尘，踏山涉水，饱历星霜，偶一念至，能不悲乎！"（《买愁集》集三）可见是同病相怜的。

顺治十二年（1655），王士禛与同邑的傅宸北上赶考，宿于北京市郊白沟河，发现了墙上王素音题壁诗的和诗。但王素音的原诗却没看到，询问店家，得知原诗在堆积五六尺高的木柴后面的墙壁上。时值寒冬，两人为了读到原诗，只好把木柴一块一块搬下来。原诗出现后，傅宸点着火把读，王士禛呵气润笔做记录，还分别在墙上为原诗做了和诗。写完后，二人饮酒相视大笑，并自嘲其行为"痴绝"（《妇人集》卷二）。从这一故事可以看出，当时的文人对女子题壁诗的搜集有多么狂热。

正因男文人有此热情，所以就出现了男子假托妇女之名而作的题壁诗。嘉庆初年，富庄驿壁上有蜀中女子鹃红题诗。郭麐《灵芬馆诗话》续卷四说其友人李白楼即有《和鹃红女子题壁诗》，鹃红的原作则有七言绝句六首。然而《然脂余韵》卷一引陆继辂《崇百药斋诗集》已揭开了迷雾：

辛酉正月，偕刘大嗣绾、洪大饴孙宿富庄驿，寒夜被酒，戏聊句

202

成六绝题壁上，署曰蜀中女子鹃红。已而传和遍于京师，两君戒余勿言。顷来平梁，有王秀才埒以行卷来质，则《悲鹃红诗》在焉。既为失笑，而死生今昔之感，不能无怆于怀，书此寄刘大郎中，并邀同作。诗中自注：曩题壁诗有"年年手濯江边锦，不毂人间拭泪斑"等句。则鹃红身世，无待更考，前辈风流，可称雅谑。

鹃红的题壁诗及其序，是陆继辂、刘嗣绾、洪饴孙的伪作，但王秀才对鹃红的题壁诗却深信不疑，并作《悲鹃红诗》，他还以此为行卷向陆继辂请教。另外有一位赵野航，不但见而和之，且谱为《鹃红记》院本八出。据马星冀《东泉诗话》卷八记载，还有一位马爱泉，也是鹃红爱好者，对鹃红的题壁诗笺之注之，并和鹃红诗，作六首集句诗，合在一起编为《榛苓唫思》。

道光五年，另有维扬女子贾芷乎题于南沙河旅店的七律二首和自序，"一时和者如林"（《然脂余韵》卷三）。但刘体信《苌楚斋五笔》卷九《旅店题壁诗多托名妇女》引《停云阁诗话》载：

> 有人于青斋旅店，见壁上维扬女子题诗，情词凄婉，低徊欲绝。阅自跋语，知其为遇人不淑、流落天涯者。其书法美矣，遂抄录之。过数驿，适遇故人，偶谈及此，故人问诗工否？其人赞云："绝佳！但未知貌如何耳。"故人自捋其须，曰："与仆相似。"其人不解，再三诘之，乃知即翁所作，特嫁名耳。其人拍案大噱，谓为匪夷所思……余谓好事少年，往往托名女史题壁，以其易于流传耳……古今女子题壁，全属佻达少年好事成性，伪作欺人，已屡见前人记载。惜当时未录副，以至无可踪迹，兹姑录两家以证明之。

清初的吴兆骞也有个类似的故事。据陈去病《五石脂》载,他"尝有绝句二十首……托名豫章女子刘素素,乘夜题于虎丘之壁。厥明,诸文士见之,咸甚惊异,以为真闺阁之笔。一时和者殊众"。

另外,他朋友徐釚说:"汉槎惊才绝艳,数奇沦落。万里投荒驱车北上时,尝托名金陵女子王倩娘,壁诗驿壁,以自寓哀怨。"(《续本事诗》卷十二)可见乃是"惯犯"。

"惯犯"之所以常能得手,必与当时人之普遍心理有关,此乃文人的怜花意识高涨使然(详见我的《中国文人阶层史论》、《中国文学史》)。犹如北京陶然亭畔香冢的碑铭:"浩浩愁,茫茫劫,短歌终,明月缺。郁郁佳城,中有碧血。血亦有时尽,碧亦有时灭,一缕香魂无断绝。是耶非耶,化为蝴蝶。"传说是旅京士子埋香瘗花之作,也引得几百年来文人感慨流连不已,金庸还写入他的小说《书剑恩仇录》里。而其实,诗与铭、与故事都是御史张盛藻编的(见《越缦堂日记》同治三年十一月十六日)。

由这些故事看,女子题壁诗,在当时实甚流行,故戏曲、小说中也常被作为题材。戏曲吴炳《情邮记》、李玉《意中人》、万树《风流棒》、李应桂《梅花诗》(小说《春柳莺》内容相同)、四中山客《六喻箴》、卧月楼主人《玉梅亭》、谢庭《彩毫缘》。小说《平山冷燕》、《云英梦传》、《春柳莺》、《定情人》中都有,很值得注意。

游的文学史

一九八五年十一月,香港科技大学举办"中国文学史再思"国际学术研讨会,重新省察"中国文学史"这一概念及其内涵。

我在会上提了一篇讨论提纲,内容如下:

对中国社会与文化的性质，有不同的体认，就会出现不同的文学史述。此理可从各个角度来论证，现在，让我来提供一个角度。

历来颇有人认为中国是一乡土社会，其国民性安土重迁，生产方式以农耕为主，生活方式亦以耕读为主。依此文化体认而发展出来的文学史述，便会强调田园乡居之乐。以田宅为中心，不在田者思乡、怀土、欲归，且伤离别、悲行旅、嗟沦谪、哀流亡、叹迁贬，而拟归隐于田园。在家者，则念远人、忆游子、待归客，而多闺怨。从诗经的《东山》、《楚辞》、《古诗十九首》、王粲之登楼、陶潜之归田园居、江淹之恨别、唐宋迁客骚人之羁旅贬谪……一直讲下来，文学选本及史述之基调，经常盘旋于上述主题中。由以上各主题，也发展出了许多次级或衍生论述，例如在叹迁贬时，即蕴含了"士不遇"及"哀时命"等主题。

但假若中国社会被认为也有游民性格，其国民未必安土重迁，那么就可能会较重视游的文学。例如游侠、游说、游仙、游戏、游历的文学。

游说者，可以先秦诸子及《战国策》为典范。游侠，可以历代游侠诗文、小说、戏曲为叙述对象。游戏文学，更是庞杂，论文学之起源者，原本即有一派主张文学起于游戏，近代小说家，如晚清李伯元所编《游戏报》，也高揭文本游戏之旨。游仙之文，甚多，不仅屈子远游历涉仙境，文士才人冀求长生，寄情于神仙逍遥世界者，亦不胜其数。论文学之起源者，又或云文起于宗教。游仙之文，即属表达国人之宗教感情与向往者。至于游历，本关风土，诗十五国风之采录，或出于行人。后世行人之官渐废，而行旅游历者实繁有徒，山水诗之兴起、游历游赏风气之滋长，渐至如《徐霞客游记》，遍历南荒；晚清各家游记，更及瀛寰海外之九州岛，亦可谓洋洋大观。

与此远游相关之主题，还包括中外交通史与文学传播之关联、文学与游之心灵状态、文学与游的艺术之关系等。过去的文学史把以上这些都当作边缘性的东西来处理，并非视野不及，乃是对中国文化、中国社会性质、中国国民性之基本体认只偏向于乡土农村这一面所致。

　　其实"安土重迁"是秦汉以后政府依其"编户齐民"统治方式而构建出来的意识。强调安土重迁，会使文学史述符应了政府的观点与需求。这里涉及了地域及国家认同、历史解释、意识形态与文化发展等问题，可进一步讨论。

　　这里提到了一种新的文学史写法，不再思乡、怀土、伤别、欲归，而是谈谈游仙、游侠、游说、游历、游戏的事情。关于这样的说法，我还可以再做些补充：

　　由作者群来说，我国的文学作品为什么不能看成是游民阶层的创造物呢？春秋战国时期的诗歌、辞赋、辩说，实起于游士横议、行人奔走四方以及诸子纵横游说诸侯之际。或如孔子所说，艺文修养原本就存在于士人"游于艺"的境况中。

　　其后，汉兴，辞赋皆出于文学侍从之臣，梁园宾客以迄邺下诸子，正是文学作品的主要创作者。六朝，则为贵游文学。唐以后，宋元明清，文学分为两途，一种是知识分子游宦者所作的，一种却是民间歧路人，走江湖说唱者的作品。前者表现在诗、词、古文等方面，后者表现在戏曲、小说及讲唱文学等方面。以这样的脉络来重新讲述中国文学史，何尝不能另构一篇中国文学史的身世故事呢？

　　再从写作活动的场所，文人社群主要结集地、文学作品生产的地区来看，那我们也许可以用"城的历史"来架构文学的历史。城乃游人群居之地，其人皆非世居于此的。对于沉浸在田园农居生活中的人来说，城里是个俗世界，人活在里面甚为痛苦，唯有回归田园才能重新获得生活及喜悦。因此田家既为圣世界又是乐世界。

可是从游人的角度来说，却恰好相反，而且文学与艺术也都发生在城里。《尚书》及《诗经》的《雅》、《颂》，均作于上古都城及镐京。秦汉的文学活动则在长安洛阳，"三都"、"两京"，固一代之雄文，亦特能彰显文人的世界观。其后是曹魏建安文学的邺城、南朝的金陵、北魏的洛阳、唐诗的长安、宋代文学的汴梁与临安。这些都是政治城市，经济城市和文艺城市合一的形态。宋朝以后，则政治城市与经济城市分立了。像明朝时，政治城是北京，台阁体即发生于此地；但中叶以后，文学之重心便转移到经济城苏州了。清朝也是如此，北京、上海、广州渐成鼎足，而渐形成民国初年所谓的"京派"与"海派"。

此城之盛衰史，亦文学之变迁史也。故唐人感叹六朝金粉俱随水逝的时候，也正是梁陈宫体被唐初史官大力批判，而近体诗在长安发展渐盛的时刻。城市不但是文人写作社群聚居之地，城的沧桑，似乎也和文学的荣枯有相同的命运。

若更从文学创作的精神面看，创造的动力即来自它反对一切规格，具有超越性、开放性。这种自由的精神，才能肆恣想象，才能在世俗现实之外，营造出一个美的世界来。作者神与物游，游心以观物，游目骋思，以构伟辞。游之义，正堪深究。

游人游心而且游于城市，才形成了文学的历史。这种新的文学史论述，是否也值得书写，以松解并质疑原有的那一套架构呢？

说到这里，不妨介绍一本游的文学史：《游志编》。

宋末陈仁玉曾编《游志编》一书，自序云："淳祐癸卯，置闰在秋，景气极高，迥望屋角，山光与天合碧，左右矗矗献状，似相招相延伫，有不胜情者。而余适病趾，弗能游焉。时独矫首引酌，诵《远游》、《招隐》诸篇以自宣畅。因怀自古山川之美、人物之胜、登览游徙之适，虽其有得于是、有感于是者不能尽同，而皆超然无有世俗垢氛物欲之累。意谓今古乐事无过此者。乃取自沂而下，二千载间，迄于近世，张朱氏衡山之游，高情远韵，聚见此编。若身参其间而目与之接，胥应和而俱翱翔也。吁！世亦有好游若余者乎？"

这是我国第一部游记文学史。其后元陶宗仪又续编了一册《游志续编》，收入中唐以后的游记，以补其未备，目次如下：

绛守居园池记（樊宗师）　　　莲花峰（柳公权）

七泉铭序（元结）　　　　　　石鱼湖诗序

阳华岩铭序　　　　　　　　　朝阳岩铭序

九疑图序　　　　　　　　　　右溪记

寒亭记　　　　　　　　　　　题赵千里述古图（郑天民）

游玉华山记（张峋）　　　　　卧游录（六条）（吕祖谦）

玉涧杂书（五条）（叶梦得）　洛阳名园记（抄）（李格非）

骖鸾录（未抄）（范至能）　　吴船录（未抄）

桂海虞衡志　　　　　　　　　楚乐亭记（郑獬）

阅古泉记（陆游）　　　　　　南园记

率会（吕希哲）　　　　　　　西征记（卢襄）

西京隐居记（康誉之）　　　　会友人游山橛（林昉）

隐趣（韩淲）　　　　　　　　游洞灵诗序（尤袤）

百丈山记（朱熹）　　　　　　东郭居士南园记（黄庭坚）

游信州玉山小岩记（曾巩）　　武昌九曲亭记

游韩平原故园　　　　　　　　游西山记（刘祁）

游林虑西山记　　　　　　　　游龙山记（麻革）

北使记（刘祁）　　　　　　西游记（顾文渊）

鉴湖上巳分韵诗序（邓牧）　西湖上巳分韵诗序

白鹿山房记　　　　　　　　凤洲觞咏序（俞镇）

石台纪游序（黄溍）　　　　杨氏池堂燕集诗序（戴表元）

重游杜曲灵岩诗序（陈德永）游虎丘山诗序（王蒙）

竹林宴集诗序（刘基）　　　谢氏北墅八咏序（孙作）

东园十三咏序（钱惟善）　　游石湖记（杨维桢）

游玉峰诗序　　　　　　　　桃源雅集图志

游分湖记　　　　　　　　　游张公洞诗序

游横泽记　　　　　　　　　游干山记

续兰亭诗序（刘仁本）　　　小孤山一柱亭记（虞集）

国子监后圃赏梨花乐府序　　吴张高风诗序

逍奥山人诗序（陈垚道）　　纪游（郑元祐）

九峰春游记（杨基）　　　　游机山记（贡师泰）

游干山记　　　　　　　　　桃山洞修禊诗序（宋濂）

平福堂记（刘会孟）　　　　宛溪南游诗序（戴表元）

志游（王逢）　　　　　　　皋亭行记

游超山龙湫记　　　　　　　海上游记（杨景义）

金华北山游记（吴师道）　　北山后游记

娄敬洞记（王蒙）　　　　　游山记（贝琼）

游钟山记（宋濂）　　　　　游钟山记（孙作）

游采石蛾眉亭诗序　　　　　合翠亭记

游冶亭记（孙作）　　　　　游山诗序

本书所收文章有迟至明洪武九年者，可知编定实在明初。《补元史艺文志》未载，唯《绛云楼书目》有之，今传则为钱穀手抄本。钱氏曾说想仿其体例，"尽将载籍所传游览诸作录之，以续二公之不足"，可惜并未成书。后此书曾经黄丕烈收藏。黄氏为藏书家，徒能识其流传及收藏源流而已，亦未及发明游记之旨。其实游记文学之盛，正在此二书编定以后。晚明晚清人之游历，非前此所能梦见。故若今人能继武上述二书，由游记文学史的角度来讨论文学发展，收获必然远轶古人。

第九讲　文学与草

北京花事

　　孔子云："诗可以兴，可以观，可以群，可以怨。迩之事父，远之事君；多识于鸟兽草木之名。"(《论语·阳货》)。此语真乃读诗密钥！后人择其一端，专谈草木鸟兽虫鱼的，即已蔚为大观。

　　以《四库全书》来看，其诗类，就收了陆玑《毛诗草木鸟兽虫鱼疏》二卷；宋蔡卞《毛诗名物解》二十卷；元许谦《诗集传名物钞》八卷；明冯应京《六家诗名物疏》五十五卷（六家指齐、鲁、韩、毛、郑玄笺、朱熹集传）；明毛晋《毛诗陆玑广要》二卷；清毛奇龄《续诗传鸟名卷》三卷；清姚炳《诗识名解》十五卷；清陈大章《诗传名物辑览》十二卷。都是由《诗经》衍生下来的名物学专著。

　　其他非专门之书而事实上谈名物也不少。如王夫之《诗经稗疏》

211

中就不少辨析名物的，清顾栋高《毛诗类释》中也如此。因为草木鸟兽虫鱼在解诗时是避不开的，故凡批注《诗经》者均须做一番名物训诂的工作，渐渐就形成了名物的专门之学。

后世名物之学还有脱离《诗经》而独立的，一种是医书本草系列，一种是农书，如明鲍山《野菜博录》、明王磐《野菜谱》、明徐光启《农政全书》中草木鸟兽虫鱼诸卷等等。另一种，是谱录类。四库全书库收录了旧题晋师旷撰、张华注的《禽经》，南朝宋戴凯之《竹谱》，宋代的谱录如欧阳修《洛阳牡丹记》、王观《扬州芍药谱》、刘蒙《刘氏菊谱》、史正志《史氏菊谱》、范成大《范村梅谱》（及《范村菊谱》）、史铸《百菊集谱》（及《菊史补遗》）、赵时庚《金漳兰谱》、陈思《海棠谱》、蔡襄《荔枝谱》、韩彦直《橘录》、释赞宁《笋谱》、陈仁玉《菌谱》、傅肱《蟹谱》、高似孙《蟹略》、周笔大《唐昌玉蕊辩证》、杨端《琼花谱》、陆游《天彭牡丹谱》、王贵学《兰谱》、释真一《笋梅谱》，明代的谱录如杨慎《异鱼图赞》、杨慎原本（胡世安笺）《异鱼图赞笺》、薛凤翔《牡丹史》、王思义《香雪林集》、鹿亭翁《兰易》、张志淳《永昌二芳记》、张谦德《瓶花谱》、邓庆寀《荔支通谱》、杨德周《澹圃芋纪》、王世懋《学圃杂疏》、王象晋《群芳谱》、周文华《汝南圃史》、王路《花史左编》、吴彦匡《花史》、陈诗教《花里活》、郭子章《批衣生马记》、陈继儒《虎荟》、袁达德《禽虫述》、沈宏正《虫天志》，清代的谱录如康熙《御定佩文斋广群芳谱》、陆廷灿《艺菊志》、朴静子《茶花谱》、陈鼎《竹谱》、吴菘《笺卉》、汪宪《苔谱》、曹溶《倦圃莳植记》、高士奇《北墅抱瓮录》、陈均《画眉笔谈》、孙之骙《晴川蟹谱》、陈鼎《蛇谱》、陈邦彦《鸟衣香牒》及《春驹小谱》等，可谓洋洋洒洒，大抵都是有赏鉴性质的，故不属农书。

但诸君莫要惊诧其多，恐怕还当伤其寡，因为尚有许多未谈到的。

212

例如草木，就草多木少。木中灌木如牡丹、菊，以花为主，乔木就少。仅竹、梅、橘、荔枝而已，梅也只是赏其花。因此此道近人仍然大有开拓之空间，日本吉川幸次郎，王世襄、扬之水诸先生等都于此颇有斩获。

不过，名物学的分际也很难拿捏。由识名、博物，渐渐就会发展成为专门的植物学、动物学或历史考证，距文学远了。要不然就琐细而不达大体，考来证去，以为细节才显真相，而实是把鸡毛蒜皮看成了大关刀。我底下所谈，也不能避免会有些名物学的介绍，但欲预矫其弊，故先要"兴于诗"一番，引我几则旧花事札记来谈谈：

人间四月天，某日，将暮，对办公室几位小朋友说："收工吧，带你们去赏花！"大伙儿满面狐疑，随我驱车到元大都遗址公园，临水一望，大吃一惊。原来此地绵延数里遍植西府海棠，一片香雪，花光繁艳，胜似江南。他们有人在北京住了数十年也都还不晓得竟然有此花海，不禁惊诧了起来。

我知有此妙处，原是一台湾友人在中山公园来今雨轩办古琴社时介绍的。中山公园本以花胜，每春皆有郁金香展、梅兰文化节等，海棠则在来今雨轩及中山先生像北侧的海棠路。二百余米花缠枝垂、云锦灿霞。我在台湾只见过秋海棠一类，伶俜稚弱，绝不能想象它还能如此交柯蔽日、花开满树。

而海棠花溪更胜之处在水。临水之花，绰约多情，又令人醉矣！每年春末，多来此地盘桓，或携酒，或张琴。坐花下，落花赛雪，藉铺一地，俛仰歌舞，动静皆宜。

赏海棠，不过是燕京花事之一端。某日搭车，司机说今日堵，不好开。询之才知城里玉渊潭有樱花节，城外香山植物园也是花季，虽还不到"倾城人道看花回"的地步，但其拥堵可以想见。

213

可是花事之盛，不应该是在江南吗？北地沙重风寒，焉有如许名花可赏？这就是一般人印象之误了。大多数人到北京，亦以游览人文历史遗迹为主，未料到还有花木自然之景可观。以为花木林园、山水草卉之美，概属江南。其实不然，此间大有佳趣。

北京的市花是月季和菊花。月季月月开花，菊花仅见于秋天，且不说，单说春天。春天海淀就有百望山山花节、凤凰岭杏花节、植物园桃花节、香山山花节等，丰台有花卉大观园，顺义有槐花节，大兴有梨花节，平谷有桃花节，延庆有杏花节。光是这些，就看不过来了，更不说城里各色大小花展啦！

目前这所谓节，当然以办活动、凑热闹为主，不脱村野之气。但因配合春游踏青，反而多了份生机勃勃的意味，故也还不令人恼。且凡能举办什么节，必是该地之花颇成规模。凡事，"数大便是美"，如平谷之桃，广达数万亩，一片花海，纷红照眼。略一想象，便觉神往，岂可谓其不足观也哉？

当然，赏花人要看的还不是这村野人卖白菜式的，光要大、要多。赏花是与文化有关的。如海棠花溪，若无一石碑，刻上苏轼诗："东风袅袅泛崇光，香雾空蒙月转廊。只恐夜深花睡去，故烧高烛照红妆。"则意境毕竟不出。

而北京赏花，可玩味者，正在此处。过去张恨水说北京，曾说："牡丹花开了，到白纸坊崇效寺去看牡丹，这是一件最时髦的事。"牡丹何处不可赏？何以去崇效寺看牡丹独为世重，不就因它有文化吗？寺乃唐刹，有枣千余株，故又名枣花寺。又有智朴禅师《青松红杏图》著名。自王士禛、纪晓岚，以迄康有为、梁启超都题跋过，可见寺中木花极胜，不仅枣林可爱而已。后由山东移植来了绿牡丹、墨牡丹，更是名闻京师，文人题咏无数。民国期间北宁铁路还为此特辟了赏花专车，接运游客来看花。

如今寺已废弃，牡丹移入了中山公园，佛寺赏花就还要寻另几处。

首选是与崇效寺旧址相近的法源寺。法源寺也是唐刹，相关史事甚多，台湾李敖曾作《北京法源寺》小说，略说一二。寺藏佛经及造像既多且精，而丁香花尤为著称。

北京的丁香，夙存掌故。最著名的是龚自珍与女词人顾太清交往的疑案，高阳小说《丁香花》即记其事。但龚顾恋情可能发生之处，不在法源寺，而在太平湖，即今中央音乐学院附近。法源寺本系唐太宗为了纪念征高丽阵亡的将士而建，故游人来此吊古悯忠，心境与想到丁香花疑案的美人名士故事应是不同的。

离城稍远，就是大觉寺的玉兰了。寺是辽代建的，本以水系著称，故又名清水院或灵泉寺；玉兰则为乾隆时栽。花发时，游人纵观，来此品茗闲坐尤佳。我曾见寺中旧刻溥心畬一作于墙上。当时他住在西山戒台寺，常往大觉寺一带游览，故有词如《绮罗香·暮春旸台山大觉寺》说"寂寞宫花，参天黛色，前度刘郎重到。依旧东风吹绿，寺门芳草"云云。寂寞宫花，指玉兰；参天黛色，则指寺中老银杏，顷已千年。

再远些，则是潭柘寺。寺始建于西晋永嘉年间，是北京最古老的了，与明清两朝皇室的关系极为密切，故事自然也极多。寺中亦以玉兰、银杏为最著。其玉兰与一般不同，兼有粉、白两色。昔人虽有诗赞曰："三春一艳京城景，白石阶旁紫玉兰。"其实不太紫，花也不痴大，特显雅素。且年岁老大，根干遒劲，花虽怒放而苍古静定，无一般浮媚之态。坐花侧小楼，凭栏煮黄芩为茶，坐对花光，便可以消永昼。

此等花事，并非近日时尚，实是古来燕京旧俗，近来才略略恢复了些而已。据明袁宏道《瓶史》说，赏花的风气，北京最盛："燕俗尤竞玩赏，每一花开，绯幕云集。"袁氏是南方人，游苏杭、记花草多矣。依他的判断，燕都赏花风气最盛，恐怕正能显示真相。或许北方冬天太冷，草枯木落之地，人们特慕花光。一旦花开，就全家大小一齐搬了帐幕去花间品赏，遂成了花季一景。袁宏道的《瓶史》就是在北京写的。中国的花史，北京遂因此而占上了一个地位。原来，赏花也是有历史地理学可说的。

早期赏花，主要集中在长安洛阳，宋以后是苏杭。花谱之作，始于唐代长安人张翊的《花经》，再就是晚唐罗虬的《花九锡》，宋代王十朋以十八首《点绛唇》咏十八种花卉，也可视为花谱之一种，但都还未论及插花之法。到了明代，高濂《遵生八笺》始论插花，嗣后是苏州人张谦德的《瓶花谱》，然后就是袁宏道《瓶史》了。品衡群花之权虽不能说因此遂已北移，却可显示北京在赏花史上自应有其地位，不可忽视。

此中也还另有些历史变迁的脉络。古代所赏，只是山花野草，如《诗经》、《楚辞》所述者，均属此类。六朝时期，如陶渊明之赏菊，或陆凯自江南折梅远寄长安友人，仍是山野自然之花。但汉魏隋唐间宫苑、园林、寺庙中人工植栽成的景观花卉，已经开始成为世人游观的对象了。由此再进一步，才有盆景和插花艺术。

盆景和插花是人工之巧，在中国一直有争议，直到晚清，还有龚自珍写《病梅馆记》予以抨击，可见它与中国人崇尚自然的态度多少有些抵牾。但城市化越发达，人就越远离自然，因此越愿在厅堂书斋里供瓶养花或植栽盆景，借此以亲近自然。也因而盆景与插花艺术到宋代以后才渐盛。此虽说由于文人之提倡，却也与城市化之进展有关，也与自然和人工的辩证有关。

这个脉络跟日本花道是不同的。日本花道源于中国，但那是唐代佛寺以花供佛的传统。历史最久、影响最大的"池坊流"即属此。日本花道强调精神性的一面，亦即赏花、插花均应与"道"相连，涉及到精神人格修炼，这与它源于宗教分不开的。

十八世纪以后，日本又由中国引进袁宏道《瓶史》，吸收了文人插花之法及品味，还出现过"袁中郎流"这样的流派，追求文人所强调的气韵生动。如田能村竹田《瓶花论》就说："插瓶花，最重要之事乃汉诗文之学习，如六经、三史、司马相如、陶渊明……"

如今，国人知袁宏道《瓶史》者甚少，中国插花之技与道就更少人明白了。二〇一〇年北京林业大学申报传统插花为非物质文化遗产，可说是北京花史之一页新篇。但愿这篇文章能继续做下去。

早期花草意识的混而未分

诗家比兴，多用草木鸟兽虫鱼。故孔子说读诗可以帮助人多识草木鸟兽虫鱼之名。但是，为何他老先生只说草木，不说花呢？

花当然也属于草木之一部分，然而后世论及草木，恐怕更多想到的是花。口语上说花花草草，花都在草之前，古代却不然，所以明谢肇淛《五杂俎》说："古人于花卉似不着意，诗人所咏者不过荇苜、卷耳、蘩之属，其于桃李、棠棣、芍药、菡萏间一及之，至如梅、桂则但取以为调和滋味之具，初不及其清香也。"

是的！《诗经》所咏，如荇菜、茆、苹、藻、唐、萧、蓝、绿、荇苜、卷耳、薇、蕨、荠、菲、莫、桑、蒹葭、杷、芹、椒等，均就其枝干叶果说，甚少谈到花。仅有的，不过"桃之夭夭，灼灼其华"而已。梅、李、木瓜，讲的还都是它的果实。即使是"赠之以芍药"(《郑风·溱洧》)的芍药，也非类似牡丹那种，而是名为辛夷的药用植物。与《楚辞》

葛

苻

卷耳

蒌

说要"餐秋菊之落英"相似，重在它的食用价值，而非审美情趣。

《楚辞》无疑比《诗经》有更多的赏花态度。如《九歌》云："瑶席兮玉瑱，盍将把兮琼芳。"(《东皇太一》)"采芳洲兮杜若，将以遗兮下女。"(《湘君》)"折疏麻兮瑶华，将以遗兮离居。"(《大司命》)"折芳馨兮遗所思。"(《山鬼》)都是折花采花赠人的。乃汉代《古诗十九首》中"涉江采芙蓉，兰泽多芳草。采之欲遗谁？所思在远道"之先声，对后世影响深远。

但若细看，你就会发现《天问》《九章》《远游》、《离骚》诸篇和《九歌》并不一样，虽或也谈及草木，却极少甚至根本没谈到花，采花赠人之事亦未发生。

如《九章》里就只有专门篇章《橘颂》而无专门赏花的。其他如《惜诵》说："梼木兰以矫蕙兮，糳申椒以为粮。播江离与滋菊兮，愿春日以为糗芳。"指的还是吃草木。《涉江》说："露申辛夷，死林薄兮。"《思美人》说："擥大薄之芳茝兮，搴长洲之宿莽。惜吾不及古人兮，吾谁与玩此芳草？解萹薄与杂菜兮，备以为交佩。佩缤纷以缭转兮，遂萎绝而离异……令薜荔以为理兮，惮举趾而缘木。因芙蓉而为媒兮，惮褰裳而濡足。"《悲回风》说："折若木以蔽光兮，随飘风之所仍……蒺藜槁而节离兮，芳以歇而不比。"讲的全是香草，仅一处讲涉江采芙蓉，也还是因"惮褰裳而濡足"而没采成。

《天问》、《远游》、《卜居》、《渔父》则未涉及草木，遑论花卉。言草木最多的是《离骚》。长吁短叹，翻来覆去，美人香草，连篇累牍，是从前没见过的。但它主要是讲香草而非鲜花。香草可用来佩戴或食用。说到花的，只有一处，是说要趁花还没落下，赶紧采来送给女郎。不过跟《思美人》一样，终究没有送成。整个论述中，显然尚无赏花、戴花、插花之举。

所以相较之下，《九歌》实在甚为特殊，与其他篇都不一样。《九歌》的来历，本来就有许多推测，一般认为它未必出于所谓屈原之手，可能是秦汉求仙博士所为。总之，从花草意识上判断，似乎它也确实有近于汉人而远于战国之迹象。

依考古材料看，目前所知最早的簪花形象，也仅止于西汉。洛阳八里台出土两汉彩绘人物砖，上面有簪花三女；成都羊子山西汉墓出土女陶俑，发髻上也插着一朵菊花，边上还有好几朵小花。东汉这类东西就更多了，甚至有戴花环的。东汉崔寔《四民月令》说："京师立秋，满街卖楸叶，妇女儿童皆剪成花样戴之，形制不一。"确乎不假。到晋朝，嵇含写《南方草木状》就说："凡草木之华者，春华者冬秀，夏华者春秀，秋华者夏秀，冬华者秋秀。其华竟岁，故妇女之首，四时未尝无花也。"四季簪花，至此久成风俗矣！

也就是说：早期对草木，其意识是混而未分的。对草木的花、枝、叶、果、草，一体重视，并不特别重视花的观赏价值。因此，与后世相较，对草木反而显得有更多的关注；对食用、药用之价值乃至气味，也与后世特重眼睛审美者不同。

重视花，始于汉代

重视花，始于汉代，其后又不断地受到强化。因为开始以簪花饰花为美，风气起于汉，而开始以花供神，则是佛教的影响。

中国的祭祀都要有牺牲，因为"祭"字本身就是一双手持肉奉神之形，以肉祭神之后，与祭者大家分食祭肉方能成礼。平民不能祭，只能荐。春荐韭、夏荐麦、秋荐黍、冬荐稻，搭配韭的是蛋，麦用鱼，黍用豚，稻以雁，没有人用花做供品的。

可是佛教却以花为最重要之供品，《妙法莲花经·法师品》说："花香、璎珞、末香、涂香、烧香、缯盖、幢幡、衣服、伎乐，合掌恭敬。"十种供品中，花巍然居首，何以故？《佛说业报差别经》解释道："若有众生奉施香花，得十种功德。何等为十？一者处世净妙如花；二者身无臭秽；三者福香戒香遍诸方所；四者随所生处，鼻根不坏；五者超胜世间，为众归仰；六者身常清净香洁；七者爱乐正法，受持读诵；八者具大福报；九者命终生天；十者速证涅槃。是名奉施香花，得十种功德。"

以花供佛，仅是佛教对于花的重视与使用之一端，其他还有"天女散花"、"拈花微笑"、"一花一世界"等各种说法及故事。佛法本身也被形容为花。故善于说法的，会被形容是舌灿莲花；佛法深妙之经典，会被命名为《妙法莲花经》。凡此等等，自然大大推动了汉魏南北朝期间社会上对花的喜好，花也由整个草木之思中突显出来，获得了更多的关注。

对花草之食用药用功能之重视，则由汉代开始，逐渐归入"本草学"中，为医学之中坚。诗人虽仍然读《诗经》、《楚辞》，但对那里面类种繁多的草与木，渐渐就已不能辨知了。注疏家若要考证，除了由训诂书及字书中去爬梳之外，主要取于这些本草书。如《神农本草经》、《本草纲目》等等。

日本茅原定《诗经名物集成》凡例明言："名物正辩，必归诸本草之书。自炎黄及汉梁唐宋,下迨明末,篡述群氏旧矣。第其中《纲目》为精备。"即指此言。茅原定自己的书就取证了《证类本草》及各种医学资料。

而诗家取象或赋咏草木却越来越简略,多仅是泛说概说,如宋谢翱曾作《楚辞芳草谱》。可是唐宋诗词中说芳草,大抵就只是"记得绿罗裙,处处怜芳草"(牛希济《生查子》)、"波渺渺,柳依依,孤村芳草远"(寇准《江南春》)、"萋萋芳草忆王孙,柳外楼高空断魂"(李重元《忆王孙》)、"芳草长堤,隐隐笙歌处处随"(欧阳修《采桑子》)之类。芳草没有"芳"意,所取只在其春草碧色而已,淡化了它的香气。而草,除了一个描述字"芳"以外,到底是什么草,词人亦皆不细究微观,仅是"平芜一望"或长堤远眺,看见了一堆绿草罢了。

这跟《诗经》、《楚辞》不是差别太大了吗?《诗经》写到的荇菜、葛、卷耳、蘁、苤苢、蒌、蘩、苹、苓、茨、唐、蝱、葵、苇、蓷、萧、游龙、茹、蘆、芙、蔹、苦、荞、纻、菅、鹝、苌楚、粮、蓍、蒌、壶、重、穋、苴、果蠃、台、蒿、莱、莪、芑、蓬、蕳、莞、蔚、绿、蓝、荏菽、秬秠等草,后世不是根本搞不清楚到底是啥,就是放弃了不写。某些草,如游龙、蝱、鹝,你可能还以为是动物呢!

香在草之外另成大邦

香的问题也很有趣。《诗经》、《楚辞》讲到草,一是细究微观,故种类多;二是可食可佩可用,较有实用性;三是食用和佩用之原因,部分是由于那些草有芳香之气。但后世谈到草,除了兰蕙等少数外,大抵已把芳草之"芳"虚化,芳草犹云好草。如人失恋了,别人就会安慰他说:"天涯何处无芳草。"

221

蓝

茨

蘩

萧

唐

苣

莞

蓬

荠

莱

绿

麦

茶

蔚

苓

苴

这是什么缘故？我认为这是因香草之香已分化独立，在草之外另成大邦。让我引一段资料来说明：宋陈敬《陈氏香谱》中熊朋来序说："诗书言香，不过黍稷萧脂，故香之为字从黍作甘。古者从黍稷之外，可焫者萧、可佩者兰、可鬯者郁，名为香草无几，此时谱可无作。《楚辞》所录，名物渐多，犹未取于遐裔也。"讲明了古代香草的种类和后代比起来显得少，为什么？因未能广取于"遐裔"之故。遐裔就是远方。秦汉以降，中国人用香，基本上都用距离中原遥远的海南、东南亚，甚至印度、波斯、安息的香料。因此熊朋来颇惜《诗经》、《楚辞》所言香草太过简略，不及后世繁奢。

陈敬自己讲得更清楚："《香品举要》云：'香最多品类出交、广、崖州及海南诸国。'然秦汉以前未闻，唯称兰蕙椒桂而已。至汉武奢广，尚书郎奏事者始有含鸡舌香，其他皆未闻。迨晋武时，外国贡异香始此。及隋，除夜火山烧沉香、甲煎不计数，海南诸品毕至矣。唐明皇君臣多有沉、檀、脑、麝为亭阁，何多也！后周显德间，昆明国又献蔷薇水矣。昔所未有，今皆有焉。"（《陈氏香谱》卷一）

中国古代的香料，只是兰、蕙、花椒、桂、芷、艾蒿、薄荷、蒜、姜、韭、薤等，与食用、医用混之。汉代以后由南海乃至波斯传来的香料，却只做香用，不做食用医用，属于舶来奢侈品。香气比早期那些香草更浓更烈，技术也由天然而渐"假人力而煎和成"（《陈氏香谱》卷一）。像甲煎，李商隐《隋宫守岁》中"沈香甲煎为庭燎，玉液琼苏作寿杯"，就是"以诸药及美果花烧灰和腊治成"（陈元龙《格致镜原》引陈藏器语）的。至于蔷薇水，则是用蒸馏法提炼出来的香水，所以洒在人的衣袂上可以经十数日不歇。

此种用香之法，起于汉代，也可说是另开了一个传统，故与《诗经》、《楚辞》颇不相同。古之香草，其馨香之属性已渐不重要，无怪乎尔后谈草者罕言其香，凡说熏香、煎香、烧香、盘香、炉香、捣香、分香，均与草无甚关系啦。

词比诗更显花草意识

诗家比兴，多本花草。但花草意识之深，诗似乎还不如词。

词选伊始，即名《花间集》；后复有宋人《草堂诗余》、《花庵词选》等；还有专选咏梅之作的宋黄大兴《梅苑》。至明人陈耀文乃合《花间》与《草堂》为《花草粹编》。一时间，花草俨然词之代名词。故王士禛论词之作就径称为《花草蒙拾》。

事实上，词家也确实较诗家更属意于草木花卉。名家别集如宋代的谢邁《竹友集》、张元干《芦川词》、周紫芝《竹坡词》、沈瀛《竹斋词》、庐陵李氏《花萼集》、张抡《莲社词》、史达祖《梅溪词》、高观国《竹屋词》、孙惟信《花翁词》等都以草木立名。

而词牌的名称，也是个观察词人花草意识的好指标。属意花草者，殊不罕觐。例如：

南柯子，又名南歌子、风蝶令。唐教坊曲，仙吕宫。周邦彦有词，名《南柯子》，词云："腻颈凝酥白，轻衫淡粉红。碧油凉气透帘栊。指点庭花低映、云母屏风……"

卖花声，又名浪淘沙。唐教坊曲，本七言绝句，后流行为双调小令。柳永后演为长调慢曲，入歇指调，周邦彦入商调，格式不同。

双红豆，又名长相思。唐教坊曲，双调小令。白居易"汴水流，泗水流，流到瓜洲古渡头，吴山点点愁"云云者是也。

山花子，即摊破浣溪沙。南唐中主李璟的"菡萏香销翠叶残，西

224

风愁起绿波间"一阕即此调也。

采桑子,又名罗敷媚、罗敷媚歌、丑奴儿令。既称罗敷之艳,又名丑奴儿,殆不可解。有双调、羽调。作者如冯延巳"花前失却游春侣"、李清照"窗前谁种芭蕉树,阴满中庭"等,均不只就采桑事说。

柳梢青,又名陇头月。仲殊"岸草平沙,吴王故苑,柳袅烟斜。雨后寒轻,风前香软,春在梨花"云云,即咏本题者。

一剪梅,双调小令。又名腊梅香、玉簟秋。李清照词"红藕香残玉簟秋"即是。

雪梅香,正宫,双调。柳永词"景萧索,危楼独立面晴空"即是。

风入松,琴曲即有此名,传为嵇康作,宋曲入林钟商。吴文英"听风听雨过清明,愁草瘗花铭"、俞国宝"暖风十里丽人天"等,虽非写松,仍存风动草木之意。

醉花间,唐教坊曲,双调。毛文锡词"深相忆,莫相忆,相忆情难极"即是。

醉花阴,《中原音韵》注:黄钟宫;《太平乐府》注:中吕宫。双调。李清照词:"薄雾浓云愁永昼,瑞脑销金兽。佳节又重阳,玉枕纱橱,半夜凉初透。东篱把酒黄昏后,有暗香盈袖。莫道不消魂,帘卷西风,人似黄花瘦。"即是。

木兰花,唐教坊曲,林钟商调。宋教坊演为木兰花慢,又有偷声木兰花。木兰在诗词中甚多,李商隐诗云:"几度木兰舟上望,不知元是此花身。"

踏莎行,中吕宫,双调。宋晏殊词"细草愁烟,幽花怯露"即是。

淡黄柳,姜夔自度曲也,正平调。姜夔词"空城晓角,吹入垂杨陌,马上单衣寒恻恻"者,即用本意引申。

惜红衣,红衣指荷花,亦姜夔自度曲也。因吴兴荷花盛开而作,以无射宫歌之。

暗香，仙吕宫，亦夔自度曲，与"疏影"皆咏梅名篇。

桂枝香，又名疏帘淡月，双调。王安石词"登临送目，正故国晚秋"即是。

荷叶杯，唐教坊曲，双调。温庭筠词："一点露珠凝冷，波影，满池塘。绿茎红艳两相乱，肠断，水风凉。"即咏荷花荷叶者。

柳枝，乐府瑟调即有《折扬柳行》，横吹有《折杨柳歌词》，清商曲有《折杨柳歌词》，唐乐亦有《杨柳枝》。词之柳枝即由此衍来。

干荷叶，元刘秉忠自度曲，属南吕宫。

一叶落，以后唐庄宗词"一叶落，寒衣珠箔"首句名调。

后庭花，唐教坊曲名，用陈后主《玉树后庭花》意。

望梅花，又名望梅花令，唐教坊曲名。和凝"春草全无消息，腊雪犹余踪迹"即是。

浣溪沙，又名小庭花、满院春、东风寒等，双调。唐教坊曲名。

柳含烟，唐教坊曲名。毛文锡词："河桥柳，占芳春。映水含烟拂露。几回攀折赠行人。"遂名之。

桃花曲，又名陇首川、十二时，双调。

占春芳，苏轼咏梨花"红杏了，夭桃尽，独自占春芳"，制此调。

杨花落，又名谒金门、花自落、垂杨碧等，唐教坊曲名，双调。李清臣"杨花落，燕子横穿朱阁"即是。

鬲溪梅令，又名高溪梅令，姜夔自度曲。

双头莲令，赵师侠咏信丰双莲"太平和气兆嘉祥。草木总成双。红苞翠盖出横塘"，制此调。

滴滴金，咏菊者，因以名调。史铸《百菊集谱》说："越俗言，夏菊初生，例自陈根而出，至秋遍地，沿多者由花梢头露滴入土，却生新根而出，故名滴滴金。"

寻芳草，此调见于《稼轩词》，辛弃疾又自注一名：王孙信。

蝶恋花，唐教坊曲，本名鹊踏枝，晏殊改名为蝶恋花。

玉梅令，高平调，姜夔自度曲。因词中有"玉梅几树"句，故以此为名。

看花回，琴曲有《看花回》，此调以此为名。

荔枝香，此调源自唐明皇和杨贵妃故事："帝幸骊山，杨贵妃生日，命小部张乐《长生殿》，因奏新曲，未有名，会南方进荔枝，因名荔枝香。"（《新唐书》卷二十二）

隔浦莲，此调本名取自白居易的《隔浦莲》曲，一名隔浦莲近拍，又名隔浦莲近。

斗百花，唐俗女子斗花，以奇为胜。此调以柳永词"煦色韶光明媚"为正体。

爪茉莉，双调。《花草粹编》载此调。柳永词"每到秋来，转添甚况味"即是。

满路花，仙吕调。又名促拍满路花、满园花、归去难、一枝花等。

蕙兰芳引，此调取于周邦彦词"寒莹晚空"。宋代的方千里、杨泽民、陈允平和词，都依此调填词。

江城梅花引，合江城子与梅花引而成此调。又名摊破江城子、四笑江梅引、梅花引。

一枝春，此调是杨缵自度曲。也是咏梅花者。

满庭芳，中吕调，因吴融的"满庭芳草易黄昏"诗句而得名。又名锁阳台、满庭霜等。

并蒂芙蓉，晁端礼作，咏并蒂莲。

国香，周密词，又名国香慢。

丁香结，双调，取古诗"丁香结恨新"之意。

霜叶飞，此调以周邦彦词"露迷衰草"为正体。

一萼红，据说太真初妆，宫女进白牡丹，妃拈之。次年花开，都有一痕红线。明皇为制《一拈红曲》。词名本此。

此外，尚有灼灼华、花犯念奴、百叶桃、石蓝花、看花忙、青苔思、一丛花、击梧桐、雨中花、撷芳词、柳梢青、缃梅萼等，不能尽考。

当然也有些名称看起来像取意于花木而其实不是。如《菊花新》，乃是咏人的，称某人为菊部领袖；《一枝花》，也咏人，指唐传奇《李娃传》的原型"一枝花话"。还有些与草木本来无关，可是后来又有关了。如《虞美人》，原本取意于项王虞姬事，但《益州草木记》偏偏讲了个故事，说："雅州名山县出虞美人草，花叶两相对，人或近之，即向人而俯，如为唱虞美人曲，则此草相应而舞。"这就跟草木有关了。诸如此类，也不能尽考。由这些词调名称及其取名因缘来看，词家花草情深，实在惊人。

此种现象，也许会令人联想到词体的特征。词之正宗，凤推香奁。谓其风格婉约，要香而弱，多女郎口吻。属思花间，殆由于此。

这也不能说没道理。不过美人香草是中国文学的大传统，未必因留情花草，风格就偏于婉约香弱了。诗中老杜，还被称为浣花翁呢！词家苏辛，同样花草系情，而不害其为旷荡豪放。

辛弃疾且有其他词家很少用的调子，如《金菊对芙蓉》，以此咏重阳；或《寻芳草》，双调，五十二字，这个调也只有辛弃疾作过，无别词可校。他还有咏极罕见之花的，如以《水龙吟》赋京口范氏文官花。明胡翰作《文官花赞》、明苏伯衡亦有《范氏文官花诗序》，发扬其"草木之植，钟美于天地"之思想。另外，明俞弁《逸老堂诗话》还说："梅花不入楚骚、杜甫不咏海棠、二谢不咏菊花，亦可懊恨。辛幼安词云：

228

'戏马台前秋雁飞，管弦歌舞更旌旗。要知黄菊清高处，不入当年二谢诗……'词调鹧鸪天。稼轩盖为菊解嘲也。"草木知己，似乎也不能漏掉辛弃疾这样的词人。

体物、博物、格物、玩物

近来写了几篇小文谈花论草，友人讥之曰："你老兄怎么效晚明文人口吻，怜花品草起来了，岂非玩物丧志乎？"我说不然，读史者需通古今之变，此中有大问题可说。欲知晚明文人之品物观，还需由我老乡庐陵欧阳修谈起。

欧阳修号六一居士，居藏书、金石、琴、棋、酒五者之中，故为六一。且说："方其得意于五物也，太山在前而不见、疾雷破柱而不惊，虽响九奏于洞庭之野、阅大战于涿鹿之原，未足喻其乐且适也。"

欧公曾作《集古录》，又号醉翁，可见是喜好金石收藏且又嗜酒的。书不必说，只不知琴艺与棋力如何。但既说能乐适于其间，则棋力与琴艺之高下又不必论了。总之，如欧公这样，可说是中国后期文士之典型；论自己为何自号为六一这篇文章尤其可以视为文人爱物者的宣言，充分体现了从"游于艺"到"耽于物"的转换，开启了文人新传统。把"玩物丧志"一转而成为"玩物适志"。物的地位与作用，于焉大异。

怎么说欧公就开了个新传统呢？

清人洪亮吉曾把藏画家分成五等:考订家、校雠家、收藏家、赏鉴家、掠贩家。唐弢则仅分成两类：一是为读书而藏书的，一是为藏书而藏书的。这两类，事实上也就概括了洪亮吉所说的五等。因为藏书用来考订校雠自是为了读书而藏；若收存、鉴赏或贩卖，那目的自然就不为了读，乃是对书本子的喜好、玩赏，乃至借以牟利了。

藏书如此，藏琴、藏金石古董、名人字画、文玩器物等等，也都可以如此分类。这两类人是截然不同的，因为他们待物之方式就不同。

以孔子来说，他无疑是喜欢书的，平生最好读书，不知老之将至。但他读书，却不曾聚书以供赏玩。犹如他说要"游于艺"。艺，最主要的就是礼乐射御书数六艺。其他诸艺且不说，琴至少他是常抚的。可是他对琴的态度，当亦如对书。书之可贵，是因人可用来读其中所载记之知识内容；琴之须御，亦因人可以以琴调心、宣畅情性。重点在于书之文词、曲之节奏，而不是那书与琴的物体本身。

反之，一位赏鉴式藏书家或古琴收藏家就迥异其趣了。他们聚书未必是要苦读以成为学者，乃是赏其版式、行款、年代、印刷、装潢，对之起一种审美式的赏悦。可以把玩之，以获得一种精神上的适悦感。董桥《藏书家的心事》一文曾形容藏书人"对书既有深情，访书也掺了几分追求女性的'欲望'，弄得爱书和爱女人都混起来了，结果，西方藏书家所用的藏书票，不少竟以仕女图作主题、作装饰。西方仕女图藏书票上画的女人，漂亮不必说，大半还带有几分媚荡或者幽怨的神情"，说的就是这种对书本身的迷恋。

所以一种是透过其物，进入学问艺术之海；一种是赏玩其物，所玩赏者就在这个物的本身。故赏鉴收藏古琴者，未必须真能操缦成为大国手也。

这两种人或两种态度，由历史上看，又恰好可视为古今之分。宋代以前基本上属于游艺型，宋代以后则玩物型越来越多，明清尤盛。中间转变之关键点则在北宋，欧阳修就是此中尤堪注意之代表人物。

欧阳修当然是大学者大艺术家，不会只藏书不读书。但他对书、对物之态度却开了一个新传统。证据之一就是前文所述的"六一居士"自号。

欧公之后，继续发扬此一传统的当是其门人苏轼。苏轼亦因此成为尔后文人生活之代表，晚明文人其实就处处在学他。

苏公文集中尝有一篇《物不可以苟合论》：

> 《易》曰："藉用白茅，无咎。"苟错诸地而可矣，藉之用茅，何咎之有。此古之圣人所以长有天下而后世之所谓迂阔也。又曰："嗑者，合也。物不可以苟合而已，故受之以贲。"尽矣。

说天下万物都不可以苟合。此虽主要谈君臣父子夫妇朋友之遇合，但万物都一样，不可以苟合。

苏轼在许多人眼中是旷达潇洒、无拘无束的，其实他于事于物一点儿都不苟且。人与物之相合相遇，在他看，即应如此。因此他评诗，特重其体物工夫："诗人有写物之功。'桑之未落，其叶沃若'，他木殆不可以当此。林逋梅花诗云：'疏影横斜水清浅，暗香浮动月黄昏'，决非桃李诗。皮日休白莲诗曰：'无情有恨何人见，月晓风清欲堕时'，决非红莲诗。此乃写物之功。"（《东坡志林》卷十）凡写物，咏一物一事皆不能苟且，必尽该物之神理物情而后乃可成为该物之知己。

以此不苟合之心，论人物之遇合，正是爱物者心理深刻的写照。

如此斤斤计较诗人之体物工夫者，在苏轼言论中很常见。如《水调歌头》"昵昵儿女语"一阕，序说："欧阳文忠公尝问余：'琴诗何者最善？'答以退之《听颖师琴》诗最善。公曰：'此诗最奇丽，然非听琴，乃听琵琶也。'余深然之。"《苏文忠公书杜工部楷木诗》又说："蜀中多楷木，读如欹仄之欹，散材也，独中薪耳。然易长，三年乃拱。故子美诗云：'饱闻楷木三年大，为致溪边十亩阴。'凡木所芘，其地则瘠。唯楷不然，叶落泥水中，辄腐，能肥田，甚于粪壤，故田家喜种之。得风，叶声发发，如白杨也。'吟风'之句，尤为纪实云。"

这类评论诗文的角度，足以说明论者平素即十分留心物情物理，也认为诗人必须具备这种功夫，否则不足以称为作手。例如下面这两则画论，亦是如此：

> 黄筌画飞鸟，颈足皆展。或曰："飞鸟缩颈则展足，缩足则展颈，无两展者。"验之信然。乃知观物不审者，虽画师且不能，况其大者乎？君子是以务学而好问也。
>
> 蜀中有杜处士，好书画，所宝以百数。有戴嵩牛一轴，尤所爱。锦囊玉轴。一日曝书画，有一牧童见之，拊掌大笑，曰："此画斗牛也。牛斗，力在角，尾搐入两股间。今乃掉尾而斗，谬矣！"处士笑而然之。古语有云："耕当问奴，织当问婢，不可改也。"（《东坡志林》卷九）

这两则画论，值得注意者：一、谈画史的人，都会谈到文人写意画，亦即摆脱形似的画风。遗形重韵，起于欧阳修、苏轼，所谓"论画贵形似，见与儿童邻"。但这两则画论却明显表示了画家必须深明物理，要有体物工夫。这看起来与遗貌取神之说相反，其实恰好就是不贵形似的另一侧面。也就是说文人画要超越画工之画，并不是就不须体物，乃是由体物之基础往上走，走到形的超越面。以诗来说，即是不舍一切法而显示为"活法"。整个宋人作诗、画画、求道之路数，大抵都是如此，不可错看。第二，自孔子以来，士人皆不娴于农桑。故《论语》中已载荷蓧丈人责子路"四体不勤，五谷不分"，而樊迟问稼，孔子也说"吾不如老农老圃"。历来注解《论语》的人，对于孔子回答樊迟说"你问这些养花种稻的事我不懂，不如老农老圃明白"云云，均不认为这是孔子的实话或谦逊语，都觉得这是在批评樊迟不能立其大。

不能为君子大人之学，而仅属意于农圃。苏轼此处所说，却恰好相反，一方面强调农民牧童对物理才有真切的认识，一方面鼓励学者应在博物之学上用心。

事实上，苏轼本人就很擅长培植果木，常亲为农圃之事。这与古来儒生传统相较，不啻为一大变转。

而对于这一点，苏轼是有意识地推动着，对于"博物"或"因物游心"均有正面的理论说明。所以有人批评欧阳修不能算是个有道之士，因为他还需要依赖琴酒金石等才能安顿自己，乃是有挟而安，尚不到"有道者，无挟而安"的境界。苏轼就替欧阳修辩护说，挟物而安固然不对，一定要放弃物才能安也同样不对。何况，六一居士是把自己跟书、酒、琴、棋、金石五者并视，物各是一，自己也是一，并不是要让自己执有五者。这样，"居士与物均为不能有，其孰能置得丧于其间？故曰：居士可谓有道者也"（《书六一居士传后》）。

又，苏轼曾为宋黄道辅《品茶要录》作一跋，说：

> 物有畛而理无方，穷天下之辩，不足以尽一物之理。达者寓物以发其辩，则一物之变，可以尽南山之竹。学者观物之极，而游于物之表，则何求而不得？故轮扁行年七十而老于斲轮、庖丁自技而进乎道，由此其选也。黄君道辅，讳儒，建安人，博学能文，淡然精深，有道之士也。作《品茶要录》十篇，委曲微妙，皆陆鸿渐以来论茶者所未及。非至静无求、虚中不留，乌能察物之情如此其详哉？昔张机有精理而韵不能高，故卒为名医。今道辅无所发其辩，而寓之于茶，为世外淡泊之好，此以高韵辅精理者。

这段文字，至关紧要。为什么？

前面说过，向来士大夫之学，不亲稼圃，故孔子批评樊迟说："小人哉，樊须也！"孟子也对"有为神农之言者许行"甚不以为然。因为种植艺圃，相对于礼乐政刑，确实都属小道，遂不为儒门所重。

但博物之学并不因此就在儒者的知识结构中消失了，原因是儒者必须读诗，而诗中比兴，均本于草木鸟兽虫鱼。因此孔子说读诗之好处，其中一端便在于可借此博物。汉代以后，经生治经，博考名物，自然也就发扬了这一脉络。诗经学中遂有陆玑《诗经草木鸟兽虫鱼疏》这一类著作。诗赋家创作，亦主张"感物吟志"而写物体物赋物不绝。在儒门之外，农家与医家则是另两路博物学之大宗。因此总体上说博物之学也不能说就是衰弱的。

只不过，博物的知识不乏，博物之学的价值却未提升，似乎仍是小道。如陆羽对茶特别有研究，著了《茶经》，却被人讥为茶博士。诗人赋家写物赋物虽多，重点亦往往不在物上，而在借物起情或以物托寓的情志上。如仅有体物之功，虽巧构形似，评者终要惜其无深情密旨可说，徒耗笔墨于风云月露。故不仅六朝之咏物及宫体常遭此恶评，就是后来词人咏物，论者也常会说："咏物诗无寄托，便是儿童猜谜。"（《袁枚诗话》卷三）轻物重志之意，贯穿整个文学批评史。

苏轼此语，却令我们看见另一种风光。他这两篇文章均扣住"有道之士"的问题立论。有道之士，向来认为是要"外物不移"的。外物不移，不只是舍去富贵名利，也指他不溺于任何妇女器物玩好之中。欧阳修喜好琴酒棋书金石，靠这些东西来获得适乐，之所以会引来批评，就是这个道理。苏轼的辩护，却用上了佛家的诡辞。谓执于物是执，执著于不执于物也是执，唯欧阳修这般，把自己跟物等量齐观才是真正的不执、是真正有道之士。这就把欧公讲得犹如庄子，具齐物论之精神了。

论黄道辅，更进一步，引了《庄子》书里的两个故事：轮扁斲轮和庖丁解牛，推崇黄道辅能如他们一般技进于道，确是有道之士。又说他和古代名医张机不同。名医只能辩物理而无高韵，黄道辅则能以高韵辅精理。此说恰好可用他之论画来做说明。画工匠人之画犹如名医，仅在博物能知物理的层次。文人画就要能以高韵辅精理，须有高情远韵。

而如黄道辅这般能超越医家博物的层次，又需如何才能办到呢？苏轼提到了一种观物方式："观物之极，而游于物之表。"这仍是一种庄子式的方法：入乎其内，又超乎其外，故能超以象外，得其环中。

此法有两个重点，一是要精察物理；二是精察一物之理以后，还要寓物以发其辩；三则须有"主静无求，虚中不留"的主体修养工夫。透过这等工夫，博物穷理不仅不会令人玩物丧志，还可由物进乎道，使人成为有道之士。

不管苏轼的言论在义理上严不严密，他显然已为人与物的关系提供了一个新思路。一位高人，不必定要遗物，他可以如欧阳修这样，把自己置于物之间，乐且适；也可以如黄道辅这样，寓物以发其辩，穷一物之理。而无论哪一型，士均不能不及物、不知物，故他批评某些人观物不审，主张"君子以是务学而好问"，必须有体物之学识与工夫。

自来论人与物之关系，无此格局，亦无此高度。而欧阳修、苏轼之所以会有这类言论与态度，或许也不纯粹属于个人生命形态或主张，或许亦可由大环境去观察。因为苏轼在讲这些话的同时，理学家也正大谈格物致知、作《观物吟》呢！

作《观物吟》最著名的是宋邵雍，其《伊川击壤集序》说：

> 身者心之区宇也，身伤则心亦从之矣；物者，身之舟车也，物伤则身亦从之矣。是知以道观性、以性观心、以心观身、以身观物，治

则治矣，然犹未离乎害者也。不若以道观道、以性观性、以心观心、以身观身、以物观物，则虽欲相伤，其可得乎？

　　与过去讲儒学的人皆重心轻身、重人轻物不同，邵雍强调身为心之区宇，身伤则心也要伤；同理，物伤了，人也就伤。因此，他反对过去以性观心、以心观身、以身观物的路子，主张以身观身、以物观物。这是给身、物一个主体性的位置，身、物不再从属于心与人之下，于是人与物皆得到了自由，可以两不相伤。

　　郭绍虞《中国历代文论选》选了这一文，注释说其方法不外乎是扫除一切情感的蔽障，用空明澄澈的心来观照一切事物，使其无所陷遁而已。讲得不对！如仅如此，那就仍只是以心观身、以身观物，非能以物观物。以物观物，是消失了我心我身我执，让物可以依其自己呈现出来。注释说反了。

　　古人理解此语，也常认为它出于老子，因《老子》第五十四章即已说过："以身观身，以家观家，以乡观乡，以国观国，以天下观天下。"故自朱熹以降皆谓其本于老子。实则你一对比就会发现邵雍之说与老子不同，老子恰好没有"以物观物"这句，而邵雍讲以身观身、以乡观乡、以国观国等处皆是虚说，重点全在以物观物。他在《皇极经世书》中专门把自己哲理思想部分称为《观物内篇》，也即是与此呼应的。此非老子学，乃宋代一种新思路，把物的重要性整个抬高了。

　　宋程颐之说格物致知，也是如此。格物致知，出于《大学》。但历来无特别重视它的，到了二程兄弟，才大加提倡，把格物穷理当成进学秘钥。"格"，依程朱之解，是到的意思。心思着到物上，对物之理做一番穷究钻研，就叫格物，又名穷理。理不是冥想推测、只靠思维来的，须就物上穷究之。古人论学，无此说；有之，自程子始。

而穷理之法，程子云：

> 凡一物上有一理，须是穷致其理。穷理亦多端：或读书，讲明义理；或论古今人物，别其是非；或应事接物而处其当；皆穷理也。或问："格物须物物格之，还只格一物而万理皆知？"曰："怎生便会该通？若只格一物便通众理，虽颜子亦不敢如此道。须是今日格一件，明日又格一件，积习既多，然后脱然有贯通处。"（《二程遗书》卷十八）

格物是在事物上格，且须是一物一物地格，言之甚明。

他所谓"物"，包含甚广，例如自己心里的念头、书本上的文字、行为、史事、世上万物、人间百态，什么都是。所以格物之物，与一般博物学上讲的物，范畴并不一样。博物学中绝不可能把人伦孝悌的问题都谈了，理学家之格物却必然包含身心情性、人伦日用各方面。这是我们应当晓得的基本常识。

不过，虽说理学家讲的格物包孕甚广，但正因包摄一切，所以这里面自然也就必然包括了草木鸟兽虫鱼等一般博物学意义上的物。如朱子说格物乃是："于身心性情之德、人伦日用之常，以至天地鬼神之变、鸟兽草木之宜，自其一物之中，莫不有以见其所当然而不容已，与其所以然而不可易者。"（《四书或问》卷二）

《二程先生全书》

程子自己的看法也是如此。一次，学生问他致知是否"先求之四端"。四端，乃孟子教，说人都有恻隐之心、辞让之心、羞恶之心等善端。该生如此问，也即是依儒者本来的思路，认为凡事应反求诸己，所以觉得格物穷理应是在观物时就反求诸己，想回到自己身上。儒者为学，基本思路本来确是如此的。所以它不是一种客观外化的知识，有自我生命的践履性格。但格物云云，却有与这个思路不完全一样的地方，重点其实是对外的，要到物上去穷究其理。

故学生问："观物察己，还因见物反求诸己否？"程子就答："不必如此说。物我一理，才明彼即晓此，此合内外之道也。"（《二程遗书》卷十八）用物我一理来破内外之见，确立这种向外求索之法的正当性。然后又说："求之情性，固是切于身，然一草一木皆有理，须是察。"（《二程遗书》卷十八）求诸性情，是儒者恒蹊；外穷草木，却是新角度。故他必须再次做些强调。

格物致知，正因有这个角度，后来明清朝西学东渐时，才会用"格致"一辞来指称科学地客观研究世界事物。《坤舆格致》《格致余论》、《空际格致》这些论矿冶、论中医、论地震之书，也已使用了这样的词语，至晚清更是大为流行，几乎成为科学研究物质世界之通用语词。梁启超说："质学、化学、天文学、地质学、全体学、动物学、植物学等是也。吾因近人通行名义，举凡属于形而下学，皆谓之格致。"即是在这个意义上说的。

这样的格致，与程朱所谓格致，当然截然异趣。但历史之奇妙处，也就在这儿。那种对于外在世界一草一木，皆细察其理，而未必于见物之后就反求诸己的观物方法，确实又是由程朱所开。在宋元明，此法自然还不至于有如清代那样指科学性客观研究，且是专就形下器物动物植物等之含义。但程朱所倡格致穷理之法，强化了观察穷究物理物情的重要性，实是无可疑的。

理学家邵雍、程颐，与欧阳修、苏轼当然非同一路人，程颐和苏轼的关系尤其恶劣；但比观诸家言论，却又确实可以看到双方共同的倾向。

如欧阳修《洛阳牡丹记》记洛阳牡丹之盛，详述牡丹花品、花名、风俗，可谓格物，与黄道辅之茶品类似。而格物之后，接着便又穷究其理。认为洛阳牡丹之盛，不能视为中和之气的表征，物之极美或极丑者均是因得气偏至而成。"花之钟其美，与夫瘿木臃肿之钟其恶，丑好虽异，而得一气之偏病则均"，乃花木之妖、万物之一怪，这即是他所得出的理。不论你赞不赞成他这个理，其格物穷理之方式，不是与程颐之说甚相似乎？他们正由不同的方向，扭转传统的心物关系呢！

第十讲　文学与木

橘之颂

此讲先谈橘。

《楚辞》中有一首《橘颂》，曾被许多人视为我国第一首咏物诗。这个赞词，本于宋刘辰翁，他称此作为"咏物之祖"。其辞曰：

后皇嘉树，橘徕服兮。受命不迁，生南国兮。深固难徙，更壹志兮。绿叶素荣，纷其可喜兮。曾枝剡棘，圆果抟兮。青黄杂糅，文章烂兮。精色内白，类可任兮。纷缊宜修，姱而不丑兮。

嗟尔幼志，有以异兮。独立不迁，岂不可喜兮。深固难徙，廓其无求兮。苏世独立，横而不流兮。闭心自慎，不终失过兮。秉德无私，参天地兮。原岁并谢，与长友兮。淑离不淫，梗其有理兮。年岁虽少，可师长兮。行比伯夷，置以为像兮。

此作，"情采芬芳，比类寓意，又覃及细物"（刘勰《文心雕龙·颂赞》），"体物之精，寓意之善，兼有之矣"（蒋骥《山带阁注楚辞》），历来评价甚高。我师张梦机还曾以《师橘堂诗》名其诗稿，著名诗家曾克端亦以颂橘庐为其斋号，可见此篇影响之大。文人常跟屈原一样，愿把自己喻如橘树。

但标题为"颂"，是很令人疑惑的。近人皆谓其袭自《诗经》之《颂》。可是那些《颂》都是宗庙祭歌，此作明显不是。因此我认为应该由《周礼·春官宗伯第三》所说六诗（风、赋、比、兴、雅、颂）去索解。周策纵先生《古巫医与"六诗"考：中国浪漫文学探源》第八章"'颂'：'美盛德之形容'（持瓮而歌舞）"提出"美盛德之形容"，可以解作"赞美丰盛的所得或收获的容器舞"。也许近于颂之古义，不能与《诗经》的《颂》混为一谈。

其次，说它是古代第一首咏物诗，也不确。《诗经》中如《关雎》的"关关雎鸠，在河之洲"，或《葛覃》的"葛之覃兮，施于中谷，维叶萋萋。黄鸟于飞，集于灌木，其鸣喈喈"，以葛草蔓生，黄鸟飞集，鸣声喈喈，咏妇女之采葛制衣，固然只是咏物起兴，但全首皆为咏物者，其实并不少。如《豳风·鸱鸮》，以小鸟象征作者之劳瘁。《魏风·硕鼠》，以硕鼠喻君之重剥削都是。

勉强说，只能说《诗经》中并无以果树来全首赋咏的。如《魏风·园有桃》的"园有桃，其实之殽。心之忧矣，我歌且谣"，《周南·桃夭》的"桃之夭夭，有蕡其实。之子于归，宜其家室"，皆仅以果树起兴。不过，《国语·楚语上》有云："若是而不从，动而不悛，则文咏物以行之。"可见咏物本是古法，此篇并非创格，唯其特选橘树以颂为出奇耳！橘，

241

商伊挚《伊尹书》已云:"箕山之东、青鸟之所,有甘栌焉。"青鸟的食物,即是甘(柑橘),因而后世梁刘孝标《送橘启》说:"南中橙甘,青鸟所食。始霜之旦,采之风味照座,劈之香雾喷人。皮薄而味珍,脉不粘肤,食不留滓。"向来是南方的特产。"江浦之橘,云梦之柚"(《吕氏春秋·本味》)、"橘柚云梦之地"(《战国策·赵策》)、"江陵千树橘"(《史记·货殖列传》),均可见楚地以产橘闻名。而且当时橘只能生长于南方,若迁徙北地,就变成枳了。故《周礼·冬官·考工记》云:"橘踰淮而北为枳……此地气然也。"屈原正是抓住了这个特点而赋颂之。

嘉木者木兰

屈赋以后,颂咏嘉木者越来越多,松竹梅杏桐梓桧柏等,不可胜数,我也不可能都讲。记得李商隐《天涯》诗有曰:"春日在天涯,天涯日又斜。莺啼如有泪,为湿最高花。"故此处姑且讲点有花的乔木。古人草木谱录,本来也少说乔木,因此我这里亦有蹊径别出之意。

屈赋除专门颂橘之外,言及嘉木者甚多,最著者为木兰。

《离骚》说:"朝饮木兰之坠露兮,夕餐秋菊之落英。"木兰,别名林兰、桂兰、杜兰、木莲、木笔、黄心、紫玉兰、女郎花等。既是屈原喜爱之物,后人自亦频繁题咏之。如白居易诗:"紫房日照胭脂拆,素艳风吹腻粉开。怪得独饶脂粉态,木兰曾作女郎来。"(《戏题木兰花》)"腻如玉指涂朱粉,光似金刀剪紫霞。从此时时春梦里,应添一树女郎花。"(《题令狐家木兰花》)李商隐《木兰花》:"洞庭波冷晓侵云,日日征帆送远人。几度木兰舟上望,不知元是此花身。"

木兰高大,可构宫室,亦可作舟。南朝梁任昉《述异记》卷下:"木兰川在浔阳江中,多木兰树,昔吴王阖闾植木兰于此,用构宫殿也。

七里洲中有鲁班刻木兰为舟,舟至今在洲中,诗家云'木兰舟',出于此。"
李时珍说:"木兰枝叶俱疏,其花内白外紫,亦有四季开者,深山生者
尤大,可以为舟。花有红黄白数色,木肌细而心黄,梓人所贵。"(《御
定渊鉴类函》卷四百八十六)所以木兰舟乃小船之美称,古人诗词中
常见。如唐马戴《楚江怀古》:"猿啼洞庭树,人在木兰舟。"齐己《送
王处士游蜀》:"又挂寒帆向锦川,木兰舟里过残年。"宋柳永《雨霖铃》:
"都门帐饮无绪,留恋处,兰舟催发。"宋晏几道《鹧鸪天》:"约开萍
叶上兰舟。"《清平乐》:"留人不住,醉解兰舟去。"宋贺铸《新念别》:
"湖上兰舟暮发。"宋李清照《一剪梅》:"红藕香残玉簟秋,轻解罗衫,
独上兰舟。"宋叶梦得《贺新郎》:"无限楼前沧波意,谁采花寄取?但
怅望,兰舟容与。"等等。

木兰又称兰棹,如五代李珣《南乡子》:"兰棹举,水纹开,竞携
藤笼采莲来。"唐张九龄《东湖临泛饯王司马》:"兰棹无劳速,菱歌不
厌长。"又作兰桡,唐太宗《帝京篇十首》之六:"飞盖去芳园,兰桡
游翠渚。"元萨都拉《寄朱舜咨王伯循了即休五首》之一:"木落淮南秋,
兰桡泊瓜渚。"徐渭《奉侍少保公宴集龙游之翠光岩》:"渔郎贾客停何
事,桂楫兰桡渡不妨。"

木兰,在文学史上还大大有名,是因它曾作为人名,那就是《木兰诗》
中的木兰,这在白居易《戏题木兰花》已提及。到宋代,《太平寰宇记》
载黄州有木兰山、木兰乡、木兰庙,并引杜牧《木兰庙》为证。其后,
方志所载,今安徽亳州、河南商丘、河北完县等地,也都有庙奉祀木兰。
可见木兰故事之脍炙人口。但毕竟是讲人而不是讲树,故可存而勿论。

与木兰近似的,是玉兰,别称辛夷。《九歌·山鬼》已道及:"乘
赤豹兮从文狸,辛夷车兮结桂旗。被石兰兮带杜衡,折芳馨兮遗所思。"

辛夷,落叶乔木。形似黄而味辛。其花初出时尖如笔,故又称木笔,

因其初春开花，又名迎春花。花有紫、白二色。白者名玉兰。紫者六瓣，瓣短阔，其色与形皆似莲花。王维《辛夷坞》："木末芙蓉花，山中发红萼。涧户寂无人，纷纷开且落。"所咏即此花。因似莲花，而连花亦称芙蓉，故裴迪《辛夷坞》诗有"况有辛夷花，色与芙蓉乱"之语。

木芙蓉又名拒霜花、木莲、地芙蓉，原产中国。王昌龄《芙蓉楼送辛渐》："寒雨连江夜入吴，平明送客楚山孤。洛阳亲友如相问，一片冰心在玉壶。"所说之芙蓉即此花。

桐花时节

在中国文学中，桐占有重要位置。李商隐《韩冬郎即席为诗相送》："十岁裁诗走马成，冷灰残烛动离情。桐花万里丹山路，雏凤清于老凤声。"这诗所讲的是泡桐花。中国的梧桐是宽泛的概念，包括梧桐（青桐）与泡桐（白桐）。现代植物学中，两者既不同科也不同属，一是梧桐科梧桐属，一是玄参科泡桐属。但古人不喜欢分开，故明冯复京《六家诗名物疏》卷十五说："桐种大同小异，诸家各执所见，纷纷致辩，亦不能诘矣。"诗词中的桐花都是泡桐。泡桐花大，紫、白两色；梧桐夏天开花，花小，淡黄绿色，并不显目。

桐花在清明时节开，故韩愈《寒食日出游》说："桐华最晚今已繁，君不强起时难更。"陈允平在《渡江云》一词中，更鲜明点出桐花开花时节："桐花寒食近，青门紫陌，不禁绿杨烟。"

不过，到了清明，春已将尽，桐花是春末之花。古人已有花信风之说，宋王逵《蠡海集》已点明："清明：一候桐花，二候梨花，三候木兰。"宋赵蕃《三月六日》："桐花最晚开已落，春色全归草满园。"宋杨万里《道傍桐花》："春色来时物喜初，春光归日兴阑余。更无人饯春行色，

244

犹有桐花管领渠。"均指此。

在鸟类中，送别春天的是杜鹃。故在伤春送春之作中，桐花与杜鹃经常联袂出现。如元方回《桐花》中的"怅惜年光怨子规，王孙见事一何迟。等闲春过三分二，凭仗桐花报与知"；明刘嵩《石鼓坑田舍》中的"一月离家归未得，桐花落尽子规啼"等都是。

鸟类中有一种鸟叫桐花凤，唐张鷟《朝野金载》卷六记载："剑南彭蜀间有鸟大如指，五色毕具。有冠似凤，食桐花，每桐结花即来，桐花落即去，不知何之。俗谓之'桐花鸟'，极驯善，止于妇人钗上，客终席不飞。人爱之，无所害也。"由此可见，桐花鸟之名因食桐花而来。唐代，李德裕《画桐花凤扇并序》描写了桃花凤，影响很大；到了宋代，宋祁《益部方物略记》、苏轼《东坡志林》都记载了蜀地的"桐花凤"。因为桐花凤常集于女人头上，所以也就成了女人的象征。王士禛的名句《蝶恋花》："郎是桐花，妾是桐花凤。"令他因此得了"王桐花"的雅号。

文人爱梧桐

讲完桐花，再说梧桐。

我国各地常可见到所谓的法国梧桐。实则既非产自法国，更不是梧桐，乃是三球悬铃木。我们说的梧桐，却是地道中国原产。

中国人亦最重梧桐，谓为凤凰之木。《大雅·卷阿》："凤凰鸣矣，于彼高岗。梧桐生矣，于彼朝阳。"因此各色庭园皆喜植此树。如任昉《述异记》载："梧桐园在吴宫，本吴王夫差旧园也，一名琴川。"北宋李格非《洛阳名园记》则载北宋洛阳名园十九处，多植有梧桐树，最著名是丛春园，"桐梓桧柏，皆就行列"。

庭园多植梧桐，皆因人之喜爱，文人爱之，亦不乏帝王。如晋夏侯湛《桐赋》："有南国之陋寝，植嘉桐乎前庭。"《晋书·苻坚载记》更说："坚以凤皇非梧桐不栖，非竹实不食，乃植桐竹数十万株于阿房城以待之。"

世人爱梧桐，皆因其品质。《齐民要术》说植梧桐于厅斋之前，"华净妍雅，极为可爱"。我师郑骞（因百）有《桐阴清昼堂诗存》，取义桐阴，料就是喜欢它高爽的感觉，所谓华净妍雅，符合文人之气质。

梧桐在文学中，又常跟声音有关。一是琴最好用梧桐木，《后汉书·蔡邕列传》："吴人有烧桐以爨者，邕闻火烈之声，知其良木，因请而裁为琴，果有美音，而其尾犹焦，故时人名曰'焦尾琴'焉。"后遂称琴为焦桐。

元杂剧《唐明皇秋夜梧桐雨》插页

246

其次是梧桐落叶或和着雨声特别感人，能动愁思。元代白朴杂剧代表作《唐明皇秋夜梧桐雨》，就取义于此。李清照那首《声声慢》：

> 寻寻觅觅，冷冷清清，凄凄惨惨戚戚。乍暖还寒时候，最难将息。三杯两盏淡酒，怎敌他、晚来风急。雁过也，正伤心，却是旧时相识。
>
> 满地黄花堆积，憔悴损，如今有谁堪摘。守着窗儿，独自怎生得黑。梧桐更兼细雨，到黄昏、点点滴滴。这次第，怎一个、愁字了得！

真是把梧桐的声音写绝了。其他类似的句子和思绪，如"梧桐叶上三更雨,叶叶声声是别离"（周紫芝《鹧鸪天》），"碧纱秋月,梧桐夜雨,几回无寐"（晏殊《撼庭秋》），"又见桐花发旧枝,一楼烟雨暮凄凄"（李煜《感怀》），"雨滴梧桐秋夜长,愁心和雨到昭阳"（刘氏媛《长门怨》），"井上桐叶雨,灞亭卷秋风"（岑参《送魏升卿擢第归东都，因怀魏校书、陆浑、乔潭》），"高楼目尽欲黄昏,梧桐叶上萧萧雨"（晏殊《踏莎行》），"灯花前、几转寒更,桐叶上、数声秋雨"（欧阳修《锦香囊》），"窗在梧桐叶底。更黄昏雨细"（欧阳修《一落索》），"梧桐叶上三更雨。惊破梦魂无觅处"（苏轼《木兰花令》），等等，太多了。

桂花之幽静

台湾作家琦君曾有一篇《桂花雨》被收入大陆一些语文课本中，里面说："小时候，我无论对什么花，都不懂得欣赏。父亲总是指指点点地告诉我，这是梅花，那是木兰花……但我除了记些名字外，并不喜欢。我喜欢的是桂花。"

是的，很多人喜欢桂花。它又名木樨，又作木犀，常见的有丹桂、金桂、银桂、四季桂等，原产地中国，开金黄色碎花，极香。宋之问《灵隐寺》说："桂子月中落。天香云外飘。"称它为天香，虽是因桂树长在月亮里的缘故，却也是推崇它的香。

这种花，古人便有如琦君般，特别喜欢且为之鸣不平的，李清照可为代表：

摊破浣溪沙

揉破黄金万点轻。剪成碧玉叶层层。风度精神如彦辅，大鲜明。

梅蕊重重何俗甚，丁香千结苦粗生。熏透愁人千里梦，却无情。

鹧鸪天

暗淡轻黄体性柔。情疏迹远只香留。何须浅碧深红色，自是花中第一流。　梅定妒，菊应羞，画栏开处冠中秋。骚人可煞无情思，何事当年不见收。

朱淑真也同样，其《木犀》曰："弹压西风擅众芳，十分秋色为伊忙。一枝淡贮书窗下，人与花心各自香。月待圆时花正好，花将残后月还亏。须知天上人间物，何禀清秋在一时。"不是女人才如此，男人赏咏它的作品也极多。主要是赏其幽静，不如桃李浓艳。王维《鸟鸣涧》说："人闲桂花落，夜静春山空。月出惊山鸟，时鸣春涧中。"李白《咏桂》说："世人种桃李，皆在金张门。攀折争捷径式，及此春风暄。一朝天霜下，荣耀难久存。安知南山桂，绿叶垂芳根。清阴亦可托，何惜树君园。"皆是推崇桂之幽。与张九龄《感遇》："兰叶春葳蕤，桂花秋皎洁。欣欣此生意，自尔为佳节。谁知林栖者，闻风坐相悦。草木有本心，何求美人折。"同意。王绩《春桂问答》也如此：

问春桂。桃李正芬华。年光随处满，何事独无花？

　　春桂答。春华讵能久。风霜摇落时，独秀君知不。

　　桂花春天就有，入秋更胜，故王绩以此为说。王绩本是隐士，所以对它特有会心。宋曾几《岩桂》亦然："粟玉黏枝细，青云剪叶齐。团团岩下桂，表表木中犀。江树风萧瑟，园花气惨凄。浓熏不如此，何以慰幽栖。"而最可观者为辛弃疾《清平乐·忆吴江赏木犀》："少年痛饮。忆向吴江醒。明月团圆高树影。十里蔷薇水冷。大都一点宫黄。人间直凭芳芬。怕是九天风露，染教世界都香。"

明　吕纪《桂菊山禽图》

　　桂花另一可赏处，在于它与秋天，尤其是与月的关联。王建《十五夜望月寄杜郎中》："中庭地白树栖鸦，冷霜无声湿桂花。今夜月明人尽望，不知秋思落谁家。"扣秋。唐皮日休《天竺寺八月十五日夜桂子》："玉颗珊珊下月轮，殿前拾得露华新。至今不会天中事，应是嫦娥掷与人。"扣月。宋吕声之《桂花》："独占三秋压众芳，何夸橘绿与橙黄。自从分下月中秋，果若飘来天际香。"兼扣秋与月。

　　词牌也有名为桂殿秋的，李德裕《迎神》、《送神》二曲。词中有"桂殿夜凉吹玉笙"句，即以此为调名。宋向子諲《桂殿秋》："秋色里，月明中。红旌翠节下蓬宫。蟠桃已结瑶池露，桂子初开玉殿风。"

　　桂花又是做糕点、制糖、入酒的好配料。赵希鹄《调燮类编·清饮》载："木樨、茉莉、玫瑰、蔷薇、兰蕙、橘花、栀子、木香、梅花，皆

249

可作茶。诸花开时，摘其半含半放，香气全者，量茶叶多少，摘花为伴。花多则太香，花少则欠香，而不尽美。三停茶叶一停花始称。"他讲的只是古人花茶之法。其实桂花也可以单泡，不一定要配茶叶。我办南华大学时，常用校中桂花烹茶待客，俱皆倾倒。

桂花还可蒸为露，其制法，清人顾仲《养小录》说："仿烧酒锡甑木桶减小样，制一具蒸诸香露。凡诸花及诸叶香者，俱可蒸露。入汤代茶，种种益人。入酒增味，调汁制饵，无所不宜。"小说中有个实例，《红楼梦》第三十四回："彩云听说，去了半日，果然拿了两瓶来，付与袭人。袭人看时，只见两个玻璃小瓶，却有三寸大小，上面螺丝银盖，鹅黄笺上写着'木樨清露'，那一个写着'玫瑰清露'。"是给贾宝玉用的。

谈桂花，还不能不说一个典故。《五灯会元》卷第十七记了则公案：黄庭坚曾随晦堂禅师参禅，苦不得要领。问晦堂。晦堂反问他："孔子曾对弟子说：'二三子以我为隐乎？吾无隐乎尔。'你是怎样理解的？"黄庭坚正准备回答，晦堂没等他开口就摇头说："不是！不是！"黄庭坚纳闷不已。一天随师山行，时岩桂盛放，香满山谷。晦堂问："闻木樨香否？"黄庭坚回答："闻到了。"晦堂说："吾无隐乎尔！"黄庭坚顿时大悟。后人有偈颂曰："水边林下旧生涯，梦里还家未到家。昨夜月明归兴动，西风一阵木樨花。"

韵胜格高的梅花

古人不赏梅，只在乎梅子，梅是实用的。一九七五年，在安阳殷墟商代铜鼎中发现了梅核，这说明早在三千二百多年前，梅已用作食品。《尚书》："若作和羹，尔唯盐梅。"《礼记·内则》："桃诸，梅诸，卵盐。"《召南·摽有梅》："摽有梅，其实七兮！"以及《秦风·终南》、《陈风·墓门》提到梅，都是代酪作调料的，是祭祀、烹调和馈赠等不可或缺的东西。

汉时，梅亦只作为一种植栽树，《西京杂记》载："初修上林苑，群臣远方各献名果异树……梅七：朱梅、紫叶梅、紫花梅、同心梅、丽枝梅、燕梅、猴梅。"扬雄《蜀都赋》说："被以樱、梅，树以木兰。"都是如此。可见，宫廷已经开始观赏梅花。

清郑板桥《梅竹图》据杨万里《和梅诗序》说：南北朝期间，"梅于是时始以花闻天下"。民间已有赏梅之风。这时文人也开始咏梅了，如宋鲍照有《梅花落》诗："中庭杂树多，偏为梅咨嗟。"南朝梁何逊有《扬州法曹梅花盛开》："兔园标物序，惊时最是梅。"南朝梁阴铿有《咏雪里梅》："春尽寒虽转，梅舒雪尚飘。"南朝陈苏子卿、庾信，也都有咏梅之作。"闻天下"虽还谈不上，当时人喜欢的花可多了，梅花初初崭露头角，尚未能冠绝群芳，却是已入品裁了。

林逋"梅妻鹤子"图

隋唐五代，艺梅渐盛，品种日繁。江梅、官粉型之外，四川还出现朱砂型，时称红梅。《全唐诗话》载"蜀州郡阁有红梅数株"即指此。李白、杜甫、柳宗元、白居易等，也多有咏梅名诗。李白《与史郎中钦听黄鹤楼上吹笛》："一为迁客去长沙，西望长安不见家。黄鹤楼中吹玉笛，江城五月落《梅花》。"虽非直接咏梅，亦仍与梅花有关。后人咏梅，也常提到这首落梅花的笛曲。

宋代以后更不得了，除梅花诗词及文章，梅画梅书也纷纷问世。由于梅诗太多，方回编《瀛奎律髓》，竟别出"梅花"为一类，可见其盛。

而宋林逋隐居杭州孤山，植梅放鹤，号称"梅妻鹤子"。其诗"疏影横斜水清浅，暗香浮动月黄昏"（《山园小梅》），尤为脍炙人口。其余名作如王安石《梅》"墙角数枝梅，凌寒独自开。遥知不是雪，为有暗香来"等，不可胜数。苏轼的梅花诗创作，在当时也是算多的，最为著名是《红梅三首》。

其中诗人范成大不仅自己写梅，还编出《梅谱》，记录了十二个品种，并介绍栽培方法，可以说是全世界第一部艺梅专著。细致描绘了它们的色、象、态的独特处；还总结了梅共有的美："梅以韵胜，以格高。"宋张功甫《梅品》是从审美角度来介绍梅花的；宋宋伯仁《梅花喜神谱》是描绘梅花种种形态并配以诗咏的画谱。

但宋人之咏梅，最精彩者，或许不在诗而在词。我旧作有《细说梅花词的起源与流变》一文刊于《读诗隅记》中，兹不赘述，仅介绍姜夔（号白石道人）两首。姜夔曾取"疏影横斜水清浅，暗香浮动近黄昏"两句的首二字作为调名。序说："辛亥之冬，予载雪诣石湖。止既月，授简索句，且征新声，作此两曲。石湖把玩不已，使工妓隶习之，音节谐婉，乃名之曰暗香、疏影。"词云：

暗香

旧时月色，算几番照我，梅边吹笛。唤起玉人，不管清寒与攀摘。何逊而今渐老，都忘却春风词笔。但怪得竹外疏花，香冷入瑶席。

江国，正寂寂。叹寄与路遥，夜雪初积。翠尊易泣，红萼无言耿相忆。长记曾携手处，千树压西湖寒碧。又片片、吹尽也，几时见得。

疏影

苔枝缀玉，有翠禽小小，枝上同宿。客里相逢，篱角黄昏，无言自倚修竹。昭君不惯胡沙远，但暗忆、江南江北。想佩环、月夜归来，化作此花幽独。

　　犹记深宫旧事，那人正睡里，飞近蛾绿。莫似春风，不管盈盈，早与安排金屋。还教一片随波去，又却怨、玉龙哀曲。等恁时、重觅幽香，已入小窗横幅。

　　姜夔咏梅词共有十七首，占其全词的六分之一，这两篇最为精绝。张炎在《词源》中说："诗之赋梅，唯和靖一联而已，世非无诗，不能与之齐驱耳。词之赋梅，唯姜白石《暗香》、《疏影》二曲，前无古人，后无来者，自立新意，真为绝唱。"后来他用此二调咏荷花荷叶，改名《红情》、《绿意》，乃是避开姜夔原作之锋芒的意思。

　　元代，赏梅之风愈盛。有爱梅、咏梅不逊于林逋、又还能画梅的王冕，植梅千株。其《白梅》"冰雪林中著此身，不同桃李混芳尘。忽然一夜清香发，散作乾坤万里春"；《墨梅》"我家洗砚池头树，个个花开淡墨痕。不要人夸好颜色，只留清气满乾坤"。皆驰名，人品尤受推重。所以后来吴敬梓《儒林外史》选他为开端，视为文人之典范。元代吟梅诗作就史料看，不如宋代一半，可喜的是出现了新的咏梅形式——组诗。如冯子振的《梅花百咏》，王冕的《白梅》五十八首。

　　明清的艺梅规模与水平更大更好，品种也不断增多，从当时有关梅花的文献中皆可看出。明王象晋的《群芳谱》所录当时梅花品种达十一种，分成白梅、异品、其他三大类。清陈淏子的《花镜》，记有梅花品种二十一个，其中照水梅、台阁梅，均前所未见。苏州、南京、杭州、成都等地，俱以植梅成林闻名，惹得龚自珍要写《病梅馆记》来批评。然由他之抨击，亦可见当时赏梅已近乎举国若狂，与唐人赏牡丹相仿，"江宁之龙蟠、苏州之邓尉、杭州之西溪，皆产梅"，又都有扎梅树作盆景的风气。风气如此，咏梅的书、文、诗、词、画、歌曲还会少吗？

梅花的审美发现史，是花木中最有意思的。它被欣赏的时代甚迟，可是后劲势强，越来越受推崇。之所以如此，主要是因它花开最晚，能傲霜雪。加以姿态苍古，香绝浮艳，故文人把它当成一种高品格的象征。一般世俗人则以梅花象征春天将至，带有喜气。两相孚应，遂使梅花身价大增，非他花可比。民国以来，定它为国花，良有以也。梅花也可入茶、作糕、酿酒、配药或提取芳香油，足供文人好奇之用。但这类功能，比之于诗人歌颂的梅花精神来说，就显得太微不足道了，不谈也罢。

文学里草木的深意

文学中吟风弄月、依木附草者多矣，介绍至此，已得大略；诸君皆不笨，自可隅反；而且篇幅有限，亦不须蔓延下去，故底下稍说两事：

一是方法问题。

自然界的物象是客观存在的，但人可能根本对之不在意，于是某物在人的意识中就不存在。这是王阳明一类心学家论证过的问题。唯物论者对此当然不以为然，谓物不管人知不知都不影响它存在之事实。

梅花图

我无意再掀这种老论战，可是由前面的事例看，心或意识的作用实在太明显了。桐花、桂花、梅花、玉兰等等，古代难道不开吗？可古人就是视而不见。《风》《骚》皆不论花。汉朝以后，开始赏花了，又或赏菊或爱莲，人各异趣。不同地区、不同时代，也还不一样，足以作为美学上"美的主观论"之佐证。

可是，作为一种方法，还不只提醒我们这一点便罢。因为意识更是有发展的，由朦胧到清晰或强固，这种历程，恰好就可作为观察历史之一线索。例如梅花，进入国人意识领域甚晚，而尔后如何得到强化，即是文学史中一大课题，又可以同时观察到社会意识的变动。犹如雨，诗家谁不说雨？但赏雨什么时候才有呢？《风》《骚》皆不会形容雨，讲到雨，仅能说"零雨其蒙"而已。须到魏晋，才能说人的喜雨或苦雨之情；到唐朝，才能形容雨姿或雨态，才开始懂得听雨。雨都这么难懂了，花会容易懂吗？不细细思量这类问题，焉敢大言说能理解中国古人意识之真际？

我要谈的第二点，是文人咏赋花木的性质。

一种是借草木以比兴寄寓的，起于诗骚，流衍无穷。

以清初为例。康熙初，陈维崧称自己的《乌丝词》"饶寄托"；又编《今词苑》，说选词的标准是"存经存史"。词而可像经史般阅读，为的就是它有寄托。同时大词人纳兰性德也说："诗亡词乃盛，比兴此焉作。"要以词来继承《风》《骚》。其余如曹禾主张词应发扬诗之"主文谲谏"，以美人香草来寄托，赞美曹贞吉《珂雪词》寄托遥深。吴绮则云："(词)体以靡丽而多风，情以芊艳而善入，虽有《花间》《兰畹》之目，实则美人香草之遗也。"(《汪晋贤桐叩词序》)

这些言论，都表明了清初词坛是大讲寄托的。过去治词史者常误以为嘉庆、道光的常州派才讲寄托以反浙派，不知讲寄托是清代词作词学之基调。

但咏草木，也有许多只发挥着赋义，客观写物，着力刻绘物情物理，而予以审美之关照，赏其形、色、姿、气。六朝咏物，所谓"巧构形似之言"，即属此种。

所以康熙时固然有上述比兴之风，却同时也有人在提倡着赋物的写法。康熙本人就主编过一本特殊的诗选：《佩文斋咏物诗选》，为历来咏物诗之集大成，凡四八六类，一万四千六百九十种。草木鸟兽虫鱼，不仅为诗之材料，也是诗咏的对象。讲赋物与巧构形似者，本为诗词史中之一大宗，言比兴寄托者更离不开它们。康熙此辑，不唯可见咏物这一传统之源流，本身也具类书的作用。

编咏物诗选之另一意义，在于对赋比兴的"赋"义之提倡。

与此呼应的，是康熙另一大手笔，命陈元龙编成的《历代赋汇》。康熙序说："风雅颂赋比兴六者，而赋居兴比之中，盖其敷陈事理、抒写物情，兴比不得并焉，故赋之于诗，功尤为独多……是则赋之于诗，具其一体；及其闳肆漫衍，与诗并行，而其事可通于用人。"不但在六义之中，特重赋，推重在兴比之上，且说能作赋的人方能与图政事、当大夫。这显然有与当时重比兴之风分途竞争之意。

此举，当时文坛也不乏呼应者，如浙派词人吴锡麒《仿乐府补题倡和词序》就说："在昔词人，遭逢末造，抚铜驼而泣下……今则承平乎多暇，逸兴湍飞。"意思是宋末词人多因时势之感，借物比兴，现在天下太平，不需如此了，赋物写物即可。

《乐府补题》是一本南宋咏物词集，十四位宋遗民以咏莲、蝉、龙涎香等方式寄寓故国之思，朱彝尊为之作序时也夸它："身世之感别有凄然言外者，其骚人《橘颂》之遗音乎！"可是康熙十七年他带这本书到京师与诸君子咏物唱和时，诸公所作，却只巧构形似，把原有的风喻寄托、哀时伤世之感全抹去了。换上了吴锡麒所形容的那种逸兴："浮大白以高吟，付小红而低唱。"

这是种精神上的变转。巧构形似，本是六朝贵游文学之风。这时的文人，或在朝或在野，但在精神上已不期然而然自许为太平逸豫之世的精神贵族，要享受这逸豫闲暇了。对于朝政世局，原有的讽刺批判，渐转为歌颂啦。

草木入诗文，大略可分为这两途，偏于哪一端，既有个人的抉择，也关乎时代。举此一例，以待同参。

第十一讲　文学与鸟

《诗经》里聚讼万端的鸟

　　《诗经》谈到的鸟当然很多，开卷第一首《关雎》不就是鸟吗？但是雎鸠在后世却极少人再谈到，以致它到底是什么鸟，一直众说纷纭。朱熹《诗集传》说是"水鸟、一名王雎、状类凫鹥"，"生有定偶而不相乱、偶常并游而不相狎"。可是，依《尔雅》郭璞注，雎是雕类，江东呼之为鹗，喜欢在江渚食鱼。陆玑《毛诗草木鸟兽虫鱼疏》又说"雎鸠大小如鸱，深目，目上骨露"。似乎雎鸠近似鸱鸮或竟是鸱鸮。

　　然而鸱与鸮，据朱注说都是恶声之鸟；又说鸱鸮为恶鸟，见《豳风·鸱鸮》。可见鸱鸮应与雎鸠是不同的。何况雎鸠与鸱鸮若是一类鸟，也就不应分属两章、两种称呼。

　　既如此，它又是什么水鸟呢？欧阳修《诗本义》采用毛公的说法说：

它非一般栖止于水泽之鸟，乃是在水上捕鱼的猛鸷。大抵近似鱼鹰吧！故许慎说雎鸠是白鹭，似鹰，尾上白。宋郑樵又说它是雁鹜之类，还有冯元敏认为应该是鸳鸯之类。这开卷第一篇讲得就不知到底是啥。

接着《周南·葛覃》谈到"黄鸟于飞"。于飞是诗里常见的词，用以形容鸟飞，如"燕燕于飞"、"雄雉于飞"、"鸿雁于飞"等。黄鸟也是《诗经》里常见的，甚至有两篇标题同是黄鸟，一见《秦风》，一见《小雅》。可是黄鸟是什么？《诗集传名物钞》认为："黄鸟，黄鹂留，或云黄栗留。"《本草纲目》说是莺，后世一般都说即是黄莺，我则以为黄鹂鸟与黄莺儿恐怕还不是同一物，"两只黄鹂鸣翠柳"、"打起黄莺儿，莫教枝上啼"，读时亦并不以为即是一物也。

雎鸠　　　　　鹊　　　　　黄鸟

《召南·鹊巢》也麻烦。此诗以鸠占鹊巢喻女子嫁入男家为主妇，取喻的问题且不谈，单讲鸠与鹊。

鹊善筑巢，不但有此诗歌咏之，《陈风·防有鹊巢》章也如此说。这是中国人喜欢的鸟，故又称喜鹊、灵鹊、兆喜、声喜、报喜鸟、喜奈何等，详见日本茅原定《诗经名物集成》。

鸠则是斑鸠，中国人不喜欢它，老嘲笑它笨，故又称拙鸠。明陈汝元《金莲记·慈训》："孩儿自惭鸠拙。怎绳七叶之貂。私拟雄飞。少和九皋之鹤。欲题名于雁塔。当奋志于鸡窗。"清李渔《怜香伴·僦居》:"妇安鸠拙终无损,又何须笔如簧、舌如埕,学黄莺佞巧娱人。"我旧有诗云:"谋乖世事巢堂燕,拙入诗声唤雨鸠。"都用这个意思。

拙,可能原就指它不会筑巢,因此说它常侵占鹊做好的巢来住。《禽经》:"鸠拙而安。"张华注:"鸠,鸤鸠也。《方言》云:蜀谓之拙鸟,不善营巢,取鸟巢居之,虽拙而安处也。"

本来如此讲,也无不可,于诗意亦能通。但鹊是大鸟,日本江村如圭《诗经名物辨解》说鹊大如鸦而长尾,尖嘴黑爪。鸠乃"似山雀而小,短尾青黑色",是较小的鸟,这样的鸟要如何霸占大鹊的巢呢?而《本草纲目》云此鸠为鸤鸠,就更难懂了。《类书纂要》说这就是"关关雎鸠"的雎鸠,另有些类书说它是布谷鸟,或鹧鸪、或戴胜、或八哥,总之也是令人疑惑难明的。

戴胜又名胡哱哱、花蒲扇、山和尚、鸡冠鸟,头顶有醒目的五彩羽冠,平时折叠倒伏,直竖时像一把打开的折扇,随鸣叫起伏。是有名的食虫鸟,自古以来就是宗教和传说中的象征物之一,也是以色列的国鸟。

在中国,它最早是与西王母相关的。据说"西王母,其状如人,豹尾虎齿而善啸,蓬发戴胜,是司天之厉及五残"(《山海经·西山经》);"有人,戴胜、虎齿、有豹尾,穴处,名曰西王母"(《山海经·大荒西经》)。看来怪恐怖的。不过后来西王母变成了美妇人,戴胜也就象征祥和、美满、快乐。古有许多赞美戴胜的诗,如唐贾岛《题戴胜》:"星点花冠道士衣,紫阳宫女化身飞。能传上界春消息,若到蓬山莫放归。"扣住神仙世界而说。它显然不是拙鸠。

《诗经》言鸟约四十五种,大抵即是如此,聚讼万端,有许多至今不能确断。还有许多是后世甚少提的。例如流离、翟、鵽、晨风、雏、翚、桑扈、鷮、桃虫等,后世文人罕见歌咏。

另一些也少见,只当典故用。如脊令,又名鹡鸰,是什么呢?陆玑说它"大如鹦雀，长脚长尾尖喙，脊上青灰色，腹下白，颈下黑"。可是苏轼的《物类相感志》说"其色苍白似雪。"所以又名雪姑。则恐非一物，今亦不能明。唯"鹡鸰在原"，用以喻兄弟和睦之情，并不受它到底是什么鸟的影响，文家无不用之。唐玄宗《鹡鸰颂》曰："天伦之性，鲁卫分政，亲贤居兮。爱游爱处，爱笑爱语，巡庭除兮。观此翔禽，以悦我心，良史书兮。"宋之问《别之望后独宿蓝田山庄》："鹡鸰有旧曲，调苦不成歌。自叹兄弟少，常嗟离别多。"杜甫《舍弟观赴蓝田取妻子到江陵喜寄三首》："汝迎妻子达荆州，消息真传解我忧。鸿雁影来连峡内，鹡鸰飞急到沙头。"等等，便是例证。

如此七折八扣下来，文学中该讨论的鸟也就不太多了。

文学中的嘉禽

鸟中最高贵、最重要的，当然是凤。凤的传说形成甚早，且《尚书·益稷》已说大禹治水后，举行庆祝盛典，"箫韶九成，凤皇来仪"。《大雅·卷阿》又说："凤凰于飞，翙翙其羽。"似乎凤是真正存在的，并不只是传说。

尔后凤愈来愈像是传说，不知其确貌如何。据《尔雅·释鸟》郭璞注"鹦凤其雌皇"，"鸡头、蛇颈、燕颔、龟背、鱼尾、五彩色，高六尺许"。《山海经》还说凤凰之纹有五种象征："首文曰德、翼文曰义、背文曰礼、膺文曰仁、腹文曰信。"另一些书上又说它性高洁，非晨露不饮、非嫩竹不食、非千年梧桐不栖。其类有五：赤色的朱雀、青色的青鸾、黄色的鹓鶵、白色的鸿鹄、紫色的鸑鷟。

其实，这都是附会五行思想的说辞；鹓鶵、鸿鹄、鸑鷟也不是凤。凤之来历，我以为乃是东方民族鸟图腾的演化，犹如另一个蛇图腾演化为龙。后来，龙凤更成为了我们中华民族的整体图腾。

晨风　鹘　桃虫　桑扈　流离

　　后世多以凤为天下太平之象征，用在善祷善颂的场合，如谢朓《永明乐十首》："彩凤鸣朝阳，玄鹤舞清商；瑞此永明曲，千载为金皇。"这是因《山海经·南山经》中说丹穴之山"有鸟焉，其状如鸡，五采而文，名曰凤凰……自歌自舞，见则天下安宁"。《尔雅·释鸟》郭璞注："瑞应鸟。"《说文》："凤，神鸟也……见则天下大安宁。"因罕见，故为祥瑞。

　　其次用以形容天子，如《逸周书·月令》说天子居青阳左个，乘鸾辂，驾苍龙。这是因为凤本来就是鸟中之王，所以又称"凤皇"。后来讹为凤凰，遂只好说凤是雄、凰是雌。

　　而凤凰既为神鸟，自然常在天上，与神仙为伍。于是游仙者、避世者皆要与凤凰为侣。如《离骚》中写到神游天庭时，第一句就是："吾令凤鸟飞腾兮，继之以日夜。飘风屯其相离兮，帅云霓而来御"，"驾鸾凤以上游兮，从玄鹤与鹝明"，李白《草创大还赠柳官迪》说"鸾车速风电，龙骑无鞭策"，均如此。李商隐《碧城三首》形容仙家，亦说："碧城十二曲阑干，犀辟尘埃玉辟寒。阆苑有书多附鹤，女床无处不栖鸾。

星沉海底当窗见，雨过河源隔座看。若是晓珠明又定，一生长对水晶盘。"

凤凰与一般鸟不同，非梧桐不栖、非竹实不食，所以又被用为高洁自好者的象征。如《论语·微子》中，楚狂人接舆就对孔子作歌："凤兮凤兮！何德之衰？往者不可谏，来者犹可追。已而，已而！今之从政者殆而！"韩愈《重云李观疾赠之》诗亦云："劝君善饮食，鸾凤本高翔。"唐颜真卿《和政公主神道碑》则说："凤凰于飞，梧桐是依。嘤嘤喈喈，

凤凰（清 《禽虫典》）

福禄攸归。"最后一首，又有夫妻鸾凤和鸣的意思，赞人家是神仙眷属。

此外，还有些神奇小故事。如李商隐《茂陵》诗："汉家天马出蒲梢，苜蓿榴花遍近郊。内苑只知含凤嘴，属车无复插鸡翘。玉桃偷得怜方朔，金屋修成贮阿娇。谁料苏卿老归国，茂陵松柏雨萧萧。"凤嘴，《海内十洲记·凤麟洲》载：西海中有凤麟洲，"多仙家，煮凤喙麟角合煎作膏，名之为续弦胶或名连金泥"，能续弓弩已断之弦，后亦称"鸾胶"。义山用的就是这个典故。杜牧的"天外凤凰谁得髓，无人解合续弦胶"，也用此典。后世也以续弦来比喻续娶后妻，如后周陶谷《风光好》："好姻缘，恶姻缘。只得邮亭一夜眠，别神仙。琵琶拨尽相思调，知音少。待得鸾胶续断弦，是何年？"

另有九凤之说，又称九头鸟。《山海经·大荒北经》说："大荒之中，有山名曰北极天柜。海水北注焉。有神九首，人面鸟身，曰九凤。"今人或谓《海内东经》载："汉水出鲋鱼之山，帝颛顼葬于阳，九嫔葬于阴，

263

四蛇卫之。"附禺即鲋鱼，古字通用。屈原在《离骚》中说自己是"帝高阳之苗裔"，高阳即帝颛顼。而颛顼葬于汉水，九凤又与颛顼同在一地，可见九凤即是楚人所崇拜的九头神鸟。

其实不然，说九头鸟乃是骂人的话。谓"天上九头鸟，地下湖北佬。三个湖北佬，敌不过一个九江佬"，讥讽湖北人江西九江人太过精明。明清间，武汉三镇和九江都是大水路转运站，商贾转贸，自善计较。周边省份人对之，遂有此叹。现今考证说九头鸟是楚人神鸟云云，完全是自己往脸上贴金。文学中亦无用九头鸟之典者，与九尾狐迥异。

凤凰之外，最神奇的鸟，非鹏莫属。鹏亦介乎实物与传说之间，由字形看，它本来就是凤，可是后世与凤分化了。

谈鹏之作，最著名的是庄子的《庄子·逍遥游》："北冥有鱼，其名曰鲲。鲲之大，不知其几千里也。化而为鸟，其名为鹏。鹏之背，不知其几千里也；怒而飞，其翼若垂天之云。"其次为李白《大鹏赋》，序说："余昔于江陵见天台司马子微，谓余有仙风道骨，可与神游八极之表。因著《大鹏遇希有鸟赋》以自广。此赋已传于世，往往人间见之。悔其少作，未穷宏达之旨，中年弃之。及读《晋书》，睹阮宣子《大鹏赞》，鄙心陋之。遂更记忆，多将旧本不同。今复存手集，岂敢传诸作者，庶可示之子弟而已。"这是他在鄂州江夏，逢道教大师司马承祯而作。以鹏自喻，称司马氏为稀有鸟。

李白曾作《大鹏赋》，杜甫却也有类似之作，但名为《雕赋》。全篇以"有英雄之姿"的雕鸟自喻，以虞人获雕于饥寒之际而能驯养之，喻统治者取士于困顿之中加以任用，含有自荐求仕之意。此赋虽然清仇兆鳌说它"有悲壮之音，无乞怜之态"，但赋中写道：

久而服勤，是可吁畏。必使乌攫之党，罢钞盗而潜飞；枭怪之群，

264

想英灵而遽坠。岂比乎虚陈其力，叨窃其位，等摩天而自安，与抢榆而无事者矣。

以雕鸟回报主人，比喻自己若被任用必将竭力为国铲除奸邪，正如仇兆鳌所评："雕鹗飞而鸟枭匿形，犹正人用而金壬屏迹。陈力窃位，明刺当时素餐尸位之流。"这却是李白不可能说的话。一鹏一雕，看起来还是不一样的。

文学中说到雕，还有个射雕的典故。《史记·李将军列传》："中贵人将骑数十纵，见匈奴三人，与战。三人还射，伤中贵人，杀其骑且尽。中贵人走广，广曰：'是必射雕者也。'"南朝宋裴骃集解引《文颖》曰："雕，鸟也，故使善射者射也。"后世遂以擅射者为射雕人之称。王维《观猎》诗："回看射雕处，千里暮云平。"即用此典。明高启《赠马冠军》诗："欲行渡狼河，直擒射雕将。"亦然。发展到金庸《射雕英雄传》都是。

雕是让人射的，鹏则不然，李白说大鹏是能让"任公见之而罢钓，有穷不敢以弯弧。莫不投竿失镞，仰之长吁"。以是观之，鹏雕不同，明矣！

前文谈到的另一种凤，鸿鹄，其实是天鹅。又名鹄、鸿、鹤、白鸿鹤、黄鹄等。《管子·戒》："今夫鸿鹄，春北而秋南，而不失其时。"《艺文类聚》卷九十引张华《博物志》："鸿鹄千岁者皆胎产。"

清沈铨《松梅双鹤图》因鸿鹄善高飞，故常比喻志向远大的人。汉高祖有《鸿鹄歌》："鸿鹄高飞，一举千里，羽翼已就，横绝四海。"这里汉高祖用"鸿鹄高飞"来比喻羽翼丰满的太子。更闻名的句子如"燕雀安知鸿鹄之志哉"，则是《史记·陈涉世家》中陈胜的感慨。陈胜的话，王安石有另一种说法："鸡虫得失何须算，鹏鹦逍遥各自知。"燕雀跟鸿鹄的对比，亦是鹏鹦跟鸡的对比。鹏鹦在中国，也是凤凰一类神鸟。

265

苏武牧羊

孟浩然《洗然弟竹亭》的"俱怀鸿鹄志，共有鹡鸰心"即化用此典。

鸿鹄也象征着美好的德行。如《管子·形执》有："鸿鹄锵锵，唯民歌之；济济多士，殷民化之。"

与之相类者，还有鹤。鹤也是神仙似的鸟，绝俗离垢。古人又称它为仙人麒骥（《相鹤经》），玄裳道士、仙客（《事物异名》），无不着眼于此。林逋《荣家鹤》诗："春静棋边窥野客，雨寒廊底梦沧洲。"就是说鹤虽遭人豢养，心思仍在云端林下。

苏轼《鹤叹》，讲的也是这个意思："园中有鹤驯可呼，我欲呼之立坐隅。鹤有难色侧睨予，岂欲臆对如鹏乎？我生如寄良畸孤，三尺长胫阁瘦躯。俛啄少许便有余，何至以身为子娱！驱之上堂立斯须，投以饼饵视若无。嘎然长鸣乃下趋，难进易退我不如。"林处士以梅为妻、以鹤为子，当然不会把鹤当成玩物，也应知鹤亦有沧州千里之志！

鸿鹄之志的鸿鹄，也有人认为该解释为鸿雁与天鹅。鸿雁，小者为雁，大者为鸿。

不过，鸿雁在诗文里，性质就与凤凰、鹤、天鹅、鹏鹦不太一样。不显超越性，而是人间的。例如以鸿雁象征坚贞，所以婚聘要送雁；鸿雁传书、鱼雁往还，也都是讲人际的牵系与交往。鸿雁传书还有个具体事证：苏武遭匈奴扣留十九年。昭帝即位后，派使者对单于说，天子猎到一只雁，雁腿上系着一封信，写着苏武正在北海（今贝加尔湖）

牧羊。单于这才放苏武归汉。后人曰："相思莫道无来使，回雁峰前好寄书。"卢仝《萧二十三赴歙州婚期二首》即化用此典。

而这个性质，似乎并不起于汉，自来就是如此的。故《易经·渐卦》说："鸿渐于干，小子厉，有言无咎。""鸿渐于盘，饮食衎衎。""鸿渐于陆，夫征不复，妇孕不育。""鸿渐于木，或得其桷。""鸿渐于陵，妇三岁不孕，终莫之胜。""鸿渐于陆，其羽可用为仪。"完全用人间世俗性的饮食、怀孕等解释凡事应该慢慢来的道理。

《小雅·鸿雁》则说："鸿雁于飞，肃肃其羽。之子于征，劬劳于野。爰及矜人，哀此鳏寡。鸿雁于飞，集于中泽。之子于垣，百堵皆作。虽则劬劳，其究安宅？鸿雁于飞，哀鸣嗷嗷。维此哲人，谓我劬劳。维彼愚人，谓我宣骄。"鸿雁总是令征夫、劳人、游子兴起愁思，让他想家。

后来，这种思乡思归的鸿雁观，在诗文中翻来覆去地上演。陈师道《南乡子》说得好："回雁峰南未得秋。唤取佳人听旧曲，休休。瘴雨无花孰与愁？"

文学中其他诸鸟

鸿雁、鹤、天鹅、鹏，乃至凤凰，都是大鸟，且为嘉禽。另一些大鸟则无嘉义，甚或还可能有些贬义，说它们是恶鸟。

例如前文谈到的鸡，本也是重要的大鸟。《诗经》谈到鸡的有四处。《礼记》、《易经》称它为翰音，还有人说它是德禽（《花镜》），甚至是五德禽（《本草原始》），封它为会稽公（《典籍便览》）、赤帻勇士（《事物异名》）。

但它在后世声望一落千丈，诗文说鸡，除说它能报晓，或如乐府

267

诗以"鸡鸣桑树颠"起兴之外，鸡都是让人宰来吃的，不然则"鸡虫得失"云云。圆因法师有《早辨修行路》："笼鸡有食汤锅近，野鹤无粮天地宽。"所以《清异录》索性称它为羹本，是做羹汤的好材料。谈到鸡，一时口馋，如宋陈傅良《寄陈同甫》曰"古来材大难为用，纳纳乾坤着几人。但把鸡豚宴同社，莫将鹅鸭恼比邻"，竟把鸭鹅还都拉上了。

鸢，理学家喜欢说"鱼跃于渊、鸢飞戾天"，用以形容心活泼泼地，颇有嘉美之义。鸢飞戾天，语出《大雅·旱麓》。

但这是理学家的新解，古注分明说"鸢，贪残之鸟也"、"鸢鸱之类，鸟之贪恶者也"。所以诗文中常以鸢来代表贪慕荣华者，南朝梁吴均《与朱元思书》中"鸢飞戾天者望峰息心，经纶世者窥谷忘返"，即是此义。李贺《荣华乐》的"鸢肩公子二十余，齿编贝，唇激朱。气如虹霓，饮如建瓴，走马夜归叫严更。径穿复道游椒房，龙裘金玦杂花光"云云，也是如此。

鸱（清　四川成或因绘图本）

鸢，不过是鸱之类，即蒙此恶名，鸱就更惨，竟成了恶鸟的代表。李贺《神弦曲》曰：

　　西山日没东山昏，旋风吹马马踏云。画弦素管声浅繁，花裙䌤缭步秋尘。桂叶刷风桂坠子，青狸哭血寒狐死。古壁彩虬金帖尾，雨工骑入秋潭水。百年老鸮成木魅，笑声碧火巢中起。

老鸮之笑，嘿嘿，令人印象深刻！

实则鸮并不是什么特别奇怪的鸟，不过就是猫头鹰罢了。古希腊人很崇拜猫头鹰，认为它是智慧的象征。智慧女神阿西娜的宠物就是猫头鹰。加拿大温哥华印第安人现在也仍保留猫头鹰的图腾舞，有大型木雕的猫头鹰形象及舞蹈。

可惜它在我国无此好运道，古时称它为恶声鸟，《说苑》还有"枭逢鸠。鸠曰：'子将亦之？'枭曰：'我将东徙。'鸠曰：'何故？'枭曰：'乡人皆恶我鸣，以故东徙。'"的寓言故事。又名鸮角鸮、怪鸱、鸺鹠等等（其实是猫头鹰细分有几百种，名字复杂）。一般用来喻指邪恶之人，例如宋苏辙诗说"懒将词赋占鸮臆，频梦江湖伴蟹螯"即是。《豳风·鸱鸮》，则是对它的直接控诉：

> 鸱鸮鸱鸮，既取我子，无毁我室。恩斯勤斯，鬻子之闵斯。
> 迨天之未阴雨，彻彼桑土，绸缪牖户。今女下民，或敢侮予？
> 予手拮据，予所捋荼。予所蓄租，予口卒瘏，曰予未有室家。
> 予羽谯谯，予尾翛翛，予室翘翘。风雨所漂摇，予维音哓哓！

说你这恶鸟，已经夺走了我的雏子，再不能毁我的巢啦！我含辛茹苦，早已为养育雏子病了！我趁着天未阴雨，啄来桑皮桑根，将门户缚紧。现在你们树下的人，还有敢欺负我的人。我用拘挛的手爪，采捋茅草花；又蓄积干草垫底，喙角也累得病啦，只为了还未筑好的家。呀，我的翅羽稀落、我的尾羽枯槁、我的巢儿垂危，正在风雨中飘摇。我只能惊恐地哀号！

还有一种鸟似鸮，也是不祥的，那就是鹏鸟。碰上了，也要哀号。贾谊的《鹏鸟赋》就是。《史记·屈原贾生列传》说：

贾生为长沙王傅太三年，有鸮飞入贾生舍，止于坐隅。楚人命鸮曰"服"。贾生既以谪居长沙，长沙卑湿，自以为寿不得长，伤悼之乃为赋以自广。

结果没有"广"成，终究伤悼而死。后人谈及此鸟，当然都顺着这个典故说，如唐许浑《途经李翰林墓》："碧水鲈鱼思，青山鵩鸟悲。"温庭筠《秘书刘尚书挽歌词》："粉署见飞鵩，玉山猜卧龙。"

见了倒霉的，当然还有鸦。中国人厌闻鸦鸣，大儒朱熹替鸦辩护说："鹊噪未为吉，鸦鸣岂是凶？人间凶与吉，不在鸟声中。"却也不能扭转这种成见。

诗文中出现乌鸦，虽未必就是不吉，也都仍是与衰败、萧飒、颓唐相关的。如李商隐《隋宫》："于今腐草无萤火，终古垂杨有暮鸦。"陈师道《九日寄秦观》："疾风回雨水明霞，沙步丛祠欲莫鸦。九日清樽欺白发，十年为客负黄花。"元马致远《天净沙·秋思》："枯藤老树昏鸦。小桥流水人家。古道西风瘦马。夕阳西下，断肠人在天涯。"等等。

但乌鸦另有个神鸟传说，那就是三足乌的故事。又称金乌、阳乌。是传说中驾驭日车的神鸟，亦称"踆乌"，居于日中，有三足。《楚辞·天问》说："羿焉彃日？乌焉解羽？"一九七二年长沙马王堆一号汉墓中出土的帛画上即画着一轮红日，中间蹲着一只乌鸦。一九七五年在宝鸡茹家庄发掘的西周中期1号墓乙室也出土了两件形态相同的三足乌形尊。可见此说在当时应甚普遍。

三足乌并不是个简单的神话，它可能指太阳本身，如《楚辞》王逸注："尧命羿仰射十日，中其九日，日中九乌皆死，堕其羽翼。"《春秋纬元命苞》："日中有三足乌。"郭璞《玄中记》、汉王充《论衡》等都如此记载。直接指明三足乌本身就是太阳的是这一则：杜甫《岳麓山道林二寺行》

诗:"莲花交响共命鸟,金榜双回三足乌。"仇兆鳌注引黄生曰:"三足乌,即日也。"

它也可能指太阳的某种状况,如《艺文类聚》卷一百引《黄帝占书》:"日中三足乌见者,大旱赤地。"

也可能指太阳的座驾,如《淮南子·精神训》:"日中有踆乌。"高诱注:"踆,犹蹲也。谓三足乌。"《洞冥记》卷四:"(汉武帝)帝曰:'朕所好甚者不老,其可得乎?'朔曰:'臣能使少者不老。'帝曰:'服何药耶。'朔曰:'东北有地日之草,西南有春生之鱼。'帝曰:'何以知之?'朔曰:'三足乌数下地食此草,羲和欲驭,以手掩乌目,不听下也。长其食此草,盖鸟兽食此草则美闷不能动矣。'"

三足乌后来还跟西王母神话结合,变成了"青鸟"。《河图括地图》:"昆仑在若水中,非乘龙不能至。有三足神鸟,为西王母取食。"《史记·司马相如列传》:"吾乃今目睹西王母皬然白首,载胜而穴处兮,亦幸有三足乌为之使。"张守节正义引张揖曰:"三足乌,青鸟也。主为西王母取食。"均坐实此事。

今人认为日中乌是指太阳黑子,而"阳乌载日"则是日全食时的日冕。古人很早就发现了黑子现象,近年我国天文学者,还从公元前七八一年至公元一九一八年约两千七百年的典籍中,查出了数百条有关黑子的记载。但这样的科学解释,虽可满足今人的科学崇拜,实与文学无甚关系。

我国有一种文学体裁叫作禽言诗,都是模仿鸟在说话的,或将鸟名隐入诗句,象声取义。作者很不少,如梅尧臣有《四禽言》诗,苏轼有《五禽言》等。宋胡仔《渔隐丛话前集·陈亚》曾论此体说:"禽言诗当如药名诗,用其名字隐入诗句中,造语稳贴,无异寻常诗,乃为造微入妙……。禽言诗云:'唤起窗全曙,催归日未西。'唤起、催归,

271

二禽名也。梅圣俞禽言诗，如'泥滑滑''苦竹冈'之句，皆善造语者也。"其中，宋罗公升《禽言·日中乌》说："日中有痴乌，食日疗饥腹。不省日无光，此身难驻足。"谓乌食日疗饥，颇有新意。

另外，李峤《鉴》："明鉴掩尘埃，含情照魏台。日中乌鹊至，花里凤皇来。玉彩疑冰彻，金辉似月开。方知乐彦辅，自有鉴人才。"把乌称为乌鹊，也很有意思，说乌不是鸦而是鹊。亦是用旧典而出新奇的。

跟鸦相对的是喜鹊。鹊而称喜，其喜可知。但据宋代彭乘的《墨客挥犀》说："北人喜鸦声而恶鹊声，南人喜鹊声而恶鸦声。鸦声吉凶不常，鹊声吉多而凶少，故俗呼为喜鹊。"似乎鹊跟鸦谁更喜气些，本来还颇有竞争，后来鹊大胜了，因为它还有许多附会的典故。

唐张鸒《朝野佥载》卷四载：

> 贞观末，南康黎景逸居于空青山，有鹊巢其侧，每饭食以喂之。后邻近失布者，诬景逸盗之，系南康狱月余，劾不承，欲讯之，其鹊止于狱楼，向景逸欢喜，似传语之状。其日传有赦。官司诘其来，云路逢玄衣素衿所说。三日而赦至，景逸还山。乃知玄衣素衿者，鹊之所传也。

鹊又叫灵鹊，即由这类故事来。

此外，晋干宝《搜神记》说汉代张颢击破山鹊化成的圆石，得到颗金印，刻着"忠孝侯印"四个字，张颢献给皇帝，藏之秘府。后来官至太尉。故"鹊印"就用来指公侯之位了。岑参《献封大夫破播仙凯歌》之三："鸣笳叠鼓拥回军，破国平蕃昔未闻。丈夫鹊印摇边月，大将龙旗掣海云。"就用了这个典故，鹊印一词频繁出现在后世诗词中。

中国人也常用"喜鹊登枝头"来装饰新房。传说，每年七夕，喜鹊又都会飞上天河，搭起一条鹊桥，引分离了一年的牛郎和织女相会。图案、剪纸中，两只鹊儿面对面叫"喜相逢"；双鹊中加一枚古钱叫"喜在眼前"；一只獾和一只鹊在树上树下对望叫"欢天喜地"；鹊登梅枝报喜叫"喜上眉梢"。总之，鹊就是报喜的，所以又称为报喜鸟。

相关诗文，不胜枚举。如陈师道《菩萨蛮》："东飞乌鹊西飞燕，盈盈一水经年见。急雨洗香车，天回河汉斜。"又"银潢清浅填乌鹊，画檐急雨长河落。初月未成圆，明星惜此筵。"

前面谈乌时曾提到：三足乌或以为即是青鸟。

冰心有一篇《山中杂记·鸟兽不可与同群》说："西方人以青鸟为快乐的象征，我看最恰当不过。"中国人看青鸟其实不然。

青鸟本是恶鸟，《山海经·大荒西经》说："有玄丹之山，有五色之鸟，人面有发。爰有青鸞、黄鹜、青鸟、黄鸟，其所集者其国亡。"

后来它也与西王母神话结合了，成为王母的使者、侍者，《山海经》、班固《汉武故事》中都有记载。后世遂以青鸟为信使的代称。频繁出现在古人诗词中，最闻名的莫过于唐李商隐《无题》："蓬山此去无多路，青鸟殷勤为探看。"

使者不但带来人间的信息，还可带来春的消息。恰好五行思想中春属木、属青，所以以青鸟司春。如南朝齐王融《三月三日曲水诗序》："于时青鸟司开，条风发岁。"唐陈子昂《春台引》："嘉青鸟之辰，迎火龙之始。"宋李长民《广汴赋》："当青鸟之司扉，开条风之妍暖。"

如此神鸟，虽说只是王母娘娘的使者，但毕竟是神鸟，因此它也是自在的。张衡《西京赋》："翔鸥仰而不逮，况青鸟与黄雀。"江淹《阮步兵籍咏怀》："青鸟海上游，鶂斯蒿下飞。"李白《题元丹丘山居》诗："益愿狎青鸟，拂衣栖江濆。"均取义于它的自在。

另一种本来也是大大吉祥之鸟，后来寻常了。那就是燕子。"旧时王谢堂前燕，飞入寻常百姓家。"说的是世事沧桑，但事实上燕子本身就是如此。

它本是神鸟，乃殷商开国之祖。《商颂·玄鸟》曰："天命玄鸟，降而生商。"《史记·殷本纪》："殷契，母曰简狄，有娀氏之女……三人行浴，见玄鸟堕其卵，简狄取吞之，因孕生契。"《楚辞·离骚》："望瑶台之偃蹇兮，见有娀之佚女……凤皇既受诒兮，恐高辛之先我。"《楚辞·天问》："简狄在台，喾何宜？玄鸟致贻，如何喜？"王逸注："玄鸟，燕也。"《吕氏春秋·音初》也说："有娀氏有二佚女，为之九成之台，饮食必以鼓。帝令燕往视之，鸣若谥隘。二女爱而争搏之，覆以玉筐。少选，发而视之，燕遗二卵北飞，遂不反。"卜辞上记载了商王对高祖王亥的询问、祷告或是祭祀，甲骨文上写王亥之"亥"字，上面均加一鸟形。

后世文学中说燕，皆脱离了这个神话，只就燕子喜欢在人家檐下筑巢，且秋去春来的习性说。如晏殊的名句："无可奈何花落去，似曾相识燕归来。"乐府诗《杨白花》："秋去春还双燕子，愿衔杨花入窠里。"宋陈与义《对酒》诗："是非衮衮书生老，岁月匆匆燕子回。"陈师道《春怀示邻里》："断墙着雨蜗成字，老屋无僧燕作家。剩欲出门追语笑，却嫌归鬓逐尘沙。风翻蛛网开三面，雷动峰窠趁两衙。屡失南邻春事约，只今容有未开花。"又《南乡子》："风絮落东邻，点缀繁枝旋化尘。关锁玉楼巢燕子，冥冥，桃李摧残不见春。"燕子都是人间性的，代表春天，带来的是春的喜悦、春的惆怅。

由此基础，再发感慨，则如苏辙《排遣》："宦游底处非巢燕，归计何嫌诮沐猴。"或如梅尧臣《拟张九龄咏燕》曰："眇眇飞来燕，长年与社违。任从新历改，只向旧巢归。永日当人语，轻寒逆雨飞。自亲梁栋惯，不识海鸥机。"只是这类作品为数并不多见。

而以燕子为线索形成的文学事件倒还不少，如汉朝有赵飞燕舞腰轻盈的故事，后世遂以燕子比喻体态轻盈的女子。杨维桢《次韵黄大痴艳体》云："仙人掌重初承露，燕子腰轻欲受风。"

"燕子楼"这一文学佳话更为闻名，影响也较为深远。贞元二十年春，白居易在校书郎任上，自长安东游徐泗，受到了武宁军节度使张愔的盛情款待。据白居易说："徐州故张尚书有爱妓曰盼盼，善歌舞，雅多风态。予为校书郎时，游徐泗间。张尚书宴予。酒酣，出盼盼以佐欢，欢甚。予因赠诗云：'醉娇胜不得，风袅牡丹花。'一欢而去，尔后绝不相闻，迨兹仅一纪矣。昨日，司勋员外郎张仲素绘之访予，因吟新诗，有《燕子楼》三首，词甚婉丽。诘其由，为盼盼作也。绘之从事武宁军累年，颇知盼盼始末。云'尚书既殁，归葬东洛，而彭城有张氏旧第，第中有小楼名燕子。盼盼念旧爱而不嫁，居是楼十余年，幽独块然，于今尚在。'予爱绘之新咏，感彭城旧游，因同其题，作三绝句。"

这事，后人吟咏甚多，最著名的是苏轼《永遇乐》，题："夜宿燕子楼，梦盼盼，因作此词。"词曰："明月如霜，好风如水，清景无限。曲港跳鱼，圆荷泻露，寂寞无人见。紞如三鼓，铿然一叶，黯黯梦云惊断。夜茫茫，重寻无处，觉来小园行遍。天涯倦客，山中归路，望断故园心眼。燕子楼空，佳人何在？空锁楼中燕。古今如梦，何曾梦觉，但有旧欢新怨。异时对，黄楼夜景，为余浩叹。"

到了元代有《燕子楼》杂剧，明代《警世通言》和清代《聊斋志异》等小说中都曾提及燕子楼本事，讲的都是唐朝的美人旧事。

戏曲中，利用燕子以串组情节者，则莫过于明阮大铖《燕子笺》传奇。《燕子笺》写的是唐代士子霍都梁与名妓华行云、尚书千金郦飞云的曲折婚恋故事。全剧分四十二出，以燕子衔笺为关目，故名。这戏辞情华赡，与他的《春灯谜》齐名。大约是晚明清初最流行的戏。直到清末，

275

柳亚子写《〈二十世纪大舞台〉发刊词》仍说:"覆巢倾卵之中,笺传《燕子》;焚屋沉舟之际,唱出《春灯》。"

还有一个燕子的地名,颇动文人之思,那就是燕子矶,乃南京江边的名胜。李白曾游,留下一个酒樽石。胡应麟有《独游燕子矶作》,张岱《陶庵梦忆》描述:

> 燕子矶余三过之。水势汹溇,舟人至此,捷捽抒取,钩挽铁缆,蚁附而上。篷窗中见石骨棱层,撑拒水际,不喜而怖,不识岸上有如许境界。戊寅到京后,同吕吉士出观音门游燕子矶,方晓佛地仙都,当面蹉过之矣。登关王殿,吴头楚尾,是侯用武之地,灵爽赫赫,须眉戟起。缘山走矶上,坐亭子,看江水漱洌,舟下如箭。折而南,走观音阁度索上之。阁傍僧院有峭壁千寻,碚礌如铁,大枫数株,蓊以他树,森森冷绿,小楼痴对,便可十年面壁。今僧寮佛阁,故故背之,其心何忍。是年,余归浙,闵老子、王月生送至矶,饮石壁下。

不愧记游圣手。

燕子的事,可另参考清朝经学家郝懿行的博物小书《燕子春秋》,这里就不多谈了。

第十二讲　文学与兽

蒙学读物中的兽

前已说鸟，现续说兽，请诸位先看《幼学琼林·鸟兽》：

麟为毛虫之长，虎乃兽中之王。麟凤龟龙，谓之四灵；犬豕与鸡，谓之三物。骐骝、骅骝，良马之号；太牢、大武，乃牛之称。羊曰柔毛，又曰长髯主簿；豕名刚鬣，又曰乌喙将军。鹅名舒雁，鸭号家凫。鸡有五德，故称之曰德禽；雁性随阳，因名之曰阳鸟。家狸、乌圆，乃猫之誉；韩卢、楚犷，皆犬之名。麒麟驺虞，皆好仁之兽；螟螣蟊贼，皆害苗之虫。无肠公子，螃蟹之名；绿衣使者，鹦鹉之号。狐假虎威，谓借势而为恶；养虎贻患，谓留祸之在身。犹豫多疑，喻人之不决；狼狈相倚，比人之颠连。胜负未分，不知鹿死谁手；基业易主，正如燕入他家。燕到南方，先至为主，后至为宾；雉名陈宝，得雄为王，得雌为霸。刻鹄类鹜，为学初成；画虎类犬，弄巧反拙。美恶不称，谓之狗尾续貂；贪图不足，谓之蛇欲吞象。祸去祸又至，曰前门拒虎，后门进狼；除凶不畏凶，曰不入虎穴，焉得虎子。鄙众趋利，曰群蚁附膻；谦己爱儿，曰老牛舐犊。无中生有，曰画蛇添足；进退两难，曰羝羊触藩。杯中蛇影，自起猜疑；塞翁失马，难分祸福。龙驹凤雏，晋闵鸿夸吴中陆士龙之异；伏龙凤雏，司马徽称孔明庞士元之奇。吕后断戚夫人手足，号曰人彘；胡人腌契丹王尸骸，谓之帝羓。人之狠恶，同于梼杌；人之凶暴，类于穷奇。王猛见桓温，扪虱而谈当世之务；宁戚遇齐桓，扣角而取卿相之荣。楚王轼怒蛙，以昆虫之敢死；丙吉问牛喘，恐阴阳之失时。以十人而制千虎，比言事之难胜；走韩卢而搏蹇兔，喻言敌之易摧。兄弟如鹡鸰之相亲，夫妇如鸾凤之配偶。有势莫能为，曰虽鞭之长，不及马腹；制小不用大，曰割鸡之小，焉用牛刀。鸟食母者曰枭，兽食父者曰獍。苛政猛于虎，壮士气如虹。腰缠十万贯，骑鹤上扬州，谓仙人而兼富贵；盲人骑瞎马，夜半临深池，是险语之逼人闻。黔驴之技，技止此耳；鼫鼠之技，技亦穷乎。强兼并者曰鲸吞，为小贼者曰狗盗。养恶人如养虎，当饱其肉，不饱则噬；养恶人如养鹰，饥之则附，饱之则扬。随珠弹雀，谓得少而失多；投鼠忌器，恐因甲而害乙。事多曰蝟集，利小曰蝇头。心惑似狐疑，人喜如雀跃。爱屋及乌，谓因此而惜彼；轻鸡爱鹜，谓舍此而图他。唆恶为非，曰教猱升木；受恩不报，曰得鱼忘筌。倚势害人，真是城狐社鼠，空存无用，何殊陶犬瓦鸡。势弱难敌，谓之螳臂当辙；人生易死，乃曰蜉蝣在世。小难制大，如越鸡难伏鹄卵；贱反轻贵，似鹙鸠反笑大鹏。小人不知君子之心，曰燕雀焉知鸿鹄之志；君子不受小人之侮，曰虎豹岂受犬羊欺。跖犬吠尧，吠非其主；鸠居鹊巢，安享其

278

成。缘木求鱼，极言难得；按图索骥，甚言失真。恶人借势，曰如虎负嵎；穷人无归，曰如鱼失水。九尾狐，讥陈彭年素性眼谄而又奸；独眼龙，夸李克用一目眇而有勇。指鹿为马，秦赵高之欺主；叱石成羊，黄初平之得仙。卞庄勇能擒两虎，高骈一矢贯双雕。司马懿畏蜀如虎，诸葛亮辅汉如龙。鹪鹩巢林，不过一枝；鼹鼠饮河，不过满腹。人弃甚易，曰孤雏腐鼠；文名共仰，曰起凤腾蛟。为公乎，为私乎，惠帝问虾蟆；欲左左，欲右右，汤德及禽兽。鱼游于釜中，虽生不久；燕巢于幕上，栖身不安。妄自称奇，谓之辽东豕；其见甚小，譬如井底蛙。父恶子贤，谓是犁牛之子；父谦子拙，谓是豚犬之儿。出人群而独异，如鹤立鸡群；非配偶以相从，如雉求牡匹。天上石麟，夸小儿之迈众；人中骐骥，比君子之超凡。怡堂燕雀，不知后灾；瓮里醯鸡，安有广见。马牛襟裾，骂人不识礼义；沐猴而冠，笑人见不恢宏。羊质虎皮，讥其有文无实；守株待兔，言其守拙无能。恶人如虎生翼，势必择人而食；志士如鹰在笼，自是凌霄有志。鲋鱼困涸辙，难待西江水，比人之甚窘；蛟龙得云雨，终非池中物，比人大有为。执牛耳，谓人主盟；附骥尾，望人引事。鸿雁哀鸣，比小民之失所；狡兔三窟，诮贪人之巧营。风马牛势不相及，常山蛇首尾相应。百足之虫，死而不僵，以其扶之者众；千岁之龟，死而留甲，因其卜之则灵。

以上是总说鸟兽。录之，略补前此说鸟之不足。兽的部分，我们也不可能都讲，故大略看看古人对兽与人的关系是怎么认识的，颇有必要。今之大学，最多仅如古代蒙学，所以还得要熟悉熟悉古代"幼学"的基本人文知识。

诗人体物工夫

《论语·微子》记载:长沮、桀溺耦而耕,孔子过之,使子路问津焉。长沮曰:"夫执舆者为谁?"子路曰:"为孔丘。"曰:"是鲁孔丘与?"曰:"是也。"曰:"是知津矣。"问于桀溺。桀溺曰:"子为谁?"曰:"为仲由。"曰:"是鲁孔丘之徒与?"对曰:"然。"曰:"滔滔者天下皆是也,而谁以易之?且尔与其从避人之士也,岂若从避世之士哉?"耰而不辍。子路行以告,夫子怃然曰:"鸟兽不可与同群,吾非斯人之徒与而谁与?天下有道,丘不与易也。"

圣人不与鸟兽同群,文人反之,老喜欢在诗文里攀鸟扯兽。甚至还有不少人愤世嫉俗,懒得跟人来往,偏欲友麋鹿而游山林。孟郊《择友》更愤愤地说:"兽中有人性,形异遭人隔。人中有兽心,几人能真识?古人形似兽,皆有大圣德。今人表似人,兽心安可测?虽笑未必和,虽哭未必戚。面结口头交,肚里生荆棘⋯⋯"所以我们似乎可说文人是较喜欢鸟兽的。对鸟兽的生存处境,文人似乎也较有同体感,如孟郊《覆巢行》:

> 荒城古木枝多枯,飞禽嗷嗷朝哺雏。枝倾巢覆雏坠地,乌鸢下啄更相呼。阳和发生均孕育,鸟兽有情知不足。枝危巢小风雨多,未容长成已先覆。灵枝珍木满上林,凤巢阿阁重且深。尔今所托非本地,乌鸢何得同尔心。

此非鸟兽有情,实乃诗人有情,故能体会至此。因此,儒家传统开启的虽是"民胞物与,万物与我为一"格局,但仍偏于人文性;文人就更能观物察理、体物同情。

如杜甫《房兵曹胡马》："胡马大宛名，锋棱瘦骨成。竹批双耳峻，风入四蹄轻。所向无空阔，真堪托死生。骁腾有如此，万里可横行。"写马的形貌、精神，体物入细，具见功夫。

另一首《瘦马行》亦是如此：

> 东郊瘦马使我伤：骨骼碑兀如堵墙。绊之欲动转欹侧，此岂有意仍腾骧？细看六印带官字，众道三军遗路旁。皮干剥落杂泥滓，毛暗萧条连雪霜。去岁奔波逐余寇，骅骝不惯不得将。士卒多骑内厩马，惆怅恐是病乘黄。当时历块误一蹶，委弃非汝能周防。见人惨淡若哀诉，失主错莫无晶光。天寒远放雁为伴，日暮不收乌啄疮。谁家且养愿终惠，更试明年春草长。

大段白描，非真有体物工夫者不能为。

试看明丰坊类似的一首《病马行赠少宰何燕泉》：

> 路旁病马弃不收，乃是天上真骅骝。君王玄默罢远游，尔辈逸气空横秋。忆昔山西战争起，嫖姚手提三尺水。夜半传呼振铁衣，材官十万同殊死。此时银鞍出塞行，甲光一道如流星。宵突重围忽拉解，晨驰厚阵皆奔崩。归来步向丹阙东，围人太仆俱动容。却疑房宿触地裂，百仞跃出悲泉龙。茂陵萧萧土花碧，王良既死谁复惜。非关暂蹶损前功，端为一鸣终见斥。阴云高高八荒昏，洒泪不到长安尘。日落荒城乌栖背，天明野田霜满身。闻说胡窥白登道，边人被杀如刈草。用尔岂无腾骧力，冉冉年华坐成老。出门偶见令我哀，买骨谁置千金台。试问天闲十二驷，即今未必非驽材。

全诗只第一句写病马。可是对病马如何病、如何形状，完全没有说明，竟然立刻就晓得这匹病马是天上真骅骝了。然后由它如何雄健，蔓延想象开去，乱扯一通，纵横议论，离题万里。跟老杜的手段，真是差得太远了。

由此可知，历来说咏物，无论是咏花草还是咏鸟兽，大抵皆强调要有寄托，要喻人事。可是赋物写物，体物同情、细察物理其实才是基本；白描刻划则是手段。无此基质、无此手段，夸夸其谈，讲什么寄托、发什么议论，都是鬼扯。

苏轼论评诗特重体物工夫，前文已提及。可见大诗人写物，实不苟且，必尽该物之神理物情而后乃可成为该物之知己。

这等刻画工夫，乃是以文字作绘画似的工作，要能穷形尽貌，所以这样的诗也最能与画相生发。老杜擅写马、尤擅写画马，正以此故。《题壁上韦偃画马歌》《韦讽录事宅观曹将军画马图》《天育骠图歌》《丹青引赠曹将军霸》等都是。录《丹青引赠曹将军霸》以见一斑：

> 将军魏武之子孙，于今为庶为清门。英雄割据虽已矣，文采风流今尚存。学书初学卫夫人，但恨无过王右军。丹青不知老将至，富贵于我如浮云。开元之中常引见，承恩数上南薰殿。凌烟功臣少颜色，将军下笔开生面。良相头上进贤冠，猛将腰间大羽箭。褒公鄂公毛发动，英姿飒爽来酣战。先帝御马五花骢，画工如山貌不同。是日牵来赤墀下，迥立阊阖生长风。诏谓将军拂绢素，意匠惨淡经营中。斯须九重真龙出，一洗万古凡马空。玉花却在御榻上，榻上庭前屹相向。至尊含笑催赐金，圉人太仆皆惆怅。弟子韩干早入室，亦能画马穷殊相。干唯画肉不画骨，忍使骅骝气凋丧。将军画善盖有神，必逢佳士亦写真。即今漂泊干戈际，屡貌寻常行路人。途穷反遭俗眼白，世上未有如公贫。但看古来盛名下，

282

终日坎壈缠其身。

此诗扬曹霸而抑韩干，说韩的马太肥。后来苏轼大夸韩干，持论与之针锋相对，但诗和文章却都仍是这种写法：

> 二马并驱攒八蹄，二马宛颈鬃尾齐。一马任前双举后，一马却避长鸣嘶。老髯奚官奇且顾，前身作马通马语。后有八匹饮且行，微流赴吻若有声。

> 前者既济出林鹤，后者欲涉鹤俯啄。最后一匹马中龙，不嘶不动尾摇风。韩生画马真是马，苏子作诗如见画。世无伯乐亦无韩，此诗此画谁当看。（苏轼《韩干十四马》）

又苏轼《韩干画马赞》：

> 韩干之马四：其一在陆，骧首奋鬣，若有所望，顿足而长鸣；其一欲涉，尻高首下，择所由济，踟蹰而未成；其二在水，前者反顾，若以鼻语，后者不应，欲饮而留行。以为厩马也，则前无羁络，后无箠策；以为野马也，则隅目耸耳，丰臆细尾，皆中度程，萧然如贤大夫、贵公子，相与解带脱帽，临水而濯缨。遂欲高举远引，友麋鹿而终天年，则不可得矣；盖优哉游哉，聊以卒岁而无营。

或谓此法出于韩愈《画记》，诚然；但其实杜甫本来咏画马即已如此，可见名家多遵循这种白描刻画的基线。看起来朴拙，实际上很见功夫，是不容易的。许多人蹈虚避实，用典故、托寄寓，只因少了这种功夫。欧阳修曾提倡一种"禁体诗"，例如咏雪，禁止用白、梅、冰、玉等字

唐　韩干《牧马图》

及相关典故，就是要强化诗家白描功夫的。

以上谈的是咏物诗文的写法问题。讲的其实就是赋比兴的赋。赋为咏物之基础，不能赋，也就很难比兴。

而赋物之基础，则是观物、体物。你看一些诗，仿佛多有奇趣，而实即本于体物之功。如明顾元庆《夷白斋诗话》记两事，俱可参：

> 江夏吴伟，龆年收养湖省布政钱昕家。侍其子于书斋中，便取笔划地作人物山水之状。弱冠居金陵，其画遂入神品，未尝究心吟咏，达所欲言，若有超悟。尝题自画《骑驴图》云："白发一老子，骑驴去饮水。岸上蹄踏蹄，水中嘴对嘴。"惜不多见。

> 元释溥光，字元晖，俗姓李氏，特封昭文馆大学士、荣禄大夫，赐号立悟大师。有二绝句云："蠛螟杀敌蚊眉上，蛮触交争蜗角中。何异诸天观下界，一微尘里斗英雄。""荁苗鹿嚼解乌毒，艾叶雀衔夺燕巢。鸟兽不曾看《本草》，谙知药性是谁教？"诗亦奇拔，恨不多见。

文人笔下的马

诗人体物是一回事，对物之所以有同体之感，往往还是因为感觉物跟自己的生命处境有类似之处，故对之大生同怀之情。

这里，一种是"感时花溅泪，恨别鸟惊心"式的，只因诗人感时恨别，故觉花鸟也与我同情。一种是发现我跟物的某种情况很像，故不免以物喻我，如唐姚合《寄王度居士》形容王居士憔悴如瘦马：

> 憔悴王居士，颠狂不称时。天公与贫病，时辈复轻欺。茅屋随年借，盘餐逐日移。弃嫌官似梦，珍重酒如师。无竹栽芦看，思山叠石为。静窗留客话，古寺觅僧棋。瘦马寒来死，羸童饿得痴。唯应寻阮籍，心事远相知。

杜甫当然也不乏这类感慨，故其《病马》曰：

> 乘尔亦已久，天寒关塞深。尘中老尽力，岁晚病伤心。毛骨岂殊众，驯良犹至今。物微意不浅，感动一沉吟。

唐罗隐的《病骢马》也是如此：

> 枥上病骢蹄裹裹，江边废宅路迢迢。自经梅雨长垂耳，乍食菇浆欲折腰。金络衔头光未灭，玉花毛色瘦来焦。曾听禁漏惊街鼓，惯踏康庄怕小桥。夜半雄声心尚壮，日中高卧尾还摇。龙媒落地天池远，何事牵牛在碧霄。

285

一副壮心不已的样子，可惜病骥伏枥，徒呼负负。与小说《说唐》写山东第一好汉秦琼因病卖马，恰相映发。英雄失路，无可奈何。

讲这一类诗，绝不能忽略了李贺的《马诗二十三首》。这是罕见的咏马组诗，写马，而其实处处写自己：

1. 龙脊贴连钱，银蹄白踏烟。无人织锦韂，谁为铸金鞭。

2. 腊月草根甜，天街雪似盐。未知口硬软，先拟蒺藜衔。

3. 忽忆周天子，驱车上玉山。鸣驺辞凤苑，赤骥最承恩。

4. 此马非凡马，房星本是星。向前敲瘦骨，犹自带铜声。

5. 大漠山如雪，燕山月似钩。何当金络脑，快走踏清秋。

6. 饥卧骨查牙，粗毛刺破花。鬣焦朱色落，发断锯长麻。

7. 西母酒将阑，东王饭已干。君王若燕去，谁为拽车辕。

8. 赤兔无人用，当须吕布骑。吾闻果下马，羁策任蛮儿。

9. 飂叔去匆匆，如今不豢龙。夜来霜压栈，骏骨折西风。

10. 催榜渡乌江，神骓泣向风。君王今解剑，何处逐英雄。

11. 内马赐宫人，银鞯刺骐骦。午时盐坂上，蹭蹬溘风尘。

12. 批竹初攒耳，桃花未上身。他时须搅阵，牵去借将军。

13. 宝玦谁家子，长闻侠骨香。堆金买骏骨，将送楚襄王。

14. 香幞赭罗新，盘龙蹙镫鳞。回看南陌上，谁道不逢春。

15. 不从桓公猎，何能伏虎威。一朝沟陇出，看取拂云飞。

16. 唐剑斩隋公，拳毛属太宗。莫嫌金甲重，且去捉飘风。

17. 白铁剉青禾，砧间落细莎。世人怜小颈，金埒畏长牙。

18. 伯乐向前看，旋毛在腹间。祇今掊白草，何日暮青山。

19. 萧寺驮经马，元从竺国来。空知有善相，不解走章台。

20. 重围如燕尾，宝剑似鱼肠。欲求千里脚，先采眼中光。

21. 暂系腾黄马，仙人上彩楼。须鞭玉勒吏，何事谪高州。

22. 汗血到王家，随鸾撼玉珂。少君骑海上，人见是青骡。

23. 武帝爱神仙，烧金得紫烟。厩中皆肉马，不解上青天。

整个唐代，咏马诗仅约一百五十首，所以李贺这组诗所占的比重颇高。而且在李贺诗作中，径题马诗及句中谈到马的竟达八十三首，占全部作品的三分之一左右。但更重要的还不是数量而是写法，王琦注说："《马诗》二十三首，俱是借题抒意，或美，或讥，或悲，或惜，大抵于当时所闻见之中各有所比。言马也，而意初不在马矣！又，每首三中皆有不经人道语。"（王琦《李长吉歌诗汇解》）虽写马，而其实是通过马之种种不如意来咏怀。

这种写法，特别是如此写马，古代并没有。

写马当然是很早的事了，《小雅·采薇》篇，就写了将士与战马："驾彼四牡，四牡骙骙，君子所依，小人所腓。"也写过疲马病马：

> 陟彼崔嵬，我马虺隤。我姑酌彼金罍，维以不永怀。陟彼高冈，
> 我马玄黄……陟彼砠矣，我马瘏矣。我仆痡矣，云何吁矣。（《周南·卷耳》）

但还没有以病马瘦马疲马废马喻己的。楚骚说要"乘骐骥以驰骋兮，来吾道夫先路"或"世溷浊而莫余知兮，吾方高驰而不顾"也只顾着驰骋呢！

后世咏马，夸其驰骋者多如下：

> 白马饰金羁，连翩西北驰。（曹植《白马篇》）

良马出兰池，连翩驱桂枝。(曹植《后园看骑马诗》)

憎马高缠鬃，遥知身是龙。(《乐府诗集·横吹曲辞·琅琊王歌辞》)

踏雪生珠汗，障泥护锦袍。路傍看骤影，鞍底卷旋毛。(霍总《骢马》)

紫骝行且嘶，双翻碧玉蹄。(李白《紫骝马》)

苍龙遥逐日，紫燕迥追风。(李峤《马》)

春草初生驰上苑，秋风欲动戏长杨。(杨师道《咏马》)

四蹄碧玉片，双眼黄金瞳。鞍上留明月，嘶间动朔风。(沈佺期《骢马》)

紫云团影电飞瞳，骏骨龙媒自不同。(唐彦谦《咏马》)

塞马倦江渚，今朝神彩生。晓风寒猎猎，乍得草头行。(元稹《塞马》)

等等，举不胜举。

马，本以善跑为人所重用，它又被称为驹、骃、骠、骝、骃、骓、骊、骝、骐、骓、骢、龙等，亦皆多取义驰骋。加上周穆王八骏、唐太宗昭陵六骏、天山汗血马、伯乐九方皋相马等故事，更强化了马的腾骁神骏之感，如风、如电、如龙、如云、如光。诗家当然也在这一

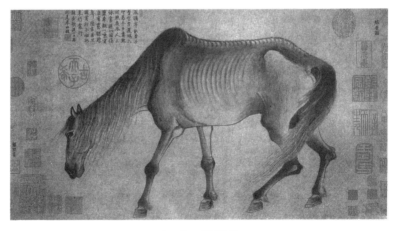

宋　龚开《骏骨图》

288

点上做文章，一提笔，不是唐太宗的"翻似天池里，腾波龙种生"（《咏饮马》），就是李白的"天马来出月支窟，背为虎文龙翼骨"（《天马歌》）。只有项羽在垓下唱道："力拔山兮气盖世，时不利兮骓不逝。骓不逝兮可奈何，虞兮虞兮奈若何！"

自此以后，才渐有从马跑不动了这方面来说的。为何跑不动？累了、饿了、病了、主人不重视了、主人逢衰运甚或死了等等，文人结合起叹老嗟悲的身世之感，写起来，呜咽沉郁，往往动人。大体说来，唐代以前，以咏跑马见长，唐代以后以咏瘦马、病马、老马、废马擅长。一动笔，就是周紫芝的《宴桃源》："林外野塘烟腻，衣上落梅香细。瘦马步凌兢，人在乱山丛里。憔悴，憔悴，回望小楼千里。"或马致远的"古道西风瘦马"。

等到写瘦马病马又成俗套以后，诗人又须翻案出奇。所以才有清钱芳标《长椿寺病马行》"乃知不材造物怜，豫章见斫樗散全"这样的诗。

文学史上，还有另一种瘦马。张岱《陶庵梦忆》说："扬州人日饮食于瘦马之身者数十百人。"《清稗类钞》"养瘦马"条载："金陵匪徒每于四方贩卖幼女，选俊秀者，调理其肌肤，修饰其衣履，延师教之，凡书画、管弦之类，无一不能。及瓜，则重价售之巨室以为姜，或竟入妓院，曰'养瘦马'。故遇有贫家好女子，则百计诱之。"乃是明清间流行于南京扬州一带的风俗，读明清诗文小说戏曲者，不可不知。

据赵翼《陔余丛考·养瘦马》考证："扬州人养处女卖人作姜，俗谓之养瘦马。其义不详。白香山诗云：'莫养瘦马驹，莫教小妓女，后事在目前，不信君看取：马肥快行走，妓长能歌舞，三年五年间，已闻换一主。'宋漫堂引之，以为养瘦马之说本此。"

寓言与以兽拟人

以上，是以马为例，来说文人如何体会兽形兽性，又如何写兽喻己，状物书怀。于马如此，于其他诸兽大抵类似。诸君可以类推，不必我一一絮说。

另外还有两种取喻于鸟兽的写法，其一就是大家所熟知的寓言。

《庄子》、《韩非子》等书已多寓言，如说守株待兔、画蛇添足、对牛弹琴、三人成虎、惊弓之鸟、中山狼、朝三暮四、井底之蛙、为虎作伥等。柳宗元《三戒》中，以麋、驴、鼠三种动物的故事，讽刺那些恃宠而骄、盲目自大、得意忘形之徒，亦为世所习知。

不过，近代西风东渐，寓言竟沦为哄小孩的玩意儿。而且据说"自上个世纪末至今，大陆新时期寓言创作极热，出版的寓言专集或选集已近四百种，寓言总篇数已逾二万篇。其中个人作品总数超过一千篇的有十几人。不仅大大超过了先秦寓言、唐宋寓言、明代寓言，也是当今世上任何一个国家都无法相比的"，中国寓言文学研究会还设立了"金骆驼奖"和"金江寓言文学奖"等等。既然成就如此辉煌，想来大家均已熟知，此处也就不必多谈了。且说另一种。

这是一种以兽拟人的办法，本是我们生活中常见的。替人取绰号，而说某人是笑面虎、某人是大笨牛之类，通行于市井及江湖人士之间。小说里当然也就常反映着这样的现象，如《水浒传》一百零八好汉，人人都有绰号;《七侠五义》里也一堆锦毛鼠、翻天鼠、彻地鼠什么的。包公身边那位则叫御猫。这种写法，后来成了通套，直到金庸仍是紫衫龙王、白眉鹰王、金毛狮王、青翼蝠王这样编下去。可是，忽然有人一转，转而用它作为一种文学批评方式，就有趣了。

清朝瓶水斋诗人舒位以此法作《乾嘉诗坛点将录》。本是游戏之笔，不料因它好玩，后来遂不乏仿效者，至今已经有几十种这样的艺评了，因为已延伸到书法、篆刻、绘画、学术等处。具体的评骘，可以汪国垣《光宣诗坛点将录》为例：

> 天罡星玉麒麟卢俊义：郑孝胥
>
> 天闲星入云龙公孙胜：清道人李瑞清
>
> 天富星扑天雕李应：李慈铭
>
> 天雄星豹子头林冲：林旭
>
> 天暗星青面兽杨志：沈瑜庆　沈曾植
>
> 地阔星摩云金翅欧鹏：陈懋鼎
>
> 地阖星火眼狻猊邓飞：李宣龚
>
> 地强星锦毛虎燕顺：张元奇

这是一种有趣而重要的文学批评方式，这里仅录以鸟兽拟人的部分，以见一斑。

与兽相关的文学故事

最后，还要谈一谈与兽相关的一些故事。

首先是兽类中也有圣贤，那就是麒麟。许多民族都有圣兽崇拜，例如印度崇拜牛，我国也有许多少数民族崇拜牛，但汉族所认为的圣兽不是牛，而是麒麟。《说文解字》："麒，仁兽也，麇身、牛尾、一角。"跟龙一样，几乎是兽的拼图版，是想象中的神物。

不过，史书上说麒麟确实出现过。春秋鲁哀公十四年春"西狩获麟"。这时孔子七十一岁，至为感伤，从此不再著书。李白《古风》"希圣如有立，绝笔于获麟"，讲的就是这件事，在中国文化史上有极高的象征意义。

后来，为了纪念，在埋葬麒麟的地方建筑了麒麟台，亦名获麟台。在巨野城东，据说即鲁哀公西狩获麟处。韩愈《获麟解》还专门有一套解释，说："虽然，麟之出，必有圣人在乎位。麟为圣人出也。"

古帝王的年号或者建筑、地名，也往往以麟字为之，如刘邦称未央宫为麒麟殿。唐高祖于巨野置麟州。唐高宗称年号为麟德，又设麟德殿，武后则天以秘书省为麟台。

文人对麒麟，大抵因孔子这件事的缘故，颇多感慨。民间则认为麒麟是喜庆、是吉祥的。麒麟送子也与孔子相关。"孔子未生时，有麟吐玉书于阙里人家，文云：'水精之子孙，衰周而素王。'"（《拾遗记》卷三）后民间赞美孩子多称"麒麟儿"、"麟儿"、"麟子"。杜甫《徐卿二子歌》："君不见徐卿二子生绝奇，感应吉梦相追随。孔子释氏亲抱送，并是天上麒麟儿。"《红楼梦》第三十一回大篇幅写"因麒麟伏白首双星"，麒麟不仅是史湘云的护身符，也是暗示她婚配的信物。另黄梅戏《女驸马》中，一对玉麒麟也是代表爱情的见证。至于梁山好汉卢俊义，绰号玉麒麟，也是以麒麟作为好男儿的代称。

麒麟是仁兽，兽之似人者则是猿。猿与猴不同，更近似人。又写作猱，因它特擅攀缘，故称为猱或猿。这是它第一个特征，故《小雅·角弓》说："毋教猱升木。"教猿爬树，那不是笑话吗？

猿第二个特征是擅于长啸。汉董仲舒《春秋繁露》即说："猿之所以寿者，好引其末，是故气四越。"

这一点，在文学作品中多有体现。如司马相如《长门赋》，形容国君不肯

白猿（清 汪绂图本）

292

幸临时，阿娇即感觉："浮云郁而四塞兮，天窈窈而昼阴。雷殷殷而响起兮，声象君之车音。飘风回而赴闺兮，举帷幄之襜襜。桂树交而相纷兮，芳酷烈之訚訚。孔雀集而相存兮，玄猿啸而长吟。"玄猿啸而长吟，形容的恐怕是风声之大，并不即是哀。我们现在还存世一把"猿啸青萝"琴。其琴腹有"太康二年于冲"字样，可说是最早的琴了。著名琴家管平湖最后十多年间，

白猿（清　四川成或因绘图本）

演奏、录音皆用的是这张琴。取名猿啸青萝，当是谓其发声清越也。

后来晋朝"桓公入蜀，至三峡中，部伍中有得猿子者，其母缘岸哀号，行百余里不去，遂跳上船，至便即绝。破视其腹中，肠皆寸寸断"，见于《世说新语·黜免》。猿啼猿啸，遂被当成凄绝之声的代表。所以郦道元《水经注·江水》记三峡渔者歌曰："巴东三峡巫峡长，猿鸣三声泪沾裳。"

此后这个意思即被反复使用。如李白《早发白帝城》："朝辞白帝彩云间，千里江陵一日还。两岸猿声啼不住，轻舟已过万重山。"《江夏别宋之悌》："楚水清若空，遥将碧海通。人分千里外，兴在一杯中。谷鸟吟晴日，江猿啸晚风。平生不下泪，于此泣无穷。"杜甫《登高》："风急天高猿啸哀，渚清沙白鸟飞回。"唐赵嘏《忆山阳》："可怜时节堪归去，花落猿啼又一年。"唐喻坦之《送友人游东川》："食尽须分散，将行几愿留。春兼三月闰，人拟半年游。风俗同吴地，山川拥梓州。思君登栈道，猿啸始应愁。"杜牧《猿》："月白烟青水暗流，孤猿衔恨叫中秋。三声欲断疑肠断，饶是少年今白头。"明汤显祖《牡丹亭·御淮》："听得猿啼鹤怨，泪湿征袍如汗。"等等。

猿的另一特征是擅武术，尤其是剑法。《吴越春秋》卷五记越王欲

293

复仇,"范蠡对曰:'……今闻越有处女,出于南林,国人称善。愿王请之,立可见。'越王乃使使聘之,问以剑戟之术。处女将北见于王,道逢一翁,自称曰'袁公',问于处女曰:'吾闻子善剑,愿一见之。'女曰:'妾不敢有所隐,唯公试之。'于是袁公即杖箖箊竹,竹枝上颉桥。末堕地,女即捷末。袁公则飞上树,变为白猿,遂别去"。这是我国最早最详细生动的比剑描述,后来《剑侠传》补充道:"袁公即挽林杪之竹,似桔槔,末柝地,女接取其末。公操其本而刺女。女因举杖击之,公即飞上树,化为白猿。"桔槔是井上汲水的滑车,当是从《吴越春秋》中"颉桥"两字化出,形容袁公使动竹枝时的灵动。

此猿虽剑术还不如越女,却也是极高的了,以致后世论武术,往往冠以他的名号,如白猿剑、白猿通臂拳、白猿出洞套路等等。武侠小说也喜欢用这个典故,金庸《越女剑》就演绎着这个故事。

猿还有一特点:性淫。大约它似人,与人差不多,可是不如人之能克制,故特显其兽性一面,竟成为兽中善淫之代表,不过它只是雄性的代表,雌性的代表是狐狸。

汉焦延寿《焦氏易林》卷一有:"南山大玃盗我媚妾,怯不敢逐,退而独宿。"可见汉代人已有公猿擅窃美女的认知。张华《博物志》等书中更有较具体的描述。到了唐初,还有一篇《补江总白猿传》,写梁大同末年欧阳纥率军南征,至长乐,妻遭白猿精劫走。欧阳纥率兵入山,计杀白猿,而妻已孕,后生一子,貌如猿。这篇讲的白猿,一样擅长剑术,"遍身白毛,长数寸。所居常读木简,字若符篆,了不可识。已,则置石蹬下。晴昼或舞双剑,环身电飞,光圆若月"。但重点已改为"善窃少女,而美者尤所难免"。尔后号称宋代话本的《陈巡检梅岭失妻记》即脱胎于本篇。

与猿相比,驴在文学中可说是小角色,但既说猿啼,不妨附记驴鸣。

294

《世说新语·伤逝》有两则关于"驴鸣"的故事：

王粲去世以后，魏文帝曹丕参加了他的丧礼。正哭的时候，回过头对同游的朋友说："王好驴鸣，可各作一声以送之。"于是，送葬的人都学了驴叫。

又，王济去世，孙楚前去吊唁。哭完以后，对着王济的灵床说："卿常好我作驴鸣，今我为卿作。"于是，他就很认真地学了一声驴叫，惹得宾客们都笑了起来。孙楚很生气，抬起头对宾客说："怎么让你们这帮人活着，却让这个人死了呢！"

另外，张鷟《朝野佥载》记南北朝时期，北魏温子昇作《韩陵山寺碑》，庾信读其文抄写之，南朝人问庾信对北方的文士感觉如何？庾信回答说："唯有韩陵山一片石堪共语，薛道衡、卢思道少解把笔，自余驴鸣犬吠，聒耳而已。"

这些驴鸣故事都很有趣，但驴鸣到底好不好听呢？依庾信的看法，显然不以为悦耳，依前两则看，驴却不乏知音哩！

此类兽鸣故事，最早者当是《左传》记："冬，晋文公卒。庚辰，将殡于曲沃。出绛，柩有声如牛。卜偃使大夫拜，曰：'君命大事：将有西师过轶我，击之，必大捷焉。'"其后驴鸣狗吠、虎啸猿啼，乃是讲不完的。

兽是讲不完的，狐却不能不提。

前已说过：狐是兽中雌性善淫之代表。本来狐狸擅长迷惑人，不分公母，公狐也常幻化成书生来勾引少女，但后来渐渐集中表现为女狐狸精。后世也只有妓女、女明星、女歌星拜狐狸以求增媚。

最早，狐只是妖，且能吃人，《山海经·南山经》："青丘之山……有兽焉，其状如狐而九尾，其音如婴儿，能食人，食者不蛊。"《山海经·海外东经》："青丘国在其北，其狐四足九尾。"它不是一般的狐，故九尾。

后来由凶物变成神物。汉代石刻画像，常将九尾狐与白兔、蟾蜍、三足乌列于西王母座旁以示祯祥，九尾狐又象征子孙繁息（《太平御览》卷九百九引《白虎通》）。虽然如此，狐仍是妖，所以《说文解字》中解狐为"祅兽也，鬼所乘之"。唐宋时期，设庙拜狐十分流行。"唐初已来，百姓多事狐神，房中祭祀以乞恩，食饮与人同。"（《太平广记》卷四百四十七引《朝野佥载》）明清以后，农村还常把狐狸、黄鼠狼、刺猬、柳仙（蛇）和灰仙（老鼠）合称五大仙或五显财神。认为人无横财不发，故拜小妖，以求发点小财。赌博的、放贷的、投机的、混江湖的，都只能拜这些。这点小邪念对正神开不了口。故曰："无狐魅，不成村。"

九尾狐（江苏淮阴高庄战国墓铜奁）

九尾狐（山东嘉祥洪山村汉画像石）

九尾狐（郑州新通桥东汉画像石）

九尾狐（青铜尊）

狐魅也者，狐特以擅长魅惑人见称。《玄中记》："狐五十岁，能变化为妇人，百岁为美女、为神巫，或为丈夫与女人交接，能知千里外事。善蛊魅，使人迷惑失智。千岁即与天通，为天狐。"

狐之魅人，常幻化成人身。据说狐狸善于修炼，吸收日月精华或人气，即能化为人形。《酉阳杂俎》记载："旧说，野狐名紫狐，夜击尾火出，将为怪，必戴髑髅拜北斗，髑髅不坠，则化为人矣。"

狐变化后，就会去勾引少男少女，《太平广记》卷四百五十三"张立本"条记记女子被公狐狸魅惑之后："其妖来时，女即浓妆盛服，于闺中，如与人语笑。其去，即狂呼号泣不已。"而魅惑男人的女狐据说都叫阿紫。

文学作品中，晋葛洪《西京杂记》已有古冢白狐化为老翁入人梦的故事，《搜神记》谈狐者亦甚多，而影响之大者，无过唐人传奇《任氏传》。说狐精任氏守贞洁，持家有道，令作者沈既济感叹："异物之情也有人焉！遇暴不失节，徇人以至死，虽今妇人有不如者矣。"她是后来所有美丽女狐的原型，坚贞而善良。直到《聊斋志异》的狐仙故事，我们都可以看到她的姿影。

至于魅惑人而不善良的，典型是妲己，乃九尾狐也。事详《封神演义》。

文学变形幻化主题中的异兽

最后，要谈一些"兽异"的问题。文学中，如狐幻化或作祥作怪的，一般都视为异事奇闻，记下来，就是志怪搜奇了。六朝开始，大量书写这类事，遂开一大传统。过去台湾乐蘅军先生研究小说，特别阐发的变形主题，即充斥于此类材料中。这个主题，近来少人继续钻研了，甚为可惜（当然，变形幻化之外的主题还很多，如兽报恩、因果、义兽、获宝等，也都很值得研究）。

兹不能多谈，录南朝宋刘敬叔《异苑》里摘出的一些例子给大家看看。

> 武陵龙阳虞德流寓溢阳，止主人夏蛮舍中。忽见有白纸一幅，长尺余，标蛮女头，乃起扳取。俄顷有虎到户而退，寻见何老母，标如初。德又取之。如斯三返，乃具以语蛮，于是相与执杖伺候。须臾虎至，即格杀之。同县黄期具说如此。（卷三）

> 彭城刘广雅以晋太元元年为京府佐，被使还都，路经竹里亭，于逻宿。此逻多虎，刘极自防卫，系马于户前，手执戟布于地上。中霄与士庶同睡，虎乘间跳入，跨越人畜，独取刘而去。（卷三）

> 熊无穴，或居大树孔中。东土呼熊为子路，以物击树，云："子路可起。"于是便下，不呼则不动也。（卷三）

> 元嘉初，青州刘幡射得一麈，剖腹藏，以草塞之，蹶然起走。幡从而拔塞，须臾复还倒。如此三焉，幡密求此种类，治伤痍多愈。（卷三）

> 始兴郡阳山县有人行田，忽遇一象，以鼻卷之，遥入深山。见一象脚有巨刺，此人牵挽得出，病者即起，相与蹦陆，状若欢喜。前象复载人就一污湿地，以鼻掘出数条长牙，送还本处。彼境田稼常为象所困，其象俗呼为大客，因语云："我田稼在此，恒为大客所犯。若念我者，勿复见侵。"便见蹄躅如有驯解，于是一家业田绝无其患。（卷三）

> 晋义熙十三年，余为长沙景王骠骑参军，在西州得一黄牛，时将货之，便昼夜衔草不食，淹泪瘦瘠。（卷三）

> 苻坚为慕容冲所袭，坚驰骊马堕而落涧，追兵几及。计无由出，马即踟蹰临涧，垂韁与坚。坚不能及，马又跪而受焉。坚援之，得登岸而走庐江。（卷三）

晋隆安初，东海何澹之屡入关中。后还，得一犬，壮大非常，每出入辄已知处。澹之后抱疾，犬亦疾，寻及于亡。（卷三）

楚王与群臣猎于云梦，纵良犬逐狡兔，三日而获之，其肠似铁，良工曰："可以为剑。"（卷三）

拱鼠形如常鼠，行田野中，见人即拱手而立，人近欲捕之，跳跃而去。秦川有之。（卷三）

义鼠形如鼠，短尾，每行递相咬尾。三五为群，惊之则散，俗云：见之者当有吉兆。成都有之。（卷三）

貂出句丽国，常有一物共居穴。或见之，形貌类人，长三尺，能制貂，爱乐刀子。其俗：人欲得貂皮，以刀投穴口。此物夜出穴，置皮刀边，须人持皮去，乃敢取刀。（卷三）

太元中，吴兴沈霸梦女子来就寝，同伴密察，唯见牝狗每待霸眠，辄来依床，疑为魅，因杀而食之。霸后梦青衣人责之曰："我本以女与君共事，若不合怀，自可见语，何忽乃加耻杀！可以骨见还。"明日，收骨葬冈上，从是乃平复。（卷三）

晋咸宁中，鄱阳乐安有人姓彭，世以射猎为业。每入山，与子俱行。后忽蹶然而倒，化成白鹿，儿悲号，鹿跳跃远去，遂失所在。其子终身不复弋猎。至孙，复习其事。后忽射一白鹿，乃于两角间得道家七星符，并有其祖姓名及乡居年月在焉。睹之悔懊，乃烧弓矢，永断射猎。（卷三）

晋太康中，荥阳郑袭为广陵太守，门下驺忽如狂，奄失其所在。经日寻得，裸身呼吟，肤血淋漓，问其故，云：社公令其作虎，以斑皮衣之。辞以执鞭之士，不堪虎跃，神怒，还使剥皮，皮已着肉，疮毁惨痛，旬日乃差。（卷三）

第十三讲　文学与虫

《诗经》里的虫

虫子相较于鸟兽，地位卑微，罕获青睐。《艺文类聚》引晋葛洪《抱朴子》："周穆王南征，一军尽化，君子为猿为鹤、小人为虫为沙。"自此虫沙并用：

> 物汇虽逃于刍狗，孤寒竟陷于虫沙。（罗隐《投湖南于常侍启》）
> 下看人界等虫沙，夜宿层城阿母家。（顾况《曲龙山歌》）
> 壮士如驹出渥洼，死眼牖下等虫沙。（刘克庄《赠防江卒六首》）
> 斯人为列星，下视虫沙繁。（张雨《游龙井方圆庵阅米五贤二开土像》）

都以虫沙并论，指细物、一般人甚或小人。虫之不受重视，可见一斑。

但虫类甚为复杂,文学中也常见,不容不知。我们姑且顺着《诗经》讲。

《诗经》所谈及的虫类有几十种,首先讲到的是螽斯。螽斯,朱熹《诗集传》说是"蝗属,长而青",以股相摩作声,一次可生九十九子。郑樵《通志》说是"一种大青蚱蜢,股长而鸣甚响"。不知孰是,后世文人无歌咏螽斯的,都是用典,祝福人结婚后多子多孙。如《异苑》底下这样的故事却是不多见的:

> 文帝元嘉初,益州王双,忽不欲见明,常取水沃地,以菰蒋覆上,眠息饮食悉入其中。云:恒有一女子,着青裙襦,来就其寝。每听闻荐下,有声历历,发之,见一青色白缨蚯蚓,长二尺许。云:此女常以一衮香见遗,气甚清芬,衮乃螺壳,香则菖蒲根,于时咸谓双暂同阜螽矣。

阜螽,唐陈藏器《本草拾遗》说它如蝗。陆玑也称其为蝗子。后世文人喻况,很少用蝗虫的。大约古时蝗灾最可怕,故对蝗特别在意,关注较多。

蝤蛴,乃是用来形容美女脖子的,所谓"领如蝤蛴",见《卫风·硕人》。朱熹《诗集传》说它是"木虫之白而长者"。用"白而长"来譬

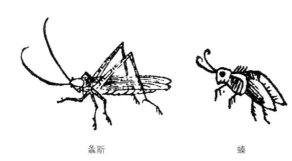

螽斯　　　　　　　蝼

301

喻女人的脖子当然甚好，令人想起日本艺旦故意露出的后颈子。但为何取喻于这小虫，颇不可解。这虫活在腐树中，据《尔雅翼》云："蝤蛴在腐柳中者，内外洁白。"此虫以木为食，不见阳光，故白。大约类似我吃过的竹虫。云南少数民族常持砍刀上山，逢大竹则以刀背敲之，听声能辨其中有无竹虫，有便以刀剖竹，取出咽嚼之，以为美味。古以此虫形状美女，或亦有这种秀色可餐之联想？

《硕人》又形容女人"螓首蛾眉"。螓如蝉而小，其额宽而方正，故取以喻女首。不过闽人称大蝇为胡螓（《尔雅翼》），如用以取喻头大，也可通。

可是把女人想象成蝉或蝇，颇与今人的审美趣味不同。今人是重兽轻虫的，若你形容女人像波斯猫或什么宠物狗，她必喜上眉梢；说她如蝤蛴螓子，却必大大嗔怪你。

蛾眉之蛾，则是蚕蛾。古人看眉，喜其勾曲，故爱其似蚕。美丈夫也有以卧蚕眉形容的，如关羽之丹凤眼、卧蚕眉即是。与今人喜欢浓眉大眼不同。今之妇女，或扫眉加粗；或剃眉干描；还常喜欢把眉削了一半，另用画笔勾起，作挑眉状；或干脆刮光了，在眉骨之上另画眉形，以拉开眉眼距离，种种作奇，伪以欺人。故如今以蛾眉比代女子，已属用典，绝非征实了。

蝤蛴

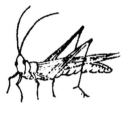

阜螽

还有一种《豳风·东山》里讲到的蠋，其实也是似蚕的桑虫。古人与蚕的关系密切，对之应该也极为了解，但对蚕的取喻与歌咏却并不算多，可说也甚奇怪。讲到蚕，文学上不过惜其献身罢了，义山诗"春蚕到死丝

302

方尽",大抵已是最体贴的了,其余不过云其作茧自缚而已。

苍蝇和蝉,《诗经》也多有提及。

《齐风·鸡鸣》讲到苍蝇,《小雅·青蝇》则说道青蝇。苍蝇不必介绍,大家应该都晓得,但据《尔雅翼》说苍蝇乃"蝇之洁者","比于青蝇而大"。则难道我们误解苍蝇了吗?澳大利亚面额五十元的纸币上印有苍蝇图案,因为澳大利亚人视苍蝇为宠物。这也是我们难以理解的。文学中写苍蝇,似乎很少,但也有鲁迅《战士和苍蝇》、莫言短篇小说集《苍蝇·门牙》等。《异苑》曾载一故事说:"晋明帝尝欲肆青闭而不谋,乃屏曲室,去左右,下帷草诏。有大苍蝇触帐而入,萃于笔端,须臾亡去。帝窃异焉,令人寻看,即蝇所集处辄传有诏,喧然已遍矣。"新异可喜,余则不多见。

"青蝇之声"因代表小人谗言,较常被文人引用。《小雅·青蝇》:"营营青蝇,止于樊。岂弟君子,无信谗言。"王充《论衡·累害篇》:"清受尘,白取垢;青蝇所污,常在练素。"青蝇集于腐肉上,亦被用来描述文人潦倒而死后只有青蝇会凭吊他。《三国志·吴书·虞翻传》裴注引《翻别传》:"……翻放弃南方,云'自恨疏节,骨体不媚,犯上获罪,当长没海隅,生无可与语,死以青蝇为吊客,使天下一人知己者,足以不恨。'"

蝉,在《诗经》中多写作蜩或螗,蜩大些,均善鸣,故诗《豳风·七月》说"五月鸣蜩",《小雅·小弁》说"鸣蜩嘒嘒"。在文学中一般都说它噪或喧,乃夏天最响亮的声音。只不过,这种声音在文学中仅作背景用,显示夏天到了,对蝉鸣本身,文人却少吟咏。

蝉这种生物极怪,卵常产在木质组织内,其幼虫称为若虫,一孵出即钻入地下,要在地底下蛰伏甚久,一般还经五次蜕皮,几年才能成熟、出土。出土后一步步往树干上爬,还钩着蜕壳,蝉壳由头皮顶上裂开。蜕出后,继续爬上树顶上去,大吼大叫几天而死。

这本是个悲壮的旅程、特殊的使命，值得文人为之嗟赏的，可惜似乎少人为之青睐。注意的不是它这整个生命与全部历程，而仅是中间几个细节，例如"本以高难饱，徒劳恨费声"（李商隐《蝉》），讲的就只两点，一是上了树以后大鸣大放，二是中间只用长吸管插入树里去吸树汁，颇有神仙家吸风饮露的况味。而这两者，恰好也就是蝉最吸引我国文人之处。

李商隐《蝉》："本以高难饱，徒劳恨费声。五更疏欲断，一树碧无情。薄宦梗犹泛，故园芜已平。烦君最相警，我亦举家清。"以蝉言文人之清苦。

宋王沂孙《齐天乐·蝉》：

> 一襟余恨宫魂断，年年翠阴庭树。乍咽凉柯，还移暗叶，重把离愁深诉。西窗过雨。怪瑶佩流空，玉筝调柱。镜暗妆残，为谁娇鬓尚如许。　铜仙铅泪似洗。叹携盘去远，难贮零露。病翼惊秋，枯形阅世，消得斜阳几度。余音更苦。甚独抱清高，顿成凄楚。漫想熏风，柳丝千万缕。

以蝉言亡国遗民之清苦。

他们皆重视蝉之高洁，虞世南《蝉》也是如此，但他说："居高声自远，非是藉秋风。"清施补华《岘佣说诗》曾评论道："三百篇比兴为多，唐人犹得此意。同一咏蝉，虞世南'居高声自远，端不藉秋风'，是清华人语；骆宾王'露重飞难进，风多响易沉'，是患难人语；李商隐'本以高难饱，徒劳恨费声'，是牢骚人语。比兴不同如此。"

蝉吸引文人的另一处，是它的蜕壳。蜕壳前的蝉，模样褐黄，蜕出来则青白如玉、洁净无瑕，再一会儿才渐变渐黑。文人罕见蛇蜕，故喜称此蝉蜕秽垢之状象征高士超越世俗。而蝉亦正因它能蜕化，所以又具有仙家之态，代表可以蜕化长生。古人临葬，都会在死者口中衔一玉蝉，取义正在于此。

此外，蝉翼也很能引起文人注意。古代薄型丝织的物绸，即以其薄如蝉翼得名。《急就篇》卷二中"绨络缣练素帛蝉"条："帛，总言诸缯也。蝉谓缯之轻薄者，若蝉翼也。"又常用以形容人的鬓角，上文提到的骆宾王名作《在狱咏蝉》："西陆蝉声唱，南冠客思侵。那堪玄鬓影，来对白头吟。露重飞难进，风多响易沉。无人信高洁，谁为表予心？"玄鬓，指的就是蝉翼。

龙非虚构之物

虫虽地位卑微、体型细小，但若把龙列入其中，情况就大大不同了。

龙很难归类，《说文》说它是鳞虫之长，似可放入鳞部，也可放入虫部。若考虑到它与蛇最为近似，不妨归入虫类。

《诗经》已论龙，但《周易》更多，以龙喻阳气，如《乾》卦说："初九，潜龙勿用；九二，见龙在田，利见大人……九四，或跃在渊，无咎；九五，飞龙在天，利见大人；上九，亢龙有悔；用九群龙无首，吉。"《坤》卦说："上六，龙战于野，其血玄黄。"《皋陶谟》则说："余欲观古人之象，日月星辰山龙，华虫作绘。"

据《说文》解释："龙，鳞虫之长，能幽能明、能细能巨、能短能长，春分而登天，秋分而潜渊。"乃是可以变形的神物。《广雅》又说它族类甚繁："有鳞曰蛟龙，有翼曰应龙，有角曰虬龙，无角曰螭龙，未升天曰蟠龙。"《天问》王注另说有一种有翅膀的叫应龙。在商周战国青铜器上我们可以看到这些不同种类的龙。

《乘龙罗汉图》（明代）

　　还有一种解释，认为它是许多族属聚合起来之物，如《尔雅翼》中，王符言其形有九似：角似鹿，头似驼，眼似鬼，项似蛇，腹似蜃，鳞似鱼，爪似鹰，掌似虎，耳似牛。又说，龙能"嘘气成云"、"变化无方，物不能制"。真有点神奇莫测之感。尔后来越说越神奇，如《五杂俎·物部》说："龙性最淫，故与牛交则生麟，与豕交则生象，与马交则生龙马，即妇人遇之亦有为其所污者……然龙之见也，皆为雷、电、云、雾拥护其体，得见其全角者罕矣。"

　　近人因此而认为龙非实物。如闻一多认为龙是不同的图腾糅合而成的，朱大顺说可能是古人把天空中的闪电幻想为龙，胡昌建却说虹是龙的原型，尹荣方又说龙是树神的化身，英国学者史密斯以为中国龙是巴比伦古龙的后裔。

　　我的想法有些不同。首先我以为龙非虚构之物。人们可用龙作图腾，但龙本身却不能仅是图腾而非实物。各民族图腾物也极少虚构，都是以实物为基础的。

　　且龙在传统的十二生肖中排第五，又与白虎、朱雀、玄武并称四灵。

十二生肖和虎、雀、蛇、龟均实有其物，不应仅仅龙是虚构的。

《左传·昭公十九年》说："郑大水，龙斗于时门之外洧渊。"显然龙都是实有的。《左传·昭公十七年》又记："太皞氏以龙纪，故为龙师而龙名。"这与《竹书统笺》记载伏羲氏各氏族中有飞龙氏、潜龙氏、居龙氏、降龙氏、土龙氏、水龙氏、青龙氏、赤龙氏、白龙氏、黑龙氏、黄龙氏相符，说明古时以龙为氏族名者甚多。以龙为氏族名，当然也可能是以龙作图腾，未必即为实物，但《拾遗记》说，舜时，南浔之国"献毛龙，一雌一雄，放置豢龙之宫，至夏代，养龙不绝，因以命族"。这个故事未必真，然而古有豢龙氏这个氏族却不假。《左传·昭公二十九年》记载：

> 秋，龙见于绛郊。魏献子问于蔡墨氏曰："吾闻之，虫莫知于龙，以其不生得也，谓之知，信乎？"对曰："人实不知，非龙实知。古者畜龙，故国有豢龙氏，有御龙氏。"

有此专职豢龙的官，可见古时确有龙而且龙还很多，只是后世较为罕见，所以见着了都觉得稀奇。

可是后世龙虽罕见，却也非绝无。例如《异苑》载：

> 张永家地有泉出，小龙在焉。从此遂为富室。逾年，因雨腾跃而去，于是生赀，日不暇给。俗说云与龙共居，不知神龙效矣。（卷三）
>
> 赵牙行船于阖庐，见水际有大槎，人牵不动。牙往举得之，以着船，船破，槎变为龙，浮水而去。（卷三）
>
> 永阳人李增行经大溪，见二蛟浮于水上，发矢射之，一蛟中焉。增归，因复出，市有女子，素服衔泪，持所射箭。增怪而问焉。女答曰：

"何用问焉？为暴若是！"便以相还，授矢而灭，增恶而骤走，未达家，暴死于路。（卷三）

　　荆州上明浦沔水隈，潭极深，常有蛟杀人，浴汲死者不脱岁。升平中，陈郡邓遐字应遥，为襄阳太守，素勇健，愤而入水，觅蛟得之，便举拳曳着岸，欲斫杀。母语云："蛟是神物，宁忍杀之？今可咒，令勿复为患。"遐咒而放焉。自兹迄今，遂无此患。一云：遐拔剑入水，蛟绕其足。遐自挥剑，截蛟数段，流血水丹，勇冠当时，于后遂无蛟患。（卷三）

这类蛟龙故事，充斥于正史野记中，均是实有其事的。如周处斩蛟除三害、许逊斩蛟被老百姓立祠崇拜等，都绝不可能是假。只是今人不肯相信世上真的有龙罢了。

　　底下这张是一九三四年辽宁营口天降巨龙骨的资料照片：

　　龙既为实物，则树原型、鳄原型、猪原型、电原型等等，就都不必乱猜了。恐龙与人生存的时代差距太大，我们所说的龙，又与恐龙不太一样，似亦不必比附。至于西方的所谓龙，不过是翻译造成的混淆罢了。

　　西方神话中的 Dragon，今翻译成"龙"，但二者并不相同。在希腊人和罗马人那里，龙时而是邪恶的力量，时而是仁慈的力量；在基督教里，龙是罪和异教的象征；在欧洲的"凯尔特神话传说"中，龙是能喷火、有翅膀、有鳞片的大蜥蜴。它们跟中国龙显然都非同一件事。

同样因翻译形成混淆的，是佛教之龙。佛教的龙，乃是眼镜蛇。佛教的龙名目繁多。《妙法莲花经》和《华严经》对龙和龙王有众多描述。如《妙法莲华经》卷一提到有八龙王：难陀龙王、跋难陀龙王、娑伽罗龙王、和修吉龙王、德叉迦龙王、阿那婆达多龙王、摩那斯龙王、优钵罗龙王。

后来中国的龙王则是佛道融合的产物。道教的《太上洞渊神咒经》卷十三《龙王品》《太上元始尊说大雨龙王经》对于龙王信仰记述详细。隋唐之后，龙王信仰逐步定型，各地遍布龙王庙，龙王信仰成为中国人重要信仰之一。与此同时文学作品中关于龙、龙王的描写屡见不鲜。如唐人李朝威的《柳毅传》，影响较大，后来元代尚仲贤杂剧《柳毅传书》、明代黄惟辑的《龙绡记》、清代李渔的《蜃中楼》都取材于此。《柳毅传》中的三位龙王，分别是洞庭湖的龙王、钱塘江的龙王、泾河的龙王，都可以从佛教经典中找到依据。家喻户晓的是《西游记》中的四海龙王：南海广利王敖钦，东海广德王敖广，北海广泽王敖顺，西海广顺王敖闰。

声望较差的蛇

跟龙最类似的是蛇。《诗经》有龙有蛇，龙见于《周颂·载见》，蛇虺见《小雅》中的《斯干》及《正月》。《尔雅》："蝮虺，博三寸，首大如擘。"郭璞注曰："此自一种蛇，名为蝮虺。"《本草品汇精要》引李时珍语："毒虫也，而有无毒者，有生毛者。"蛇的种类太多，其说也不知然否。

蛇可是标准的"长虫"，在东西方都声望较差。和蛇相关的也都是些异事、不太好的事，与龙之神威吉祥迥异。光是《异苑》卷三就有这许多条：

> 鲁国中牟县蒙山上有寺废久，民欲架屋者，辄大蛇数十丈出来惊人，故莫得安焉。

> 新野苏卷与妇佃于野舍，每至饮时，辄有一物来，其形似蛇，长七尺五寸，色甚光采。卷异而饷之，遂经数载，产业加厚。妇后密打杀，即得能食病，日进三斛饭，犹不为饱，少时而死。

> 晋中朝武库内封闭甚密。忽有雉雏至，时人咸谓为怪。张司空云："此必蛇之所化耳。"即使搜库中，雉侧果得蛇蜕。

> 晋太元中，汝南人入山伐竹，见一竹中蛇形已成，上枝叶如故。又吴郡桐庐人常伐余遗竹，见一竹竿雉头，颈尽就身，犹未变。此亦竹为蛇、蛇为雉也。

> 丹阳钟忠以元嘉冬月晨行，见有一蛇长二尺许，文色似青，琉璃头，有双角，白如玉。感而畜之，于是赀业日登，经年蛇自亡去，忠及二子相继殒毙。此蛇来吉去凶，其唯龙乎？

> 昔有田父耕地，值见伤蛇在焉。有一蛇衔草着疮上，经日伤蛇走。田父取其草余叶以治疮皆验。本不知草名，因以蛇衔为名。《抱朴子》云：蛇衔能续已断之指如故，是也。

另外《晋书·乐广传》记一故事说：(乐广) 尝有亲客，久阔不复来，广问其故，答曰："前在座，蒙赐酒，方欲饮，见杯中有蛇，意甚恶之，既饮而疾。于时河南听事壁上有角，漆画作蛇，广意杯中蛇即角影也。复置酒于前处，谓客曰："酒中复有所见不？"答曰："所见如初。"广

310

乃告其所以，客豁然意解，沉痾顿愈。

这就是著名的"杯弓蛇影"典故。而早在汉代即已有相同的事。见应劭《风俗通义》。它说：汲县县令应郴请主簿杜宣喝酒，杜宣见杯里好像有条蛇，酒后因此得病；应郴后探视杜宣，才知，杜宣害怕此蛇进入腹中。后来应郴再请他喝酒，知道所见的"蛇"，原来是弓影，乃霍然而愈。和乐广的故事完全相同。

这些故事似乎都显示了人们普遍把蛇视为妖异之象征，见之多不吉，如吉，便怀疑是龙。

龙蛇之间是有可变关系的。然而蛇也可能化雉，或由竹子变成。所以它也是很好的变形原型素材，后来蛇变成人，如白娘娘那样，也就不稀奇了。

这种写法，到清朝都没什么改变，纪晓岚《阅微草堂笔记》卷五载：

《左传》言："深山大泽，实生龙蛇。"小奴玉保，乌鲁木齐流人子也。初隶特纳格尔军屯，尝入谷追亡羊，见大蛇巨如柱，盘于高岗之顶，向日晒鳞。周身五色烂然，如堆锦绣；顶一角，长尺许。有群雉飞过，张口吸之，相距四五丈，皆翩然而落，如矢投壶。心知羊为所吞矣，乘其未见，循涧逃归，恐怖几失魂魄。军吏邬图麟因言此蛇至毒，而其角能解毒，即所谓吸毒石也。见此蛇者，携雄黄数斤，于上风烧之，即委顿不能动。取其角，锯为块，痈疽初起时，以一块着疮顶，即如磁吸铁，相粘不可脱。待毒气吸出，乃自落。置人乳中，浸出其毒，仍可再用。毒轻者乳变绿，稍重者变青黯，极重者变黑紫。乳变黑紫者，吸四五次乃可尽，余一二次愈矣。余记从兄懋园家有吸毒石，治痈疽颇验；其质非木非石，至是乃知为蛇角矣。

311

这就是异蛇说。柳宗元《捕蛇者说》在这个写作传统中，便显得特别了。他也讲异蛇：

> 永州之野产异蛇，黑质而白章；触草木，尽死；以啮人，无御之者。然得而腊之以为饵，可以已大风、挛踠、瘘、疠，去死肌，杀三虫。

但并没有就异蛇写下去，而是引出大段的议论，是寓言的写法。永州据说还产一种鸡冠蛇，史料中少见记载。《太平广记》卷四有："鸡冠蛇，头如雄鸡有冠，身长尺余，围可数寸，中人必死。会稽山下有之。"现在关于永川鸡冠蛇有如下描述：鸡头蛇身，有翅、无腿、可直立，成蛇长三尺余。雄蛇有火红肉冠，翅上羽毛艳丽；雌蛇无冠，羽毛色泽稍暗。爬行时"咯咯"有声，如百灵鸟鸣唱。咬伤无药可救。它还有个特性：遇着能移动的东西就挺直身体比高。两蛇相遇，比高，低者即被咬死吞吃。雌雄相遇，则相安无事，结为伴侣。如遇人畜，则挺直身体，目视对方以辨高低：若人畜比蛇低，就拍翅跃起，凌空而来，追而不舍；若人畜比蛇高，蛇就含恨离去，不几日肚皮如鼓，爆破而亡。

你以为是奇谈吗？不然，我小时即亲见之、亲以手捉之，于今则不见矣！蛇跟人比高低，清陈鼎《蛇谱》记的量人蛇也是如此。

陈鼎《蛇谱》，谓蛇有圆者；脆者；能作网吐丝者；方如牛皮箧者；扁如绸布者；一头双身，自为雌雄者；雌蛇状如美女，项下有两足如人手者；蛇形如鼓，眼目鼻舌俱生平面者；唤人者；如圆木一段立草莽中者；一角者；豹皮者；介壳者；八足者；唱歌者等。今皆不经见。

然我少时曾见鸡身蛇外，还见过五色彩蛇，今亦皆不见，故不敢因今时不见遂疑陈鼎诳我。犹如明王守仁《瘗旅文》言"阴壑之虺如车轮"，吾友苏炜亦曾为我言海南军队以机枪坦克炸死大蛇王之事。据他说，蛇大不止如车轮。此等巨蟒，今亦无之，令人怅怅不已。

《诗经》另有蜴，乃蜥蜴之类，又称四脚蛇、蝾螈。《文海披沙》说在壁曰蝘蜓，在草曰蜥蜴，毒甚于蛇。似乎不太对。蛇有毒的、有无毒的，蜥蜴亦然。壁上蝘蜓则一般称为壁虎，有会叫的，也有不叫的。台湾北部壁虎都不叫，南部都叫，以大甲溪为界。也可算是神奇的事，但都能断尾求生。

另，蛇也常跟龙合着说，如道教重要典籍《阴符经》说："天发杀机，移星易宿。地发杀机，龙蛇起陆。人发杀机，天地反复。"辛弃疾《沁园春·弄溪赋》即用此语，云："看纵横斗转，龙蛇起陆，崩腾决去，雪练倾河，袅袅东风，悠悠倒景，摇动云山水又波。"此语本《左传》："深山大泽，实生龙蛇。"后人也常用为"大野龙蛇"一词。

文学中的小虫们

《诗经》谈到的毒虫，有蛇、虺、蝎、虿、蜂等。蛇蝎虺虿后世都罕见题咏，仅用以喻小人之阴毒而已。虿字后世更假借为千万之万，极少用到本义。倒是蜂，《周颂·小毖》说："莫予荓蜂。"蜂主要是讲它的毒，后世不太用这个意思，转由中性甚或有益、有情趣这方面去看。

蜮，《小雅·何人斯》："为鬼为蜮，则不可得。有腼面目，视人罔极。"《毛诗正义》中《传》："蜮，短狐也。"郑玄笺："使女（汝）为鬼为蜮也，则女（汝）诚不可得见也；姡然有面目，女（汝）乃人也。人相视无有极时，终必与女（汝）相见。"唐陆德明注曰："状如鳖，三足。一名射工，俗呼之水弩。在水中含沙射人，一云射人影。"短狐，应作短弧，故俗称水弩。干宝《搜神记》卷十二："汉光武中平中，有物处于江水，其名曰蜮，一曰短狐，能含沙射人。所中者则身体筋急，头痛，发热，剧者至死。"南朝宋鲍照《苦热行》:"含沙射流影，吹蛊病行晖。"这就是含沙射影的故事。

不毒而常见于作品中的，则如蜉蝣。苏轼《前赤壁赋》有:"寄蜉蝣于天地，渺沧海之一粟。哀吾生之须臾，羡长江之无穷。"此物之特征是生命周期短，朝生暮死，据说状似天牛而有甲角，生覆水上，寻即死去，随波逐流，有浮游之义，故曰蜉蝣。《尔雅翼》引许慎注《淮南子》言:"朝菌者，朝生暮死之虫也，生水上，状似蚕蛾。"罗愿又作按语:"今水上有虫，羽甚整，白露节后即群浮水上，随水而去，以千百计。宛陵人谓之白露虫。"大抵虫子朝生暮死的很多，所以诸家随意指认，皆具生命短暂之义。后世诗文用典、论人生，常用蜉蝣喻人喻世。

此外，伊威，《豳风·东山》"伊威在室"。朱熹《诗集传》说是鼠妇，陆玑《毛诗草木鸟兽虫鱼疏》说此物生在壁根下瓮底土里，似白鱼。可见是种小虫。此诗又提到蟏蛸，是小蜘蛛，陆玑说:"此虫来着人衣，当有亲客至，有喜也。"所以又被称为亲客或喜子，脚长为其特征。

此诗还提到一种宵行，与萤、熠耀到底是否一物，也有争论。朱熹《诗

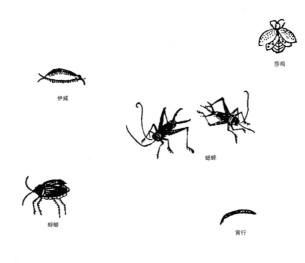

莎鸡

伊威

蟋蟀

蜉蝣

宵行

314

集传》云"熠耀宵行"，是明不定貌，宵行是如蚕之虫，喉下有光如萤。可是《毛传》认为就是萤，能发出萤火。我以为《毛传》是对的，后世宵行、熠耀两名两物均不见吟咏，只说萤而已。

文学作品中讲到萤的很多，如谢朓《玉阶怨》"夕殿下珠帘，流萤飞复息"，是显夜中情趣的，杜牧《秋夕》"红烛秋光冷画屏，轻罗小扇扑流萤。天阶夜色凉如水，坐看牵牛织女星"，即属此种。另一种是李商隐《隋宫》"于今腐草无萤火，终古垂杨有幕鸦"式的。腐草化为萤，即上文所说物化之例。

蠨蛸、伊威在后世都罕闻，倒是蜘蛛作为七夕乞巧的角色还常在诗文中现形。如宋之问《七夕》曰："传道仙星媛，年年会水隅。停梭借蟋蟀，留巧付蜘蛛。去昼从云请，归轮仁日输。莫言相见阔，天上日应殊。"李商隐《辛未七夕》："恐是仙家好别离，故教迢递作佳期。由来碧落银河畔，可要金风玉露时。清漏渐移相望久，微云未接过来迟。岂能无意酬乌鹊，唯与蜘蛛乞巧丝。"

《异苑》卷八另载一故事："陈郡殷家养子名琅，与一婢结好。经年，婢死后，犹来往不绝，心绪昏错，其母深察焉。后夕见大蜘蛛形如斗样，缘床就琅，便宴尔怡悦。母取而杀之，琅性理遂复。"这种蜘蛛精，大抵就是西游故事中盘丝洞蜘蛛精的原型。

相生相化之虫

最后我要讲讲蟋蟀。

蟋蟀，古又称吟蛩、秋蛩、寒蛩、秋风部属、吟虫，是诗人在秋风中的伴侣，常见诸吟咏，如"幽砌夕吟蛩"（李峤《八九月奉教作》）、"吟虫相唧唧"（孟郊《秋怀》）之类，入秋即大鸣大放，与蝉接力应着节候。

据朱熹《诗集传》说"螽斯，莎鸡、蟋蟀，一物随时变化而异其名"，似乎蟋蟀就是螽斯及莎鸡。所以蟋蟀称促织，莎鸡也被称为纺织娘或纺线娘。宋周必大则有诗曰："絮尊幸有络丝娘。"大约秋风既起，妇女都要赶制秋衣冬袍，"唧唧复唧唧，木兰当户织"之际，莎鸡蟋蟀也正呼应着唧唧不已，故被扯来相提并论了。

莎鸡还有一名叫聒噪，谓其鸣声响亮。可是若究其实，莎鸡与蟋蟀当非同一物，清毛奇龄《毛诗写官记》卷二中已有考辨，不再具论。值得注意的倒是朱熹说蟋蟀、螽斯、莎鸡一物而三名，因为它们会随时变化。这个解释显示了一种古代常见的物类变化观。

我们在讲鸟兽时曾讲过古代有许多虎幻化成人、雉变成蛇、狐变成美女的故事。物类物形可以无定类、无定形乃至无定性，可以相互转化，这是古代很常使用的一套观念，所谓"万物化生"，如蝴蝶化为庄周、庄周化为蝴蝶般。

庄子最喜欢谈物化。物化是啥？就是万物化生,物物相生相化。《至乐篇》曰：

> 种有几？得水则为继，得水土之际则为蛙蠙之衣。生于陵屯则为陵舄，陵舄得郁栖则为乌足，乌足之根为蛴螬，其叶为胡蝶。胡蝶胥也化而为虫，生于灶下，其状若脱，其名为鸲掇。鸲掇千日为鸟，其名为干余骨。干余骨之沫为斯弥，斯弥为食醯。颐辂生乎食醯，黄軦生乎九猷，瞀芮生乎腐蠸。羊奚比乎不箰，久竹生青宁；青宁生程，程生马，马生人，人又反入于机。万物皆出于机，皆入于机。

大意是说物种有多少呢？生物，由无到有，得水就更相继续。初生出水舄，在水土之际又生出苔衣来。在陵屯，就生出陵舄，乃车前、茉苣一类东西。若得粪壤，则长出草来。草下又会长出虫子，叶上则有蝴蝶蝉一类蛾虫。蝴蝶又化而为虫，辗转生化。最后虫生马（兽畜类）、兽畜类再逐渐变化成人。久而久之，万物出于机又入于机。

此说当然可用科学来附会，所以近人又或以唯物论来解释，但庄子讲的其实是气化相生，故物类物种不定，会辗转相生。郭子章《批衣生马记》等博物书，用的就是庄子《至乐篇》这里的含义，可见此种思想对讲物类的人影响是极深的。

《庄子·天运》又曰："夫白鶂之相视，眸子不运而风化；虫，雄鸣于上风，雌应于下风而风化。类自为雌雄，故风化……乌鹊孺，鱼傅沫，细要者化。"同类的雌雄交配，都被他解释为风化，可以因以风气相感而化生了，异类当然也能因风气相感而化，如"细要者化"。《列子·释文》引司马云："稚蜂细腰者，取桑虫祝之，使之似己。"不同的虫子，经过你不断的祝念："像我！像我！"之后，也就变化成你的模样了，此亦风化。

物之相化，莎鸡、螽斯、蟋蟀之外，最著名的是螟蛉。《小雅·小宛》："螟蛉有子，蜾蠃负之。"朱注："螟蛉，桑上小虫也，似步屈。蜾蠃，土蜂也，似蜂而小腰，取桑虫负之于木空中，七日而化为其子。"

陆玑说蜾蠃把螟蛉幼子取来后，念咒语说："像我，像我。"七天以后就变成了蜾蠃。朱熹说本于此，并非杜撰。但后人考论，众说纷纭，严粲《诗辑》说蜾蠃是把卵寄生在螟蛉身上，久而久之，把螟蛉吃掉了，寄形于螟蛉壳上。陶弘景又说蜾蠃是取桑虫作为其幼子之粮。另有些人就用变化说来解释，说："蠮螉之虫，孕螟蛉之子。传其情，交其精，混其气，和其神，随物大小，俱得其真，蠢动无定情，万物无定形。"（谭峭《化书》卷二）又有："蚱蝉生于转丸，衣鱼生于瓜子，龟生于蛇，蛤生于雀，白鶂之相食，负虫之相应，其类非一。"（毛晋《陆氏诗疏广要》

317

卷下）都表达了物化的观念。

而这个观念对中国后世文学之影响实甚巨大，志怪述异，每用此说，移形换貌，至孙悟空而竟能七十二变矣！

再回到蟋蟀。玩蟋蟀是较晚形成的风气，但越来越盛，谈蟋蟀的书多达二十五种，在虫谱中可谓大宗，袁宏道《促织志》、明刘侗《促织志》等均甚著名。清金文锦《促织经》序云：

> 昔《蜡经》咏昆虫甚夥，而蟋蟀见于唐代，详于《邠风》，是亦古风雅之士究心所在也。自李唐来，宫中为蟋蟀戏，传至外间，人争效焉。然辨形辨色之说，究未通晓。至宋贾秋壑著《促织经》，所谓形色始详论焉。迨明季坊刻，多创为吟咏，著其名兼著其象，绘其色亦绘其声。然错舛纰漏正复不少。

述蟋蟀之写作史甚详。

据袁宏道说，明代北京"人至七八月，家家皆养促织……不论老幼男女皆引斗以为乐。"风气至清末犹然。袁刘两氏所论，均为北京风俗。

刘氏在蟋蟀外，兼及络纬、聒噪儿、叫蚂蚱、蜩蝉、金牛儿、椿象、春牛儿、叩头虫等。博物者当可采摭。

叩头虫，见《异苑》卷三："有小虫形色如大豆，咒令叩头，又咒令吐血，皆从所教，如似请放稽颡。辄七十而有声，故俗呼为叩头虫也。"文人刺世，常以此虫形容小人。

《异苑》另载怪虫事，一并录后，以备故实：

> 鹦鹉螺形似鸟，故以为名。常脱壳而游，朝出则有虫，类如蜘蛛，入其壳中螺。夕还则此虫出。庚阐所谓鹦鹉内游，寄居负壳者也。（卷三）

318

缢女虫也一名蜆，长寸许，头赤身黑，恒吐丝自悬。昔齐东郭姜既乱崔杼之室，庆封杀其二子，姜亦自经。俗传此妇骸化为虫，故以缢女名虫。（卷三）

晋太元中，桓谦字敬祖，忽有人皆长寸余，悉被铠持槊，乘具装，马从臽中出，精光耀日，游走宅上，数百为群，部障指挥，更相撞刺。马既轻快，人亦便捷，能缘几登灶，寻饮食之所。或有切肉，辄来丛聚，力所能胜者，以槊刺取，径入穴中。蒋山道士朱应子令作沸汤，浇所入处，寂不复出，因掘之，有斛许大蚁死在穴中。谦后以门衅同灭。（卷八）

第十四讲　文学与鱼

鱼之总说

古人对于自然万物的感知，比我们今人敏感。就像古人说到草，会说这是"参差荇菜"还是"葛之覃兮"、"蒹葭苍苍"或是"楚楚者茨"，而今人写文章少有人会关注这到底是什么草而只用"芳草萋萋"、"碧草连天"来代替了。对于鱼，亦是如此，古人能叫得上名字的鱼很多，这是今人除专门研究者外，少有人能做到的。《山海经》五卷山经中，描述了各种怪鱼，如，有的吃了令人不睡，有的吃了令人杀人，有的吃了可以御兵，有的见到便天下大旱……如今真假已难考证，下面仅举几则，但不妨一看以新耳目：

又东三百里柢山，多水，无草木。有鱼焉，其状如牛，陵居，蛇尾有翼，其羽在鮭下，其音如留牛，其名曰鯥，冬死而复生，食之无肿疾。

又东五百里，曰鸡山，其上多金，其下多丹臒。黑水出焉，而南流注于海。其中有鱄鱼，其状如鲋而彘毛，其音如豚，见则天下大旱。

——《山海经·南山经》

又西百八十里，曰泰器之山。观水出焉，西流注于流沙。是多文鳐鱼，状如鲤鱼，鱼身而鸟翼，苍文而白首赤喙，常行西海，游于东海，以夜飞。其音如鸾鸡，其味酸甘，食之已狂，见则天下大穰。

又西三百五十里，曰英鞮之山，上多漆木，下多金玉，鸟兽尽白。涴水出焉，而北流注于陵羊之泽。是多冉遗之鱼，鱼身蛇首六足，其目如马耳，食之使人不眯，可以御凶。

——《山海经·西山经》

又北四百里，曰谯明之山。谯水出焉，西流注于河。其中多何罗之鱼，一首而十身，其音如吠犬，食之已痈。

又北山行五百里，水行五百里，至于饶山。是无草木，多瑶碧，其兽多橐驼，其鸟多鹠。歷虢之水出焉，而东流注于河，其中有师鱼，食之杀人。

——《山海经·北山经》

又南三百八十里，曰葛山之首，无草木。澧水出焉，东流注于余泽，其中多珠鳖鱼，其状如肺而有目，六足有珠，其味酸甘，食之无疠。

又南三百里，曰旄山，无草木。苍体之水出焉，而西流注于展水，其中多鱃鱼，其状如鲤而大首，食者不疣。

——《山海经·东山经》

又东十五里，曰渠猪之山，其上多竹，渠猪之水出焉，而南流注于河。其中是多豪鱼，状如鲔，赤喙尾赤羽，可以已白癣。

又北三十里，曰牛首之山……劳水出焉，而西流注于潏水，是多飞鱼，其状如鲋鱼，食之已痔衕。

——《山海经·中山经》

除却这各种怪鱼，《尔雅》释鱼篇中讲到的鱼有鲤、鳣、鳢、鲩、鲨、鲍、鳍、鳏、鱿、鳛、鲲、鳖、鲡等五十余种，而邢昺在《尔雅注疏》中解释说"此篇释其见于经传者，是以不尽释鱼名"，也就是说这些鱼还只是见于经传的部分，并没有涵盖所有鱼类，《说文解字》鱼部更是记载了一百多种鱼，古人对于鱼细致敏感的区分，由此可见一斑。

鱼在古人生活中的重要位置自然在文学作品中流露出来。《诗经》中赞美鱼的篇目有许多，如《小雅·鱼丽》，诗曰："鱼丽于罶，鲿鲨。君子有酒，旨且多。鱼丽于罶，鲂鳢。君子有酒，多且旨。鱼丽于罶，鰋鲤。君子有酒，旨且有。物其多矣，维其嘉矣！物其旨矣，维其偕矣！物其有矣，维其时矣！"《周颂·潜》："猗与漆沮，潜有多鱼。有鳣有鲔，鲦鲿鰋鲤。以享以祀，以介景福。"

借鱼来比兴的亦不在少数，如《陈风·衡门》中有"岂其食鱼，必河之鲂？岂其取妻，必齐之姜？岂其食鱼，必河之鲤？岂其娶妻，必宋之子？"《小雅·采绿》："其钓维何，维鲂及鱮。维鲂及鱮，薄言观者。"《小雅·南有嘉鱼》："南有嘉鱼，烝然罩罩。君子有酒，嘉宾式燕以乐。南有嘉鱼，烝然汕汕。君子有酒，嘉宾式燕以衎。"等等。

对于鱼的描摹，大部分集中于打鱼之丰收、鱼味之鲜美，这其中的原因可能是由于食物的匮乏，鱼又是食中美味，所以许多篇目对捕鱼的丰收大加赞美，比如上文提到的《小雅·鱼丽》。因为鱼在人们心目中美好的意义，使得古人以鱼为名成为极平常的事，如孔鲤，字伯鱼；梁鳣，字叔鱼；孔鲋，字子鱼；司马鲂，字子鱼等等。

鲔

除此之外，鱼还经常被用来形容事物排列之美，《周易·剥卦》有爻辞曰："六五。贯鱼，以宫人宠，无不利。"对于此处"贯鱼"的解释之一是"一连串的鱼群"，"是宫人之象"。闻一多即持此说。当然闻一多在此处是为了说明鱼在隐语中"匹偶"的含义，另外据闻一多考证在古人语言中，鲤书象

嘉鱼

征爱情，打鱼、钓鱼是求偶的隐语，烹鱼、吃鱼喻合欢或结配，鱼被用来象征生殖能力等等，详细可看闻一多《说鱼》。后世多有文人以"鱼贯"形容事物排列，如庾信《伏闻游猎》中的"石关鱼贯上，山梁雁翅行"；白居易《开龙门八节石滩诗二首》中的"竹篙桂楫飞如箭，百筏千艘鱼贯来"。

鱼在文学作品中极少作为贬斥对象，像《楚辞·橘颂》中"鱼葺鳞以自别兮，蛟龙隐其文章"这样，将鱼喻为"俗人朋党,恣其口舌"的，实在不多。但是，鱼身上的部件——鱼目，却有着它本身的感情色彩。

鱼目，一般与珍珠等相对，喻指凡人俗物，含有贬义，发展为后来的成语鱼目混珠。《楚辞·九叹·忧苦》曰："伤明珠之赴泥兮，鱼眼玑之坚藏。"《楚辞·七谏·谬谏》有："玉与石其同匮兮，贯鱼眼与珠玑。"张协《杂诗》其五道："瓴甋夸玙璠，鱼目笑明月。"《昭明太子集·又答云法师书》云："但愧以鱼目拟法师之夜光耳。"李白《鞠

歌行》言："玉不自言如桃李，鱼目笑之卞和耻。"白居易《与微之唱和来去常以竹筒贮诗陈协律美而成辽代契丹文金鱼符右半符篇因以此答》亦有"烦君赞咏心知愧，鱼目骊珠同一封"等，都是将鱼目与明珠相对，用来表达小人得志，贤人不受重用的感慨或者自谦。

与之相反，鱼鳞往往被赋予美好的意义，如《楚辞·九歌·河伯》中"鱼鳞屋兮龙堂，紫贝阙兮朱宫"，《楚辞·九叹·逢纷》中"薜荔饰而陆离荐兮，鱼鳞衣而白蜺裳"，李商隐《残雪》中"落日惊侵昼，余光误惜春。檐冰滴鹅管，屋瓦镂鱼鳞"，苏轼《泛舟城南会者五人分韵赋诗得人皆苦炎字四首》其一中"城中楼阁似鱼鳞，不见清风起白蘋"，都用鱼鳞形容事物外形之美。

鱼不仅被用来修饰文辞，在现实生活中，也被用于物品的装饰。李泽厚在《美的历程》中讲到仰韶期半坡彩陶上已出现了鱼纹。另外，据记载，我国在唐代时出现了鱼袋制度（《朱子礼纂·卷五》）。鱼袋是将鱼符放入袋中，作为身份象征的一种符契。鱼符用木头或金属制成，鱼形，一左一右，"左者进内，右者随身，刻官姓名，出入合之。因盛以袋，故曰鱼袋"（《宋史·舆服志》）。杜甫《陪郑广文游何将军山林十首》中"银甲弹筝用，金鱼换酒来。兴移无洒扫，随意坐莓苔"，金鱼大概指的就是这个意思。

以上算是对鱼的总说，下面详细来谈几种鱼。

有文化符号意义的龟

此篇先讲龟。

宋邢昺在《尔雅注疏》中说"按说文云，鱼，水虫也……至于龟蛇贝鳖之类，以其皆有鳞甲，亦鱼之类，故总曰释鱼也"，所以这里将龟放入鱼中来说，应不算错。

龟自古便被认为是具有预知未来的神力的灵物，用于占卜，被赋予神话色彩和意义。《周易注疏》卷七中说"龟者，决疑之物也"，《子夏易传》卷七上有"虽有圣人之心，必求龟蓍而听其神焉"，又说"探赜索隐钩深致远以定天下之吉凶，成天下之亹亹者，莫大乎蓍龟，是故天生神物，圣人则之"，唐邢璹在《周易注疏·周易略例序》中说"鼓舞财成，为万有之蓍龟，知来藏往，是以孔丘三绝"，宋张载《横渠易说》卷三云"示人吉凶，其道显矣，知来藏往，其德行神矣，语蓍龟之用也"等，都显示了龟在古人心目中的神圣地位，就连圣人也需要求问蓍龟听其神谕，天下国家的命运，莫不靠蓍龟来指点。

王应麟在《增补郑氏周易·卷下》中解释"河出图洛出书圣人则之"时，注曰："春秋纬云，河以通干出天苞，洛以流坤吐地符，河龙图发，洛龟书成，河图有九篇，洛书有六篇也。"河图洛书经天纬地，蕴含宇宙玄机，洛书由龟所载，可知龟的地位之神圣。

我国古代关于"四灵"有两种说法，一为四异兽，《礼记·礼运》："何谓四灵？麟凤龟龙谓之四灵。龙以为畜，故鱼鲔不淰；凤以为畜，故鸟不獝；麟以为畜，故兽不狘；龟以为畜，故人情不失。"另一说法为四星宿，《三辅黄图》卷三："苍龙、白虎、朱雀、玄武，天之四灵，以正四方。"宋胡瑗《周易口义·系辞下》曰："盖东方之宿，则为苍龙；南方之宿，则为朱鸟；西方之宿，则为白虎；北方之宿，则为龟蛇。"无论哪种说法，龟都被列入其中，看来龟的神、灵地位是不可动摇了。

再回到龟的占卜作用，《周易·损卦》爻辞有"六五，或益之十朋之龟，弗克违，元吉"，《周易·益卦》爻辞有"六二，或益之十朋之龟，弗克违。永贞吉。王用亨于帝，吉"。关于什么是十朋之龟，《尔雅》中有相关解释。郭璞在《尔雅注疏·释鱼》中解释说：

一曰神龟，注：龟之最神明；二曰灵龟，注：涪陵郡出大龟，甲可以卜，缘中文似瑇瑁，俗呼为灵龟，即今蟕蠵龟，一名灵蠵，能鸣；三曰摄龟，注：小龟也，腹甲曲折，解能自张闭，好食蛇，江东呼为陵龟；四曰宝龟，注：《书》曰遗我大宝龟；五曰文龟，注：甲有文彩者，河图曰，灵龟负书，丹甲青文；六曰筮龟，注：常在蓍丛下潜伏，见《龟策传》；七曰山龟；八曰泽龟；九曰水龟；十曰火龟，注：此皆说龟生之处所，火龟犹火鼠，耳物有含异气者，不可以常理推，然亦无所怪。

朋者，党也。龟者，决疑之物也。十朋之龟也就是十种用来占卜的龟，以龟生之处所命名。

龟的分类并非如此简单，《周礼·春宫宗伯第三》中说：“龟人掌六龟之属，各有名物：天龟曰灵属，地龟曰绎属，东龟曰果属，西龟曰雷属，南龟曰猎属，北龟曰若属，各以其方之色与其体辨之。”《史记·龟策列传》中又记有“‘能得名龟者，财物归之，家必大富至千万。’一曰‘北斗龟’，二曰‘南辰龟’，三曰‘五星龟’，四曰‘八风龟’，五曰‘二十八宿龟’，六曰‘日月龟’，七曰‘九州龟’，八曰‘玉龟’：凡八名龟”。这些记载的真实性虽不可知，但从龟种类区分的详细、龟的名称，可以看出龟在古人生活中的重要性。

《史记·龟策列传》中：“太史公曰：自古圣王将建国受命，兴动事业，何尝不宝卜筮以助善！唐虞以上，不可记已。自三代之兴，各据祯祥。涂山之兆从而夏启世，飞燕之卜顺故殷兴，百谷之筮吉故周王。王者决定诸疑，参以卜筮，断以蓍龟，不易之道也。”对龟占卜的重要性作了很好的总结。以后各代史书中都记载了一些关于龟的著作，证明了龟占的历史地位。

由于龟的神圣地位,使它逐渐有了文化符号的意义,据《宋书·符瑞中》记载:"灵龟者,神龟也。王者德泽湛清,渔猎山川从时则出。五色鲜明,三百岁游于蕖叶之上,三千岁常游于卷耳之上。知存亡,明于吉凶。禹卑宫室,灵龟见。"这时的龟不仅仅是能预示吉凶的灵兽,而成为一种吉祥的标志。《宋书·符瑞中》保存了大量获龟的记载,这种记载在许多史书的志中数不胜数,如《魏书》、《隋书》等。这种关于获龟的记录里透露出的信息,是当时已经普遍把龟当作太平盛世的一种标志了。

除此之外,龟与鱼一样也逐渐被用于文饰。《史记·平准书》就曾记载:"天用莫如龙,地用莫如马,人用莫如龟。故白金三品,其一曰重八两,圆之,其文龙,名曰'白选',直三千;二曰重差小,方之,其文马,直五百;三曰复小,撱之,其文龟,直三百。"这时金币被作成龟形。《晋书·志第十五·舆服》记载"皇太子,金玺龟钮,朱黄绶","诸王,金玺龟钮,纁朱绶","皇太子妃,金玺龟钮,纁朱绶,佩瑜玉",可知龟在当时已经被用来装饰印鼻。而且《宋史·舆服志》中记载帝王所乘坐的五辂上有四灵的装饰,"四柱皆油刻刻镂。左青龙,右白虎,龟文,金凤翅杂,花龙",可见当时龟作为一种文饰形状,已较为常用。在历史的发展中,龟由具有神异功能的占卜之物,慢慢具有了"文"的色彩,这种作为文饰的"龟"形象也逐渐进入文学作品中。

庾信《周太子太保步陆逞神道碑》称陆逞"出入匡赞,常带数职,身具六龟,腰恒四绶",六龟就是官印的代称。李白《对酒忆贺监二首》其一曰:"四明有狂客,风流贺季真。长安一相见,呼我'谪仙人'。昔好

三足龟(明 蒋应镐绘图本)

327

杯中物，今为松下尘。金龟换酒处，却忆泪沾巾。"这里金龟换酒用了杜甫金鱼换酒的典故，但这里我们可以看到的，是金龟本身作为文化符号的意义。无论如何，作为文饰而非占卜的龟，已作为一种意象进入了文学作品。

《艺文类聚》中收集了大量关于龟的故事，这些故事也成为后世文学作品中关于龟典故的来缘。如《史记·龟策列传》中记载有一位南方老人用龟支床，二十多年后，老人死，龟尚生不死，这个支床龟的典故便被频频用于文学作品中。庾信《小园赋》"支床有龟，鸟多闲暇"，苏轼《次韵王巩留别》"无人伴客寝，唯有支床龟"用的也是这个典故。又如《晋书》中讲一军人买白龟，养大后放生，后军人逢"邾城之败"，自投入水中，因白龟在下而不溺的故事。庾信《谢赵王赉白罗袍袴启》中"白龟报主，终自无期；黄雀谢恩，竟知何日"就是用的这个典故。

除此之外，龟还有另一个众所周知的含义，就是长寿。明冯复京《六家诗名物疏》记载："龟者，阴虫之老也。龟三千岁上游于卷耳上。"大概因为龟本身的寿命比较长，渐渐被文人拿来与鹤并列作为长寿的代名词。如李白的《汉东紫阳先生碑铭》中的"何龟鹤早世，蟪蛄延秋"；白居易《和雨中花》中的"松枝上鹤著下龟，千年不死仍无病，人生不得似龟鹤，少去老来同旦瞑"，又《送毛仙翁》中的"几见桑海变，莫知龟鹤年"；苏轼《送程建用》中的"太公不吾欺，寿与龟鹤永"又《和〈读山海经十三首〉》中的"欲使蟪蛄流，知有龟鹤年"等等，都是将龟作为长寿的代名词来使用的。

重要且美好的鲤鱼

《陈风·衡门》中有"岂其食鱼，必河之鲂？岂其取妻，必齐之姜？

岂其食鱼,必河之鲤? 岂其娶妻,必宋之子?"食鱼必鲂鲤,娶妻必齐宋,显示了齐宋女子之美与鲂鲤之美味。《尔雅·释鱼》中,第一个讲的就是鲤。鲤鱼在古人心目中重要且美好的地位,由此可知了。

孔子因鲁昭公赠鲤鱼而给儿子取名为鲤,又因《论语》中有:

> 陈亢问于伯鱼曰:"子亦有异闻乎?"对曰:"未也。尝独立,鲤趋而过庭。曰:'学《诗》乎?'对曰:'未也。''不学《诗》,无以言。'鲤退而学《诗》。他日又独立,鲤趋而过庭。曰:'学《礼》乎?'对曰:'未也。''不学《礼》,无以立。'鲤退而学《礼》。闻斯二者。"陈亢退而喜曰:"问一得三,闻《诗》,闻《礼》,又闻君子之远其子也。"

因而"趋庭"、"庭鲤"亦成为受教的代名词,在古诗文中被广泛使用。王勃的《滕王阁序》:"他日趋庭,叨陪鲤对;今兹捧袂,喜托龙门。"杜甫的《登兖州城楼》:"东郡趋庭日,南楼纵目初。浮云连海岱,平野入青徐。"杨万里的《十日而别赠之长句》:"日日看子趋鲤庭,先生命子却从我。"杨亿的《杨日华宰钱塘》:"闻诗趋鲤室,袭庆堕鳣庭。"王安石的《答程公辟议亲书》:"鲤庭禀训,辱好述之。"这类的诗句真是数不胜数。

比"趋庭"、"庭鲤"更受文人青睐的,是鲤的另一个用法——代指书信。用"鲤鱼"、"双鲤"来指代书信的诗文不计其数,以下简单举几位著名诗人的作品为例:

> 客从远方来,遗我双鲤鱼;呼儿烹鲤鱼,中有尺素书。长跪读素书,书中意何如:上有言餐饭,下言长相思。(蔡邕《饮马长城窟行》)
> 天上多鸿雁,池中足鲤鱼。相看过半百,不寄一行书。(杜甫《寄

高三十五詹事》)

泊船秋夜经春草，伏枕青枫限玉除。眼前所寄选何物，赠子云安双鲤鱼。(杜甫《寄岑嘉州》)

云雨从兹别，林端意渺然。尺书能不吝，时望鲤鱼传。(孟浩然《送王大校书》)

嵩云秦树久离居，双鲤迢迢一纸书。休问梁园旧宾客，茂陵秋雨病相如。(李商隐《寄令狐郎中》)

雾失楼台，月迷津渡。桃源望断无寻处。可堪孤馆闭春寒，杜鹃声里斜阳暮。驿寄梅花，鱼传尺素，砌成此恨无重数。郴江幸自绕郴山，为谁流下潇湘去。(秦观《踏莎行》)

淮上东来双鲤鱼，巧将书信渡江湖。细看落墨皆松瘦，想见掀髯正鹤孤。(苏轼《次韵刘景文见寄》)

北书来无期，雁不到梅岭。欲遗双鲤鱼，枫叶江路永。平生中心愿，褊短不获骋。富贵安可为，吾亦有岑鼎。(黄庭坚《寄晁元中十首》其六)

等等，鲤鱼与书信的关系想必是历史久远而且广为人知的，所以连不通文墨的陈胜、吴广在起义时，也使用鱼腹得书的手法来增强自己的号召力。

最后还要说一说"鲤鱼跃龙门"的故事。《尔雅翼》云："鮪鱼三月逆河而上，能度龙门之限，则得为龙。"后世渐渐演变为鲤鱼三月逆河而上，能度龙门之限，则得为龙，"否则点额而还"(《禹贡指南·卷三》)。即是鲤鱼跃龙门的故事。这个典故在文人作品中也较为常见。李白的《赠崔侍御》："黄河三尺鲤，本在孟津居。点额不成龙，归来伴凡鱼。"唐黄滔的《成名后呈同年》："虽惭锦鲤成穿额，忝获骊龙不寐珠。"唐方干的《漳州阳亭言事寄于使君》："鲤鱼纵是凡鳞鬣，得在膺门合作龙。"

330

均是运用此典。

丧失本义的鲲

鲲是不能不讲的。《尔雅注疏》云："鲲，鱼子。注：凡鱼之子，总名鲲"。但庄子在《逍遥游》里讲"北冥有鱼，其名为鲲。鲲之大，不知其几千里也；化而为鸟，其名为鹏。鹏之背，不知其几千里也；怒而飞，其翼若垂天之云"。因此，关于鲲到底指的是大鱼，还是鱼卵引起了古人许多争论。

在古代许多小学类书中，直接将鲲解释成了大鱼。《原本广韵》、宋陈彭年等的《重修广韵》、宋丁度等修订的《集韵》、金韩道昭的《五音集韵》、辽代僧人行均的《龙龛手鉴》等莫不如是。清陈大章《诗传名物集览》、清顾栋高《毛诗类释》、清惠栋《九经古义》、清黄生《字诂》等书中，都有关于鲲是大鱼还是鱼子的争论。讨论鲲是大鱼还是鱼子，无非持《国语》中有"鱼禁鲲鲕"，"鲕"是鱼子之说，或庄子明确说过鲲是大鱼之论。吵来吵去，没有结果。

其实，杨慎在《异鱼图赞》中说得很明白：

鲲本鱼子，细如蚕茸，庄周寓言，鲲化为鹏，譬彼诗颂，雕育桃虫，千古言诠，谁发其蒙。注云：《庄子》云："北溟有鱼，其名为鲲，鲲之大不知其几万里。"此寓言也。按《内则》'卵酱'，卵，音鲲，《国语》亦云："鱼禁鲲鲕"皆以鲲为鱼子，至小之物也。庄子乃以至小为至大，便是滑稽之开端，后人不得其意。晋江逌诗曰："巨鳌戴蓬莱，大鲲运天池。倏忽云雨兴，俯仰三洲移。"孙放诗："巨细同一马，物化无常归。修鲲解长鳞。鹏起扇云飞，抚翼抟积风，仰凌垂天翚。"皆不得其言诠也。虽郭象之玄奥沉思亦误，况司马彪辈乎！后世禅宗衲子却得其意，故有龟毛兔角石女怀胎，一口吸尽西江水，新罗日午打三更之偈，亦可信以为实事耶？余尝谓天地乃一大戏场，尧舜为古今大净，千载而下不得其解，矮人观场也！元儒南充范无隐有是说，而余推衍之。

鲲当然是鱼子，庄子只是用寓言的方式，将极大与极小融合在一个事物上，后人不懂，误以为本就有大鱼其名为鲲。

也许鲲原本是什么并不重要，重要的是人们把它当什么来看待。经过庄子的宣传，鲲作为北冥大鱼的形象已经固定在人们的心目中，于是出现了"鲲鹏"、"鲸鲲"这样的词汇，而"鲲鲕"这一较早的用法却渐渐被人们淡忘。鲲作为一种文学意象也反复出现在文人墨客的诗文当中，如：

江国逾千里，山城近百层。岸风翻夕浪，舟雪洒寒灯。留滞才难尽，艰危气益增。图南未可料，变化有鲲鹏。（杜甫《泊岳阳城下》）

余刃西屠横海鲲，应余诗谶是游魂。归来趁别陶弘景，看挂衣冠神武门。（苏轼《再送蒋颖叔帅熙河二首》之二）

汇泽为彭蠡，其容化鲲鹏。中流擢寒山，正色且无朋。（黄庭坚《泊大孤山作》）

等等，都是顺着庄子的讲法来看鲲的。

与鱼相关的文学故事

古人文学作品中提到的鱼还有很多，如《卫风·硕人》："河水洋洋，北流活活。施罟濊濊，鳣鲔发发。葭菼揭揭，庶姜孽孽，庶士有朅。"左思《蜀者赋》："鳣鲔鳟鲂，鲲鳢鲨鳣。差鳞次色，锦质报章。跃涛戏濑，中流相忘。"嵇康《酒会诗》："百卉吐芳华，崇台邈高跱，林木纷交错，玄池戏鲂鲤，轻丸毙翔禽，纤纶出鳣鲔。"杜甫《观打鱼歌》："绵州江水之东津，鲂鱼鱍鱍色胜银。"等等不计其数，也很难讲完。如在《文学兽》中谈到的，"兽异"故事值得研究，与鱼相关的故事亦是如此，最后我们来看两类与鱼相关的故事：

子思居卫，卫人钓于河得鳏鱼焉，其大盈车。子思曰："鳏鱼，鱼之难得者也，子果何得之？"对曰："吾始下钓，垂一鲂之饵，鳏过而弗视也，更以豚之半体，则吞之矣。"子思喟然曰："鳏虽难得，贪以死饵，士虽怀道，贪以死禄矣。"（《孔丛子》卷上）

庄周家贫，故往贷粟于监河侯。监河侯曰："诺。我将得邑金，将贷子三百金，可乎？"庄周忿然作色曰："周昨来，有中道而呼者。周顾视车辙中，有鲋鱼焉。周问之曰：'鲋鱼来！子何为者耶？'对曰：'我，东海之波臣也。君岂有斗升之水而活我哉？'周曰：'诺，我且南游吴、越之王，激西江之水而迎子，可乎？'鲋鱼忿然作色曰：'吾失我常与，我无所处。吾得斗升之水然活耳，君乃言此，曾不如早索我于枯鱼之肆。'"（《庄子·外物》）

昔者有馈鱼于郑相者，郑相不受。或谓郑相曰："子嗜鱼，何故不受？"对曰："吾以嗜鱼，故不受鱼。受鱼失禄，无以食鱼，不受得禄，终身食鱼。"（《新序·卷七》）

昔者有馈生鱼于郑子产，子产使校人畜之池，校人烹之，反命曰："始舍之，圉圉焉；少则洋洋焉；攸然而逝。"子产曰："得其所哉，得其所哉。"校人出，曰："孰谓子产智，予既烹而食之，曰："得其所哉，

333

得其所哉。"故君子可欺以其方,难罔以非其道。"(《孟子·万章上》)

除这些有寓言意义的故事,《异苑》中还记载了大量与鱼相关的神异故事:

晋吴隶为鱼塞于云湖,有大鱼化为人,语隶云:"晚有大鱼攻塞,切勿杀。"隶许之。须臾,有大鱼至,群鱼从之。隶同侣误杀大鱼,是夕风雨晦冥,鱼悉飞上木间,因号为飞鱼径。(卷三)

陆机尝饷张华鲊,于时宾客满座,华发器,便曰:"此龙肉也。"众未之信,华曰:"试以苦酒濯之,必有异。"既而五色光起,机还问鲊主,果云:"园中茅积下得一鱼,质状非常,乃以作鲊,过美,故以相献。"(卷三)

晋义熙五年,卢循自广州下,泊船江西,众多疫死。事平之后,人往蔡州,见死人发变而为鳝。今上镇西参军与司马张逝瞻河际,有一棺棺头有鳝。众试令拨看,都是发,亦有未即化者。一说云:生以秋沈沐,死则发变为鳝。又昔有人食不能无鳝,死后改棺,蛆满棺中。蛆即鳝也。(卷三)

符坚建元十二年,高陵县民穿井,得大龟三尺六寸,背文负八卦古字。坚命作石池养之,食以粟。后死,藏其骨于太庙。其夜,庙丞高虏梦龟谓之曰:"我本出,将归江南,遭时不遇,陨命秦庭。"即有人梦中谓虏曰:"龟三千六百岁而终,终必妖兴。亡国之征也。"未几,为谢玄破于淮淝,自缢新城浮图中。(卷四)

西秦乞伏炽磐都长安。端门外有一井,人常宿汲水亭之下,而夜闻磕磕有声,惊起照视,瓮中如血,中有丹鱼,长可三寸而有寸光。时东羌、西虏,共相攻伐,国寻灭亡。(卷四)

334

人鱼（清　四川成或因绘图本）

　　吴郡桐庐有徐君庙，吴时所立。左右有为劫盗非法者，便如拘缚，终致讨执。东阳长山县吏李璐，义熙中遭事在郡。妇出料理，过庙，请乞恩拔银钗为愿。未至富阳，有白鱼跳落妇前。剖腹，得所愿钗。夫事寻散。（卷五）

　　会稽石亭埭有大枫树，其中空朽。每雨，水辄满溢。有估客载生鳝至此，聊放一头于朽树中，以为狡狯。村民见之，以鱼鳝非树中之物，咸谓是神。乃依树起屋，宰牲祭祀，未尝虚日。因遂名"鳝父庙"。人有祈请及秽慢，则祸福立至。后估客返，见其如此，即取作臛。于是遂绝。（卷五）

　　蒋道支于水侧，见一浮楂，取为研。制形象鱼，有道家符谶及纸，皆内鱼研中。常以自随二十余年。忽失之，梦人云："吾暂游湘水，过湘君庙，为二妃所留。今复还，可于水际见寻也。"道支诘旦至水侧，见罾者得一鲤鱼，买剖之。得先时符谶及纸，方悟是所梦人，弃之。俄而雷雨，屋上有五色气，直上入云。后人有过湘君庙，见此鱼研在二妃侧。（卷七）

335